MOEWIG

SCIENCE FICTION

Joan D. Vinge

BERNSTEIN-AUGEN UND ZINN-SOLDATEN

Herausgegeben von Hans Joachim Alpers

MOEWIG
Deutsche Erstausgabe

MOEWIG Band Nr. 3615
Moewig Taschenbuchverlag München/Rastatt

Titel der Originalausgabe: Eyes of Amber and other Stories
Aus dem Amerikanischen von Joachim Körber

Umschlagillustration: Rowena Morrill/Schlück
Umschlagentwurf und -gestaltung: Franz Wöllzenmüller, München
Redaktion: Hans Joachim Alpers
Verkaufspreis inkl. gesetzl. Mehrwertsteuer
Auslieferung in Österreich:
Pressegroßvertrieb Salzburg, Niederalm 300, A-5081 Anif
Printed in Germany 1983
Druck und Bindung: Elsnerdruck GmbH, Berlin
ISBN 3-8118-3615-3

Für Vernor, sine quo non

Inhalt

Bernsteinaugen

EYES OF AMBER

Das Bettelweib schlurfte die abendlich stille Straße zur rückwärtigen Front von Lord Chwiuls Landhaus entlang. Sie zögerte, blinzelte zu den schwach erleuchteten Türmen empor, dann krallte sie sich am Ärmel des Wachmannes fest. „Auf ein Wort, Meister ..."

„Rühr mich nicht an, Schlampe!" Der Wachmann hob angeekelt den Speerschaft.

Ein rascher Fußtritt aus den Lumpen hervor brachte ihn aus dem Gleichgewicht. Er fand sich auf dem Rücken im Schlamm des Frühlings liegend wieder, der Speer, von einem anderen Händepaar gehalten, deutete auf seinen Bauch. Er keuchte sprachlos.

Die Bettlerin warf ihm ein Amulett auf die Brust. „Schau dir das an, du Narr! Ich habe Geschäfte mit deinem Herrn."

Die Bettlerin trat einen Schritt zurück, die Speerspitze wippte ungeduldig.

Der Wachmann wand sich in Schlamm und Schmutz und hielt das Amulett in dem spärlichen Licht dicht vors Gesicht. „Sie ... Sie sind das? Sie dürfen passieren."

„Wahrhaftig!" Unterdrücktes Gelächter. „Wahrhaftig, ich darf passieren – aus vielen Gründen und an vielen Orten. Das Rad der Veränderung trägt uns alle." Sie hob den Speer. „Steh auf, Narr ... und du brauchst mich nicht zu begleiten. Ich werde erwartet."

Der Wachmann stand zitternd und tropfend wieder auf, er wich zurück, während sie die Membranen ihrer Schwingungen aus dem Stoff befreite. Er sah zu, wie sie sich glitzernd entfalteten, als sie sich anschickte, mühelos zum Eingang des Turms emporzuspringen, der sich in doppelter Mannshöhe über ihm befand. Er wartete, bis sie im Innern verschwunden war, ehe er es wagte, hinter ihr herzufluchen.

„Lord Chwiul?"

„T'uupieh, nehme ich an." Lord Chwiul beugte sich etwas von seiner Liegestatt aus wohlriechenden Moosen empor, um in den Schatten des Saales zu starren.

„*Lady* T'uupieh." T'uupieh trat nach vorne ins Licht und entfernte die zerlumpte Larve von ihrem Gesicht. Es bereitete ihr eine diabolische Freude, keinerlei Anzeichen von Ehrerbietung zu zeigen, indem sie auf ihn zuschritt wie eine Gleichgestellte zu einem Gleichgestellten. Das sanfte Kitzeln Hunderter winziger *Müh*fäden am Boden ließ ihre schwieligen Fußsohlen kribbeln. *Es kommt zu einfach zurück, nach so langer Zeit ...*

Sie entschied sich für die Couch neben dem niederen Wassersteintischchen und räkelte sich gleichgültig in ihren Bettlerlumpen. Sie fuhr eine Fingerklaue aus und nahm sich damit eine saftige *Kelet*beere aus der Obstschale auf der geschnitzten Tischoberfläche, die sie in ihren Mund und ihre Kehle hinabgleiten ließ, wie sie das früher schon so oft getan hatte, vor so langer Zeit. Dann endlich sah sie auf, um das Ausmaß seines Zorns abzuschätzen.

„Du wagst es, auf diese Weise zu mir zu kommen ...“

Zufriedenstellend. *Ja, sehr* ... „Ich bin nicht zu Euch gekommen. Ihr kamt zu mir ... Ihr suchtet meine Dienste.“ Ihre Augen sahen sich mit affektierter Gleichgültigkeit in dem Raum um und nahmen die kostbaren Fresken in den Wassersteinwänden zur Kenntnis, die sogar sein einfaches Privatgemach schmückten. Oder gerade dieses Gemach, fragte sie sich. Wie viele mitternächtliche Zusammenkünfte um wie vieler Intrigen willen waren hier schon abgehalten worden? Chwiul war nicht der Wohlhabendste seiner Familie oder seines Klans, doch Zurschaustellung von Reichtum und Macht zählten in dieser Stadt, in dieser Welt – denn Reichtum und Macht waren alles.

„Ich suchte die Dienste von T'uupieh der Meuchlerin. Es überrascht mich etwas, daß die Lady T'uupieh sie hierherbegleitete.“ Chwiul hatte seine Fassung wiedergefunden, sie sah, wie ihrer beider Atem beim Sprechen kondensierte.

„Wohin die eine geht, dahin folgt ihr die andere. Wir sind unzertrennlich. Gerade Ihr solltet das am allerbesten wissen, mein Lord.“ Sie sah zu, wie er mit seinem langen, bleichen Arm gleich mehrere Beeren auf einmal nahm. Ungeachtet der Kälte der Nacht trug er nur eine einfache Körpertunika, die es ihm ermöglichte, die funkelnden und glitzernden Juwelen zur Schau zu stellen, die über die Oberfläche seiner Schwingen tanzten.

Er lächelte. Sie sah die etwas ausgefahrenen scharfen Fänge. „Weil mein Bruder die eine aus der anderen machte, als er sich dein Land aneignete? Es überrascht mich, daß du überhaupt gekommen bist – weshalb glaubst du, mir vertrauen zu können?“ Seine Bewegungen waren bar jeglicher Anmut; sie erinnerte sich daran, wie die Juwelen fragile Häute und dünne Arme herabzogen, bis das Fliegen unmöglich wurde. Wie jeder Edelmann war auch Chwiul normalerweise von Dienern umgeben, die ihm den kleinsten Wunsch erfüllten. Inkompetenz, gespielt oder echt, war eine weitere Falle der Macht, eine Unzulänglichkeit, die sich nur die Reichen leisten konnten. Sie freute sich gehässig darüber, daß die Juwelen nur von minderer Qualität waren.

„Ich vertraue Euch nicht“, sagte sie. „Aber ich habe Freunde, die mir mitteilten, daß es Euch ernst ist – in diesem Fall. Und selbstverständlich bin ich nicht allein gekommen.“

„Deine Gesetzlosen?“ Unglaube. „Die bieten keinen Schutz.“

Sie griff nach dem Lumpenbündel an ihrer Seite und teilte ruhig die Stofflagen, die ihren verborgenen Begleiter enthielten.

„Es ist wahr.“ Chwiul pfiff leise. „Man nennt dich Dämonenbraut ...“

Sie wendete die Bernsteinlinsen vor dem kostbaren Auge des Dämons, damit dieser den Raum so in sich aufnehmen konnte, wie sie ihn gesehen hatte, dann richtete sie seinen Blick auf Chwiul. Er wich ein wenig zurück und fingerte im Moos herum. „‚Ein Dämon hat tausend Augen und tausend mal tausend Qualen für jene, die ihn erzürnen.‘“ Sie zitierte aus dem Buch des Ngoss, unter Anwendung dessen Rituale sie den Dämon an sich gefesselt hatte.

Chwiul streckte sich unbehaglich, als wollte er wegfliegen. Doch er sagte lediglich: „Ich glaube, wir verstehen einander. Und ich glaube, ich habe eine gute Wahl getroffen: Ich weiß, welch gute Dienste du dem Oberlord und den anderen Mitgliedern des Hofes geleistet hast ... Ich möchte, daß du jemanden für mich beseitigst.“

„Offensichtlich.“

„Ich möchte, daß du Klovhiri tötest.“

T'uupieh zuckte fast unmerklich zusammen. „Ihr überrascht mich ebenfalls, Lord Chwiul. Euren eigenen Bruder?“ *Und den Usurpator meines Landes. Wie sehr habe ich mich danach gesehnt, ihn langsam zu töten, ganz langsam, eigenhändig ... aber er wird zu gut bewacht.*

„Und auch deine Schwester – meine Frau.“ Leise, spöttische Untertöne. „Ich möchte, daß seine ganze Familie ausgelöscht wird, seine Frau, seine Kinder ...“

Klovhiri ... und Ahtseet. Ahtseet, ihre jüngere Schwester, die ihr von Kindesbeinen an die liebste Gefährtin gewesen war, ihre alleinige Familie nach dem Tod ihrer Eltern. Ahtseet, die sie behütet und beschützt hatte, geliebte, heuchlerische, verräterische kleine Ahtseet – wer konnte Stolz und Anstand und die Ehre der Familie vergessen und willig den Mann heiraten, der ihnen alles geraubt hatte? Alles nur, um das Land der Familie zu behalten, hatte Ahtseet gekreischt, alles, um ihre Position zu behalten. Aber das war nicht die richtige Methode! Nicht durch Nachgeben, sondern durch Zurückschlagen ... T'uupieh bemerkte, daß Chwiul ihre Reaktion mit unbehaglichem Interesse mitverfolgte. Sie tastete nach dem Dolch an ihrem Gürtel.

„Warum?" Sie lachte, denn eigentlich hatte sie fragen wollen: *„Wie?"*

„Das ist doch wohl offensichtlich. Ich habe es satt, immer nur die zweite Geige zu spielen. Ich will das, was er hat – dein Land und alles andere. Ich will ihn vom Hals haben, und ich will nicht, daß jemand übrigbleibt, der größere Ansprüche auf das Land hat als ich."

„Warum tut Ihr es nicht selbst? Ihr könntet sie zum Beispiel vergiften ... so was wurde schon oft getan."

„Nein. Klovhiri hat zu viele Freunde, zu viele loyale Klansmänner, zuviel Einfluß beim Oberlord. Es muß ein ‚Unfall'-Mord sein. Und niemand wäre besser geeignet, ihn für mich auszuführen, als du, meine Lady."

T'uupieh nickte vage und abschätzend. Für ein erfolgreiches Gelingen hätte er wirklich keine bessere Wahl treffen können ... denn sie brannte vor Verlangen zurückzuschlagen. Bisher hatte ihr lediglich die Gelegenheit gefehlt. Vom Zeitpunkt ihrer Enteignung an, durch die verblassenden Herbsttage und den langen Winter – mittlerweile fast ein Drittel ihrer Lebensspanne –, lebte sie nun schon verborgen in den wilden Sümpfen und Marschländern ihres Besitzes. Sie hatte einige treue Diener um sich geschart, einige Unzufriedene, einige Halsabschneider, um Klovhiris Gefolgsmänner zu ermorden, seine Phibnetze zu zerstören, aus seinen Fallen zu stehlen und ihre eigenen Ziele zu verwirklichen. Und um des bloßen Überlebens willen hatte sie alles geraubt, was Reisende auf den Straßen durch ihr Land auch immer bei sich gehabt hatten.

Da sie immer noch eine Edle war, hatte der Oberlord ihr Wegelagererdasein zunächst toleriert, später insgeheim unterstützt. Viele wohlhabende Fremde benutzten die Straßen durch ihr Besitztum, und er erlaubte ihr, selbstverständlich gegen einen entsprechenden Anteil, sie auszuplündern. Doch sie wußte, das war ein Almosen, das er ihr zuwarf, weil er zugelassen hatte, daß sein Günstling Klovhiri ihr Land nahm. Sie benützte dieses Almosen, um ihm jedmöglichen Gefallen zu tun, und nach geraumer Zeit hatte der Oberlord begonnen, ihr diskretere und profitablere Geschäfte zu überantworten – die Beseitigung gewisser Feinde. Und damit war sie auch zur Meuchlerin geworden – und hatte herausgefunden, daß dieses Dasein auch nicht anstrengender war als das einer Edlen: Zu beidem brauchte man starke Nerven, Hinterlist und eine unbedingte Skrupellosigkeit. Und weil sie T'uupieh war, hatte sie die Aufgaben meisterlich gelöst. Doch wegen ihrer Vendetta waren die Belohnungen recht kärglich gewesen – bis jetzt.

„Du anwortest nicht", stellte Chwiul fest. „Soll das bedeuten, deine Nerven versagen bei Brudermord und meine nicht?"

Sie lachte scharf. „Daß Ihr das sagt, beweist aufs neue, daß Euer Sinn für Gerechtigkeit erbärmlicher ist als meiner ... Nein, meine Nerven versagen keineswegs. Im Gegenteil, mein Blut brennt vor Verlangen! Aber ich hatte eigentlich nicht vorgehabt, Klovhiri unters Eis zu bringen, nur damit sein Bruder sich mein Land aneignet. Warum sollte ich Euch einen Gefallen tun wollen?"

„Weil du allein es offensichtlich nicht vollbringen kannst. Klovhiri hat es in der ganzen Zeit, seit du ihn heimsuchst, nicht schaffen können, dich aus dem Weg zu räumen, was sehr für deine Fähigkeiten spricht. Aber du hast ihn zu argwöhnisch und wachsam gemacht – du kannst dich ihm nicht nähern, da er sich so gut beschützen läßt. Du bist auf die Mitarbeit von jemandem angewiesen, dem du vertrauen kannst – jemandem wie mir. Ich kann ihn dir ausliefern."

„Und was wird mein Lohn sein, wenn ich zustimme? Rache ist süß, aber das allein reicht nicht aus."

„Ich werde zahlen, was du verlangst."

„Meinen Besitz." Sie lächelte.

„Nicht mal du bist so naiv ..."

„Nein." Sie spreizte scheinbar grundlos einen Flügel. „So naiv bin ich nicht. Ich kenne seinen Wert ..." Sie wurde von der Erinnerung an einen goldenen Sommertag gepackt – Erinnerung an das

Schweben, Schweben in den warmen Aufwinden über dem Dampfsee ... Sie sah die zerbrechlichen, rosaroten Türme des Gutes, deren Licht bis weit über die höchsten windumtosten Baumwipfel schimmerte ... das Safran und Karmesinrot und Aquamarin der Ammoniaktümpel, deren Farbe von gelösten Metallsalzen herrührte, die das schimmernde Gletscherland ihrer Familie durchzogen ... „Ich kenne seinen Wert." Ihre Stimme wurde barscher. „Und ich weiß auch, daß Klovhiri immer noch der Liebling des Oberlords ist. Wie Ihr sagtet, Klovhiri hat viele einflußreiche Freunde, die Eure Freunde werden, wenn er stirbt. Ich benötige mehr Macht und mehr Reichtum, bevor ich genügend Einfluß erkaufen kann, um das zu behalten, was mein ist. Die Umstände sind gegen mich – noch."

„Du bist aus Eis geschnitzt, T'uupieh. Das gefällt mir." Chwiul beugte sich nach vorn. Seine amorphen roten Augen glitten über ihren ausgestreckten Körper und bemühten sich zu erkennen, was sich unter dem Lumpenbündel verbarg, das im trügerisch fahlen Licht im Zimmer kaum zu erkennen war. Dann wandte er sich wieder ihrem Gesicht zu.

Sie zeigte ihm weder Zorn noch Belustigung. „Ich mag keine Männer, denen das an mir gefällt", sagte sie.

„Auch dann nicht, wenn ein solcher Mann dir deinen Besitz wiederbeschaffen könnte?"

„Als Eure Gefährtin?" schnappte sie mit vor Kälte klirrender Stimme. „Mein Lord, ich habe mich gerade dafür entschieden, meine Schwester deswegen zu ermorden. Lieber würde ich selbst sterben."

Achselzuckend ließ er sich wieder auf die Couch fallen. „Wie du willst." Er winkte ungeduldig mit einer Hand. „Was also wird es kosten, meinen Bruder loszuwerden – und dich auch?"

„Ah." Sie nickte verstehend. „Ihr wollt meine Dienste und mich gleichzeitig kaufen. Das wird nicht ganz so einfach sein. Aber ..." *Aber vorerst einmal werde ich einwilligen.* Sie nahm Beeren aus der Schüssel auf dem Tisch und betrachtete den seidig schimmernden Vorhang smaragdgrüner Ammoniakflüssigkeit, der eine Wand verbarg. Sie stürzte von der Höhe des Turms in ein Becken herab, und ihr Murmeln machte es eventuellen Lauschern außerhalb unmöglich, ein Wort von dem, was drinnen gesprochen wurde, zu verstehen. Diskretion und Schönheit ... Das moschusähnliche Aroma der Mooscouch versetzte sie plötzlich und unerwartet wieder in ihre Kindheit zurück: die Erinnerung, auf einem Bett zu liegen, in einer lauen Frühlingsnacht ... „Doch der Wechsel der Jahreszeiten bringt neue Veränderungen mit sich und führt mich auf andere Wege. Vielleicht zurück in die Stadt. Euer Turm gefällt mir, Lord Chwiul. Er kombiniert Diskretion und Schönheit."

„Danke."

„Überlaßt ihn mir, dann werde ich tun, was Ihr verlangt."

Chwiul richtete sich stirnrunzelnd auf. „Mein Stadthaus!" Gefaßter: „Ist das alles, was du willst?"

Sie spreizte die Finger und betrachtete die zurückgebildeten Häute dazwischen. „Ich weiß, diese Forderung ist recht bescheiden." Sie schloß die Hand zur Faust. „Aber betrachtet man, welche Befriedigung mir sein Besitz bringen wird, wird es genügen. Und Ihr werdet es nicht mehr benötigen, wenn ich Erfolg habe."

„Nein ..." Er entspannte sich ein wenig. „Ich glaube nicht. Ich werde es kaum vermissen, wenn ich dein Land erst einmal habe."

Sie beließ es dabei. „Nun, dann kommen wir ins Geschäft. Und nun sagt mir, wo finde ich den Schlüssel für Klovhiris Schloß? Wie sieht Euer Plan aus, mir ihn – und seine Familie – auszuliefern?"

„Ist dir bekannt, daß deine Schwester und ihre Kinder heute nacht zu Besuch in meinem Haus weilen? Und daß Klovhiri noch vor Anbruch des neuen Tages ebenfalls hierherkommen wird?"

„Das ist mir bekannt." Sie nickte gleichgültiger, als ihr zumute war, und erkannte, daß Chwiul insgeheim, ohne es zu zeigen, beeindruckt war, weil sie ihn in seinem Haus besuchte. Sie zog den Dolch aus der Scheide neben dem Bernsteinauge des Dämons und fuhr damit über Wasserstein und imprägniertes Holz. „Soll ich ihnen etwa im Schlaf unter Eurem Dach die Kehlen aufschneiden?" Es gelang ihr, genau das richtige Maß an Ungläubigkeit zu demonstrieren.

„Nein!" Wieder runzelte Chwiul die Stirn. „Für was für einen Narren hältst du ..." Er verstummte. „Bei Tagesanbruch werden sie auf der üblichen Route zum Gut zurückkehren. Ich habe versprochen, sie zu eskortieren, um ihre Sicherheit während der Reise zu gewährleisten. Außerdem wird ein Führer dabei sein, der uns durch die Sümpfe führen soll. Doch dieser Führer wird einen Fehler machen ..."

„Und ich werde warten." T'uupiehs Augen glänzten. Während

des Winters benutzten die Reichen Schlitten für längere Reisen, die von großen Segeln über das Eis getrieben oder von Sklaven gezogen wurden, wenn die Bodenbeschaffenheit grob und uneben war. Doch mit dem Frühling, wenn der Boden morastig und schlammig wurde, öffneten sich gefährliche Klüfte und Tümpel, um den unvorsichtigen Wanderer zu verschlingen. Nur ein erfahrener Führer konnte die Zeichen richtig deuten und soliden Wasserstein von trügerischen Ammoniakschmelzen unterscheiden. „Gut", sagte sie leise. „Ja, sehr gut ... Euer Führer wird sehen, wie sie in einem Schlammloch steckenbleiben, und dann werde ich kommen und sie niedermetzeln wie Phibs bei der Häutung."

„Exakt. Aber ich will dabeisein, wenn du das tust, ich will zusehen. Ich werde mir eine Entschuldigung ausdenken, um die Gruppe zu verlassen, und mich dann in den Sümpfen mit dir treffen. Der Führer wird sie nur in die Irre führen, wenn er mein Signal hört."

„Wie Ihr wollt. Ihr habt für dieses Privileg gut bezahlt. Aber kommt allein. Meine Gefolgsleute benötigen keine Hilfe und auch keine Störung." Sie setzte sich auf, um mit ihren langen, häutigen Füßen wieder auf den Sensorfäden des Teppichs zu stehen.

„Und wenn du mich für einen Narren hältst, der sich dir in die Hände spielt, dann vergiß eines nicht: Du wirst die erste Verdächtige sein, wenn Klovhiri ermordet wird. Ich bin der einzige Zeuge, der vor dem Oberlord beweisen kann, daß deine Gesetzlosen keine Verantwortung tragen. Vergiß das nicht."

Sie nickte. „Ich werde daran denken."

„Wie werde ich dich finden?"

„Mich werdet Ihr nicht finden. Meine tausend Augen werden Euch finden." Sie verbarg das Auge des Dämons wieder zwischen den Lumpen.

Chwiul sah etwas unbehaglich drein. „Wird ... *es* an dem Angriff beteiligt sein?"

„Vielleicht, vielleicht auch nicht. Wie es ihm beliebt. Dämonen sind nicht wie Ihr und ich an das Rad der Veränderung gefesselt. Aber Ihr werdet ihn gewiß von Angesicht zu Angesicht sehen – obwohl er kein Gesicht hat –, wenn Ihr kommt." Sie strich über das Bündel an ihrer Seite. „Ja – vergeßt nicht, auch ich habe Wächter für meine Sicherheit in dieser Übereinkunft. Ein Dämon vergißt niemals etwas."

Endlich erhob sie sich, wobei sie sich noch einmal im Raum umsah. „Bestimmt wird es mir hier gefallen." Sie sah Chwiul an. „Ich werde nach Euch Ausschau halten, wenn der neue Tag angebrochen ist."

„Wenn der neue Tag angebrochen ist." Er stand auf, Licht funkelte in den Juwelen seiner Flügel.

„Ihr braucht mich nicht zu begleiten. Ich werde diskret sein." Sie verbeugte sich wie eine Gleichgestellte, dann schritt sie auf die dunkle Halle zu. „Aber Euren Wachmann werde ich mir ganz bestimmt vom Hals schaffen. Er kann eine Lady nicht von einer Bettlerin unterscheiden."

„Das Rad dreht sich ein weiteres Mal für mich, mein Dämon. Mein Leben in den Sümpfen wird mit Klovhiris Leben enden. Ich werde in die Stadt ziehen – und ich werde wieder Herrin meines Besitzes sein, wenn die Fische auf den Bäumen sitzen."

T'uupiehs fremdartiges Gesicht glomm vor boshafter Freude, als sie auf dem Bildschirm des Computerterminals ihr Gesicht abwandte. Shannon Wyler lehnte sich in seinem Sitz zurück, beendete das Abtippen seiner Übersetzung und nahm die Drahthaube ab. Er glättete sein langes, blondes und strähniges Haar, eine Geste der Gewohnheit, die ihm half, sich wieder in seiner Umgebung zu orientieren. Wenn T'uupieh sprach, konnte er niemals die Objektivität aufbringen, die er benötigt hätte, um nicht zu vergessen, daß er sich immer noch auf der Erde befand und nicht auf dem Titan, der eineinhalb Milliarden Kilometer entfernt um den Saturn kreiste. *T'uupieh, wenn immer ich glaube, dich zu lieben, schneidest du jemandem die Kehle durch ...*

Als er das glückwünschende Murmeln der Techniker des Stabes hörte, die buchstäblich an seinen Lippen hingen und auf neue Informationen warteten, nickte er unbestimmt. Sie begannen sich hinter ihm zu zerstreuen, als der Computer Kopien des Transkripts herstellte. Kaum zu glauben, daß er das nun schon seit mehr als einem Jahr tat. Er sah auf und betrachtete die Konzertplakate an der Wand mit Nostalgie, allerdings ohne Bedauern.

Jemand telefonierte nach Marcus Reed. Er seufzte resigniert.

„‚Wenn die Fische auf den Bäumen sitzen!' Ist das Sarkasmus, oder was?"

Er betrachtete Dr. Garda Bachs üppige Gestalt über die Schulter. „Hallo, Garda. Ich hab' dich gar nicht reinkommen hören."

Sie sah von ihrer Kopie der Übersetzung auf und tippte ihm sanft mit ihrer gegabelten Krücke auf die Schulter. „Ich weiß, mein Junge, du hörst nie etwas, wenn T'uupieh spricht ... Aber was soll das heißen?"

„Auf Titan ist das ein Anzeichen für das Herannahen des Sommers – wenn die Triphibien ihre dritte Metamorphose erleben. Sie meint damit fünf Jahre unserer Zeitrechnung."

„Ah! Natürlich. Das olle Hirn ist auch nicht mehr das, was es mal war." Sie schüttelte ihren grauweißen Kopf, ihr schwarzer Mantel wirbelte melodramatisch.

Er grinste, da er wußte, sie meinte kein Wort davon ernst. „Zusätzlich zu fünfzig anderen Sprachen auch noch Titanisch zu lernen ist vielleicht der Tropfen, der das Faß zum Überlaufen bringt."

„Ja, ja, vielleicht ist das so ..." Sie ließ sich schwer in den nächsten Sessel sinken, und schon war sie wieder in das Manuskript vertieft. Er hatte nie damit gerechnet, daß er die alte Scharteke einmal so liebgewinnen würde. Ihre Gegenwart war ihm erstmals in Berkeley bewußt geworden, als er Linguistik studiert hatte – sie war die *grande dame* der Linguistik gewesen, die noch aus der Zeit stammte, als es hier auf der Erde noch unregistrierte Sprachen gegeben hatte. Doch ihre Fähigkeit, ihren Namen gedruckt zu bringen und ihr Gesicht ins Fernsehen, und zwar als Expertin für das, was jeder „wirklich meinte", hatte ihn davon überzeugt, daß ihr Talent darin lag, sich bestens an den Mann zu bringen. Auch als er ihr schließlich persönlich begegnet war, hatte er diese Meinung nicht geändert, doch er hatte sich davon überzeugen können, daß sie ihr Handwerkszeug in kultureller Linguistik beherrschte. Und das wiederum überzeugte ihn davon, daß ihr Akzent völliger Schwindel war. Aber ungeachtet ihres Schwindels – oder vielleicht sogar gerade deswegen – war er zu der Überzeugung gekommen, daß ihre nun archaischen Ansichten über Linguistik seinen Vorstellungen von Kommunikation wesentlich näherstanden als die seiner Eltern.

Garda seufzte. „Außergewöhnlich, Shannon! Du bist schlicht außergewöhnlich – dein Gefühl für diese völlig fremde Sprache erstaunt mich. Was hätten wir nur getan, wenn du nicht zu uns gekommen wärst?"

„Was auch immer, ihr hättet es ohne mich getan, nehme ich an." Er genoß diese spezielle Freude, von jemandem bewundert zu werden, den er respektierte. Er sah wieder zur Computerkonsole, zu den beiden schimmernden, dreißig Zentimeter langen grünen Plastikplatten, die ihm das Geschick eines Violinsolisten oder eines Komponisten mit hunderttausend Schlüsseln verliehen – seine Verbindung mit T'uupieh, seine Stimme: der neue IBM-Synthesizer, dessen berührungssensitive Kontrollplatten manipuliert werden konnten, die unglaubliche Komplexität ihrer Sprache zu rekreieren. Gottes Gabe an die Welt der Linguisten – aber es bedurfte der Sensitivität und Inspiration eines Musikers, um die ganze Bandbreite voll auszunutzen.

Er sah wieder auf und zum Fenster hinaus, zur nun wie immer nebelverhangenen Szenerie der Coos Bay. Da es unter den Linguisten nur ganz wenige Musiker gab, war ihr Widerstand gegen den Synthesizer eisenhart gewesen. Die alte Garde der alternden Neuen Welle – zu der sein Vater, der Professor, und seine Mutter, die Kommunikationsingenieurin, gehörten – klammerte sich immer noch fruchtlos gläubig an mathematische Computerübersetzungen. Sie mühten sich immer noch mit unbeholfenen Programmen ab, die unter der Last endloser Morphemlisten schier brachen und mit denen man eines Tages vielleicht jede Botschaft in jeder denkbaren Sprache übermitteln konnte. Doch selbst nach Jahren der Verbesserung waren Computerübersetzungen immer noch schlampig, hölzern und weitgehend nutzlos.

An der Universität hatte es keine neuen Sprachen zum Erforschen gegeben, und die Erlaubnis, den Synthesizer zur Erkundung alter Sprachen zu verwenden, hatte man ihm verwehrt. Daher hatte er – nach einem letzten, bitteren Familienkrach – die Universtität wieder verlassen. Er hatte den Glauben an den Synthesizer in die Welt seiner zweiten Leidenschaft mit hinübergerettet, in die der Musik, in ein Gebiet, so hoffte er, wo wirkliche Kommunikation noch einen gewissen Wert hatte. Nun, im Alter von vierundzwanzig Jahren, war er Shann, der Musikmann, Musiker der Musiker und Held einer in Zahlen nicht zu erfassenden Generation alternder wie auch neuer Fans, die die Liebe für die dauernd im Wandel begriffene Musik namens „Rock" geerbt hatte. Keiner seiner Eltern hatte seit Jahren freiwillig mit ihm gesprochen.

„Keine falsche Bescheidenheit", mahnte Garda. „Was hätten wir ohne dich tun sollen? Du selbst hast dich schon oft über die Methoden deiner Mutter beschwert. Du weißt, wir hätten heute nicht ein Zehntel der Informationen über Titan, die wir von T'uupieh bekommen haben, wenn wir ihre verdammte Computerübersetzung verwendet hätten."

Bei dieser Anspielung auf geheime Schuld runzelte Shannon leicht die Stirn. „Paß auf, ich habe einige Neuerungen eingeführt – und viele davon waren brauchbar –, aber ich wäre nie so weit gekommen, wenn sie nicht alle grundlegenden Analysen durchgeführt hätte, noch lange bevor ich kam." Seine Mutter hatte zum Missionsstab gehört, da sie jahrelang als Spezialistin für die Esoterik der Computerkommunikation bei der NASA gearbeitet hatte, und wegen ihres linguistischen Hintergrundes war sie zur Chefin des neu zusammengestellten Stabes von Marcus Reed ernannt worden, dem Boß des Projektes Titan. Sie hatte die ersten phonetischen Analysen geleitet: den Einsatz des Computers, um die fremde Stimmlage der Außerirdischen für Menschen verständlich zu machen, um dann die komplexen Geräusche in mehr und vor allem einfachere menschliche Töne umzuwandeln, sie hatte Phoneme entziffert und Morpheme separiert, sie einem grammatikalischen Rahmenwerk zugeordnet und dann englische Klangäquivalente dafür eingesetzt. Shannon hatte sie bei ihren frühen Fernsehinterviews gesehen, wo sie einen kranken und unglücklichen Eindruck gemacht hatte, während Reed vor der versammelten Presse hofgehalten hatte. Doch was Dr. Wyler, der Kommunikationsingenieur, zu sagen gehabt hatte, das hatte ihn in seinem Sessel festgehalten, und dann hatte er, ohne widerstehen zu können, das nächste Flugzeug nach Coos Bay genommen.

„Nun, ich wollte dir nicht zu nahe treten", sagte Garda. „Deine Mutter ist offensichtlich eine geschickte Ingenieurin. Doch ein wenig mehr ... Flexibilität könnte ihr nicht schaden."

„Wem sagst du das." Er nickte reuig. „Sie würde es immer noch gerne sehen, wenn der Synthesizer über Bord gekippt wird. Seit ich hier bin, ist sie völlig aus dem Häuschen. Aber wenigstens Reed weiß meinen ‚Wert' zu schätzen." Als er im Institut angekommen war, hatte Reed ihn wie einen seit langem verlorenen Sohn begrüßt: Schließlich sei er ja nicht nur ein fähiger Linguist, sondern auch ein inspirierter Musiker. Und ob er denn nicht ein wenig Zeit hätte, zwischen seinen Auftritten, und ob er denn seinen Besuch noch etwas ausdehnen wollte, um sich näher über die Arbeit seiner Mutter zu informieren? Er hatte bescheiden eingewilligt – und schon waren die Reporter mit den Fernsehkameras bereitwillig aufgesprungen, und er erkannte genau, sie würden nicht über die Ankunft von Dr. Wylers Sohn, sondern über die von Shann, dem Musikmann, berichten.

Doch er hatte seine erste Sitzung mit der Stimme aus einer anderen Welt bewilligt bekommen. Und schon nach dem ersten Anhören war er zum Süchtigen geworden – denn ihre Sprache war Musik. Jedes Phonem bestand aus zwei oder drei einander überlagernden Tönen, jedes Morphem war ein Strom von Phonemen, die wie Wasser zusammenflossen. Sie sprachen mit Akkorden, das Resultat glich einem Chor klingelnder Kristallglöckchen oder dem sanften Klimpern kristallener Lüster.

Und so war er geblieben, anfänglich nur fähig, seiner Mutter und ihren Assistenten mit schmerzlicher Frustration zuzusehen. Die Computeranalysemethoden seiner Mutter hatten sich bei der anfänglichen Transphonemisierung von T'uupiehs Sprache gut bewährt, und sie hatten soviel gelernt, daß sie nach kurzer Zeit schon unbeholfene Botschaften rückübermitteln konnten, wobei sie das Echolotgerät verwendet hatten, um sich T'uupiehs Aufmerksamkeit zu sichern. Doch das Eingeben mittels der Tastatur und das anschließende Übersetzen in andere Sprachen funktionierte noch nicht einmal für irdische Sprachen mit den kompliziertesten Programmen. Und mit fast religiöser Bestimmtheit erkannte er, daß der Synthesizer wie geschaffen für dieses Wunder der Kommunikation schien, und nur er allein konnte ihn benutzen, um die Feinheiten und Nuancen direkt zu übermitteln, die eine Maschinenübersetzung niemals würde bewerkstelligen können. Er hatte versucht, sich mit seiner Mutter über den Einsatz des Synthesizers zu verständigen, doch sie hatte ihn brüsk abgewiesen: „Dies ist ein Forschungszentrum, kein Aufnahmestudio."

Und so hatte er sich über sie hinweggesetzt und war direkt zu Reed gegangen, der entzückt gewesen war. Und als er schließlich fühlte, wie seine Hände über die warmen, sanft vibrierenden Platten huschten, um die Sprache einer anderen Welt zu rekonstruieren, da wußte er, er hatte von Anfang an recht gehabt. Er ließ seine musikalischen Verpflichtungen ohne Bedauern zum Teufel gehen, ja, fast mit Erleichterung, und nahm die Arbeit auf dem Fachgebiet wieder auf, das immer Priorität haben würde.

Shannon betrachtete den Schirm, wo T'uupieh sich behaglich an die gekrümmte Seite der Sonde gelehnt hatte, wodurch sie ihm den Blick auf das Lager etwas versperrte. Glücklicherweise behandelte sie – wie auch ihre Gefolgschaft – die Sonde außerordentlich behutsam, sogar wenn sie sie beim Lagerwechsel von Camp zu Camp schleiften. Er fragte sich, was geschehen wäre, hätten sie versehentlich ihr Verteidigungssystem aktiviert, das sie vor wilden Tieren schützen sollte. Es sendete Elektroschocks aus, die von wenig schmerzhaft bis tödlich reichten. Und er fragte sich weiter, was geschehen wäre, hätte die Sonde und ihre „Augen“ nicht so nahtlos in T'uupiehs Glauben an Dämonen gepaßt. Die Vorstellung, daß er sie niemals kennengelernt, niemals ihre Stimme gehört hätte ...

Bereits mehr als ein Jahr war verstrichen, seit er und der Rest der Welt die erstaunliche Nachricht vernommen hatte, daß auf Saturns größtem Mond intelligentes Leben existierte. Er hatte keinerlei Erinnerungen mehr an die beiden ersten Flüge an Titan vorbei, damals, '79 und '81 – relativ gut in Erinnerung geblieben war ihm dagegen der Orbiter von 1990, der erste flüchtige Bilder von der Oberfläche des Mondes gemacht hatte, die sich unter dem goldenen Wolkenmeer verbarg. Die Handvoll winzigster Proben, die er mitgebracht hatte, hatten ausgereicht zu beweisen, daß der Mond von demselben „Treibhauseffekt“ profitierte, der aus der Venus eine kochende Hölle machte. Und wenn auch die jahreszeitlich schwankenden Temperaturen niemals über zweihundert Grad Kelvin stiegen, so hatten die Fotos doch ganz eindeutig die These untermauert, daß es intelligentes Leben auf Titan gab. Die Entdekkung von Leben, nach so vielen erfolglosen Missionen im restlichen Sonnensystem, hatte sofort zur Ausrüstung einer zweiten Expedition geführt, man hatte eine Sonde losgeschickt, die dazu konstruiert worden war, Daten von der Oberfläche des Titan zurückzufunken.

Diese Sonde hatte eine Lebensform mit menschlicher Intelligenz entdeckt, oder besser, diese Lebensform hatte die Sonde entdeckt. Und T'uupiehs Entdeckung hatte aus einer potentiell gescheiterten Mission einen Erfolg werden lassen: Die Sonde war mit zehn unbeweglichen Datenverarbeitungseinheiten und zehn „Augen“ oder untergeordneten Einheiten ausgestattet worden, die sich über die Oberfläche des Titan hatten verteilen sollen, um Informationen zu sammeln. Doch der Ausstoß dieser Untereinheiten während des Landemanövers war schiefgegangen, und alle „Augen“ waren auf einem Gebiet von nur wenigen Quadratkilometern um den zentralen Landeplatz der Sonde herum niedergegangen. Doch T'uupiehs Eigeninteresse, ihre Faszination und ihre Bereitschaft, ihren „Dämon" zu beschwichtigen, hatte alles wieder wettgemacht …

Shannon sah wieder zu dem flachen Wandschirm auf und erblickte T'uupiehs unglaublich fremdartiges Gesicht – ein Gesicht jedoch, das ihm inzwischen so vertraut war wie sein eigenes Spiegelbild. Sie saß einfach da und wartete mit der ihr eigenen Geduld auf eine Antwort ihres „Dämons". Wenn seine Übertragung bei ihr ankam, würde sie schon über eine Stunde gewartet haben, und sie würde hinterher wieder so lange warten müssen, während sie eine Antwort diskutierten und er sie dann übersetzte. Sie verbrachte mittlerweile mehr Zeit bei der Sonde als bei ihrem eigenen Volk. *Die Einsamkeit der Herrschenden.* Er lächelte. Das fast flache Pofil ihres mondweißen Gesichtes wandte sich ihm etwas zu – zu der Kameralinse; auch ihr dünner Mund lächelte, entblößte jedoch keinen ihrer langen, spitzen Zähne. Er konnte ein rotes, pupillenloses Auge und den klaffenden Nasenschlitz sehen, der es halb umgab; ihr frostiger Zyanidatem schimmerte blauweiß, erleuchtet vom geisterhaften Halo des Elmsfeuers, das die Sonde die ganze Acht-Tage-Nacht Titans hindurch umspielte. Er konnte Leuchtbälle sehen, die wie japanische Laternen in den Zweigen und Ästen eines entfernten Gestrüpps hingen.

Es war unglaublich … oder vollkommen logisch, je nachdem, welcher Biologe gerade sprach … daß das auf Stickstoff und Ammoniak basierende Leben auf Titan so viele Ähnlichkeiten mit dem auf Sauerstoff und Wasser aufgebauten Leben auf der Erde hatte. Aber T'uupieh war nicht menschlich, und die Musik ihrer Worte übermittelte ihm immer und immer wieder Botschaften, die den Idealen spotteten, die er in ihr verankern wollte. So hatte sie im Verlauf des letzten Jahres nicht weniger als elf Leute ermordet, und ihre Gesetzlosen hatten noch Gott allein weiß wieviel mehr Morde auf dem Gewissen, Morde an Opfern, die sie ausgeraubt hatten. Sie kooperierte nur deshalb mit der Sonde, weil, wie sie selbst gesagt hatte, ein Dämon eben eine noch blutigere Reputation besaß. Nur ein Dämon konnte ihr Respekt einflößen. Und doch, dem wenigen zufolge, das sie bisher durch sie über ihre Welt, in der sie lebte, hatten erfahren können, war sie nicht besser und auch nicht schlechter als jedes andere Wesen auch – nur erfahrener.

War sie die Gefangene eines Zeitalters, einer Kultur, in der Blutvergießen mehr galt als Blutsfreundschaft? Oder war es etwa ein biologischer Erbfaktor, der ihre Brutalität philosophisch durchdrang und ihre Philosphie brutalisierte?

Hinter T'uupieh hatten einige der Gesetzlosen, die um das Lagerfeuer saßen, begonnen zu singen – fremde Folkloregesänge, die in der Übersetzung nichts weiter waren als einfache, wiederholte Verse. Doch in ihrer unverfälschten, unübersetzten Form gehört, boten sie einen melodisch äußerst komplexen Klang: musikalische Sprache im größeren Muster des Liedes. Shannon griff nach vorn und setzte den Kopfhörer wieder auf. Nun vergaß er alles um sich her. Er hatte einst einen Traum gehabt, in dem es ihm möglich gewesen war, in Akkorden zu singen ...

Unter Ausnutzung der langen Warteperioden zwischen ihren Unterhaltungen hatte er vor einigen Monaten selbst einige der fremden Lieder aufgezeichnet, indem er den Synthesizer eingesetzt hatte. Es waren karge und unkomplizierte Versionen, verglichen mit den Originalen, denn seine Beherrschung der Sprache konnte bei weitem noch nicht mit der der Sänger verglichen werden, doch er hatte den Wunsch nicht unterdrücken können, sie sich anzueignen. Singen war Teil eines religiösen Rituals, wie T'uupieh ihm mitgeteilt hatte. „Aber sie singen nicht, weil sie religiös sind, sondern weil es ihnen Spaß macht." Einmal hatte er, in aller Abgeschiedenheit, eine seiner eigenen Kompositionen für sie auf dem Synthesizer übersetzt und übermittelt. Sie hatte ihn – beziehungsweise das goldene Auge der Sonde – mit eisigem, wenn auch tolerantem Schweigen angesehen. Sie selbst sang niemals, wenn er sie gelegentlich auch leise summen hörte. Er fragte sich, was sie wohl sagen würde, wüßte sie, daß die Lieder ihrer Gesetzlosen ihm inzwischen bereits seine erste Platinplatte eingebracht hatte. Wahrscheinlich nichts – aber so wie er sie einschätzte, wäre sie wahrscheinlich die erste gewesen, die daraus hätte Kapital schlagen wollen, wenn sie es gewußt hätte.

Er hatte angeordnet, die Profite aus dem Verkauf der Schallplatte der NASA zuzuführen (und weil er das insgeheim schon lange vorgehabt hatte, hatte es ihn besonders geärgert, von Reed darum gebeten worden zu sein), allerdings unter der Bedingung, daß die Geste geheim bleiben sollte. Aber irgendwie hatte ein Reporter bei der nächsten Pressekonferenz es verstanden, exakt die richtige Frage zu stellen, und so hatte Reed alles ausgeplaudert. Und seine Mutter, nach dem Opfer ihres Sohnes befragt, hatte gemurmelt: „Saturn wird zum Drei-Manegen-Zirkus“, und er hatte dagestanden und nicht gewußt, ob er lachen oder heulen sollte.

Shannon holte ein zerknittertes Päckchen Zigaretten aus einer Tasche seines Kaftans und zündete sich eine an. Garda sah schnüffelnd auf und schüttelte den Kopf. Sie rauchte nicht und gab sich auch sonst keinem Vergnügen hin (wenn er auch manchmal vermutete, daß sie mit Männern herumzog), und sie hatte ihm einen langen Vortrag darüber gehalten, der mit den Worten endete: „Nun, wenigstens ist es kein Tabak.“ Er blickte in ihre Richtung und schüttelte den Kopf.

„Was hältst du von T'uupiehs neuestem Opfer?“ Garda winkte mit der Übersetzung und holte ihn damit in die Gegewart zurück. „Wird sie ihre eigene Schwester ermorden?“

Er exhalierte langsam zwischen den Worten. „Schalten Sie morgen wieder ein, wenn die Fortsetzung läuft! Ich glaube, Reed wird es gefallen.“ Er deutete zur Zeitung, die neben dem Sessel auf dem Boden lag. „Ist dir schon aufgefallen, daß man uns auf Seite drei verbannt hat?“ T'uupieh hatte den Analysatoren der Sonde ein paar Artefakte aus Metall gegeben – etwas, das, nach ihren Worten, nur den „Alten“ bekannt war – und die wissenschaftlichen Spekulationen über die Existenz einer vorzeitlichen technologisch hochentwickelten Kultur hatten das Interesse an der Sonde wieder zur Seite eins vordringen lassen. Doch auch die Neuigkeiten von dieser Entdeckung hielten nicht ewig vor. „Diesen Status müssen wir erhalten, Leute. Die Spenden und Zuschüsse müssen anrollen.“

Garda kicherte. „Bist du zornig auf Reed oder auf T'uupieh?“

Er zuckte die Achseln. „Beides. Ich sehe keinen Grund, weswegen sie ihre eigene Schwester nicht töten sollte ...“ Er verstummte, als das Murmeln im Raum plötzlich an Lautstärke zunahm. Marcus Reed kam hereinstolziert, und wie immer löste er alle anfallenden Probleme allein durch sein Erscheinen sofort. Shannon bewunderte Reeds Energie, obwohl er die Art und Weise, mit der er sie vergeudete, verabscheute. Reed benutzte alle und jeden mit charmantem Zynismus, im ultimaten Dienst der Wissenschaft – und ihm beim Arbeiten zuzusehen, hatte in Shannon jeglichen Respekt und guten Willen abgetötet, mit dem er dem Projekt beigetreten war. Er wußte, daß die Reaktion seiner Mutter auf Reed durchaus der seinen sehr ähnlich war, obwohl sie diesbezüglich nie etwas zu ihm gesagt hatte. Es überraschte ihn, daß es immer noch etwas gab, bei dem sie übereinstimmten.

„Dr. Reed ..."

„Entschuldigen Sie, Dr. Reed ..."

Seine Mutter befand sich bei Reed, sie hatte die Lippen zusammengepreßt und sah resiginiert drein. Ihren Labormantel hatte sie bis obenhin zugeknöpft, als wollte sie eine Kontamination vermeiden. Reed hätte direkt aus einem Herrenmodemagazin stammen können, wie immer. Shannon betrachtete seinen eigenen schlotternden Kaftan und die Jeans, die Garda schon zu der Bemerkung „Willst du etwa ins Kloster?" veranlaßt hatten.

„Wir würden wirklich gerne ..."

„Sie möchten bitte bei Senator Foyle zurückrufen ..."

„... ja, schon gut. Und sagen sie Dinocci, er kann fortfahren und die Sonde eine neue Probe auswerten lassen. Ja, Max, ich werde darauf ..." Reed brachte alle mit einer Geste zum Verstummen, als Garda und Shannon sich ihm zuwandten. „Ich habe soeben die Neuigkeiten vom jüngsten Auftrag unseres ‚Robin Hood' vernommen."

Shannon verzog lautlos das Gesicht. Er war der erste gewesen, der T'uupieh scherzhaft ‚Robin Hood' genannt hatte. Reed hatte es aufgeschnappt, und seitdem bezeichnete er ihre Ammoniaksümpfe vor der Presse nur noch als ‚Sherwood Forest'. Doch als die Wahrheit über ihre Blutrünstigkeit ans Licht gekommen war, hatte es immer mehr so ausgesehen, als würde sie mit dem ‚Sheriff von Nottingham' zusammenarbeiten, und einige Reporter hatten darauf hingewiesen, daß T'uupieh mit Robin Hood nicht mehr Ähnlichkeit besaß als mit Rima, dem Vogelmädchen. Reed hatte lachend geantwortet: „Nun, Robin Hoood hat schließlich auch nur von den Reichen gestohlen, weil die Armen überhaupt kein Geld hatten." Das, dachte Shannon, war der wahre Anfang vom Ende seiner Toleranz gewesen.

„... das könnte als eine Möglichkeit genützt werden, der Welt drastisch die rauhen Sitten auf Titan vorzuführen ..."

„Einen Moment mal", sagte Garda. „Wollen Sie damit sagen, Sie wollen die Öffentlichkeit bei dieser Scheußlichkeit zuschauen lassen, Marcus?" Bisher hatten sie der Öffentlichkeit noch niemals

Bänder tatsächlich passierender Morde übermittelt, und nicht einmal Reed hatte argumentieren können, daß das einem wissenschaftlichen Zweck genützt hätte.

„Nein, das will er nicht, Garda!“ Shannon sah auf, als seine Mutter zu sprechen begann. „Weil wir alle darin übereingestimmt hatten, daß wir der Öffentlichkeit die Bänder nicht um der Sensation willen zeigen wollten.“

„Carly, Sie wissen, die Presse ist hinter mir her, um andere Bänder freizugeben, was ich bisher nicht getan habe, da wir alle dagegen gestimmt haben. Aber ich meine, diese Situation ist anders – eine Demonstration eines einzigartigen, fremdartigen soziokulturellen Zustandes. Was meinen Sie, Shann?“

Shannon zuckte wütend mit den Schultern und machte sich keine Mühe, das zu verbergen. „Ich weiß nicht, was daran so einzigartig sein soll. Mord ist Mord, egal, wo man ihn filmt. Ich halte die Idee für beschissen.“ Einmal, während einer Party, er war damals noch am College gewesen, hatte er einen Film gesehen, in dem ein argloses Opfer zu Tode gehackt worden war. Der Film und das, was all diese Filme über die menschliche Rasse aussagten, hatte ihn krank gemacht.

„*Ach* ... darin liegt mehr Wahrheit als Poesie!“ pflichete Garda bei.

Reed runzelte die Stirn, und Shannon sah, wie seine Mutter eine Braue hob.

„Ich habe eine bessere Idee.“ Er drückte seine Zigarette im Aschenbecher unter der Konsole aus. „Warum lassen Sie mich nicht versuchen, es ihr auszureden?“ Kaum hatte er es ausgesprochen, erkannte er, wie sehr er es selbst wünschte und wieviel ein Erfolg für seinen unerschütterlichen Glauben an die Kommunikation bedeuten konnte – für sein Bild von T'uupiehs Volk und womöglich auch für sein eigenes.

Sie starrten ihn beide überrascht an. „Wie?“ fragte Reed.

„Nun ... das weiß ich noch nicht. Lassen Sie mich einfach mit ihr sprechen, lassen Sie mich versuchen, wirklich mit ihr zu kommunizieren, um herauszufinden, was sie denkt und fühlt – ohne den technischen Müll, der mir dabei immer hinderlich ist.“

Die Lippen seiner Mutter wurden noch dünner. Er sah, wie sich die altbekannten Sorgenfalten zwischen ihren Brauen aufrichteten. „Es ist unsere Aufgabe hier, diesen ‚Müll‘ zusammenzutragen, und nicht, unsere moralischen Maßstäbe auf das Universum anzuwenden. Wir haben auch so schon zuviel zu tun."

„Was soll falsch daran sein zu versuchen, einen Mord zu verhindern?" Ein seltsames Licht flammte plötzlich hinter Gardas blauen Augen. „Das könnte echte ... soziale Folgen haben. Denken Sie drüber nach, Marcus."

Reed nickte und betrachtete die geduldig wartenden Gesichter, die ihm noch immer zugekehrt waren. „Ja ... das könnte es. Ein Fall von echtem menschlichem Interesse." Zustimmendes Murmeln. „Nun gut, Shann, es dauert noch etwa drei Tage, bevor im ‚Sherwood Forest' wieder die Sonne aufgeht. Du hast sie zu deiner Verfügung, um mit T'uupieh zu arbeiten. Die Presse wird Berichte über deine Fortschritte wollen ..." Er sah auf die Uhr und nickte zur Tür, worauf er sich auch schon wieder abwandte. Shannon sah seiner Mutter nicht ins Gesicht, als sie an ihm vorbeiging.

„Viel Glück, Shann." Das sagte Reed noch abwesend zu ihm. „Ich habe wenig Vertrauen in den Sinneswandel von ‚Robin Hood', aber du kannst es trotzdem versuchen."

Shannon krümmte sich stirnrunzelnd in seinem Sessel zusammen und wandte sich wieder der Konsole zu. „In deiner zukünftigen Inkarnation wirst du vielleicht als Klo wieder zur Welt kommen."

T'uupieh war verwirrt. Sie saß neben dem Dämon auf klammem Wasserstein und wartete darauf, daß er ihr antwortete. Seit der Zeit, als sie ihn im Sumpf gefangen hatte, war sie immer wieder überrascht gewesen, wie wenig sein Verhalten dem ähnelte, was sie über Dämonen wußte. Und heute nacht ...

Sie zuckte zusammen, als sein grotesker Klauenarm plötzlich zum Leben erwachte und in den Spalten umhertastete, wo die ersten Frühlingssprößlinge die Oberfläche des Eises durchstoßen hatten. Der Dämon tat viele unverständliche Dinge (was nicht verwunderlich war), und er verlangte Opfer aus Metall, Fleisch, Pflanzen und sogar Stein – und manchmal auch Dinge, die sie von Reisenden geraubt hatte. Sie hatte ihm diese Dinge gerne gegeben, in der Hoffnung, damit seine Zufriedenheit und seine Unterstützung erreichen zu können, sie hatte ihn sogar, wenn auch manchmal zähneknirschend, mit wertvollen Metallornamenten der Alten gefüttert, die sie einem weinerlichen, umherreisenden Lord abgenommen hatte. Der Dämon hatte ihr ausgiebig dafür gedankt, denn alle Dämonen horteten Metalle – sie vermutete, sie brauchten die Metalle, um ihre Stärke zu bewahren. Seine Kopfkuppel, die nun in dem Hexenfeuer erglühte, die sie des Nachts immer umgab, war ein riesiges metallenes Juwel von der Farbe des Blutes. Und doch hatte sie immer gehört, daß Dämonen das Fleisch von Frauen und Männern vorzogen. Doch als sie ihn mit den Flügeln des gefangenen Lords gefüttert hatte, hatte er sie nach wenigen Bissen wieder ausgespien und ihr befohlen, ihn in Ruhe zu lassen. Verwundert hatte sie gehorcht, woraufhin der Narr direkt in die Sümpfe und damit in den sicheren Tod gelaufen war.

Und nun heute nacht ... „Du willst also deine Schwester ermorden“, hatte er zu ihr gesagt, „und zwei unschuldige Kinder dazu. Was empfindest du dabei?“ Und sie hatte ausgesprochen, was ihr zuerst in den Sinn gekommen war: „Daß der neue Tag gar nicht schnell genug anbrechen kann! Ich habe so lange gewartet – zu lange –, um mich an Klovhiri zu rächen! Meine Schwester und ihre Bälger sind Teil seiner Schlechtigkeit und werden besser ausgelöscht, ehe sie sich weiter vermehren können.“ Sie hatte ihren Dolch herausgezogen und ihn in den Schlamm gebohrt, wie sie ihn in ihre Herzen bohren würde.

Der Dämon war daraufhin lange stumm geblieben, wie immer. (Der Legende nach waren Dämonen unsterblich, und daher nahm sie an, daß er es nicht eilig mit einer Antwort hatte. Sie hatte sich schon oft gewünscht, er würde ihrer eigenen Sterblichkeit mehr Beachtung schenken). Dann aber sagte er mit seiner fremdartigen Stimme voller unbekannter Schattierungen: „Aber die Kinder haben keinem etwas getan. Und Ahtseet ist deine einzige Schwester, sie und ihre Kinder sind von deinem Fleisch und Blut. Sie hat ihr Leben mit dir geteilt. Du sagtest, einst, du hättest sie deswegen ...“ – der Dämon verstummte und suchte in seinem begrenzten Sprachschatz nach Worten – „deswegen einst versorgt. Bedeuten dir deine Gefühle von damals denn heute gar nichts mehr? Verspürst du keine Liebe mehr, um deine Hand zu bremsen, die du zum tödlichen Stoß erheben willst?“

„Liebe!“ sagte sie ungläubig. „Was sind das für Worte, Seelenloser? Du verspottest mich ...“ Plötzlicher Zorn ließ sie ihre Zähne entblößen. „Liebe ist ein Spielzeug, mein Dämon, aber mein Spielzeug habe ich hinter mir gelassen. Wie auch Ahtseet ... sie ist nicht von meinem Fleisch und Blut. Verräter! Veräter!“ Die Worte zischten wie das ausgehende Lagerfeuer. Sie war aufgestanden und hatte sich wütend von dem Dämon abgewandt, um neue Äste in die glimmende Schwefelasche zu legen. Y'lirr, ihr Stellverteter, hatte ihr aus seinem Schlafsack zugelächelt und ihr gesagt, sie solle schlafen. Doch sie hatte ihn ignoriert und war zu ihrem Verbündeten auf den Hügel zurückgekehrt.

Obwohl die Nacht kalt genug war, die langsam tauenden Zweige der *Safilil*bäume wieder zu kristallisieren, lag das Äquinoktium weit zurück, und nun kündeten die feinen Nebel polymeren Regens golden und verheißend von herrlichen Sommertagen. T'uupieh hatte sich enger in ihren Mantel gekuschelt und eine Kapuze übergezogen, um zu verhindern, daß der klebrige Nebel ihre Schwingen und Ohrmembranen überzog, und sie hatte sich an den letzten Sommer erinnert, ihren ersten Sommer, den sie nie mehr vergessen würde ... Ahtseet war zu Beginn dieses Sommers ein unbeholfenes, ungeschicktes Kind gewesen, und das Kind T'uupieh hatte die neue Schwester für unnütz und dumm gehalten. Doch der Sommer hatte das Land langsam verändert und ihre staunenden Augen mit Wundern erfüllt, und auch ihre Schwester hatte sich verändert, sie war zu einer leichtfüßigen, unbeschwerten Spielkameradin geworden, die sie an ihren Streichen und Abenteuern hatte teilhaben lassen. Gemeinsam hatten sie gelernt, ihre Schwingen zu gebrauchen und sich die warmen Aufwinde zunutze zu machen, um die Vorzüge und Freiheiten ihres Erbes kennenzulernen.

Und nun, da der Frühling wieder im Begriff stand, sich zum Sommer zu wandeln, klammerte sich T'uupieh mit aller Gewalt an die Vision, die sie nicht verlieren wollte. Ebensowenig wollte sie sich daran erinnern, daß dieser süße, unvernünftige Sommer der Kindheit nie mehr wiederkehren würde, auch wenn sich die Jahreszeit wieder näherte, denn das Rad der Veränderung drehte sich weiter und weiter und ließ sich nicht zurückdrehen ... am Ende des Sommers war sie zur Erwachsenen geworden, und nun würde sie sich nie mehr mit der Unbeschwertheit der Jugend in die Lüfte erheben können. Und auch Ahtseet würde es nie mehr tun. Die kleine Ahtseet, die ihr immer gefolgt war wie ihr eigener Schatten. *Nein! Sie würde es nicht bedauern! Sie würde glücklich sein ...*

„Hast du noch nie darüber nachgedacht, T'uupieh“, sagte der Dämon plötzlich, „daß es falsch ist, jemanden zu töten? Du willst nicht sterben, und so will keiner vor seiner Zeit gehen. Warum sollten sie auch? Hast du je darüber nachgedacht, wie es sein könnte, die Welt zu verändern, damit jeder so behandelt wird, wie es ihm zukommt ... wo jeder dich behandeln würde, wie du es willst, und du jeden, wie er es will? Wenn jeder ... leben und leben lassen könnte." Seine Stimme kippte zu unverständlichen Obertönen ab, die sie nicht mehr verstehen konnte.

Sie wartete, doch er sagte nichts mehr, als erwartete er von ihr, über das nachzudenken, was sie bereits gehört hatte. Doch es bestand keine Notwendigkeit, über das Offensichtliche nachzudenken: „Nur die Toten können ‚leben und leben lassen'. Ich behandle jeden so, wie ich von ihm behandelt zu werden erwarte, ansonsten wäre ich wahrscheinlich schon bald tot! Der Tod ist ein Bestandteil des Lebens. Wir sterben, wenn das Schicksal es will, und wenn das Schicksal es will, dann töten wir auch.

Du bist unsterblich, dir ist die Macht gegeben, das Rad zu drehen, um das Schicksal zu formen, wie du es haben willst. Du magst mit schönen Phantasiegebilden spielen, sie sogar real werden lassen, und mußt dich nie wegen der Konsequenzen sorgen. Aber in unserem kurzen Leben ist dafür kein Platz. Wie sehr ich mich auch bemühe, wie du zu sein, am Ende werde ich doch sterben wie alle anderen auch. Wir können nichts ändern, unser Leben ist vorherbestimmt. So ist das eben unter Sterblichen." Danach war sie voller Unbehagen über den seltsamen Sinneswandel des Dämons verstummt. Aber sie wollte sich davon nicht beirren lassen. Der Tag würde bald anbrechen, sie durfte nicht nervös werden, sie mußte sich völlig unter Kontrolle haben, wenn der Angriff gegen Klovhiri begann. Sie konnte sich keine Gefühlsduselei leisten, so sehr sie auch den Augenblick herbeisehnte, an dem Klovhiris Blut sich blau über ihre Hände ergießen würde, wie das ihrer Schwester und deren Kinder ... Ahtseets Bälger würden nie den warmen Wind kennenlernen, der sie in den Himmel hob, noch würden sie, wie sie selbst das getan hatte, in die tiefblauen Seen tauchen oder ihre Türme schauen, deren Licht weithin über den Bäumen erstrahlte. *Niemals! Niemals ...*

Sie atmete scharf ein, als ein feuriger Kugelblitz durch das verfilzte Buschwerk hinter ihr brach und an ihrem Kopf vorbei über die Lichtung zum Lager taumelte. Sie sah zu, wie er das Feuer umkreiste – funkensprühend und in der kalten Luft zischend –, bevor er wieder in der Dunkelheit verschwand. Keiner der Schläfer erwachte, und nur zwei wurden unruhig. Sie umklammerte zitternd eines der eckigen, alten Metallbeine des Dämons, denn sie wußte, das Erscheinen des Kugelblitzes war ein Zeichen gewesen, ein Zeichen allerdings, das sie nicht zu deuten vermochte. Die drückende Stille, die darauf folgte, ängstigte sie. Sie bewegte sich ruhelos und spreizte die Flügel.

Und plötzlich hatte der Dämon, scheinbar völlig unmotiviert, wieder zu sprechen begonnen und seinen dunklen Gedanken Ausdruck verliehen: „Nicht alles, was du über Dämonen gehört hast, ist wahr. Auch wir müssen ...“ – er suchte nach Worten – „die Konsequenzen unseres Handelns erdulden, auch wir kämpfen untereinander und sterben. Wir sind boshaft, brutal und gnadenlos, aber wir *wollen* nicht so sein. Wir wollen uns zu etwas Besserem, Höherem entwickeln, zu etwas Gnädigem und Verzeihendem. Wir scheitern dabei häufiger, als wir Erfolg haben, aber wir verlieren doch nicht den Glauben daran, *daß* wir uns verändern können. Und ihr seid uns ähnlicher, als ihr selbst dies erkennt. Ihr könnt unterscheiden zwischen Vertrauen und Verrat, Gut und Böse, Recht und Unrecht, und ihr könnt euch entscheiden, die Grenze dazwischen niemals zu überschreiten.“

„Aber wie?“ Sie hatte sich umgewandt, um in das Bernsteinauge zu sehen, das so groß wie ihr Kopf war, und um den Redefluß des Dämons zu unterbrechen. „Wie kann ein Tropfen die Gezeiten des Meeres verändern? Das ist unmöglich! Die Welt fließt und strömt, sie schmilzt, wird zu Nebel und gefriert wieder zu Eis, nur um dann wieder zu schmelzen. Ein Rad hat keinen Anfang und kein Ende. Es gibt nicht ‚gut‘ und ‚böse‘ und auch keine Trennlinie dazwischen. Nur ein Akzeptieren. Wärest du ein Sterblicher, so würde ich dich für verrückt halten!“

Sie hatte sich wieder abgewandt, ihre Klauen gruben lange Rillen in den polymerüberzogenen Stein, während sie um ihre Selbstkontrolle kämpfte. *Verrückt* ... War das möglich, fragte sie sich plötzlich. Konnte ihr Dämon wahnsinnig sein? Wie sonst konnte sie die Gedanken erklären, die er plötzlich äußerte? Verrückte Gedanken, bizarr, selbstmörderisch – aber Gedanken, die sie verfolgen würden.

Oder konnte hinter seinem Wahnsinn sogar Methode stecken? Verrat steckte im Herzen jedes Dämons, das wußte sie. Er konnte sie einfach anlügen, wenn er von Vertrauen und Vergeben sprach – denn er wußte, sie mußte morgen früh bereit sein, und er hoffte wahrscheinlich, Zweifel in ihr säen zu können, damit sie scheiterte. Ja, das klang sehr vernünftig. Aber warum fiel es ihr dann so schwer zu glauben, daß dieser Dämon ihre so heiß ersehnten Ziele zunichte machen wollte? Schließlich hielt sie ihn ja gefangen, und obwohl ihre Zaubersprüche verhinderten, daß er sie in Stücke riß, plante er vielleicht insgeheim immer noch, sie geistig in Stücke zu reißen, sie in den Wahnsinn zu treiben. Warum sollte er sie nicht hassen, sich an ihren Qualen ergötzen und auf ihre Vernichtung hoffen?

Wie konnte er nur so undankbar sein! Nun mußte sie fast über ihren eigenen Zorn lachen, kaum daß sie den Gedanken geformt hatte. Als ob ein Dämon Dankbarkeit kennen würde! Doch seit dem Tag, als sie ihn in den Sümpfen mit Zaubersprüchen in ihren Bann gebracht hatte, hatte sie ihm doch nur die beste Behandlung zuteil werden lasen. Sie hatte ihn verhätschelt und ihn umhergetragen und versichert, daß ihre furchtsame Gefolgschaft dasselbe tat. Sie hatte ihm das Beste vom Besten gegeben – was er sich gewünscht hatte. Auf seinen Befehl hin hatte sie Männer ausgesandt, die nach seinen verstreuten Augen suchen sollten, und er hatte ihr erlaubt, ja, sie sogar dazu ermuntert, diese Augen als ihre eigenen zu gebrauchen, als Wächter und Beschützer. Sie hatte ihm sogar beigebracht, ihre Sprache zu sprechen (obwohl er bezüglich der Welt der Sterblichen so unwissend wie ein Neugeborenes war), als sie erkannt hatte, daß er sich mit ihr unterhalten wollte. Sie hatte das alles getan, um sich seine Gunst zu sichern, denn sie wußte, er war nicht ohne Grund zu ihr gekommen, und wenn sie seine Zusammenarbeit gewann, gab es keinen, der es sich leisten konnte, es mit ihr zu verderben.

Sie hatte jede freie Minute in seiner Gesellschaft zugebracht, um seine wie auch ihre eigene Neugier zu stillen, während sie sein juwelenbesetztes Maul gestopft hatte, bis schließlich die Unterhaltungen mit dem Dämon zu einem Schatz geworden waren, um dessentwillen es sich lohnte, sogar wertvollste Metalle zu opfern. Das Warten, bis sein fremder, langsamer Verstand auf ihre Fragen reagierte, war ihr nie zu lang geworden, sie hatte gelernt, sogar an seinem Schweigen noch Freude zu haben, solange sie nur unter dem warmen Bernsteinglanz seines Blickes ausharren durfte.

T'uupieh betrachtete den fein gesponnenen Fasergürtel, der sich zwischen ihrer Flanke und dem Flügel erstreckte und ihre Tunika zusammenhielt. Sie betastete die schweren Bernsteinperlen, mit denen er verziert war – Metallschmelze in poliertem Wasserstein gefangen, ein Meisterwerk der geheimen Künste der Juwelenschmiede – und die sie immer an die tausend Augen ihres Dämons erinnerten. *Ihres* Dämons ...

Sie sah wieder weg, zum Feuer, zu den mantelumhüllten Gestalten ihrer Gesetzlosen. Seit der Dämon zu ihr gekommen war, hatte sie gespürt, wie die Kluft, die sie vorsätzlich zwischen sich als Anführerin und ihren Leuten geschaffen hatte, sich ständig vertiefte. Sie war immer noch die Anführerin, wahrscheinlich sogar noch unangefochtener, da sie den Dämon gezähmt hatte, und das gemeinsame Band erduldeter Gefahren und gegenseitigen Respekts war noch nie gerissen. Doch es gab noch andere Notwendigkeiten, die ihre Leute einander wohl erfüllen konnten, ihr selbst aber niemals.

Sie sah sie schlafen wie Tote – wie sie jetzt auch schlafen sollte –, um sich auf den morgigen Tag vorzubereiten. Sie schliefen nur gelegentlich, wenn sie die Möglichkeit dazu hatten, wie alle Ausgestoßenen das taten – wie auch sie nun –, anstatt wie vornehme Edle in der Nacht zu hibernieren. Viele schliefen paarweise, Mann und Frau, obwohl sie sich mit dem den Ausgestoßenen eigenen Mangel an Auswahl paarten, wenn eine Frau dazu bereit war. T'uupieh fragte sich, was sie wohl dachten, wenn sie sie hier bis spät in die Nacht hinein neben dem Dämon sitzen sahen. Sie wußte, was sie glaubten, da sie alle in diesem Glauben unterstützte: daß sie sich den Dämon als Gefährten erwählt hatte – oder er sie. Wie sie sah, schlief Y'lirr immer noch allein. Sie mochte ihn und vertraute ihm wie jedem anderen auch, er war schnell und ruchlos, und sie wußte, er verehrte sie. Aber er war ein Gewöhnlicher, und – was noch entscheidender war – er sprach sie nicht an. Nirgends, auch nicht unter den Edlen, hatte sie bisher die Art von Zweisamkeit gefunden, nach der sie suchte – bis jetzt, bis der Dämon zu ihr gekommen war. Nein, sie wollte nicht glauben, daß alle seine Worte Lügen gewesen waren ...

„T'uupieh!" Der Dämon rief ihren Namen unterdrückt in der nebelverhangenen Dunkelheit. „Vielleicht kannst du das Gespinst des Schicksals nicht zerreißen, aber du kannst deine Meinung ändern. Du hast dem Schicksal die Stirn geboten, indem du zur Gesetzlosen geworden bist und Klovhiri bekämpft hast. Deine Schwester war diejenige, die akzeptierte ...“ – unverständliche Worte – „... ließ sich nur vom Rad weitertragen. Kannst du sie dafür wirklich töten? Du mußt verstehen, weshalb sie das tat, weshalb sie es tun *konnte*. Du mußt sie dafür nicht töten – du mußt überhaupt niemanden töten. Du hast die Kraft und den Mut, die Rache beiseite zu schieben und einen anderen Weg zu deinen Zielen zu suchen. Du kannst dich dafür entscheiden, gnädig zu sein – du kannst dir deinen Lebensweg selbst bestimmen, auch wenn letztendlich das Ziel allen Lebens dasselbe ist.“

Sie erhob sich voller Groll zur Größe des Dämons und schlang den Mantel enger um ihre Gestalt. „Selbst wenn ich das wollte, ist es dazu nun zu spät. Das Rad ist bereits in Bewegung, und ich muß schlafen, wenn ich bereit sein will.“ Sie ging zum Feuer, sah sich dann aber doch noch einmal um. „Ich kann nichts mehr tun, mein Dämon. Ich kann das Morgen nicht mehr verändern. Nur du kannst das. Nur du ganz allein.“

Später hörte sie ihn erneut ihren Namen rufen, während sie schlaflos auf dem kalten Boden lag. Doch sie kehrte seiner Stimme den Rücken zu und blieb still liegen, bis sie schließlich doch vom Schlaf übermannt wurde.

Shannon sank in die Polsterung des Sessels zurück und rieb sich den schmerzenden Kopf. Seine Lider glichen Schmirgelpapier, sein Körper fühlte sich zerschlagen an. Er betrachtete T'uupieh auf dem Schirm, die ihm störrisch den Rücken zukehrte, während sie neben dem Stickstofflagerfeuer schlief. „Okay, das war's. Ich gebe auf. Sie hört nicht mal zu. Holt Reed und sagt ihm, ich höre auf.“

„Du hörst damit auf, T'uupieh überzeugen zu wollen?“ fragte Garda. „Bist du sicher? Vielleicht kommt sie zurück. Du mußt dich etwas mehr auf ... spirituelle Augenmerke konzentrieren. Wir müssen sicher sein, daß wir alles in unserer Macht Stehende versucht haben, um sie ... umzustimmen.“

Um ihre Seele zu retten, dachte er säuerlich. Garda hatte ihre früheste Ausbildung in einem Institut bekommen, das sich auf Bibelübersetzungen spezialisiert hatte. In den letzten Stunden erst hatte er herausgefunden, daß sie insgeheim immer noch den Wunsch hegte zu bekehren. *Was für eine Seele?* „Wir vergeuden unsere Zeit. Es ist sechs Stunden her, seit sie mir den Rücken gekehrt hat. Sie kommt nicht zurück ... Und mit Aufhören meine ich alles. Ich kündige. Ich will nicht nur spaßeshalber hier sein. Mir reicht's."

„Das ist nicht dein Ernst", sagte Garda. „Du bist müde, du mußt auch schlafen. Wenn T'uupieh erwacht, kannst du wieder mit ihr reden."

Er schüttelte den Kopf und strich sein Haar zurück. „Vergeßt es. Ruf' bitte Reed." Er sah zum Fenster hinaus, wo die Dämmerung die nebelverhangene Meeresoberfläche vom Himmel trennte.

Garda zuckte beleidigt mit den Achseln und ging zum Telefon.

Er betrachtete die Tasten des Synthesizers, die immer noch hell erleuchtet warteten und seine bleiernen, müden Hände zu bitten schienen, es noch einmal zu versuchen. Wenigstens würde seine letzte Erklärung, die er abgeben mußte, nicht an die Ohren der Öffentlichkeit gelangen, denn er bezweifelte, daß sich jetzt noch ein Reporter hinter den Glaswänden des Beobachtungsraumes befand. Früher am Abend waren die Fragen endlos gewesen, sie hatten seine Gefühle und Absichten und Motive sondiert, sie hatten sich nach der Moral ‚Robin Hoods' beziehungsweise nach deren Fehlen erkundigt, auch nach seiner eigenen, wie auch nach hundert anderen Dingen, die außer ihm keinen etwas angingen.

Auch die Musikbranche hatte einst Ähnliches mit ihm versucht – aber damals hatte es Agenten und Publicityleute gegeben, die ihn beschützten. Und nun, da er ihn so sehr gebraucht hätte, gab es keinen Schutz, nur Reed am Mikrophon, der den Raum absichtlich in eine Kabarettshow umwandelte, mit ‚Shann the Man' als Hauptattraktion, bis Shannon angefangen hatte, sich wie ein Mann zu fühlen, den man mit Honig eingeschmiert und auf einem Ameisenhaufen festgebunden hat. Die Reporter sahen von ihrem hohen Roß herunter und kritisierten seine und T'uupiehs Antworten, sie lärmten ständig in den Pausen herum, die er zum Nachdenken gebraucht hätte, und belästigten ihn mit ihren Fragen. Reeds Erfolg aber war vollkommen gewesen. Während sie versuchten, Unschuldige vor der Rache T'uupiehs zu retten, rang er jedes Tröpfchen Pathos und Schau aus der Sache heraus – und das war der Grund, weshalb er versagt hatte.

Nein. Er setzte sich auf, um den Schmerz in seinem Rücken zu lindern. Nein, er konnte nicht Reed allein die Schuld geben. In dem Augenblick, wo seine Botschaften wirklich etwas bedeutet hatten,

hatten die Reporter ihn aufgegeben. Die Schuld an dem Versagen lag bei ihm, einzig und allein bei ihm. Seine Kunstfertigkeit war nicht groß genug, seine Botschaften waren nicht überzeugend genug gewesen – er war derjenige, der nicht deutlich genug durch T'uupiehs Augen sehen konnte, um sie auch durch seine eigenen sehen zu lassen. Ein einziges Mal in seinem Leben hatte er die Chance echter Kommunikation gehabt, die Chance, etwas Bedeutsames zu übermitteln. Und er hatte sie vertan.

Eine Hand griff an ihm vorbei und stellte eine Tasse dampfenden Kaffee auf die Konsole. „Eines muß man diesem Computer lassen", sagte eine leise Stimme. „Er ist auf ausgezeichneten Kaffee programmiert."

Er lachte, unerwartet und verblüfft, und sah auf. Das Gesicht seiner Mutter sah ausgezehrt und müde aus, auch sie hatte eine Kaffeetasse in der Hand. „Danke." Er nahm seine Tasse, trank einen Schluck und fühlte, wie die heiße Flüssigkeit seine Kehle hinabrann und seinen leeren Magen wärmte. Ohne wieder aufzuschauen, sagte er: „Jetzt hast du, was du wolltest. Und Reed auch, er bekommt Pathos und Morde."

Sie schüttelte den Kopf. „Das wollte ich nicht. Ich will nicht, daß du alles aufgibst, was du hier erreicht hast, nur weil dir nicht gefällt, was Reed mit einem Teil davon anstellt. Das lohnt sich nicht. Deine Arbeit bedeutet zuviel für dieses Projekt – und dir selbst bedeutet sie auch zuviel."

Er sah auf.

„Ja, sie hat recht, Shannon. Du kannst jetzt nicht kündigen – wir brauchen dich so sehr. Und T'uupieh braucht dich auch."

Wieder lachte er, ohne es zu wollen. „Wie ein Zementjojo. Was hast du vor, Garda, willst du mein eigenes Moralisieren gegen mich verwenden?"

„Sie erzählt dir nur, was jeder Blinde heute nacht sehen könnte – wenn er es nicht schon vor Monaten erkannt hätte." Die Stimme seiner Mutter klang seltsam abwesend. „Dieses Projekt hätte ohne dich niemals so erfolgreich sein können. Du hattest recht mit dem Synthesizer. Dich zu verlieren, könnte zur Folge haben ..."

Sie verstummte und wandte sich um, als Reed am Ende des langen Raumes zur Tür hereinkam. Dieses Mal war er ausnahmsweise allein und sah zerknirscht aus. Shannon vermutete, daß er geschlafen hatte, als der Anruf ihn erreichte, und freute sich diebisch darüber, ihn geweckt zu haben.

Reed dagegen war nicht so erfreut. Shannon bemerkte sein Stirnrunzeln, das Sorge oder Zorn oder beides ausdrücken konnte und sein Gesicht verzerrte, während er durch den hallenden Korridor auf sie zukam. „Was soll das heißen, Sie wollen aufhören? Nur weil Sie eine Außerirdische nicht umstimmen könnnen?“ Er betrat die enge Kabine und sah zum Terminal herunter - um sicherzugehen, daß alle Außenmikrofone abgeschaltet waren, vermutete Shannon. „Sie wußten, daß es schwierig sein würde, möglicherweise hoffnungslos. Sie müssen endlich kapieren, daß sie sich nicht verändern will, die Wertvorstellungen einer fremden Kultur unterscheiden sich von den anderen.“

Shannon lehnte sich zurück, seine Unterarmmuskeln begannen übermüdet zu zucken. „Das kann ich akzeptieren. Was ich nicht akzeptieren kann, ist die Tatsache, daß Sie uns alle zu verdammten Kupplern machen wollen. Gütiger Himmel, Sie haben nicht mal einen plausiblen Grund! Ich bin nicht hergekommen, um die musikalische Untermalung für eine Räuberpistole zu schaffen. Wenn Sie so weitermachen und der Öffentlichkeit die Aufzeichnungen von den Morden übergeben, kündige ich. Ich will das alles nicht aufgeben, aber ich werde auch nicht als Hampelmann eines Mannes hierbleiben, der aus Mord einen Karneval zu machen versucht!“

Reeds Stirnrunzeln vertiefte sich, er sah weg. „Nun? Was ist mit euch anderen? Bezichtigen Sie mich insgeheim etwa auch der Koketterie mit dem Mord? Carly?“

„Nein, Marcus ... eigentlich nicht.“ Sie schüttelte den Kopf. „Aber wir alle sind der Meinung, wir sollten unsere Forschungsarbeit nicht zu einem Spektakel machen. Schließlich haben die Bewohner des Titan ein ebenso großes Recht auf Privatsphäre wie jeder Erdenbürger auch.“

„Ja, Marcus, ich glaube, darin sind wir uns alle einig.“

„Und wieviel Privatsphäre hat heutzutage jemand auf der Erde noch? Großer Gott ... erinnert ihr euch noch an Tassady? Und das ist schon dreißig Jahre her. Es gibt keinen Berggipfel und keine Wüste mehr, die das allgegenwärtige Kameraauge der Öffentlichkeit noch nicht zugänglich gemacht hat. Und wie bezeichnet ihr die Überwachungsgesetze zur Verbrechensverhütung? Unser Leben ist zu einer einzigen großen Peepshow geworden.“

Shannon schüttelte den Kopf. „Das bedeutet aber noch lange nicht, daß wir gezwungen sind ..."

Reed betrachtete ihn mit kalten Augen. „Ich habe Ihren klugscheißerischen Eigendünkel satt, Wyler. Wem verdanken Sie Ihren Erfolg als Musiker, wenn nicht der Öffentlichkeitsarbeit, der Werbung?" Er fuchtelte zu den Plakaten an der Wand hinüber. „Ihre Art von Musik ist schwerer zu verkaufen als alles andere, was ich kenne."

„Ich mußte mit einem gewissen Publicityaufwand beginnen, sonst hätte ich die Öffentlichkeit niemals erreichen können. Ich konnte das nicht tun, was mir als einziges etwas bedeutet – kommunizieren. Das heißt aber noch lange nicht, daß mir das gefällt."

„Meinen Sie, mir gefällt das?"

„Nicht?"

Reed zögerte. „Ich bin gut in dem Geschäft, und das allein zählt. Wenn Sie das vielleicht auch nicht glauben, ich bin immer noch Wissenschaftler, und ich sehe nur zu, daß die Forschung ihr Stückchen vom Kuchen abbekommt. Sie meinen, ich habe keinen plausiblen Grund, unsere Erkenntnisse zu veröffentlichen. Wissen Sie eigentlich, daß die NASA alle Daten der Neptunsonde verloren hat, weil irgend jemand es satt hatte, darauf zu warten, daß sie den Neptun erreichte, und uns die Gelder strich? Das wahre Problem mit diesen langwierigen Missionen zu den äußeren Planeten ist nicht die Genauigkeit und Verläßlichkeit der Instrumente, sondern einzig und allein das Geld. Das Publikum wird Millionen für eines Ihrer Konzerte ausgeben, aber keinen Cent für etwas, das es nicht versteht!"

„Ich mache nicht ..."

„Die Leute wollen ihre Sorgen vergessen, sie wollen unterhalten werden – und wer kann ihnen daraus einen Vorwurf machen? Um also mit Sport und Filmen konkurrenzfähig bleiben zu können, müssen wir den Leuten bieten, was sie wollen. Meine Aufgabe ist es, ihnen das zu verschaffen, damit die ‚wahren Wissenschaftler' in ihren Labors zwischen technischem Gerät für Milliarden von Dollars sitzen und vom ‚Respekt vor der Forschung' daherlabern können."

Er verstummte. Shannon sah ihn störrisch nicht an. „Denken Sie darüber nach. Und wenn Sie mir sagen können, inwieweit das, was Sie als Musiker getan haben, moralisch vertretbarer oder überlegener ist als das, was Sie hier tun, dann können Sie in mein Büro kommen und mir erzählen, wer von uns beiden der größere Heuchler ist. Aber denken Sie zuerst darüber nach – und das gilt für Sie alle.“ Reed wandte sich um und verließ die Kabine.

Sie sahen einander stumm an, bis die Schwingtür zur Ruhe gekommen war. „Tja ...“ Garda betrachtete ihre Krücke, dann ihren Mantel. „Gar nicht so dumm, was er gesagt hat.“

Shannon beugte sich nach vorn, um die nüchterne Schönheit des Computerterminals zu betrachten, die Kombination von Chagrin und Koffein spülte seine Müdigkeit hinweg. „Das weiß ich auch, aber darauf wollte ich eigentlich gar nicht hinaus. Ich wollte T'uupiehs Einstellung nicht verändern und auch nicht kündigen, nur weil es mir nicht gefällt, wie dieses Projekt verkauft wird. Mir paßt die Art nicht, wie es verkauft wird. Wie eine mordlüsterne Showperversion – und das ertrage ich nicht.“ Als er noch ein Kind gewesen war, erinnerte er sich, waren Rockkonzerte etwas Anrüchiges gewesen, aber heute waren sie so respektabel wie Symphoniekonzerte, verglichen mit den „Nervenkitzel-Shows“, die entstanden waren, während er aufwuchs: „Experten“ kämpften für eine Belohnung von einer Million Dollar um ihr Leben, während eine sensationslüsterne Menge zusah, die darauf wartete, daß sie verloren ... Masochisten lebten davon, sich selbst verstümmeln zu lassen ... Filme wurden gezeigt, in denen man Menschen tötete, buchstäblich abschlachtete ...

„Ich meine, ist das wirklich das, was jeder will? Tut es den Leuten wirklich gut zu sehen, wie andere verletzt werden? Oder empfinden Sie eine Art von moralischer Überlegenheit, daß so was auf Titan und nicht hier geschieht?“ Er sah hoch zum Schirm, zu T'uupieh, die immer noch schlafend dalag, unbewegt und unbeweglich. „Wenn es mir gelungen wäre, T'uupiehs Einstellung zu verändern oder überhaupt einen Wechsel dort oben herbeizuführen, dann hätte ich Grund zur Freude gehabt, wenn vielleicht auch nur über mich selbst. Aber wem sage ich das?“ T'uupieh hatte von Anfang an recht gehabt, und nun mußte er sich das selbst eingestehen: Es gab keinen Weg, jemanden zu verändern. „T'uupieh ist genau wie alle anderen, sie würde ihre Hand lieber abhacken, als die Hand eines anderen zu schütteln – und wenn sie das stellvertretend für uns tut, sind wir kein bißchen besser. Und werden es auch niemals sein.“ Die Worte eines Liedes von Pete Seeger, älter als er selbst, kamen ihm ironischerweise in den Sinn: „‚Die Hände eines einzigen Menschen können allein nichts aufbauen …‘“ Er schaltete den Monitor ab.

„Du brauchst Schlaf … wir alle brauchen Schlaf.“ Garda erhob sich steif aus ihrem Sessel.

„‚… doch wenn einer und noch einer und fünfzig, wenn eine Million sich zusammenfinden …‘“ ergänzte seine Mutter das Zitat leise.

Shannon wandte sich ihr zu und sah sie den Kopf schütteln. Sie fühlte seinen Blick und sah ihn ebenfalls an. „Wenn T'uupieh ihr ganzes Tun als moralisch verwerflich hätte erkennen können, was wäre dann aus ihr geworden? Sie wußte … es hätte sie vernichtet. Sie wäre von der Woge der Gewalt hinweggespült und ertränkt worden.“ Seine Mutter sah zu Garda, dann wieder zu ihm. „Was sie auch immer sein mag, T'uupieh ist eine Realistin.“

Er spürte, wie sein Mund sich vor einem Zorn zusammenzog, der ein tieferes Gefühl sublimierte. Er hörte Gardas indigniertes Grunzen.

„Aber das bedeutet nicht, daß du falsch gehandelt hast oder gescheitert bist …“

„Lieb von dir.“ Er stand auf und nickte erst Garda zu und machte dann eine Geste in Richtung Tür. „Kommt.“

„Shannon.“

Er blieb mit abgewandtem Gesicht stehen.

„Ich bin nicht der Meinung, daß du versagt hast. Ich glaube, du hast dich T'uupieh verständlich machen können. Schließlich waren ihre letzten Worte: ‚Ich kann das Morgen nicht mehr verändern. Nur du kannst das.‘ Ich glaube, sie forderte den Dämon auf, ihr die Entscheidung abzunehmen, das zu tun, wozu sie selbst nicht die Kraft und Macht hat. Ich glaube, sie bat dich um Hilfe.“

Er wandte sich langsam um. „Glaubst du das wirklich?“

„Ja.“ Sie beugte den Kopf, um ihr Haar aus dem Kragen zu streichen.

Er ging zu seinem Sessel zurück, seine Hände strichen über die dunklen Druckplatten der Konsole. „Aber es hätte wenig Sinn, nochmals mit ihr zu reden. Irgendwie muß der Dämon selbst den Angriff verhindern. Wenn ich die ‚Stimme‘ dazu benützen könnte, sie zu warnen … Verdammter Zeitsprung!“ Wenn die Stimme sie erreichte, war der Angriff schon seit Stunden vorbei. Wie konnte er das Morgen verändern, wenn er ihm ständig zwei Stunden hinterherhinkte?

„Ich weiß, wie wir das Problem der Zeitverschiebung umgehen können."

„Wie?" Auch Garda hatte sich wieder gesetzt, widerstreitende Gefühle huschten über ihr altes, faltiges Gesicht. „Er kann seine Warnung nicht in der Zeit reisen lassen. Niemand weiß, wann Klovhiri aufbrechen wird. Sie würde zu früh oder zu spät ankommen."

Shannon streckte sich. „Man sollte besser fragen: ‚Warum?' Warum hast du deine Meinung geändert?"

„Ich habe meine Meinung nicht geändert", sagte seine Mutter milde. „Mir gefiel das auch nie ... Als ich noch ein Mädchen war, glaubten wir, mit unseren Taten die Welt verändern zu können, vielleicht habe ich nie aufgehört, mir das zu wünschen."

„Aber Marcus wird es nicht gefallen, wenn wir uns hinter seinem Rücken verschwören." Garda winkte mit ihrer Krücke. „Und was meint ihr dazu, daß wir wahrscheinlich wirklich auf diese Publicity angewiesen sind?"

Shannon sah sie erbost an. „Ich dachte, Sie wären auf seiten der Engel und kein Teufelsadvokat."

„Das bin ich auch!" Gardas Mund wurde verkniffen. „Aber ..."

„Was soll also so schlecht daran sein, wenn die Sonde zum Retter in letzter Minute wird? Das wird eine Sensation geben."

Zum ersten Mal seit Monaten sah er seine Mutter lächeln. „Sensationell ... wenn T'uupieh uns nicht wegen unseres Verrats im Sumpf zurückläßt."

Er wurde ernst. „Wenn sie unsere Hilfe wirklich will, wie du sagst, dann wird sie das nicht tun. Und ich weiß, daß sie diese Hilfe will ... ich *spüre* es. Aber wie können wir die Zeitverschiebung umgehen?"

„Ich bin Ingenieur, erinnerst du dich? Ich brauche eine aufgezeichnete Nachricht von dir und etwas Zeit, um damit herumzuspielen." Seine Mutter deutete zum Computerterminal.

Er schaltete die Konsole ein und trat beiseite. Sie setzte sich und begann mit der Dokumentierung des Programms auf der Ausgabe. Er las: FERNGESTEUERTE OPERATION. „Mal sehen ... ich brauche Informationen über den Weg von Klovhiris Mannschaft ..."

Er räusperte sich. „Hast du das wirklich ernst gemeint, was du sagtest, bevor Reed hereinkam?"

Sie sah auf, und er sah eine Antwort in ihrem Gesicht, die jedoch wieder zu einem Lächeln verblaßte. „Garda, bist du schon meinem Sohn, dem Linguisten, begegnet?“

„Und woher kennst du dieses Lied von Pete Seeger?“

„Und meinem Sohn, dem Musiker ...“ Sie lächelte immer noch. „Ich habe zu meiner Zeit auch ein paar Schallplatten angehört.“ Nun wurde das Lächeln verinnerlicht, als erinnerte sie sich an etwas. „Ich habe dir, glaube ich, noch nicht erzählt, daß ich mich in deinen Vater verliebte, weil er mich an Elton John erinnerte?“

T'uupieh stand still und betrachtete das kalte Auge des Dämons. Der neue Tag verfärbte die Wolken von Bronze zu Gold, das Licht fiel durch das schimmernde Haarlaub der Bäume, erhellte die tauenden Hänge und die grünen, durchsichtigen Klippen und badete den Körper des Dämons in Licht. Sie nagte die letzten Fleischstückchen von ihrem Knochen ab, mußte sich aber zum Essen zwingen und merkte kaum, was sie tat. Sie hatte bereits Späher in Richtung Stadt losgeschickt, die nach Chwiul Ausschau halten sollten – und nach Klovhiris Leuten. Hinter ihr machte sich gerade der Rest ihrer Leute fertig – sie erprobten die Waffen und ihre Reflexe oder aßen.

Der Dämon hatte immer noch nicht zu ihr gesprochen. Es war schon oft vorgekommen, daß er sich entschlossen hatte, stundenlang nicht zu sprechen, doch nach seinen verrückten Äußerungen der vergangenen Nacht wurde sie von der Sorge geplagt, er könnte sich entschließen, überhaupt nicht mehr zu sprechen. Ihre Sorge wuchs und entzündete die Lunte ihres Zorns, die an diesem Morgen ohnehin besonders kurz war, bis sie sich schließlich wütend nach vorn warf, ihn mit der hohlen Hand schlug und brüllte: „Sprich zu mir, *Mala'ingga!*“

Doch kaum hatte sie ihren Schlag gelandet, schoß Schmerz wie Feuer ihren Arm empor. Sie taumelte mit einem überraschten Fluch zurück und schüttelte ihre Hand. Der Dämon hatte ihr bisher noch nie etwas getan, sie noch nie bedroht oder in irgendeiner Weise verletzt. Aber sie hatte sich auch noch niemals zuvor angemaßt, ihn zu berühren, hatte ihn bisher immer mit kalkuliertem Respekt behandelt ... *Närrin!* Sie betrachtete ihre Hand, immer besessen von der Angst, sie könnte nur noch einen verbrannten Stumpf sehen, der sie vor dem heutigen Angriff zum Krüppel machen würde. Doch ihre Haut war immer noch glatt und ohne Blasen, nur das Fleisch kribbelte noch von den Nachwirkungen des Schocks.

„T'uupieh! Alles in Ordnung?"

Sie wandte sich um und sah Y'lirr, der halb verängstigt, halb zornig hinter sie getreten war. „Ja." Sie nickte, um eine scharfe Antwort angesichts seiner Sorge zurückzuhalten. „Nichts weiter." Er trug ihren Bogen und den Köcher. Sie streckte ihre schmerzende Hand aus und nahm sie vorsichtig entgegen, um sie über den Rükken zu schlingen. „Komm, Y'lirr, wir müssen ..."

„T'uupieh." Dieses Mal war es die Stimme des Dämons, der ihren Namen rief. „T'uupieh, wenn du an meine Macht glaubst, mir das Schicksal gefügig zu machen, dann mußt du zurückkommen und mir wieder zuhören."

Sie wandte sich um. Y'lirr hinter ihr zögerte. „Ich habe festen Glauben in alle deine Fähigkeiten, mein Dämon!" Sie rieb ihre Hand.

Die bernsteinfarbenen Tiefen seiner Augen absorbierten ihren Ausdruck und lasen ihre Aufrichtigkeit. Wenigstens hoffte sie das. „T'uupieh, ich weiß, ich habe dich nicht von dem überzeugt, was ich gesagt habe. Aber ich möchte es gerne tun ..." – seine Stimme wurde unverständlich – ... in mich. Du sollst meinen Namen erfahren. T'uupieh, mein Name ist ..."

Sie hörte Y'lirr entsetzt hinter ihr aufschreien. Sie sah sich um – er bedeckte seine Ohren mit den Händen –, dann ungläubig wieder zurück.

„... Shang'ang."

Das Wort verbrannte sie wie die feurige Berührung des Dämons, doch dieses Mal war der Schmerz nur in ihrem Geiste. Sie schrie verzweifelt protestierend auf, doch der Name war bereits in ihrem Gehirn verankert. *Zu spät!*

Ein langer Augenblick verging, sie atmete tief ein und schüttelte den Kopf. Unglaube ließ sie immer noch bewegungslos verharren, während ihre Augen das Lager betrachteten und sie den Lauten der Erwachenden lauschte und die aromatische Frühlingsluft atmete. Dann begann sie zu lachen. Sie hatte einen Dämon seinen Namen aussprechen hören und lebte immer noch – und sie war weder blind noch taub, noch verrückt geworden. Der Dämon hatte sich endlich für sie entschieden, er hatte sich ihr ausgeliefert und sich ihr ergeben. Endlich!

Noch immer benommen, merkte sie kaum, daß der Dämon wieder zu ihr sprach. Sie unterbrach das triumphierende Heulen, das in ihrer Kehle aufstieg, und hörte ihm zu:

„... des weiteren befehle ich dir, mich auf deine heutige Mission mitzunehmen. Ich muß sehen, was geschieht und wie Klovhiri geht."

„Ja! Ja ... mein Shang'ang. Es wird geschehen, wie du es wünschst. Dein Wunsch ist mein Befehl." Sie wandte sich ab und ging den Hügel hinab, wo sie Y'lirr fand, der immer noch zusammengekauert dort lag, wo er sich hatte fallen lassen, als der Dämon seinen Namen ausgesprochen hatte. „Y'lirr?" Sie berührte ihn mit dem Fuß. Erleichtert sah sie, wie er den Kopf hob, und fand ihren eigenen Unglauben in seinem Gesicht widergespiegelt, als er zu ihr aufsah.

„Meine Lady ... hat er nicht ...?"

„Nein, Y'lirr", sagte sie sanft. Dann, etwas schärfer: „Natürlich nicht! Nun bin ich wahrhaftig die Dämonenbraut, nichts wird mir mehr im Wege stehen." Sie trat ihn wieder mit ihrem Fuß, dieses Mal fester. „Steh auf. Was habe ich hier vor mir, eine Meute zitternder Feiglinge, die den Morgen meines Triumphes zunichte machen wollen?"

Y'lirr erhob sich und strich über seine Kleidung. „Niemals, T'uupieh! Wir warten auf deinen Befehl ... um zu Werkzeugen deiner Rache zu werden." Seine Hand umklammerte den Messergriff.

„Und auch mein Dämon wird zugegen sein." Der Stolz, den sie empfand, schwang auch in ihrer Stimme mit. „Holt einen Schlitten her und bereitet ihn vor. Und sag ihnen, sie sollen *leise* sein."

Er nickte, und als er kurz den Dämon betrachtete, sah sie sowohl Furcht als auch Neid in seinem Blick. „Eine gute Nachricht." Er wandte sich ungewohnt brüsk ab, ohne sie nochmals anzusehen.

Sie hörte eine leise Unruhe unten im Lager und sah an ihm vorbei, da sie dachte, die Nachricht von dem Dämon hätte sich bereits verbreitet. Doch dann sah sie Lord Chwiul, der wie versprochen gekommen war und von ihren Leuten gerade zur Lichtung geführt wurde. Sie hob überrascht den Kopf – er war tatsächlich allein gekommen, aber er ritt ein *Bliell*. Das waren seltene und teure Reittiere, die einzigen Tiere, die sie kannte, die kräftig genug waren, eine so schwere Last zu tragen, und obendrein waren sie noch bösartig und tückisch und nur schwer abzurichten Sie beobachtete, wie es wild schnappte und seine Hufe Schlamm in alle Richtungen verspritzte. Sie grinste. Sie sah ebenfalls, daß die Eskorte sich tunlichst von den schweren Hufen fernhielt und die Speere gezückt hatte. Das Tier gehörte zu den Amphibien und war zu schwer, um jemals von seinen Flügeln Gebrauch machen zu können – wenn es schwamm, war es jedoch beweglich und gewandt. T'uupieh betrachtete rasch ihre eigenen Finger und Zehen mit den Schwimmhäuten und die Membranen an ihren Flanken, die ihren Körper nun nur noch Sekundenbruchteile in der Luft halten konnten. Sie fragte sich wieder, wie schon so oft zuvor, welch seltsame Züge des Schicksals sie alle verwandelt oder geformt hatten.

Sie sah, wie Y'lirr sich mit Chwiul unterhielt. Er zeigte zu ihr herüber. Sie sah sein Grinsen und Chwiuls bewundernden Blick, als er aufsah, und sie ahnte, daß Y'lirr gesagt hatte: „Sie kennt seinen Namen."

Chwiul ritt näher zu ihr heran, und es gelang ihm, sein Gesicht unter Kontrolle zu halten, als er sich dem Dämon näherte. T'uupieh strich mit einer Hand behutsam – fast zärtlich – über seine juwelenbesetzte Seite. Ihr Blick wandte sich einen Augenblick von Chwiul ab, von einem Instinkt zum Himmel über ihm gelenkt, und einen winzigen Augenblick lang sah sie die Wolken aufbrechen ...

Sie blinzelte, um es deutlicher zu sehen. Doch als sie wieder hinsah, war es verschwunden. Niemand sonst, nicht einmal Chwiul, hatte die kalte, grünliche Scheibe gesehen, die von einem silbernen und einem schwarzen Streifen durchzogen war: das Rad der Veränderung. Sie behielt ihre ausdruckslose Miene bei, doch ihr Herz raste. Das Rad wurde nur sichtbar, wenn eine einschneidende Veränderung im Leben einer Person kurz bevorstand – eine Veränderung, die üblicherweise den Tod bedeutete.

Chwiuls Reittier schlug plötzlich nach ihr aus, als sein Reiter es vor ihr zum Stillstand brachte. Sie behielt ihren Platz an der Seite des Dämons bei, doch etwas von dem schleimigen Speichel des *Bliell* tropfte auf ihren Mantel, als Chwiul an dem Zügel zerrte. „Chwiul!" Sie ließ ihrem Zorn freien Lauf. „Haltet dieses sabbernde Untier unter Kontrolle, sonst werde ich es auf der Stelle totschlagen lassen!" Ihre Hand ballte sich neben der glatten Haut des Dämons zur Faust.

Chwiuls Beinahe-Lächeln erstarb sofort. Er zerrte sein Reittier zurück und sah unbehaglich in das Glotzauge des Dämons.

T'uupieh atmete tief ein und lächelte nun ihrerseits. „Ihr hieltet es also nicht für nötig, allein zu meinem Lager zu kommen, mein Lord.“

Er verbeugte sich etwas im Sattel. „Ich wollte es lediglich vermeiden, zu Fuß allein durch die Sümpfe spazieren zu müssen, bis mich deine Leute gefunden hätten.“

„Ich verstehe.“ Sie lächelte weiter. „Nun gut, ich vermute, heute morgen verlief alles so, wie Ihr es geplant hattet. Sind Klovhiri und seine Leute bereits unterwegs in unsere Falle?“

„Das sind sie. Und ihr Führer wartet auf mein Zeichen, um sie vom festen Boden wegzulocken, wohin immer du sie haben willst.“

„Gut. Mir schwebt ein Fleckchen vor, das ringsum von Hügeln umgeben ist.“ Sie bewunderte Chwiuls Selbstbeherrschung im Angesicht des Dämons, wenn sie auch spüren konnte, daß er keineswegs so ruhig war, wie er vorgab zu sein. Sie sah einen ihrer Männer näher kommen und den Schlitten ziehen, mit dem sie den Dämon transportieren wollten. „Mein Dämon wird uns begleiten, das war sein ausdrücklicher Wunsch. Ein sicheres Zeichen für unseren Erfolg heute, meint Ihr nicht auch?“

Chwiul runzelte die Stirn, als wollte er das in Frage stellen, traute sich aber wohl nicht recht. „Wenn er dir treulich dient, dann ja, meine Lady. Eine große Ehre und ein gutes Omen.“

„Er dient mir aufrichtig und ergeben.“ Sie lächelte wieder, diesmal undurchdringlich. Sie wich zurück, als der Schlitten herangezogen wurde, und sah zu, wie der Dämon darauf verladen wurde, um sicherzustellen, daß ihre Leute auch mit der gebotenen Vorsicht zu Werke gingen. Die neue, erlesene Dienstbarkeit, mit der ihre Leute den Dämon wie auch sie selbst behandelten, verfehlte ihren Eindruck auf Chwiul nicht.

Danach rief sie ihre Leute zusammen, und gemeinsam machten sie sich auf den Weg zu ihrem Bestimmungsort. Sie bahnten sich ihren Weg über die dampfende Oberfläche der Marschen und durch die schleimigen, fahlblauen Tentakel des Unterholzes. Sie war froh, daß sie sich in diesem Gebiet so gut auskannten, denn die sprießenden Frühlingsgewächse und der trügerische Morast des Bodens veränderten es fast täglich. Sie wünschte sich, sie hätte Chwiul von seinem häßlichen Reittier trennen können, doch sie bezweifelte, daß er dazu bereit sein würde, und fürchtete gleichzeitig, er würde dann auch nicht mehr mit ihnen Schritt halten können.

Der Dämon war sicher auf dem Schlitten verschnürt, und ihre schwitzenden Leute zogen ihn ohne einen murrenden Laut.

Endlich erreichten sie die Anhöhe, von der aus sie die Hauptstraße überblicken konnte – obwohl man die jetzt kaum mehr so bezeichnen konnte –, die am Gut ihrer Familie vorbeiführte. Sie hatte dem Dämon einen Ort zugewiesen, von dem aus er den Pfad in der Richtung von Klovhiris Annäherung überblicken konnte, und hatte zusätzlich einige ihrer Gefolgsleute ausgesandt, die seine Augen weiter unten am Weg anbringen sollten. Danach stand sie oben und blickte hinab zu der Stelle, wo die Straße sich zu gabeln schien, es aber nicht tat. Die falsche Abzweigung folgte dem gewundenen Band der gelben Klippen und führte direkt in eine Senke, die von dem Ammoniakschmelzwasser erzeugt worden war, das sich über die poröse Schwefeloberfläche der Felsen ergoß. Dort würden sie sich winden und zappeln, während sie und ihre Bande sie auflesen würden wie tümpelnde *Ngips* – sie schnippte achtlos einen *Ngip* fort, der sich auf ihrer Hand niedergelassen hatte –, wenn ihr Dämon nicht ... wenn ihr Dämon nicht beschloß, dem Ganzen einen anderen Verlauf zu geben.

„Schon Zeichen?“ Chwiul ritt an ihre Seite.

Sie wich sorgsam vom unsicheren Klippenrand zurück und betrachtete Chwiul mit mehr als nur beiläufigem Interesse. „Noch nicht. Aber bald.“ Sie hatte auch Gesetzlose am unteren Hang neben der Straße postiert, aber nicht einmal die Augen ihres Dämons konnten so tief in das Gestrüpp entlang der Straße sehen. Er hatte seit Chwiuls Ankunft nicht mehr gesprochen, aber sie rechnete auch nicht damit, daß er nun schon seine Geheimnisse enthüllen würde. „Was für eine Livree trägt Eure Eskorte, und wieviel soll ich des Effektes willen töten?“ Sie löste ihren Bogen und begann, die Spannung der Sehne zu überprüfen.

Chwiul zuckte die Achseln. „Tote erzählen keine Geschichten. Bring sie alle um. Auch den Führer – ein Mann, der sich einmal kaufen läßt, läßt sich auch ein zweites Mal kaufen.“

„Ah ...“ Sie nickte grinsend. „Ein Mann mit Eurer Voraussicht und Diskretion wird es in der Welt weit bringen, mein Lord.“ Bevor sie sich wieder abwandte, um die Straße abzusuchen, legte sie einen Pfeil an die Sehne des Bogens. Immer noch verlassen. Sie sah sich unruhig um, sah die nebelverhangenen, silber-blau-grünen fernen Berge, sah die aufragenden Finger geborstenen Eises, einst größer als sie selbst, aber mittlerweile verstümmelt an den Ufern eines nahen Sees tauend. Des Sees, wo sie im vergangenen Sommer ...

Eine hastige Bewegung, ein unnatürliches Geräusch lenkten ihre Aufmerksamkeit wieder zur Straße. Spannung ließ ihre sonst geschmeidigen Bewegungen eckig wirken, während sie den trillernden Pfiff ausstieß, nach dem ihre Leute sich an ihre Plätze entlang der Straße begaben. *Endlich*. Als sie sich geflissentlich vornüberbeugte, um einen ersten Blick auf Klovhiri zu erhaschen, sah sie den Führer, gefolgt von dem Schlitten, der ihre Schwester und deren Kinder transportierte. Sie zählte die Männer der Eskorte, die langsam alle in ihr Blickfeld traten. Aber Klovhiri ... wo war Klovhiri? Sie drehte sich zu Chwiul um und flüsterte ihm fragend etwas zu: „Wo ist er? Wo ist Klovhiri?"

Chwiuls Gesichtsausdruck lag irgendwo zwischen Schuld und Hinterlist. „Aufgehalten. Er blieb zurück – er sagte, es gäbe noch Fragen bei Hof ..."

„Warum habt Ihr mir das nicht gesagt?"

Er zog heftig am Zügel des *Bliell*. „Es ändert nichts! Wir können trotzdem seine Familie auslöschen. Das sichert mir die direkte Erbfolge, und Klovhiri können wir auch später noch beseitigen."

„Aber ich selbst wollte vor allem Klovhiri haben." T'uupieh hob den Bogen, der Pfeil zeigte auf sein Herz.

„Man wird wissen, wer die Schuld trägt, wenn ich sterbe!" Er spreizte defensiv einen Flügel. „Der Oberlord wird sich von dir abwenden, dafür wird Klovhiri sorgen. Nimm Rache an deiner Schwester, T'uupieh, und ich werde dich trotz allem reich belohnen, wenn du mir gehorchst!"

„Wir hatten unsere Bedingungen ausgemacht!" Inzwischen konnte sie den Lärm der herannahenden Gruppe deutlich vernehmen. Sie hörte schrilles Kinderlachen. Ihre Gesetzlosen warteten nur auf ihr Signal, und sie sah, wie Chwiul sich darauf vorbereitete, dem Führer das vereinbarte Zeichen zu geben. Sie sah den Dämon an, dessen Bernsteinauge auf die Reisenden unten gerichtet war. Sie ging auf ihn zu. Er konnte immer noch das Schicksal für sie verändern. *Oder hatte er das bereits?*

„Zurück! Zurück!" donnerte die Stimme des Dämons wie eine Lawine über den stillen Wald. „Hinterhalt ... Falle ... ihr seid verraten worden!"

„... Verrat!“

Sie konnte Chwiuls Stimme in dem Lärm kaum verstehen und blickte gerade noch rechtzeitig zurück, um zu sehen, wie Chwiul mit dem *Bliell* vorritt, um ihr den Weg zu ihrem Dämon abzuschneiden. Chwiul zückte sein Schwert, und aus seinem Gesicht starrte nackte, kalte Wut, doch sie wußte nicht, ob diese gegen sie selbst oder den Dämon gerichtet war. Sie rannte auf den Schlitten des Dämons zu, bemüht, ihren Bogen zu spannen, doch das *Bliell* legte die Entfernung mit zwei langen Sprüngen zurück. Sein Kopf schwang in ihre Richtung, die Kiefer klafften. Doch sie rutschte auf dem schlüpfrigen Boden aus und stürzte, die Kiefer des Reittieres schnappten vergeblich zu. Doch eines der ausschlagenden Beine hatte sie getroffen, und sie schlitterte über den Boden zum Fuß des Dämons.

Der Dämon. Sie rang nach Luft, die nie ihre Lungen füllte, um seinen Namen zu rufen. Sie sah die klare Schönheit seiner Gestalt und den Alptraum des *Bliell*, das auf sie zustürmte, um sie beide zu töten. Sie sah es über ihr aufragen, über dem Dämon, sah Chwiul durch die Luft fliegen – entweder springend oder stürzend –, und endlich fand sie ihre Stimme wieder und schrie seinen Namen, gleichzeitig Warnung und Flehen: „Shang'ang!“

Als das *Bliell* auf sie herabtrat, zuckten Blitze von der Oberfläche des Dämons und tauchten das Tier in Feuer. Der Schrei des Tieres glitt ins Unhörbare ab. T'uupieh hielt sich die Ohren zu, um den entsetzlichen Schmerz seines Schreies nicht mehr hören zu müssen. Die Augen aber schloß sie nicht: Plötzlich wie ein Blitz riß der Flammenstrahl des Dämons wieder ab, das *Bliell* taumelte zurück und brach zusammen. Es federte noch einmal leicht, als es aufprallte, dann blieb es tot liegen. T'uupieh ließ sich gegen den Körper des Dämons sinken und stützte sich dankbar ab, während sie endlich wieder Luft in ihre schmerzenden Lungen saugen konnte. Sie sah weg ...

Und sah Chwiul, der im Griff der Aufwinde vor der Klippe gefangen war und weggetragen wurde ... und sie sah drei Pfeile in seinem Rücken, bevor die Thermung ihn wieder losließ und er wie ein Stein niederstürzte. Sie lächelte und schloß die Augen.

„T'uupieh! T'uupieh!“

Sie öffnete sie blinzelnd wieder, als sie merkte, wie ihre Leute sich um sie versammelten. Y'lirr unterdrückte die Bewegung seiner

Hand, die ihr Gesicht hatte berühren wollen, als sie die Augen öffnete. Sie lächelte ihm und auch ihren Leuten zu, aber nicht so, wie sie Chwiul zugelächelt hatte. „Y'lirr ..." Sie reichte ihm die Hand und ließ sich aufhelfen. Ihre Schürfwunden und Blutergüsse schmerzten bei jeder Bewegung, doch sie war sicher, daß die einzige Verletzung ein kleiner Riß in ihrem Flügel war. Sie preßte den Arm fest an ihre Seite.

„T'uupieh ..."

„Meine Herrin ..."

„Was ist geschehen? Der Dämon ..."

„Der Dämon hat mir das Leben gerettet." Mit einer Bewegung brachte sie sie zum Verstummen. „Und – aus seinen eigenen Gründen – machte er Chwiuls Verschwörung zunichte." Erst jetzt wurden ihr langsam die Wirklichkeit und die möglichen Folgen der Ereignisse bewußt. Sie wandte sich um und sah lange in das starre Auge des Dämons. Dann ging sie mit steifen Bewegungen fort und sah über den Klippenrand hinab.

„Aber der Vertrag ...", sagte Y'lirr.

„Chwiul hat den Vertrag gebrochen. Er hat mir Klovhiri nicht ausgeliefert." Keiner protestierte. Sie spähte durch das Gestrüpp und erriet ohne große Probleme die Orte, wo Ahtseet und ihr Gefolge sich versteckt hatten. Sie konnte das klägliche Weinen eines Kindes hören. Chwiuls Körper lag unten am Boden, für alle deutlich sichtbar, und sie sah noch mehr Pfeile aus seinem Körper herausragen. Hatten Ahtseets Wachen ihn auch noch durchlöchert, weil sie ihn für einen Angreifer hielten? Der Gedanke erfreute sie. Und eine leise Stimme in ihrem Inneren flüsterte ihr zu, daß sie sich über Ahtseets Unversehrtheit sogar noch mehr freute ... Plötzlich runzelte sie angesichts solcher Gedanken die Stirn.

Aber Ahtseet wie auch Klovhiri waren entkommen – und diese Tatsache konnte sie sich durchaus zunutze machen, um soviel wie möglich aus der Situation herauszuholen. Sie wartete einen Augenblick, bis sie ihre wirren Gedanken etwas geordnet hatte. „Ahtseet!" Ihre Stimme war nicht die des Dämons, doch sie hallte zufriedenstellend. „Ich bin es, T'uupieh! Siehst du den Leichnam des Verräters vor dir liegen – den Bruder deines Mannes, Chwiul? Er kaufte Mörder, um dich in den Sümpfen ermorden zu lassen – laß dir alles von deinem Führer erklären. Nur der Warnung meines Dämons verdankt ihr es, daß ihr alle noch lebt."

„Warum?“ Ahtseets Stimme zitterte leicht im Wind.

T'uupieh lachte bitter. „Warum? Um die Straßen von Schurken zu säubern und den Oberlord dazu zu bringen, seine loyalen Diener noch mehr zu lieben und besser zu belohnen, liebe Schwester! Und damit Klovhiri mich hassen sollte. Möge es ihn innerlich zerfressen, daß ihr mir euer Leben verdankt. Zieht unbelästigt weiter durch mein Land, Ahtseet. Dieses Mal werde ich euch ziehen lassen.“

Sie zog sich zitternd von der Klippe zurück, ohne sich darum zu kümmern, ob Ahtseet ihr glaubte. Ihre Leute standen wartend um den Kadaver des *Bliell* versammelt.

„Was nun?“ fragte Y'lirr stellvertretend für alle und betrachtete den Dämon.

Sie antwortete, doch ihre Antwort war direkt an das stumme Bernsteinauge des Dämons gerichtet. „Ich glaube, ich habe Chwiul die Wahrheit gesagt, mein Dämon. Nach dem heutigen Tag wird er sein Landhaus nicht mehr benötigen ... Vielleicht wird der Oberlord dem Geschäft zustimmen. Vielleicht läßt es sich arrangieren. Das Rad der Veränderung trägt uns alle, aber nicht jeden mit derselben Leichtigkeit. Ist es nicht so, mein wunderbarer Shang'ang?“

Sie strich sanft über seine vom Tageslicht angewärmte Haut und setzte sich auf den Boden, um seine Antwort abzuwarten.

Nachwort

Bernsteinaugen ist eine Aschenputtel-Geschichte – wenn nicht im buchstäblichen, so doch im übertragenen Sinne. Ben Bova fragte mich, ob ich nicht die Titelgeschichte für die „Frauennummer" von *Analog*, die im Juni 1977 erscheinen sollte, schreiben wolle. Der Termin, den er mir nannte, lag etwa einen Monat in der Zukunft. Ich war entzückt, gleichzeitig aber völlig aus dem Häuschen, denn ich schreibe sehr langsam, und gerade in dem Augenblick lauerte keine Geschichte in den Winkeln meines Verstandes, die nur darauf wartete, geschrieben zu werden. Ich mußte mir also etwas völlig Neues aus dem Hut ziehen – oder aus meiner Ideenkartei, wie das in diesem Fall war.

Eine Ideenkartei ist ein außerordentlich nützliches Werkzeug für einen Schriftsteller. Ich verwende Karten von der Größe 8 mal 12 Zentimeter, um meine Sammlung in Ordnung zu halten. Oftmals genügt eine einzige Idee nicht für eine ganze Geschichte, und dann zahlt es sich aus, mehrere Ideen zusammenzufassen. Sollte es notwendig sein, kann man die Karten ausbreiten, kombinieren und immer wieder kombinieren, bis sie interessante Resonanzen bilden, die dann eine Geschichte ergeben. Genau das habe ich getan, um *Bernsteinaugen* zu schreiben.

Ich begann mit der Idee einer emotionalen (aber keinesfalls physischen) Beziehung zwischen einem Menschen und einem Außerirdischen, etwas, worüber ich in einem Buch über einen Indianer und einen Wolf gelesen hatte. Hinzu fügte ich einen Traum über eine Meuchelmörderin in einer mittelalterlichen Szenerie, den ich gehabt hatte. Ich griff den Vorschlag meines Mannes Vernor auf, die Handlung auf Titan anzusiedeln, einem Mond des Saturn, gleichzeitig einer der wenigen verbliebenen Himmelskörper im Sonnensystem, dem die Wissenschaftler das Potential für intelligentes Leben zugestehen. Da ich mich hin und wieder auch von Musik inspirieren lasse, fügte ich noch ein Element aus einem Song von Buffy St. Marie über einen „demon lover", einen Dämonenliebhaber, hinzu. All diese Elemente integrierend, erschuf ich den grundlegenden Rahmen der Geschichte. Und als ich den erst einmal konstruiert hatte, setzte ich mich hin und schrieb und schrieb, manchmal zwölf Stunden täglich. Ich schreibe wie gesagt nur sehr, sehr langsam und konstant. Um mehr und schneller zu schreiben, bin ich gezwungen, lange Stunden zu schreiben, und der Prozeß des Schreibens ist häufig eine Art ausgedehntes Tagträumen, fast Meditation. Mein Körper verkrampft sich dauernd, wenn er gezwungen wird, stundenlang unbeweglich dazusitzen, doch der knappe Termin bewies mir, daß ich meine Produktionsrate durchaus auch steigern kann.

Doch nachdem ich die Geschichte vollendet hatte, fühlte ich eine seltsame Entfremdung von ihr, denn sie war „herausgepreßt" worden und hatte kaum Zeit gehabt, sich zu entwickeln. Schreibe ich eine Geschichte mit „normaler" Geschwindigkeit, habe ich mehr Zeit und Gelegenheit, mich den handelnden Personen zu widmen, als das bei dieser hier der Fall war. Ich war daher verblüfft, als ich einen Brief erhielt, der besagte, daß sie für den *Hugo* nominiert worden war. In diesem Augenblick wurde mir klar, daß die Geschichte mich zwingen wollte, sie zu mögen. Ich schwor mir, sollte sie den *Hugo* tatsächlich gewinnen, dann würde ich mich wie die böse Stiefmutter für meinen Mangel an Vertrauen bei ihr entschuldigen müssen ... Das habe ich getan, und ich hoffe, die Tatsache, daß ich sie zur Titelgeschichte dieser Sammlung gemacht habe, ist Abbitte genug.

Obwohl *Bernsteinaugen* im Grunde genommen als reine Abenteuerstory geschrieben worden ist, ist doch eines der zugrunde liegenden Themen (und, wie ich hoffe, mit ein Grund, weshalb sie den *Hugo* gewann) das der Kommunikation: der Kommunikation mit außerirdischen Wesen (die ganz einfach auch nur andere Menschen sein können) – die Vorstellung, daß hinter jeder wirklichen Kommunikation Verständnis liegt und daß wir mit Verständnis möglicherweise unsere Ängste überwinden können. Ich stelle auch das Recht einer Person oder Gesellschaft in Frage, sich in die internen Wertvorstellungen und Gegebenheiten einer anderen Kultur einzumischen – denn können wir wirklich sicher sein, daß unsere Wertmaßstäbe, die wir ihnen aufzwingen wollen, besser sind als diejenigen, die sie selbst haben? Haben wir das Recht zu richten? Das Leben besteht aus vielerlei Grautönen, nicht nur aus Schwarz und Weiß, nicht nur aus absoluten Maßstäben für Recht und Unrecht. Darauf gibt es keine einfache Antwort, weder für die handelnden Personen noch für den Autor, noch für den Leser.

Die Katze locken

TO BELL THE CAT

Wieder ertönte ein tierischer Schmerzlaut aus der zwanzig Meter entfernten Zeltkuppel. Juah-u Corouda zuckte unwillkürlich zusammen, als er den Würfelbecher mit den geschnitzten Spielsteinen ausleerte, wodurch er seinen Wurf zunichte machte. „Teufel ... eine Triade! Zum Teufel mit diesem Lärm, klingt wie Fingernägel, die über Metall scheuern."

„Orr kennt die Bedeutung des Wortes ‚aufgeben' nicht." Albe Hyacin-Soong fing den Becher auf. „Es macht ihn doch gewiß wahnsinnig, daß er sich nicht vorstellen kann, wie diese kleinen, schuppigen Ratten in dieser Radioaktivität überleben können. Und in erster Linie, wie sie sich überhaupt entwickeln konnten ..."

„Er kennt die Bedeutung des Wortes ‚Gnade' nicht." Xena Soong-Hyacin sah ihren Gatten düster an und verschränkte die Arme. „Warum betäubt er sie nicht?"

„Komm schon, Xena", sagte Corouda. „Das sind doch nur Tiere. Die spüren keinen Schmerz wie wir."

„Und was sind wir schon, Juah-u? Tiere, die versuchen, Gott zu spielen!"

„Ich spiele nur Squamisch", murmelte Albe.

Corouda lächelte dünn, dann sah er von Xena weg zum Rand des Lagers. Nach ein paar Beschwerden hatte Orr sich gezwungen gesehen, sein Zelt entfernt von den anderen zu errichten. Auch Corouda freute sich darüber. Der Lärm störte ihn, er nahm das jedoch nicht persönlich. Forschung war nötig. Xena – wie jeder andere Wissenschaftler auch – mußte das akzeptieren. *Doch die blutenden Herzen sind immer bei uns.* Wie komfortabel, wie perfekt eine Gesellschaft auch wurde, es gab immer jemanden, der Fehler suchte, die er bemängeln konnte. Manche Leute konnten eben nie zufrieden sein. Er war froh, daß er nicht zu denen gehörte. Und auch, daß er nicht mit einer derartigen Person verheiratet war. Anders Albe, denn der hatte immer Spaß an einem guten Streitgespräch.

„Als nächstes wirst du mir erzählen, daß *er* nichts spürt!" trumpfte Xena auf.

„Zügle deine Zunge, Xena. Er wird dich hören. Er ist dort drüben. Und gib nicht dem Falschen die Schuld, er hat damit nichts zu tun. Piper Alvarian Jary ist zum Leiden verurteilt."

„Er hat eine Gehirnwäsche hinter sich. Es ist, als würde man einen Gedächtnislosen peinigen. Er ist nicht mehr derselbe Mann ..."

„Ich will davon nichts mehr hören", sagte Albe wenig überzeugend.

Corouda schüttelte den Kopf und schob seine blonden Locken wieder unter die Mütze, wonach er sich tiefer in den Schatten hineinbegab. Sie saßen mit überkreuzten Beinen auf der weichen, braunen Erde, eine lässige Geste, die allen Wächtern eigen war. Er drehte den Kopf etwas, um Piper Alvarian Jary anzusehen, der wie immer allein auf dem Felsen in der Sonne saß, wie immer auch in Hörweite seines Meisters Hoban Orr. Piper Alvarian Jary, der sechs Jahre lang – sechs Jahre ... war es wirklich schon sechs Jahre her? – seine Strafe im Simeu-Forschungsinstitut für Biomedizin absaß, eine Strafe, die sich angesichts seiner Sünden eher gering ausnahm.

Nicht daß er jetzt wie ein Ungeheuer ausgesehen hätte, während er endlos mit den Steinchen spielte. Er trug einen einfachen, hellen Overall, der ungeachtet der Hitze bis in den Nacken zugeknöpft war, das dunkle Haar fiel ihm über die Stirn in das sonnengebräunte, ausdruckslose Gesicht. Er hätte irgendein Assistent sein können, der sich in dem Expertenkreis der Ökologen auf dieser noch nicht erkundeten Welt etwas unwohl fühlte. Er hätte jedermann sein können ...

Als er sich an die Narben erinnerte, die der Anzug wahrscheinlich verbarg, sah Corouda weg. Aber er *war* Piper Alvarian Jary, der den Diktator Naron unterstützt hatte, den Mann, der eines der blutigsten Regime in der langen Geschichte der Unemenschlichkeit gegenüber Menschen errichtet hatte. Es überraschte Corouda, daß Jary immer noch so jung aussah. Ein Leben als Handlanger des Simeu-Institutes ließ einen Mann normalerweise schnell altern. *Vielleicht sitzt er deshalb in der Sonne. Vielleicht soll sie ihm das Gehirn ausbrennen.*

„... deshalb wollte ich Wächter werden, Albe!" Xenas beharrliche Stimme holte ihn wieder in die Wirklichkeit zurück. „Damit wir nicht an derartigen Dingen teilhaben müssen ... damit ich nicht dauernd meinen Kopf gegen eine Mauer rammen muß, wenn ich an die Ungerechtigkeit und Gleichgültigkeit dieser Gesellschaft denke ..."

Albe griff zu ihr hinüber und hakte eine Haarsträhne hinter ihrem Ohr ein. „Aber du mußt zugeben, wir haben hier eine nicht unerhebliche Entdeckung gemacht. Immerhin ist es ein natürlicher Reaktor – eine so reichhaltige Anreicherung von Uranerz, daß die Fusion eingetreten ist. Auf der Erde geschah der einzig vergleichbare Fall Jahrmillionen bevor der erste Mensch kam, der es hätte sehen können." Er winkte mit einer Hand zu dem zweihundert Meter entfernten Höhleneingang. „Dort drüben in dieser Höhle ist er, und sogar Tiere können in ihr überleben! Wir müssen herausfinden, wie sie sich an soviel Strahlung gewöhnen konnten – ist es nicht wichtig für uns, das herauszufinden?"

„Selbstverständlich ist es das." Xenas Ausdruck wurde schmerzerfüllt. „Komm mir nicht auf die väterliche Tour, Albe. Das weiß ich so gut wie du. Und du weißt ganz genau, daß es mir nicht darum geht."

„Ja, das weiß ich ..." Er seufzte, gab nach. „Diese ganze Expedition wird bald erledigt sein. Sie haben bereits die meisten der Daten, die sie haben wollten. Und dann können wir sechs uns an die Arbeit machen und vergessen, daß wir ihnen jemals begegnet sind. Wir werden eine neue Welt ganz für uns allein haben."

„Bis sie damit anfangen, die verdammten Touristen einzufliegen ..."

„He, sachte", sagte Corouda etwas zu laut. „Kommt schon. Weswegen sitzen wir hier? Laßt die Würfel rollen."

Albe lachte und schüttelte den Becher. Er ließ die geschnitzten Steine über die Erde kullern. „Ha! Zwei-Quadrat!"

Corouda grunzte. „Ich weiß, daß du schummelst. Wenn ich nur dahinterkäme, wie. Xena ..."

Sie wandte den Blick wieder von Piper Alvarian Jarry ab, ihr Gesicht war gespannt.

„Xena, wenn es dich beruhigt, Jary spürt überhaupt nichts. Nur in den Händen und vielleicht ein bißchen im Gesicht."

Sie sah ihn ausdruckslos an. „Was?"

„Das hat mir Jary selbst erzählt. Orr hat seine Empfindungen abgetötet, als er ihn bekam, damit er bei den Experimenten nicht unnötig leiden muß."

Sie sperrte den Mund auf.

„Stimmt das?“ Albe schob das Stirnband höher in seine braune, kahl werdende Stirn. „Erinnert ihr euch, letzte Woche lief er mitten ins Lagerfeuer ... Wußte gar nicht, daß du mit ihm gesprochen hast, Juah-u. Wie ist er denn so?“

„Das weiß ich nicht. Wer kann das bei so einem schon sagen? Vor einer Weile kam er zu mir und bot mir an, eine Sammlung möglicherweise eßbarer Pflanzen für mich zu untersuchen ...“ Und Jary war am nächsten Tag mit den Proben zurückgekommen, ermüdet und übernächtigt, und hatte ihm exakt gesagt, was davon eßbar war und was nicht und bis zu welchem Grad. Erst viel später, als er Zeit für eigene Tests gefunden hatte, fand er heraus, wie Jary so rasch und so genau zu den Antworten gekommen war. „Er hat sie gegessen, um herauszufinden, ob sie *ihn* vergifteten. Fragt mich nicht, warum. Vielleicht macht es ihm Spaß, gequält zu werden.“

Xena peitschte ihn mit ihrem Blick.

„Ich hatte keine Ahnung, daß er sie essen würde.“ Corouda schlug zornig nach einem Käfer. „Außerdem mußte er literweise Strychnin trinken, um sich selbst zu töten. Sie machten aus Jary ein wandelndes biologisches Labor – sein Körper kann Immunstoffe gegen alles erzeugen. Sie benutzen ihn, um Seren herzustellen. Man kann alles abschneiden, von seinem Kopf mal abgesehen, und es wächst wieder nach ...“

„Oh, um Himmels willen.“ Xena stand auf, ihr braunes Gesicht war gerötet. Sie warf den Becher wie etwas Unreines zwischen sie und verschwand zwischen den Bäumen.

Corouda sah ihr nach. Die weinrote Krone des Waldes beschützte sie vor seiner Gefühllosigkeit. In weiter Ferne, hinter den Bäumen, konnte er die Vegetation vor dem Höhleneingang sehen. Die Radioaktivität hatte eine ganze Hügelflanke zerfressen, und das Herz der Höhle war immer noch eine Strahlenhölle, die heiß genug war, um Wasser zum Kochen zu bringen. Und doch hatten einige winzige außerirdische Geschöpfe sich entschieden, darin zu leben – was bedeutete, diese Expedition würde auch weiterhin in der Sonne schmoren, bis Orr der Durchbruch gelingen würde oder bis er sich dazu entschloß aufzugeben. Corouda sah seufzend wieder zu Hyacin-Soong. „Tut mir leid, Albe. Dieses Mal verabscheue ich mich selbst dafür.“

Albes Ausdruck entspannte sich. „Sie wird sich wieder beruhigen ... Sag ihr das, was du eben sagtest, wenn sie zurückkommt.“

„Das werde ich." Corouda, dem es unsäglich warm war, krempelte seine Ärmel ein weiteres Mal hoch. „Wir brauchen einen dritten Mann, wenn wir weiterspielen wollen." Er deutete auf Piper Alvarian Jary, der immer noch in der Sonne saß. „Ihr wolltet doch wissen, wie er ist – warum fragen wir ihn nicht?"

„Ihn?" Die Verblüffung in Albes Gesicht wurde von Neugier verdrängt. „Warum nicht. Geh, frag ihn."

„He, Jary!" Corouda sah, wie er das sonnenverbrannte Gesicht erstaunt hob, um ihn anzusehen. „Möchtest du etwas Squamisch mitspielen?" Er konnte kaum Jarys Gesichtsausdruck sehen, sah kaum eine Veränderung. Zunächst hielt er es für Furcht, kam dann aber zu der Überzeugung, daß er sich täuschen mußte. Dann sah Jary zu ihm herüber, blinzelte und beschattete die Augen mit der Hand, nickte. Jary kam zu ihnen herüber, den Blick immer auf den Boden geheftet. Sein Schritt war unsicher, wie der eines Mannes, der seinen eigenen Beinen nicht traut.

Er setzte sich verlegen zu ihnen, ein nichtssagendes Lächeln war auf seinem Gesicht gefroren, und überkreuzte die Beine wie sie.

Corouda fand kaum die richtigen Begrüßungsworte und fragte sich, weshalb, zum Teufel, er das getan hatte. Er hob den Becher in die Höhe und schüttelte ihn. „Äh ... weißt du, wie man Squamisch spielt?"

Jary nahm den Becher kopfschüttelnd entgegen. „Ich h-hab selten Gelegenheit, w-was zu spielen, W-wächter." Sein Lächeln wurde bedauernd, nicht so seine Stimme. „Man fordert mich nie dazu auf."

Corouda erinnerte sich wieder daran, daß Piper Alvarian Jary stotterte und fühlte ungewollte Sympathie in sich aufsteigen. Aber hatte ihm nicht jemand gesagt, daß Jary schon immer gestottert hatte? Schließlich öffnete Jary doch etwas den Kragen seines Overalls. Corouda konnte den Beginn einer Narbe sehen, die über die ganze Brust verlief. Jary bemerkte seinen Blick und hob unwillkürlich die Hand, um ihn wieder zuzuknöpfen.

Corouda räusperte sich. „Nichts Besonderes, hauptsächlich Glück. Man wirft die Steine, und es hängt davon ab ..."

Wieder ertönte ein Schmerzensschrei hinter dem Zelt. Jary sah hinüber.

„... wie die Steine fallen und sich verteilen ... Nimmt dich das mit?" Die verletzende Frage war ausgesprochen, noch ehe er nachgedacht hatte. Nun fühlte er sich wie ein grausames Kind.

Jary sah ihn an, als hätte ihn die Frage nicht im mindesten überrascht. „Nein. Es sind nur Tiere. Besser als ich."

Corouda spürte, wie sein Zorn stieg, als er sich daran erinnerte, was Jary war – bis ihm einfiel, daß er genau dasselbe gesagt hatte.

„Piper! Komm her, ich brauche dich."

Corouda erkannte Hoban Orrs Stimme. Auch Jary erkannte sie und erhob sich, vor Hast ungeschickt. „Tut mir leid, der Doktor braucht mich." Er entfernte sich, und sie sahen ihm nach, wie er auf Orrs Zelt zuschlurfte. Seine Stimme hatte sich nicht verändert. Corouda bemühte sich plötzlich, nicht daran zu denken, wofür er gebraucht wurde ... *Handlanger: Eine Person, die im Auftrag einer anderen gefährliche oder unangenehme Dinge ausführen muß.*

Corouda stand auf und bürstete seine Hose ab. Jary verbrachte die Zeit außerhalb, solange Orr sezierte: Piper Alvarian Jary, der einem Mann gedient hatte, mit dem verglichen Attila der Hunne, Hitler und Kahless wie nette Jungs wirkten. Corouda fragte sich, ob es möglich war, daß er tatsächlich nicht zusehen wollte.

Auch Albe erhob sich und streckte sich. „Was hältst du davon? Das ist der wahre Piper Alvarian Jary. ‚Besser als ich ... Es sind nur Tiere.' Wahrscheinlich hält er uns alle nur für Tiere."

Corouda sah, wie Jary im Zelt verschwand. „Würde mich nicht überraschen."

Piper Alvarian Jary ertastete sorgfältig seinen Weg über die unebene Oberfläche des Grates. Er setzte zuerst einen Fuß auf, dann den anderen, wie eine Marionette. Unter ihm, etwa fünf Meter unter der soliden Felsschicht, befand sich die flüssige Oberfläche des radioaktiven Schlamms. Er sah kaum hinab, da er zu sehr mit seinen Füßen beschäftigt war. Ihre geologischen Tests hatten gezeigt, daß es vierzig Meter unter dem kochenden Schlamm eine sieben Meter dicke Schicht mit radioaktiven Erzen gab, die einst heiß genug gewesen war, um diese bizarre Höhlenwelt auszubrennen. Er riskierte einen Blick hinunter in die Finsternis, seine Helmlampe beleuchtete groteske Formen geschmolzener und wieder erstarrter Felsen, silberner metallische Stalagtiten und Stalagmiten, die aus kondensierten Erzen entstanden waren. Im Verlauf von Jahrmillionen war die wassergesättigte Masse von Schlamm und Uran exotherm geworden und dann sporadisch abgekühlt, hier ein Fleckchen, dort ein anderes. Der gesamte Untergrund hatte fast eine halbe Million Jahre gekocht und gequalmt wie ein Hexenkessel.

Dämpfe stiegen vor Jarys Gesichtsfeld auf und trübten seinen Blick auf die gequälte Unterwelt. Er fragte sich kurz, ob der Geruch unangenehm sein würde, wenn er den Helm seines Strahlenschutzanzuges abnahm. Ein anderer hätte vielleicht an die Hölle gedacht, aber dieser Vergleich kam ihm nicht in den Sinn.

Er stolperte und stürzte schmerzvoll gegen eine spitze Felskante. Orrs vermummte Gestalt, die im Licht seiner Lampe glitzerte, wandte sich zu ihm zu. „Paß gefälligst auf."

Er tastete nach dem wuchtigen Container, der an seiner Hüfte befestigt war, um sich zu vergewissern, daß er den Inhalt nicht etwa verloren hatte. Im Innern, unruhig übereinanderkriechend, befanden sich etwa ein halbes Dutzend der unruhigen, rattengroßen Troglodyten, die sie während dieses Ausfluges gefangen hatten. Er richtete seinen Scheinwerfer auf sie, aber sie antworteten nicht, sondern starrten nur stumpfsinnig aus dem Beobachtungsfeuer heraus und durch ihn hindurch. „Schon gut, D-doktor."

Orr nickte und ging weiter. Jary duckte sich unter einem schimmernden Stalaktiten und eilte rasch weiter, bevor das Sicherungsseil sich straffen konnte. Er war für dieses Seil dankbar, obwohl er gehört hatte, wie der Wächter namens Hyacin-Soong es einmal als Geißel bezeichnet hatte. Hyacin-Soong folgte nun mit dem anderen Wächter, der ihn heute morgen zum Squamischspielen aufgefordert hatte, hinterher. Er rechnete nicht damit, daß sie ihn nochmals auffordern würde; er wußte, er hatte Hyacin-Soong irgendwie verärgert – vielleicht nur durch seine bloße Existenz. Corouda behandelte ihn immer noch mit wohlwollender Gleichgültigkeit.

Jary betrachtete erneut die Trogs und wünschte sich plötzlich, Orr würde sie aufgeben und ihn mit nach Hause nehmen. Er wünschte die Sicherheit des Simeu-Institutes, die Sicherheit des Bekannten. Er fürchtete seine Unbeholfenheit in dieser fremden Umgebung, fürchtete das Fremde, fürchtete sogar, Orr zu erzürnen ... Er stieß die Luft in seinen angespannten Lungen mit einem tiefen Seufzer aus. Natürlich fürchtete er sich. Dazu hatte er auch allen Grund. Er war Piper Alvarian Jary.

Aber Orr würde seine Forschungen an den Trogs nie aufgeben, wenn er nicht Erfolg hatte oder ihm die Proben ausgingen. Vor allem anderen wollte Orr herausfinden, wie sie sich innerhalb einer geologisch sehr kurzen Zeitspanne an die Umwelt der Höhle hatten anpassen können – jeder Beteiligte an der Expedition wollte das wissen. Doch schon die grundlegendsten biologischen Fragen zu beantworten, machte Schwierigkeiten. Was für Funktionen hatten die vier verschiedenen Typen, die er beobachtete? Wie vermehrten sie sich, wo sie doch offensichtlich, wenigstens nach menschlichen Maßstäben, geschlechtslos waren? Welche ökologischen Aufgaben erfüllten sie mit ihren hoffnungslos unterentwickelten Gehirnen? Und vor allem: Wie war ihre Existenz thermodynamisch überhaupt möglich? Orr glaubte, daß sie ihre Nährstoffe direkt aus dem radioaktiven Schlamm bezogen, doch nicht einmal er konnte sich vorstellen, daß ihre Nahrungskette bei radioaktiver Fusion endete. Die Trogs selbst waren nur schwach radioaktiv, ihre Körperchemie basierte auf Kohlenstoff, sie konnten hohe Drücke ertragen und empfingen Stimuli auch aus dem extremen KW-Sektor des elektromagnetischen Spektrums. Das war alles, was Orr bisher mit Sicherheit herausgefunden hatte.

Jary klammerte sich mit seiner behandschuhten Hand an der rauhen Felsoberfläche über dem Grat fest, der immer schmaler wurde, und erinnerte sich daran, wie er einst, als er allein gewesen war, den Handschuh abgenommen und einen von den Trogs in die bloße Hand genommen hatte. Sein schuppiger, purpurgrauer Körper war nicht, wie erwartet, kalt und glitschig, sondern warm und angenehm gewesen. Er hatte ihn so lange wie möglich festgehalten und das Gefühl seiner Bewegungen, die fremdartige Beschaffenheit seiner Haut genossen. Er hatte den kleinen, nicht reagierenden Körper gestreichelt, der, ohne sich stören zu lassen, immer und immer wieder dieselben Bewegungen ausgeführt hatte, wie eine programmierte Maschine. Und seine Hände hatten wegen derselben Verwirrung und Scham gezittert, die er immer empfand, wenn er mit den Experimentiertierchen zu tun hatte ...

Es hatte eine Zeit gegeben, da hatte er unschuldig mit den weichen, pelzigen, rosaäugigen Mäusen und Kaninchen, den flinken, neugierigen Affen spielen können. Aber dann hatte Orr ihn zu seinem Assistenten ausgebildet, und das Beobachten fortschreitender Krankheiten, das Abwischen von Blut, das Wegwerfen geschlachteter, winziger Versuchstierkörper hatte ihm seinen Platz zugewiesen – und auch ihnen den ihren. Tiere hatten weder Rechte noch Gefühle. Doch wenn er den Kopf der zitternden Maus zwischen seinen Fingern hielt und in die roten Augen sah, wenn er nach dem Schwanz griff, um ihnen das Genick zu brechen, dann zitterten seine Händen meistens ...

Der Boden erbebte unter dem Ansturm aufgestauter Energien. Jary fiel zu Boden, doch den Aufprall spürte er nicht. Hinter sich hörte er die Wächter fluchen und sah vor sich, wie Orr sich verzweifelt bemühte, das Gleichgewicht nicht zu verlieren. Als seine Hände ihm verrieten, daß das Beben nachgelassen hatte, kroch er auf Orr zu, wobei er sich mit den Händen den Weg ertastete. Kalter Schweiß bedeckte seine Handflächen. Er konnte unerwartete Erdstöße nicht ausgleichen, daher kroch er auf den Händen weiter.

„Piper!“ Orr zog an dem Sicherungsseil. „Steh auf, du beschädigst die Schachtel mit den Proben!“

Jary hörte die Wächter hinter sich aufstehen, einer lachte. Der Schmerz einer plötzlichen Erinnerung brachte ihn auf die Beine. Er ging weiter, ohne sich umzusehen. Er war auch nach der ersten Operation, die seine Empfindungen abgetötet hatte, gekrochen – unter Einsatz seiner immer noch empfindungsfähigen Hände, um seinen gefühllosen Körper zu leiten. Die Labortechniker hatten gelacht, und er hatte ebenfalls gelacht, bis sich der Nebel seiner Repersonalisierungsbehandlung gelegt und er erkannt hatte, daß sie über ihn lachten. Dann erst hatte er sich selbst wieder beigebracht, aufrecht wie ein menschliches Wesen zu gehen, damit er wenigstens wie ein solches aussah.

Weiter oben sah er Orr erneut verharren. Sie mußten bereits den Riß erreicht haben. „Leuchte mir mal hier oben.“

Er ging weiter, bis das Seil schlaff wurde, und beleuchtete mit seiner Lampe den fast meterbreiten Spalt, der sich vor ihnen auftat. Die Wächter gesellten sich zu ihm. Orr stellte sich in den Lichtkreis ihrer Lampen und schaffte den Sprung leicht. Jary ging zum Rand der Kluft und leuchtete mit seiner Lampe hinab. Er sah die ölig schimmernde Wasseroberfläche mehr als zehn Meter tief unten. Er schluckte.

„Steh nicht so nahe am Rand!“

„Geh etwas zurück und spring einfach.“

„Nicht daran denken ...“

„Komm schon, Jary, wir haben nicht den ganzen Tag Zeit!“

Hyacin-Soong schlug ihm in dem Augenblick auf die Schulter,

als er springen wollte. Mit einem erstickten Protestschrei verlor er das Gleichgewicht und fiel.

Das Sicherungsseil straffte sich und schwang ihn gegen die Wände der Kluft. Erschrocken und verblüfft taumelte er innerhalb eines Kreises von wirbelndem Licht und Dunkelheit. Und dann spürte er ungläubig, wie das Halteseil nachgab ... Plötzlich glitt er weitere sechs Meter tiefer.

„Jary! Jary ...?"

„Kannst du uns hören?"

Jary öffnete die Augen, seltsam überrascht, daß er immer noch sehen konnte, daß seine Helmlampe, die Lautsprecher seines Anzugs, sein Gehirn noch funktionierten ...

„Ist mit dir alles in Ordnung, Piper?"

Er erkannte Orrs Stimme, dann die Bedeutung der Worte. Ein kurzes, erstauntes Lächeln umspielte seine Lippen. „Ja, Doktor, f-fein!" Seine Stimme zitterte. Dann kam ihm zu Bewußtsein, wie absurd seine Antwort war, und er mußte lachen.

„Laß dich nicht gehen! Du hast einen Schock. Was ist mit den Proben?"

Jary atmete tief durch und sah gehorsam nach unten. Er stand bis zu den Hüften in kochendem Wasser. Seine Beine gehorchten ihm nicht, als er versuchte, sie zu bewegen. Einen Augenblick fragte er sich, ob er sich das Rückgrat gebrochen hatte. Doch seine suchenden Hände entdeckten zähen Schlamm nur dreißig Zentimeter unterhalb der Wasseroberfläche, also war er nur gefangen, nicht gelähmt. Die Schachtel mit den Proben trieb fast außerhalb seiner Reichweite im Wasser. Er beugte sich vornüber, packte das Seil und zog sie wieder zu sich heran. Die Trogs im Innern waren durch die Erschütterungen aus ihrer Gleichgültigkeit aufgeschreckt worden, und ihr panisches Umherirren erschreckte ihn.

„Und? Was ist geschehen?"

Jary bemerkte, daß sein Griff nach der Schachtel ihn noch tiefer im Morast hatte versinken lassen, das Wasser reichte ihm nun schon bis zur Brust. „Ich h-habe sie. Aber ich st-st-stecke im Schlamm fest. Ich versinke." Er las die externen Strahlungsmesser in seinem Helm ab. „Jedes Dosimeter ist im roten B-bereich, mein Anzug wird b-bald überlastet sein." Er lehnte sich zurück und versuchte, Orrs Gesicht hinter der konvexen Krümmung der Wand zu erkennen. Er sah jedoch nur drei Helmlampen weit über ihm, die in die Spalte herabschienen.

„Behalt den Kopf oben, damit wir dich sehen können. Wir werden dir ein Seil runterlassen.“ Er erkannte Coroudas Stimme, und schon sah er, wie das Seil sich herunterschlängelte. „Binde es um deine Hüfte.“

Das Ende des Seils hing etwa einen halben Meter über seinem Kopf. Er kämpfte sich ein Stück nach oben und griff danach, doch seine schmutzigen, nassen Handschuhe konnten die Fasern nicht festhalten. Er stürzte zurück und sank noch tiefer. „Es ist zu k-kurz. Ich schaff's n-nicht.“

„Dann binde wenigstens die Schachtel mit den Proben daran fest.“

„Ich kann es nicht erreichen!“ Er schlug mit der Faust gegen die Felswand. „Ich sinke immer tiefer. Ich werde gekocht. Holt mich raus!“

„Nicht bewegen“, sagte Corouda tonlos. „Sonst wirst du noch tiefer sinken. Dein Anzug wird dich noch mindestens fünfzehn Minuten schützen. Versuch dich an der Wand festzuhalten. Wir kommen gleich mit besserer Ausrüstung zurück. Halt aus.“

„A-aber ...“

„Und laß auf keinen Fall die Schachtel los.“

„Ja, Doktor ...“ Das Dreigestirn verschwand aus seinem Gesichtsfeld, dann konnte er auch den Rand der Kluft nicht mehr erkennen. Er konnte beide Wände berühren, ohne die Arme ausstrecken zu müssen. Er fand einen vorstehenden Sims und stellte die Probenschachtel darauf, sich mit dem Ellbogen abstützend. Dampf kondensierte auf seinem Helmvisier, und er wollte ihn wegwischen, verschmierte aber statt dessen Wasser und Schlamm über die Scheibe. Die Trogs hatten sich auch wieder etwas gefaßt, als würden sie mit ihm warten. Außer seinem eigenen raschen Atmen war kein Laut zu hören. Die Felsenfalle schnitt ihn vollkommen von der Außenwelt ab, sogar von der Beruhigung durch eine andere menschliche Stimme. Plötzlich war er froh, wenigstens die Gesellschaft der Trogs zu haben.

Minuten verstrichen. Plötzlich begann er, in seiner Falle darüber nachzudenken, was geschehen könnte, würde ein erneuter Erdstoß den Spalt von oben verschütten ... Würde sein Anzug versagen ...? Schweiß rann ihm wie ein Tränenstrom übers Gesicht. Er schüttelte den Kopf, ohne entscheiden zu können, ob er wegen der Hitze so schwitzte oder aber wegen der Anstrengung des Wartens. Sein Anzug konnte beim Fall beschädigt worden sein, vielleicht war radioaktiver Schlamm eingedrungen, ohne daß er es bemerkt hatte. Er selbst war schon bei einigen von Orrs Experimenten Strahlung ausgesetzt gewesen und hatte sich hinterher immer speiübel gefühlt, und einmal waren ihm sogar alle Haare ausgefallen. Aber er hatte noch nie zusehen müssen, wie das Fleisch von seinen Knochen faulte und sein Körer vor seinen Augen verfiel ...

Seine gefühllose Hand rutschte von dem Sims ab, und er sank in den Schlamm zurück. Keuchend und schluchzend zog er sich wieder hoch. Er hatte zuviel Phantasie, das sagte ihm Orr auch immer. Orr hatte ihm auch Methoden beigebracht, während der Experimente seine Panik unter Kontrolle zu halten und biologische Funktionen bewußt zu steuern. Eigentlich hätte er inzwischen genug wissen müssen, um nicht den Kopf zu verlieren. Aber es gab Zeiten, da reichte auch sein ganzes Wissen nicht aus. In solchen Augenblicken kam er dem völligen Verständnis dessen, was Piper Alvarian Jary getan hatte und weswegen er seine Strafe verdiente, am nächsten.

Er entspannte sich, atmete ruhiger und konzentrierte sich auf Faßbares und Reales: die zerfressene Mondlandschaft der Felswand vor seinem Gesicht, den Schmerz in seiner Hand, die er sich beim Sturz angeschlagen hatte. Er empfand das pulsierende Gefühl des Schmerzes als Beweis, daß er am Leben war, und genoß es mit einem hungrigen Schuldgefühl, das von der Angst noch verstärkt wurde. Die spiegelähnlichen Glubschaugen der Trogs starrten zum Fenster der Schachtel heraus, sie reflektierten das Licht und schauten immer noch durch ihn hindurch, als würden sie in eine andere Welt sehen. Dann erinnerte er sich, daß sie das tatsächlich konnten, und er drehte unbehaglich den Kopf hin und her. Er erstarrte, als das winzige Gesicht eines Trog durch die Wasseroberfläche brach, dann tauchte noch einer neben seiner Brust auf und noch einer ... zwei, drei ... Plötzlich waren es ein halbes Dutzend.

Erfüllt von einer Zielstrebigkeit, die er noch nie zuvor bei ihnen festgestellt hatte, krabbelten sie an den Felswänden und an seinem Anzug empor, als wäre er lediglich eine Ausdehnung des Steins. Er verharrte bewegungslos, da er in seiner Verblüffung, wie seine Opfer auch, nur dümmlich starren konnte. Seine Opfer, seine Gefangenen ... ein Trog sprang von seiner Schulter auf den Sims. Sie versuchten alle, an die Schachtel heranzukommen. Hatten die Gefangenen sie hierhergerufen? Aber wie? Es handelte sich um dumme, primitive Geschöpfe mit kaum entwickelten Gehirnen. Wie konnte sie zusammenarbeiten?

Aber sie arbeiteten *doch* zusammen, denn mittlerweile hatten sich alle um die Schachtel geschart, die sie mit ihren langen Fingern untersuchten, wobei die Kräftigeren schoben und drückten. Sie untersuchten die Oberfläche mit ihren Körpern – was im Licht seiner Lampe offensichtlich wurde –, als könnten sie deren Natur nur durch den Tastsinn in Erfahrung bringen. Er erinnerte sich, daß sie in dem Teil des EM-Spektrums blind waren, der für ihn sichtbares Licht darstellte. In ihrer Dunkelheit *war* er nur ein Teil des Steins. Und sie waren hier, in der Finsternis der Höhle, vernünftige, intelligente Geschöpfe. Draußen im Lager hatten sie hingegen niemals Anzeichen von Intelligenz oder Gruppenaktivität gezeigt, niemals. Warum? Ließen sie ihr Gehirn hinter sich im Schlamm zurück, wenn sie an die Oberfläche kamen?

Plötzlich fragte sich Jary, ob er selbst den Verstand verloren hatte. Nein, es geschah wirklich. Wenn sein Verstand umkippen könnte, dann hätte das schon vor langer Zeit geschehen müssen. Aber für ihn bestand überhaupt kein Zweifel daran, daß diese Tiere nur aus einem einzigen Grund hergekommen waren – um die Gefangenen aus der Schachtel zu befreien. Diese Tiere ...

Er beobachtete ihre unermüdlichen, vergeblichen Bemühungen, die Schachtel zu öffnen. Er wußte, im Endeffekt würden sie dabei scheitern, denn nur ein Mensch konnte die Schachtel öffnen und sie befreien. Nur ein Mensch ...

Er hob zitternd eine Hand und näherte sich der Schachtel. Schlamm tropfte herab. Er öffnete das Schloß und damit den Deckel. Die gefangenen Trogs wichen verwirrt zurück, als ihre Artgenossen von draußen über den Rand kletterten. „K-kommt schon!" Er zog die Schachtel zornig zu sich und stülpte sie um. Ihre unwilligen Körper fielen heraus ins dampfende Wasser.

Danach klammerte er sich wieder an dem Sims fest. Sein Verstand war seltsam leicht und leer. Dann erst fiel ihm der zweite Lichtkegel auf, der sich zu seinem eigenen gesellt hatte und die Felswand sowie die nun leere Schachtel erhellte. Er sah nach oben und erkannte Corouda, der stumm an einem Seil hing und die Beine gegen die Felswände stemmte. „Hilfe gefällig, Jary?"

Er betrachtete die leere Schachtel, deren Sicherungsriemen er immer noch in der Hand hielt. „Ja."

Corouda nickte und warf ihm ein Seil zu.

Ishtp: Aber wir müssen mit diesen Geschöpfen Kontakt aufnehmen. Wir wissen nun ja definitiv, daß es Wesen wie wir sind, zwar fremd, aber uns doch ähnlich, und keine unbekannte Macht. Sie haben Mobile, deren Formen sich ertasten lassen.

(Warme, kräftige Strömungen steigen aufwärts)

(Mobile bewegen sich gemeinsam aufwärts)

(Flüstern heißer Neutronenwolken)

Mng: Sie haben Seelen, die man erreichen kann. Der scheinende Fremde, der unsere Mobilen freiließ, als alle unsere Bemühungen ... wir müssen mit ihm Kontakt aufnehmen und ihm unser Problem mitteilen. Diese Außerirdischen scheinen ebenfalls die Raumfahrt zu beherrschen, denn sie sind fremd hier. Sie gehören nicht hierher. Sie können uns helfen.

(Meine Ranken werden flacher)

(Goldgrüne Kohlenstoffgespinste)

(Helles Gamma wird zu Rot, als wir aufsteigen)

Ahm: Unser einziges Problem ist, daß diese Außerirdischen versuchen, uns zu vernichten! Dieses Wesen hatte nicht den Schein des Lebens – es war ein kaltes Geschöpf der Dunkelheit, das warmen Schlamm verspritzte.

(Moraströmungen werden kälter, während dieser aufsteigt)

(Samtene Dunkelheit oben – wir nähern uns der Dunkelheit)

Mng: Aber er hatte unsere Not erkannt. Er befreite die Mobilen. Er zeigte guten Willen. Wir wußten nichts von der wahren Natur der Außerirdischen, vielleicht erfahren sie gerade erst unsere.

(Stille Abwesenheit von Neutronenströmen)

Ahm: Aber woher sollen wir wissen, daß sie uns nun in Frieden lassen werden? Wir haben bereits dreimal Mobile nach oben in die Dunkelheit gesandt, damit sie mit dem Ritual beginnen, und dreimal wurden sie teuflisch angegriffen. Uns bleiben nur noch sechs Monate. Unsere Mobilen müssen das Ritual in den oberen Räumen vollenden, sonst wird es keine neuen Stämme geben. Wir werden alt, es braucht seine Zeit, die Verwirrung und Unwissenheit eines neuen, jungen Geistes zu überwinden. Wir können nicht bis zum nächsten Ruf warten.

(Es wird weicher und kälter)

(Die helle Welt verblaßt um uns her)

(Graue, verzögerte Strahlung)

(Nur noch Flüstern von den Neutronenwolken)

Isthp: Das stimmt. Aber sie können doch sicher verstehen ... Wir müssen dieses Risiko eingehen, wenn wir etwas gewinnen wollen ...

(Kühle, sandige Gegenströmungen)

Scwa: Aber ist es sinnvoll, all das, was wir inzwischen erreicht haben, ja, unsere ganze Existenz, aufs Spiel zu setzen, das zu erreichen, was wir nicht schon haben? Wir wollten eine neue Welt kolonisieren – und das haben wir.

(Dunkelheit, zunehmende, flüsternde Dunkelheit)

(Weiche, lufterfüllte Räume, harter Basalt)

Isthp: Aber nein! Wir sind in dieser Lichtenklave gefangen, auf einer dunklen feindseligen Welt, und haben kaum Platz, unsere Mobilen exerzieren zu lassen. Mit jedem Jahrhundert verringert sich unser Lebensraum. Die hiesige Erzkonzentration ist untypisch und zufälliger Natur. Das ist nicht die Welt, die wir wollten, der unseren vergleichbar, die ewiges Licht produziert. Hier haben wir keine Zukunft.

(Knisternde Böen schneller Neutronen)

(Aufwärts, aufwärts!)

(Halt ein, Eiliger, warte auf den Rest)

Ahm: Was schlagt ihr dann vor? Sollen wir zu *unserer* Welt zurückkehren, wo es auch keinen Raum für uns gibt? Sollen wir uns diesen außerirdischen Ungeheuern ausliefern, damit sie uns dorthin zurückbringen?

(Dunkelheit, blinde Dunkelheit rings umher)

(Spärliche warme Strahlung des Schlamms)

Mng: Aber es sind keine Ungeheuer! Vielleicht helfen sie uns, eine bessere Welt zu finden!

(******************)

Kle: Wir können hier zufrieden sein. Wir sind Kolonisten, keine Entdecker, wir wollen hier lediglich unsere Mobilen brüten – *welcher Stolz, einen gewandten Körper zu spüren, rasche Finger, das Wissen, den besten Brutpartner gefunden zu haben* – und in Frieden meditieren.

(Schlammtümpel pulsieren mit schwacher, dunkelroter Strahlung)

(Glatter Basalt ... dann die dünne Atmosphäre der oberen Regionen)

(Ich stelle fest, daß alle meine Teile scheinen)

Mng: Was nützt es, die herrlichsten Mobilen auszubrüten, wenn diese ihren Zweck nicht erfüllen können? Sie erbauen nichts für uns, sie sammeln nichts – wir sind keine vollständigen Wesen, wir brüten lediglich Haustiere aus. *Mobile zu brüten, die das Wunder des Universums bestaunen können, darin liegt das höchste Glück.* Wenn es möglich wäre, Mobile so wie unsere zu brüten, Mobile, die das Schiff steuern können, die vielleicht die wahre Natur der Außerirdischen von oben erkennen können – das wäre lohnend. Hier aber haben wir keine Möglichkeit, etwas Lohnendes heranzuziehen.

(Knirschende Böen werden träge und sanft)

(Treib diesen Mobilen an, die Strömung schwächt ab)

(Helle Tiefen unter uns ... sie zeigen die Mobilen meines strahlenden Freundes Isthp, Gammaschein durch geschmolzenen Feldspat)

Ahm: Lohnend – künstliche Mobile zu brüten und künstliche Maschinen zu bauen? Maschinen, die versagen, wie alle ephemeren materiellen Objekte?

Bllr, Rhm, Tfod: Techniker *Mng!*

Mng: Nach fünfhundert Jahren habt ihr einen einzigen Unfall immer noch nicht verwunden. Du, Ahm, trägst deinen Namen, der Dunkelheit-und-Abwesenheit-von-Strahlung bedeutet, zur Recht.

(Beginnt mit der ersten Figur)

(Wie sie scheinen ... wie ich scheine)

(Glanz vor der Dunkelheit)

(Glanz)

Ahm: Die Raumfahrt erst brachte die wirkliche Finsternis in unser Leben. Zweck des Stammkörpers ist es, fest an einer Stelle zu bleiben, um Perfektion des Verstandes und der Mobilen anzustreben und nicht wie ein Staubkorn durch die Leere zwischen den Welten zu taumeln.

(Gerangel)

(Bildet das erste Muster)

(Grau-rubinrot schimmernde Schlammtümpel)

Isthp: *Das „Nichts" des Alls ist erfüllt von Licht, wenn man die Mobilen hat, es zu sehen. Noch immer tanzt seltsame Strahlung in meiner Erinnerung*. Technologie befreit den Stamm, wie die Meditation die Seele befreit. So werden die Stämme zu den Mobilen Gottes.

(Alle versammeln sich, um das Muster zu formen)

(Die Schwere und Dichte soliden Gesteins)

(Welch wunderschöner Anblick)

Ahm: Häresie! Häresie! Blasphemie!

(Versammelt euch, meine Mobilen)

(Wahres Brüten. Herrliches Brüten.)

Mng: *Ahm*, deinetwegen verliere ich die Kontrolle ...!

(***************)

Isthp: Ruhig, mein geliebter *Mng*, Wolkenmusik. Ich bin nicht erzürnt. Wie unsere Gemächlichen sich von den Geschwinden unterscheiden, so unterscheiden sich auch unsere Seelen. Du und ich, uns beiden war es nie vorbestimmt, ruhig in den Tiefen zu verharren.

(Sachte, mein Starker, bewege dich kontrolliert)

(Vibrationen lassen das Ufer erbeben; Schlammtümpel erzittern)

(Taucht unter, taucht hindurch)

Mng: *Ahm*, du mußt an zukünftige Generationen denken – weshalb beantworten unsere Mobilen den Ruf jetzt, wenn nicht um neue Stämme zu schaffen, die bald ihrerseits neue Mobile brüten werden? Wie unsere Zahl hier zunimmt, nimmt unser Lebensraum ab, und bald wird es hier wie auf der Heimatwelt sein – und dann noch schlimmer. Wir haben weder die Ausrüstung noch die Zeit oder die Ressourcen, unseren Lebensraum hier zu restrukturieren. Du bist selbstsüchtig ...

(Gelegentliches Flüstern der Neutronenbrise)
(Druck verschiebt die Felsen)
(Ranken streicheln sanft)

Zhek: *Du* bist selbstsüchtig! Du willst nur in den Raum zurückkehren, weil du an deine perversen mechanisch-mobilen Maschinen denkst, aber für uns bedeutet das neue Gefahren und neues Unbehagen.

(Subtiles Farbenspiel um strahlende Formen)
(Erste Bewegungen der Zuwendung)

Scwa: *Ich erinnere mich an dumpfe Schwärze und tödliche Kälte ... an den Zorn meiner Mobilen, die mein Stammbehältnis über die weglose Weltkruste trugen.* Wir haben bereits zu sehr gelitten, als das Schiff versagte. Wir wenigen selbst konnten kaum lebend bis hierher kommen. Ich will davon nichts mehr hören. *Vergeßt die Mobilen nicht! Beginnt eine neue Phase des Musters ...*

(Alle bilden einen Kreis)
(Spinnt Netze des Lebensscheins)
(Die Muster werden vielfältiger)

Rhm, Tfod, Zhek, Kle: Zustimmung, Zustimmung!

Isthp, Mng: Wir müssen Kontakt mit dem scheinenden Wesen aufnehmen!

Jary lag auf dem Untersuchungstisch, während Orr seinen Körper nach Knochenbrüchen abtastete und ihn mit einem Strahlungsmesser untersuchte. Aus dem Augenwinkel konnte er die leere Probenschachtel sehen, die immer noch dort auf dem Boden lag, wo Orr sie beim Betreten des Zeltes hingeworfen hatte. Orr hatte ihn warten lassen, während er draußen mit Corouda sprach – aber bisher hatte er sich noch nicht zum Verlust der Trogs geäußert. Jary fragte sich, wieviel Corouda tatsächlich gesehen hatte – oder ob er überhaupt etwas gesehen hatte. Noch niemals hatte ihn jemand so angesehen wie Corouda dort unten in der Kluft – daher konnte er nicht sicher sein, was der Blick zu bedeuten hatte.

„Keinerlei Verletzungen, die eine Behandlung erfordern würden." Orr winkte ihn hoch. „Haarbrüche an einigen Rippen."

Jary setzte sich auf die Tischkante und preßte seine geschwollene Hand erleichtert gegen die kalte Tischplatte. Orr war zornig, das konnte er aus jeder Falte seines ausdruckslosen Gesichtes ersehen. Aber Orr war wahrscheinlich nur deshalb zornig, weil er die Proben verloren hatte.

„Sonst noch Probleme?"

„Ja ..." antwortete er Orrs grauem Hinterkopf, denn der hatte sich bereits den Vorratsspinden zugewandt. „S-sie, sie haben mich fallen lassen, nicht wahr?" Er hatte das unversehrte Ende der Sicherungsleine gesehen.

Orr wandte sich überrascht um und sah ihn an. „Ja, das habe ich. Ich mußte das Seil lösen, sonst hättest du mich vielleicht mit in die Tiefe gerissen."

Jary lachte scharf.

Orr nickte, als hätte er gerade eine Antwort gefunden. „Hast du es darum getan?"

„Was?"

„Die Proben freigelassen. Weil ich dich fallen ließ – war es deswegen?"

„Nein." Jarys Blick glitt unwillkürlich zu der Probenschachtel am Boden. „Ich m-meine, sie g-g-ging einfach auf, das sagte ich doch. Als sie fiel." Das Stottern wurde schlimmer, wenn er nervös wurde.

„Warum hast du das nicht gleich gesagt?"

„Ich wußte es nicht!" Seine Hände umklammerten Metall, er glitt vom Tisch herunter.

„Bleib hier." Orr stellte ein Tablett mit Instrumenten und Probenplättchen auf den Tisch neben ihm. „Diese Verriegelungen gehen nicht ‚einfach auf'. Du hast sie geöffnet und die Proben freigelassen, Piper, aus persönlichen Rachegründen."

„Nein." Er schüttelte den Kopf und schaffte es, Orrs durchdringendem Blick standzuhalten.

„Lüg mich nicht an!“ Orrs Gesichtsausdruck veränderte sich etwas, als Jary störrisch blieb. „Wächter Corouda sagte mir, er hätte dich dabei beobachtet.“

Nein ... Dieses Mal verschwand das Wort, bevor es seinen Mund erreicht hatte. Sein Blick brach. Er betrachtete seine Beine und folgte einer Narbe mit seinem Blick.

„So.“ Wieder das zufriedene Nicken. Orr umklammerte seine Handgelenke. „Du weißt genau, wie wichtig diese Tiere sind. Und du weißt auch, wieviel Schwierigkeiten man auf sich nehmen muß, um sie zurückzubringen.“ Orr zwang Jarys Hand auf die schimmernde Tischplatte. Seine Kraft überraschte ihn immer wieder. Orr nahm ein Skalpell.

Jary verkrampfte konvulsivisch die Finger. „Die w-w-w-werden nachwachsen!“

Orr sah ihn nicht an. „Ich brauche frische Gewebeproben, die du mir liefern wirst. Öffne die Faust!“

„Bitte. Bitte n-nicht meine H-hände verletzen.“

Orr benutzte das Skalpell. Jary schrie.

“Was machen Sie da drinnen, Orr?“

Es war die scharfe, wütende Stimme einer Frau. Jary blinzelte, um seinen Blick zu klären, und sah die Wächterin Soong-Hyacin im Eingang stehen, deren Augen hart und kalt vor Entrüstung waren. Sie betrachtete Orrs Skalpell und die Blutlache um Jarys Hand. Dann rief sie jemanden außerhalb des Zeltes. Corouda tauchte neben ihr in der Öffnung auf. „Schau dir das mal an.“

Corouda folgte ihrem Blick und verzog das Gesicht. „Was geht hier vor?“

„Das geht euch nichts an, Wächter.“ Orr runzelte die Stirn mehr aus Wut als aus Verlegenheit.

„Alles, was auf unserer Welt geschieht, geht uns etwas an“, sagte Soong-Hyacin. „Dazu gehört auch Folter ...“

„Xena.“ Corouda stieß sie an. „Was macht er mit dir, Jary?“

Jary schluckte sprachlos und zuckte die Achseln. Er sah Corouda nicht ins Gesicht, weil er es nicht sehen wollte.

„Ich entnahm einige Gewebeproben, wie ihr sehen könnt.“ Orr nahm ein Probenplättchen auf und zeigte es ihnen. „Mein Job und seine Funktion. Hat nichts mit ‚eurer Welt‘ zu tun, wie ihr das nennt.“

„Weshalb von seiner Hand?“

„Er kennt die Gründe, Wächter ... Geh nach draußen, Piper. Ich rufe dich, wenn ich dich brauche."

Jary ging um den Tisch herum. Er preßte die Lippen fest aufeinander, um die Übelkeit niederzuringen, als er auf den Tisch sah. Er drückte sich an den Wächtern vorbei und trat dankbar hinaus an die frische Luft.

Corouda sah Jary nach, der im Licht der Abendsonne davonschlurfte, dann wandte er seine Aufmerksamkeit wieder dem Zelt zu.

„Wenn Sie nicht damit aufhören, sich in meine Arbeit einzumischen, Wächter Corouda, dann werde ich mich bei Doktor Etchamendy über Sie beschweren müssen."

Xena hob den Kopf. „Fein, das ist Ihr Recht. Aber seien Sie nicht überrascht, wenn sie dann doch uns unterstützen sollte. Sie kennen die Gesetze der Siedlung. Danke, Juah-u ..." Sie wandte sich zum Gehen, sah dann aber fragend zu ihm zurück.

Corouda nickte. „Einen Augenblick noch." Er sah Orr zu, der die Proben präparierte und seine Instrumente wegräumte. „Was meinten Sie, als Sie sagten: ‚Er kennt den Grund'?"

Orr stieß die Schachtel mit dem Fuß an. „Ich habe ihn nach den Troglodyten gefragt, und er sagte mir, er hätte sie aus Rache freigelassen."

„Rache?" Corouda erinnerte sich an Jarys Gesichtsausdruck hinter der Visierscheibe am Fuß der Grotte. Jary hatte ihm gesagt, daß das Schloß beim Hochziehen gebrochen war ... „Haben Sie ihn dadurch dazu gebracht, es zuzugeben?" Er deutete zum Tisch.

„Natürlich nicht!" Zorn. Orr wischte den Tisch ab und wusch sich die Hände. „Ich sagte ihm, Sie hätten gesehen, was er getan hat."

„Und ich sagte Ihnen, ich habe gar nichts gesehen!"

Orr lächelte säuerlich. „Es geht nicht darum, ob Sie mir die Wahrheit gesagt haben oder nicht. Ich wollte ganz einfach von ihm die Wahrheit wissen. Und die habe ich erfahren."

„Sie wiegten ihn in dem Glauben..."

„Kümmert Sie das etwa?" Orr stützte sich auf den Tisch und betrachtete ihn mit klinischem Interesse. „Frei heraus, ich verstehe nicht, was Sie das angehen sollte, Wächter. Denn schließlich waren Sie und Soong-Hyacin und die anderen fünfzehn Milliarden Bürger der Union diejenigen, die das Urteil über Piper Alvarian Jary sprachen. Sie waren doch der Meinung, daß man ihn wegen der

Scheußlichkeit seiner Verbrechen gnadenlos bestrafen müßte. Sie haben dafür gesorgt, daß er mein Handlanger wurde – mein Eigentum, das ich nach eigenem Gutdünken verwenden kann. Wollen Sie mir nun erzählen, das sei falsch gewesen?"

Corouda wandte sich um und verließ das Zelt. Die Fragen ließ er unbeantwortet.

Piper Alvarin Jary saß wie immer allein auf seinem Stein. Das Abendlicht warf seinen Schatten wie einen anklagenden Finger auf Corouda, aber er sah nicht auf, auch dann noch nicht, als Corouda direkt vor ihm stand. Corouda konnte sehen, daß er die Augen geschlossen hatte.

„Jary?"

Jary öffnete die Augen, sah zu ihm auf, dann auf seine Hände. Corouda wandte den Blick nicht von seinem schmerzverzerrten Gesicht ab. „Ich sagte Orr, ich hätte nicht gesehen, was du getan hast. Das war alles. Er hat dich angelogen."

Jary bewegte sich etwas, dann seufzte er.

„Glaubst du mir?"

„Warum sollten Sie sich die Mühe machen, m-mich d-deshalb anzulügen?" Endlich hob Jary den Kopf. „Aber w-warum sollten Sie sich die M-mühe machen, mich überhaupt anzulügen ..." Er zuckte die Achseln. „Spielt keine Rolle."

„Für mich schon."

So etwas wie Neid huschte über Jarys Gesicht. Er beugte sich abwesend hinab, um einen Stein, der zwischen seinen Beinen lag, aufzuheben. Corouda sah, daß es sich um ein Stück Obsidian handelte, nachtschwarzes vulkanisches Glas, das die Glätte von Seide besaß und von aschgrauen Eingüssen durchzogen war. Jary schloß einen Augenblick fest die Hand darum, dann ließ er es winselnd wieder fallen, wie ein Stück glühende Kohle. Es fiel zurück auf einen kleinen Steinhaufen und löste eine Kettenreaktion von Farben und Texturen aus. Zwei Blutstropfen fielen herab, dann schloß Jary wieder meditierend die Augen. Corouda zwang sich zuzusehen, und er sah, wie das Bluten aufhörte. Er fragte sich mit morbider Faszination, was für seltsame Gaben Jary sonst haben mcohte.

Jary öffnete erneut die Augen und schien überrascht, Corouda immer noch vor sich zu sehen. Plötzlich lachte er unbehaglich. „Sie dürfen gerne mit meinen Steinen spielen, Wächter, da Sie mich auch zum Squamischspielen eingeladen haben. A-aber ich werde

Ihnen keine Gesellschaft leisten." Er berührte einen der Steine vorsichtig mit dem Fuß.

Corouda beugte sich hinab und hob ihn auf. Es war ein Rosenquarz, mit klarem Quarz durchsetzt und vom äonenlangen Rollen in den Flüssen dieser Welt glattgeschliffen. Er lächelte angesichts der Festigkeit und glatten Kühle, doch das Lächeln erlosch, als er daran dachte, wieviel mehr das für Jary bedeuten mußte.

„Orr läßt mir meine Steine", sagte Jary. „Ich habe mit dem Sammeln begonnen, als ich zum Institut geschickt wurde. Wenn ich stillhielt und tat, was von mir verlangt wurde, ließen sie mich manchmal eine Weile hinaus ... Ich mag Steine. Sie st-st-sterben niemals." Seine Stimme brach unerwartet. „Was haben Sie wirklich gesehen, W-wächter?"

„Genug." Corouda setzte sich auf den Boden und legte den Stein zum Stapel zurück. „Warum hast du das getan, Jary?"

Jarys Augen irrten ruhelos umher und suchten den Höhleneingang zwischen den Bäumen. „Ich w-weiß es nicht."

„Ich meine – was du den Leuten auf Angsith angetan hast. Und auf Ikeba. Warum? Wie kann jemand nur ..."

Jarys Augen wandten sich ihm wieder zu. Sie waren verkniffen vom Schmerz eines Mannes, der gezwungen wird, in die Sonne zu sehen. „Ich erinnere mich nicht. Ich erinnere mich nicht ..." Er hätte dabei lachen können.

Corouda hatte plötzlich die schreckliche Doppelvision eines strengen, uniformierten Jary, der mitgeholfen hatte, ganze Welten in Konzentrationslager zu verwandeln, und des geschundenen Jary, der Steine sammelte.

Jary ballte die Hände zu Fäusten. „Aber ich *habe* es getan. Ich *bin* Piper Alvarian Jary! Ich bin schuldig." Er streckte die Finger mit einem leisen Stöhnen. Blut tropfte von seinen Handflächen. „Fünfzehn M-milliarden Menschen k-können sich nicht irren. Und dabei habe ich noch Glück gehabt."

„Glück?" fragte Corouda verständnislos.

Jary nickte. „Glück, daß sie mich Orr gaben. Einige der anderen ... ich habe Gerüchte gehört ... sie kümmerte es nicht, wen sie wohin gaben." Dann, als spürte er Orrs unausgesprochene Frage: „Orr bestraft mich nur dann, wenn ich etwas Falsches tue. Er ist nicht grausam zu mir ... es war nicht seine Pflicht, mir die Schmerzempfindung zu nehmen. Es ist ihm gleich, was ich getan habe. Ich bin einfach nur etwas, das er benützt. So bin ich wenigstens noch nützlich." Seine Stimme wurde etwas lauter. „Ich bin wirklich sehr dankbar, daß ich so gut dran bin. Daß ich nur hin und wieder einmal aufgeschlitzt werde wie ein Flachwurm oder mit Fieber und allen möglichen Krankheiten im Bett liegen muß oder daß ich mich übergeben muß oder mittels Röhren ernährt werde oder die Eingeweide von Tieren säubern muß ..." Jarys Hände verharrten dicht vor seinem Gesicht. Er wischte sich achtlos mit dem groben Tuch übers Gesicht und stand dann auf, um seine Steine wieder einzusammeln.

„Jary – warte einen Augenblick." Corouda erhob sich auf die Knie. „Setz dich wieder."

Jary hatte sein Gesicht wieder unter Kontrolle, und daher konnte Corouda nicht sagen, ob er sich glücklich oder nur gehorsam wieder umwandte. Er ließ sich einfach fallen, ohne sich mit den Händen abzustützen.

„Weißt du ... wenn du nützlich sein willst ..." Corouda zögerte, da sein Einfall erst halb ausgegoren war. „Was du für mich getan hast, diese Pflanzen zu untersuchen ... wie du Gegengifte synthetisieren kannst ... Du könntest sehr nützlich sein, würdest auf einer neuen Welt arbeiten – wie hier."

Jary starrte ihn an. „Was m-m-m-" – er biß sich auf die Lippen – „meinen Sie damit?"

„Könnte es sein, daß Orr bereit ist, dich für eine andere Gruppe arbeiten zu lassen?"

Jary blieb still sitzen, während sein Unglaube über Argwohn zu einem Nichts verblaßte. Sein Mund formte die Imitation eines Lächelns, die Corouda schon vorher gesehen hatte. „Es hat viel gekostet, ein biochemisches Wunder aus mir zu machen, Wächter. Ich wäre viel zu teuer für Sie – es sei denn, Orr würde mich entlassen. Dann würde ich keinem mehr gehören – oder jedem."

„Du meinst, er könnte dich einfach gehen lassen? Und dann wärst du frei?"

„Frei." Jary verzog den Mund. „W-wenn ich ihn genug erzürnen w-würde, würde er es vielleicht tun."

„Mein Gott! Warum hast du ihn denn dann noch nicht genug erzürnt?"

Jary legte die Hände geduldig auf die Brust. „Manche Leute sehen sich g-gern meine N-narben an, Wächter. Wenn ich nicht einem Forschungsinstitut gehören würde, k-könnten sie mehr tun, als sie nur ansehen. Sie könnten tun, was sie wollen ...“

Corouda suchte nach Worten. Er wischte einen Käfer vom braunen Ärmel seiner Jacke.

Jary wand sich auf seinem Steinklotz. „Das Simeu-Institut beschützt mich. Und Orr braucht mich. Ich würde ihn zorniger als je zuvor machen müssen, damit er mich hinauswirft.“ Er sah Corouda seltsam feindselig an.

„Piper!“

Einem plötzlichen Reflex zufolge, stand Piper sofort auf, als er Orrs Stimmte hörte. Corouda sah, daß er erleichtert aussah, und Erleichterung war auch seine hauptsächliche Empfindung. Verflucht, auch wenn Orr Jary hinauswarf oder auslieh oder ihn verkaufte – woher sollte er wissen, daß die anderen Wächter ihn akzeptieren würden? Xena vielleicht, wenn sie ihr Wort auch in die Tat umsetzte.

Aber Albe tat es nicht einmal leid, daß er an Jarys Absturz die alleinige Schuld trug ...

Jary war ohne ein Wort an ihm vorbeigegangen und schritt auf Orrs Labor zu.

„Jary!“ rief Corouda plötzlich hinter ihm her. „Ich bin immer noch der Meinung, daß Piper Alvarian Jary bestraft werden muß. Aber ich glaube, man bestraft den falschen Mann.“

Jary blieb stehen und wandte sich um, um ihn anzusehen. Corouda erkannte, daß sein Gesichtsausdruck nicht etwa Dankbarkeit widerspiegelte, sondern vielmehr eine Art Haß.

„Gut, das hätten wir hinter uns. Ich warte hier auf dich.“

Jary stand allein in der Dunkelheit jenseits des Spaltes, festgenagelt von Orrs Lampe. Er nickte schwer atmend, da er sich seiner Stimme nicht sicher war.

„Du kennst den Weg und weißt, was du zu tun hast. Geh.“ Orrs Stimme war schneidend. Er war wütend, weil Etchamendy der Beschwerde von Soong-Hyacin stattgegegeben hatte.

Jary griff nach der Schachtel zu seinen Füßen. Er schloß die Augen, als er seine Hand benutzte, und legte sich das Band so schnell wie möglich über die Schulter. Ohne weitere Antwort kehrte er Orr den Rücken und machte sich auf den Weg.

„Und komm bloß nicht ohne sie zurück!“

Jary schluckte seine Wut hinunter und ging weiter. Orr schickte ihn ganz allein in die Höhle, um neue Trogs zu holen. Als wären seine steifen, verbundenen Hände noch nicht Beweis genug, was für ein Narr er gewesen war. Er hatte die Hälfte seines Essens verschüttet, weil er mit den Händen kaum einen Löffel halten konnte – er konnte nicht einmal beruhigend seine Steine berühren. Orr kümmerte sich überhaupt nicht darum, ob er sich beide Beine brach und zum Höhleneingang zurückkriechen mußte ... Orr kümmerte es auch nicht, ob er sich das Genick brach oder im radioaktiven Schlamm ertrank ...

Plötzlich blieb Jary in der Dunkelheit stehen. Was war los mit ihm – weshalb empfand er so? Er blickte zurück und fiel gegen eine Felswand, da der tanzende Strahl seiner Helmlampe ihn schwindlig werden ließ. Er konnte kein anderes Licht erkennen. Orr war bereits außerhalb seines Sichtbereiches. Er bewegte absichtlich die Hände und zwang sich so dazu, wieder vernünftig zu werden.

Orr hätte ihn das nicht tun lassen, wenn Gefahr für sein Leben bestand. Orr war ein Feind von Verschwendung.

Jary stieß sich von der Wand ab und besah sich die Flecken getrockneten Schlamms, die seinen Anzug überzogen. Das meiste davon war beim Gehen abgefallen, und die Dosimeter registrierten den Rest kaum noch. Er ging weiter, bewegte sich aber nun langsamer und bewußter, da der Sims, auf dem er ging, ständig schmaler wurde. Schließlich hatte er es ja nicht eilig, die Trogs zurückzubringen, damit Orr erneut beweisen konnte, wie vergeblich es gewesen war, sie zu befreien ... wie vergeblich sein eigenes Leid gewesen war, wie vergeblich alles war ...

Und plötzlich verstand er. Corouda war es. „Corouda ...!“ Er schleuderte das Wort wie eine Anklage in die Finsternis. Dieser verdammte Corouda tat ihm das an. Corouda, der die eigentliche Folter durchgeführt hatte ... dieser Bastard Corouda, der vorgegeben hatte, ihn herausholen zu wollen, um dann sein falsches Mitgefühl wie ein Skalpell gegen ihn einzusetzen. Er hatte ihm gesagt, weil er sich nicht an seine Verbrechen erinnern konnte, sei er schuldlos, sei er grundlos bestraft worden. Er hatte versucht, ihm einzureden, daß er jahrelang ohne Sinn und Zweck gelitten hatte. Nein, er war schuldig, schuldig! Und Corouda hatte ihm das angetan, weil Corouda wie alle anderen auch war. Das ganze Universum haßte ihn, mit Ausnahme von Orr. Er hatte nur Orr. Und Orr hatte ihm gesagt, die Trogs zurückzubringen, sonst ... Unerwartet glitt er aus und ließ sich auf die Ellbogen fallen, damit er seine Hände schonte. Er hatte nur Orr ...

Isthp: Der scheinende Mobile muß uns verstehen. Wie kann uns das gelingen, *Mng?* Sie können unsere Kommunikation nicht fühlen?

(Schwaches Dunkel)

Mng: Aber sie sehen uns. Wir müssen ihnen einen Artefakt zeigen, vielleicht einen Druckanzug, damit sie unsere Fähigkeiten und unseren technologischen Standard erkennen können.

(Schlammtümpel vibrieren durch ausströmende Gase)

(Lichtmuster)

Isthp: Exakt! Ich werde meinen zweiten Geschwinden wecken. Er ist mein kleinster, vielleicht kann er immer noch einen Anzug tragen ... *Ich rufe ...*

(Sucht den Anzug und bringt ihn nach oben)

(Verbindet euch gemeinsam zum Kreis)

Ahm: Wir werden das nicht zulassen. Wir sind die Mehrheit, wir untersagen Kontakt mit dem Mobilen der Fremden. Wir werden euch aufhalten, wenn ihr es doch versuchen solltet.

(Kalte Flüssigkeit schwappt über Basalt)

Isthp: Doch sein Stamm ist ein Geschöpf guten Willens, das mußt sogar du zugeben, *Ahm* – er hat unsere Mobilen befreit.

(Meine Muster sind zerbrechlich)

(Sie pulsieren sanft und glühen)

Ahm: *Ich sah die großen, scheinenden Finger nach mir greifen ... Furcht, Hoffnung ... um meine Mobilen zu befreien ...* Aber wir müssen ihnen klarmachen, daß wir allein gelassen zu werden wünschen! Laßt uns den scheinenden Mobilen als Warnung verwenden, sollten die Fremden wiederkommen. Er macht die unsichtbaren Fremden sichtbar und verschafft uns damit Zeit zur Flucht.

(Komm in den Kreis)

(Komm näher)

(Seltsame Strahlung)

Mng: Nein, wir müssen um mehr bitten! Wir müssen ihm zeigen, daß wir eine intelligente, wenn auch fremdartige Lebensform sind. Wir müssen um Hilfe bitten, uns von diesem, dem Untergang geweihten Ort wegzubringen!

(Schließt das Netz)

(Kommt näher, Mobile)

(Licht in der Finsternis)

Ahm, Scwa, Tfod, Zhek: Nein. Nein.

(Strahlung, seltsames Licht)

Isthp: Ja, geliebter Freund Mng – wir werden unsere Freiheit zwischen den Sternen bekommen. Schau doch, schau mit all deinen Mobilen. Er zeigt sich persönlich! Er scheint ...

(Seltsame Strahlung)

(Licht funkelt wie Gamma durch Bleiglanz)

(Rasch! Bringt den Anzug hoch)

Ahm: Der Scheinende kehrt zurück! Seht euch vor, seht euch vor ...

(Strahlende Flecken kommen näher)

Blir: Löst das Muster, bereitet euch zur Flucht vor. Sein Licht soll unsere Warnung sein.

(Bereitet euch zur Flucht vor)

(Seid bereit)

Mng: Er ist unsere Hoffnung!

(Strahlende Flecken)

(Er scheint)

Wie aus großer Entfernung vernahm Jary die Echos seines Falls. Er schätzte, daß er sich bereits in der Nähe der Hauptkammer befinden mußte. Unfähig zu kriechen, rappelte er sich wieder auf und überquerte die schlüpfrige Stelle des Metallerzes. Als er mit seiner Helmlampe hinunterleuchtete, sah er einen silbernen Glanz, der ihn blendete. Dahinter fielen die roten Wegmarkierungen steil ab. Halb schlitternd, bahnte er sich einen Weg am Hang hinab und spürte, wie die Wölbung der Decke und die Wände aus seiner Wahrnehmung glitten.

Hier in der Haupthöhle führte erzdurchzogener Basalt direkt zur Wasseroberfläche der radioaktiven Tiefen, hier hatten sie die Trogs gefunden. Er ging an einer schlanken, mit Rosenquarz durchsetzten Säule vorbei, die er im Vorübergehen kurz mit einer Hand berührte. In der Ferne konnte er bereits das Schimmern der Wasseroberfläche erkennen, von der Dampfwolken aufstiegen. Sein Magen verkrampfte sich, aber er bemerkte es kaum: Blankes Metallerz warf den Schein seiner Lampe zurück – und dort lagen mehrere Trogs am Ufer. Er beleuchtete das Ufer mit dem Lichtkegel und sah weitere Gruppen, blinde, hilflose Formen, die sich in einem bizarren rituellen Tanz zu bewegen schienen.

Bisher hatte er noch niemals eine Chance gehabt, ihnen zuzusehen. Das holte er jetzt nach. In ihm wuchs die feste Überzeugung, daß er hier etwas sah, das weit über bloßen Instinkt hinausging, etwas, das jenseits seines Verständnisses lag. Aber es waren doch Tiere! Auch wenn sie sich darum kümmerten, was mit ihren Artgenossen geschah, auch wenn sie ihr eigenes Leben riskiert hatten, um andere zu retten – das war nur ein Instinkt.

Er ging auf sie zu und bemühte sich, seine bandagierten Finger zu strecken und dabei nicht auf die Schmerzen zu achten, als er sich einen der Trogs schnappte ... Dann verharrte er stirnrunzelnd, als er sah, wie der rhythmische Tanz der Kreaturen endete. Die winzigen, fremden Körper drehten sich fast wie auf Kommando zu ihm um, als könnten sie ihn sehen. Aber das war unmöglich, er wußte, daß sie einen Menschen nicht sehen konnten ...

Ein Dutzend Trogs wichen zurück und verschwanden im Wasser, während der Rest unsicher verharrte. Immer noch etwa fünf Meter vom Ufer entfernt, blieb er stehen. Sie sahen ihn an, dessen war er nun ganz sicher, wenn sie auch nur seine Knie betrachteten, als wäre er nur halb da. Er riskierte einen Schritt, einen weiteren – und dann flohen mit Ausnahme zweier Gruppen alle Trogs zurück ins Wasser.

Sein gefühlloser Körper zuckte bereits vor Ungeduld, als sich endlich einer der Trogs bewegte. Doch dieser eine bewegte sich vorwärts. Der Rest folgte ihm langsamer, aber bestimmt. Sie umringten seine Beine und sahen mit verehrenden Augen zu seinen Knien auf. Er ließ sich behutsam erst auf eines, dann auf das andere Knie nieder. Die Trogs wichen zurück. Da er sonst keine weitere Bewegung machte, kamen sie wieder näher. Schlamm tropfte von ihren ruderförmigen Schwänzen. Sie kamen näher, bis sie seine Knie erreicht hatten, und begannen, an dem schlammverkrusteten Bein seines Anzugs zu zupfen. Er hielt vollkommen still und versuchte mit einem Verstand, der vollkommen leer zu sein schien, den Sinn ihres Verhaltens zu ergründen. Lange Finger mit Schwimmhäuten klammerten sich an ihm fest, zwei der Trogs kletterten an ihm hoch und beschmierten seinen Anzug mit frischem Schlamm. Er gebrauchte nicht seine Hände, um sie abzuschütteln, obwohl sein Körper angesichts ihrer festgekrallten Gestalten bebte. Die Anzeigen in seinem Helm begannen zu flackern und zu steigen.

Er schloß die Augen – „L-laßt mich in Ruhe!" – und öffnete sie erst nach einer Weile wieder.

Die Trogs ließen ihn los und wichen zurück, fast so, als hätten sie ihn verstanden. Sie versammelten sich wieder direkt vor ihm und richteten den Blick jetzt auf seine schlammverkrustete Brust. Endich erkannte er, daß es der radioaktive Schlamm sein mußte, den sie sahen – er ließ seinen Anzug in einem Licht erstrahlen, das sie wahrnehmen konnten. Versuchten sie auf unbeholfene Weise in Erfahrung zu bringen, was er war? Er lachte leise und rauh. „Ich bin Piper Alvarian Jary!"

Aber das spielte keine Rolle. Der Name hatte für sie keine Bedeutung. Die Trogs sahen ihn weiter unbeweglich an. Jary sah weg, als ein weiterer Trog aus dem Wasser kam. Als der Schlamm von dessen Haut abglitt, erstarrte er, denn diese Haut unterschied sich vollkommen von der, die ihm vertraut war – sie war glänzend und silbern und reflektierte sein Licht. Sie spannte sich auf seltsame, wenig funktionelle Weise beim Gehen, und die Bewegungen des Geschöpfes wirkten unsicher und hölzern. Mittlerweile sahen alle Trogs zu ihm hin, und als er selbst sich erhob, um es näher zu betrachten, huschten sie alle davon und umringten den Silbernen ebenfalls. Dann kamen plötzlich mehr Trogs aus dem Wasser, und er beobachtete verwirrt, wie die Masse den Silbernen angriff und ihn zusammen mit den Widerstrebenden ins Wasser zurückzerrte.

Jary stand wartend am Ufer, während Sekunden zu Minuten wurden, aber es geschah nichts mehr. Die Trogs kamen nicht mehr zurück. Aufsteigende Gasblasen erzeugten Wellen, die sich am Ufer brachen, doch ansonsten wühlte nichts die Wasseroberfläche auf. Er kauerte sich nieder und betrachtete die Spuren im feuchten

Schlamm, wo die Trogs seinen eigenen, verschmutzten Anzug untersucht hatten.

Sie würden nicht mehr zurückkehren, dessen war er nun ganz sicher. Aber weshalb nicht? Was war der silberne Trog, und warum hatte er zuvor noch keinen von dieser Art gesehen? Warum hatten die anderen ihn angegriffen? Oder hatten sie ihn nur vor ihm beschützen wollen?

Vielleicht hatten sie ganz plötzlich erkannt, was er war: nicht Piper Alvarian Jary, sondern eines der großen, unsichtbaren Ungeheuer, die sie grundlos und ohne Vorwarnung angriffen.

Und er hatte sie entkommen lassen. Warum, wo sie doch an seinem Anzug hochgeklettert waren und förmlich darum gebeten hatten, in die Schachtel gelegt zu werden? Sie waren vertrauensvoll zu ihm gekommen und hatten sich ihm ausgeliefert, und sie hatten nicht gewußt, was er war.

Hatten nicht gewußt, was er war ...

In diesem Augenblick erkannte er, daß er Orr niemals etwas von der Rettung, dem Tanz oder dem silbernen Trog erzählen würde – und auch nicht, wie sie sich um ihn versammelt hatten. Das Geheimnis ihrer Existenz würde bei ihm sicher ruhen – er würde ihr Leben nicht unnötig in Gefahr bringen. Er berührte seinen schmutzigen Anzug. Unwissentlich hatten sie ihm eine Methode gezeigt, wie sie gewarnt werden konnten, wann immer er mit Orr herkam. Vielleicht, wenn er Glück hatte, würde Orr nie mehr einen Trog zu Gesicht bekommen ... Jary ballte die Hand bekräftigend zur Faust. Der verdammte Orr! Das geschah ihm recht!

Was aber, wenn Orr herausfand, was er getan hatte? Vielleicht gab Orr ihn frei und setzte ihn hier aus ... Aber irgendwie entsetzte ihn dieser Gedanke nicht mehr. Nichts mehr von dem, was sie ihm antun konnten, spielte noch eine Rolle – denn seine Entscheidung hatte nichts mit seinem Leben unter den Menschen zu tun, wo er nur lebte, um eine Schuld abzuzahlen, die niemals abgezahlt werden konnte. Egal wie sehr er auch litt, im Universum der Menschen trug er das Mal Kains. Er würde nie aufhören, Piper Alvarian Jary zu sein.

Aber hier, im Universum der Fremden, existierte sein Verbrechen nicht. Er konnte hier beweisen, was er in seiner eigenen Welt niemals würde beweisen können – daß er nämlich die Freiheit besaß, die richtige oder falsche Wahl zu treffen. Was ihm von nun an auch geschehen würde, sie konnten ihm niemals mehr das Wissen nehmen, daß er irgendwo und irgendwann kein Teufel, sondern ein Heiland gewesen war. Ein Licht in der Finsternis ...

Jary stand auf und machte sich auf den Rückweg. In der einen Hand trug er die leere Probenschachtel.

Nachwort

Die Katze locken ist eine der Geschichten, die sich während ihrer Entstehung verändern. Zu Beginn hatte ich jene alte Geschichte im Sinn, in der Mäuse ganz bewußt die Katze herbeilocken, damit sie sie nicht unerwartet überfallen kann. Held der Geschichte ist normalerweise immer eine bestimmte Maus, die die Tat ausführen muß, und es wird dann geschildert, wie sie das bewerkstelligt, ohne dabei selbst gefressen zu werden. Ursprünglich wollte ich über winzige Außerirdische schreiben, die sich gegen große Menschen zur Wehr setzen mußten, die die „Katze" verkörperten. Irgendwann im Verlauf der Geschichte fiel mir dann aber auf, daß man auf die Bereitschaft der Katze angewiesen ist, die man locken will. Damit war die Saat der Veränderung ausgesät, und der Charakter des Piper Alvarian Jary – Besitz der Menschen, wie auch eine Katze Besitz ist – begann sich zu entwickeln, eine Katze, die aus eigenen Gründen mit den Mäusen gemeinsame Sache macht. Während ich am Charakter Jarys arbeitete, begann dieser, die Geschichte zu übernehmen. Manche Personen werden eben mit einer außerordentlich starken Persönlichkeit „geboren", die zwangsläufig den Verlauf einer Geschichte verändert. In diesem Fall hieß das: Jarys Rolle bei den Außerirdischen und den Menschen wurde bedeutender als der direkte Kontakt zwischen den beiden. Als Resultat dessen bekam die Geschichte mehr Substanz und wurde zu einer ernsthaften Auslotung der Beziehungen zwischen Recht und Unrecht, zwischen der Natur von Justiz und Strafe, zwischen Schuld und Sühne. Am Ende ist Jary gezwungen, in sich selbst Frieden zu finden, denn wir alle sind im Endeffekt selbst unsere übergeordnete Befehlsinstanz.

Aber abgesehen von der Rolle Jarys ist *Die Katze locken* immer noch eine Geschichte über den Kontakt zwischen Außerirdischen. Und als solche ist es wirklich eine meiner trügerischsten Geschichten. Ich habe bislang noch niemanden getroffen, der das Konzept völlig verstanden hatte, das dem Leben dieser Außerirdischen zugrunde liegt – eine Tatsache, die mir sehr zu schaffen gemacht hat. Schriftsteller und Fans geraten sich oft in Diskussionen über realistisches Verhalten von Außerirdischen in die Haare, und die häufigste

Beschwerde dabei ist die, daß die meisten Außerirdischen in der Science Fiction eben einfach nur Menschen mit seltsamen Verkleidungen sind, will heißen, daß sie sich wie Menschen und nicht auf glaubwürdige außerirdische Art und Weise verhalten. Aber bei dem Versuch, sich *richtige* Außerirdische auszudenken, geht ein Schriftsteller häufig das Risiko ein, sie für den Leser völlig unverständlich zu entwerfen. Das mag auch bei diesen Außerirdischen hier der Fall gewesen sein – daher hier noch einige erklärende Worte:

Die Außerirdischen in *Die Katze locken* sind Meisterwerke genetischer Spezialisierung. Hier auf der Erde gibt es zahllose Beispiele von Spezialisierung: Spinnenaffen haben keinen Daumen; ihre Daumen haben sich zurückentwickelt und verschwanden, weil sie beim Schwingen von Ast zu Ast ganz einfach hinderlich waren. Giraffen entwickelten lange Hälse, um an Nahrungsmittel zu gelangen, die anderen Tieren verwehrt bleibt. Fleischfresser und Pflanzenfresser, Hufe und Fingernägel und Krallen, das alles sind Beispiele für natürliche genetische Veränderungen. Die Außerirdischen in der Geschichte haben die Spezialisierung auf den Höhepunkt getrieben – sie haben sich an eine hochgradig radioaktive Umwelt angepaßt. Ihre „Stämme“ sind gewissermaßen ihre Gehirne, die sicher geschützt an Ort und Stelle verbleiben, während ihre verschiedenen „Mobilen“ oder Körperteile (die verschiedene Funktionen haben, abhängig von der Körperform) vollkommen unabhängig sind. Die Mobilen verfügen über eine außerordentlich große Reichweite und werden von autonomen, wenn auch sehr primitiven Gehirnen geführt, stehen aber dabei immer in Kontakt mit dem Stamm, mit dem sie Daten austauschen. Die Stämme verfügen über größere Geistesgaben als der Mensch, wodurch es ihnen ermöglicht wird, miteinander zu kommunizieren und gleichzeitig ihre zahllosen Mobilen zu kontrollieren. Neue Körperteile auszubrüten ist recht einfach, aber für die Außerirdischen ein esoterisches Erlebnis. Sich selbst zu reproduzieren – ein neues Bewußtsein zu erschaffen –, ist jedoch ein wesentlich komplexerer Prozeß, und dieses Ritual haben die Menschen immer wieder gestört.

Die Katze locken ist in gewisser Hinsicht auch eine meiner obskursten Geschichten – ich kenne einige Leute, die in Streit gerieten, weil sie diese Story nicht kannten und deshalb schworen, ich hätte niemals eine Geschichte diesen Titels geschrieben. Ich freue mich, daß sie nun endlich auch einem breiteren Publikum zugänglich ist.

Blick aus der Höhe

(VIEW FROM A HEIGHT)

SAMSTAG, DER 7.

Ich wüßte gerne, warum diese Seiten fehlen! Wie soll ich mit meinen Forschungen vorankommen, wenn man Seiten wegläßt ...?

(Langes, seufzendes Geräusch.)

Hör dir selbst zu, Emmylou: Du lauschst den Lauten der Angst. Es war ein Versehen, das weißt du genau. Niemand wollte dir vorsätzlich so etwas antun. Entspanne dich, du bekommst den Raumkoller. Morgen wirst du die fehlenden Seiten mit einer Entschuldigung bekommen, wenn Harvey Weems weiß, was gut für ihn ist.

Trotzdem, volle fünf Seiten und das Inhaltsverzeichnis. Wie kann man denn *fünf* Seiten vergessen? Und das Inhaltsverzeichnis.

Woher soll ich wissen, daß es keinen Staatsstreich gegeben hat? Vielleicht hat der Nordwesten jetzt endgültig die Macht an sich gerissen und zensiert die Medien – und wie bei dem Mann ohne Land werden künftig alle Informationen, die sie mir zukommen lassen, lückenhaft sein.

Aber ausgerechnet in *Science?*

Oder vielleicht möchte Weems mich in den Wahnsinn treiben?

Oh, mein Gott ... das würde eine kurze Reise werden. Schau dich doch an. Ich habe fast keine Fingernägel mehr.

(„Orrrk. Hallo, wunderbar. Hallo? Hallo?“)

(„Ozymandias! Verschwinde aus meinen Haaren, du Teufel.“ *Gelächter.* „Mag Polly einen Keks? Hier ... sachte. Das ist ein Kerl.“)

Es ist herrlich, wenn er fliegt. Ich habe es nie satt, ihn anzuschauen oder ihm zuzusehen, auch nach zwanzig Jahren noch nicht. Zwanzig Jahre ... womit haben die Papageien sich das Recht erworben, einen Regenbogen als Gefieder tragen zu dürfen? Aber bedenkt man, wie sehr wir sie deswegen gejagt haben, muß man sagen, es ist eine recht zweischneidige Sache. Wie vieles andere auch.

Zwanzig Jahre. Wie seltsam es ist, diese Worte zu hören und zu wissen, daß sie stimmen. Sehe ich in den Spiegel, bemerke ich graue Haare. Und Fältchen. Und Weems ist kahl! Kahl wie ein Ei und ganz runzlig hinter der Brille. Wie konnten wir uns nur so verändern, ohne es selbst zu bemerken? Die Zeit ist immer länger und kürzer, als man denkt, normalerweise beides gleichzeitig.

Zwölf Tage sind eine lange Zeit, wenn man auf eine Antwort wartet. Auch zwanzig Jahre sind eine lange Zeit. Aber irgendwie kommt es mir so vor, als hätte ich mein Zuhause erst letzte Woche verlassen. Ich halte die Kreise sauber, geh wieder und wieder darüber und sehe mir Filme von der Heimat an, bis ich fast selbst glaube, ich könnte mit einem Schritt in diese andere Realität hinübertreten. Doch dann blicke ich immer hinab, und da ist dieser unermeßliche schwarze Korridor von Raum und Zeit, der mich lehrt, daß es nicht mehr so möglich sein wird. Man kann nicht mehr heimgehen.

Besonders dann nicht, wenn man tausend Astronomische Einheiten von daheim entfernt im All ist. Fast dort, die erste Sprosse der Leiter. Nächsten Donnerstag ist es soweit. Oh, die Champagnerflasche, die schon so lange wartet. Oh, der Parallaxenblick! Ich habe die besten astronomischen Geräte im nahen Erdraum zur Verfügung, dazu einen Blick aufs Universum, wie ihn bisher noch keiner gehabt hat. Ihre Anwendung machte mich zum ersten Astrophysiker, der sich im Weltraum den Doktortitel erwarb. Erzähl von deiner Arbeit.

Seltsamer Gedanke, daß ich durch eine Maschine ersetzt worden wäre, hätte das Forward Observatorium nicht mehr als tausend Tonnen auf die Waage gebracht. Aber da die Installationen so groß sind, werde ich mit meiner unendlichen menschlichen Flexibilität, selbst mit meinem unendlichen Appetit, zur effizientesten Bedienung. Und je weiter ich herauskomme, desto bedeutender wird meine Fähigkeit zu entscheiden, was geschehen soll, und mich auch danach zu richten. Die erste – und möglicherweise auch die letzte – interstellare Sonde, die bemannt die Reise in die Unendlichkeit antritt ... in ein Universum, das nicht vom Dunst und Staub unseres eigenen Systems entstellt wird ... ausgestattet mit Augen, die alles sehen, von Gamma bis zu ultralangen Wellenlängen, und Ohren, die der Sphärenmusik lauschen.

Und Emmylou Stewart, die gefangene Zuschauerin. Unterwegs auf einem Stern ... wenn man an der Vorstellung festhält, daß jedes Teilchen reaktionsträgen Materials, das durchs All treibt, das Potential für einen Stern hat. Dunkle Sterne, stahlend in ihrem verborgenen Herzen, die nur das Schicksal daran hindert zu scheinen, indem es ihnen die kritische Masse verweigert, die sie dazu benötigen würden.

Da wir gerade von Masse sprechen: Eben kam der Laserstrahl an, der meiner Masse die nötige Beschleunigung vermittelt, damit ich mich ein wenig rascher bewegen und ein wenig tiefer ins Universum vordringen kann. Blauer Himmel zur Schlafenszeit. Ich war schon immer ein Nachtmensch. Ich bin sicher, daß sie das Sonnensegel nicht entwickelt haben, um Licht wie das des Himmels herauszufiltern – aber es freut mich, daß es so funktioniert. Himmelblau war schon immer meine Lieblingsfarbe, die Farbe, die Reinheit, die flüssige Klarheit. Diese Farbe ist nicht genau richtig, aber das spielt keine Rolle, denn ich kann mich nicht mehr daran erinnern, inwiefern. Dieser Himmel ist ein Sonnenfänger. Ein großer, blauer Parasol. Aber das war das Original auch, wo immer ich auch stand. Der Himmel ist ein blauer Parasol ... ich frage mich, ob das schon mal jemand zuvor gesagt hat? Wenn jemand was weiß, vortreten ...

Hört mir jemand zu? Wird mir jemals jemand zuhören?

(„Wen kümmert das schon? Komm, Ozzie, klettre an Bord. Gehen wir runter ins Observatorium, während ich meine Meditationen mache, um mich zu erinnern, wie es damals war.")

Weems, verdammt, ich brauche meine Befriedigung!

SONNTAG, DER 8.

Dieser Armleuchter. Dieser unerträgliche Idiot – wie konnte er mir das nur antun? Nach all der Zeit – sollte man da nicht annehmen dürfen, daß er mich besser kennt? Mich zwölf Tage lang fragend und furchtsam warten zu lassen. Zwölf Tage jeder möglichen, dummen Paranoia, während ich mich hundeelend fühlte und mir die schlimmsten Schreckensbilder vorstellte ...

Und dann das. Gott, er muß eine Art von Sadist sein. Wenn ich ihn doch nur erreichen, ihn packen und so verletzen könnte, wie er mich in den vergangenen Stunden verletzt hat ...

Aber ich weiß, die Nachrichten sind nicht seine Schuld, und er will mich nicht damit verletzen – und daher kann ich meinen Schmerz nicht einmal dadurch lindern, daß ich ihn auf ihn projiziere.

Ich weiß nicht, was ich getan hätte, wäre die Botschaft zum Zeitpunkt ihres Eintreffens nicht schon sechs Tage alt gewesen. Was hätte ich getan, wäre ich in Hörweite des Gesagten gewesen? Was hätte ich gesagt? Wahrscheinlich auch nicht mehr, als ich tatsächlich gesagt habe.

Was soll man schon sagen, wenn man erkennen muß, daß man sein ganzes Leben weggeworfen hat?

Da saß er, hinter seinem alten Schreibtisch, spielte mit seinem Füller, legte das Mondgestein hierhin und dorthin – kurz, er sah aus wie ein Mann, der eine Zeitbombe im Schreibtisch hat, und sagte: „Keine Sorge, Emmylou, es wird keine Probleme geben." Das sagte er mindestens fünf Minuten lang in allen Tonarten, bis ich erbost schrie: „Was ist denn los, verdammt noch mal?"

„Ich dachte, du würdest die fünf fehlenden Seiten überhaupt nicht bemerken." Mit seinem aalglatten Lächeln.

Und während ich murmele: „Ich mag wohl schon seit zwanzig Jahren in Einzelhaft sitzen, Harvey, aber deswegen bin ich noch lange nicht verblödet", sagt er: „Daher erkläre ich besser zunächst einmal ..." Und sein Gesichtsausdruck, oh, sein Gesichtsausdruck. „Hier fand ein biomedizinischer Durchbruch statt. Wenn du hier auf der Erde wärst ... nun, die Immunreaktionen deines Körpers könnten ... normalisiert werden ..." Dann senkte er den Blick, als könnte er tatsächlich meinen Gesichtsausdruck sehen.

Normalisiert. Normalisiert. Mehr kann ich augenblicklich nicht hören. Ich wurde ohne natürliche Immunstoffe geboren. Kein Schutz vor Krankheiten. Keine Chance, dies zu ändern. Nein. *Nein, nein, nein.* Mehr habe ich mein Leben lang nicht zu hören bekommen. Durch die Plastikwände meines hermetischen Zimmers, durch den Helm meines hermetischen Anzugs ... Und nun ist alles anders. Sie könnten mich heilen. Aber ich kann nicht zurück. Ich wußte, daß so etwas geschehen könnte. Ich wußte sogar bestimmt, daß es eines Tages geschehen würde. Aber ich hatte beschlossen, dieses Wissen zu ignorieren, und nun ist es zu spät, etwas daran zu ändern.

Warum kann ich dann nicht vergessen, daß ich frei sein könnte ...

... Ich habe Weems heute nicht geantwortet. Zum Teufel mit Weems. Es gibt nichts zu sagen. Überhaupt nichts.

Ich bin so müde.

MONTAG, DER 9.

Konnte nicht schlafen. Mußte immer und immer wieder daran denken ... Schließlich nahm ich Tabletten. Den ganzen Tag geschlafen, scheußlich zumute. Dumm. Ging aber nicht weg. Es wartete auf mich, auch als ich wieder erwacht war.

Das ist ungerecht ...!

Aber mir ist nicht danach zumute, darüber zu sprechen.

DIENSTAG, DER 10.

Schon Dienstag. Ich habe seit zwei Tagen nichts mehr getan. Ich habe noch nicht einmal etwas unternommen, um den Relaissender zu überprüfen – und das verdammte Ding muß diese Woche abgekoppelt werden. Ich habe keine Kraft mehr, ich kann mich kaum bewegen. Ich will nur hier sitzen. Aber ich muß wieder an die Arbeit zurück. Ich muß ...

Statt dessen las ich heute den ausgedruckten Artikel. Ich hoffte, einen Fehler zu finden! Wenn das nicht die größte Ironie meines Lebens ist. Zwei Jahrzehnte meines Lebens betete ich, daß jemand eine Heilmethode entwickeln würde. Zwei weitere Jahrzehnte war es mir völlig gleichgültig. Werde ich nun die beiden vor mir liegenden Jahrzehnte damit verbringen, die Tatsache zu verfluchen, daß sie gefunden wurde?

Nein – ich werde mich selbst verfluchen. Ich hätte frei sein können, sie hätten mich heilen können. Wäre ich doch nur auf der Erde geblieben. Hätte ich doch nur die Geduld aufgebracht. Aber jetzt ist es zu spät – um zwanzig *Jahre* zu spät.

Ich will heim. Ich will heim ... Aber ich kann nicht mehr heim. Habe ich das wirklich so leichtfertig gesagt? *Du* kannst es nicht. Du, Emmylou Stewart. Du bist im Gefängnis, wie du immer im Gefängnis warst.

Alles brach so unvermittelt und heftig über mich herein. Warum ich? Warum muß ich immer die Verliererin sein? Mein ganzes Leben lang konnte ich weder das Meer riechen noch Beeren von einem Strauch pflücken und essen. Noch die Küsse meiner Eltern auf der Haut oder den Körper eines Mannes spüren – denn für mich waren das alles tödliche Freuden.

Ich erinnere mich, als ich noch ein kleines Mädchen war und wir in Victoria lebten – ich war drei oder vier Jahre alt, gerade an der Schwelle der Erkenntnis, daß ich die einzige Gefangene auf meiner

Welt war. Ich sah meinem Vater zu, der morgens seine Schuhe polierte, bevor er ins Museum ging. Und ich hatte so offenherzig gelächelt: „Daddy ... wenn du mich herauslassen würdest, könnte ich dir dabei helfen ...“

Er war zu meiner Plastikkuppel getreten, hatte die Arme in die Handschuhe gesteckt und ganz sanft „Nein“ gesagt. Dann hatte er zu weinen begonnen. Und ich ebenfalls, weil ich nicht wußte, womit ich ihn so unglücklich gemacht hatte ...

Und dann die Kinder in der Schule mit ihren Scherzen über den „Raumfahrer“, die auf den Freak gezeigt hatten, dauernd dieselben dummen Fragen, gestellt von taktlosen Zeitgenossen, wann immer ich hatte ausgehen wollen ... oder, noch schlimmer, die Fragen derer, die weder dumm noch unwissend gewesen waren ... etwa Jeffrey ... nein, ich will nicht an Jeffrey denken! Damals durfte ich auch nicht an ihn denken. Ich konnte mich niemals mit einem Mann einlassen, denn ich hätte ihn niemals berühren können ...

Und nun ist es zu spät. Kontrollierte ich mein Schicksal, als ich mich freiwillig zu dieser Mission meldete? Oder lief ich einfach nur vor einem Leben in ständiger Hilflosigkeit davon? Hilflos, den Dingen zu entkommen, die ich haßte, hilflos zu umarmen, was ich liebte?

Ich gab vor, das hier wäre anders und bedeutend – aber glaubte ich das wirklich? Nein! Ich wollte ganz einfach in ein Loch kriechen, aus dem ich nicht mehr herauskommen konnte, weil ich solche Angst hatte.

Solche Angst davor, daß ich eines Tages meine Plastikwände zerschneiden könnte, meinen Anzug ablegen, um die Luft zu atmen, in einem Bach zu waten oder Fleisch an meinem Fleisch zu spüren ... und daran zugrunde zu gehen.

Daher habe ich mich freiwillig in diese hermetisch abgeschlossene Gruft verbannen lassen, lebendig begraben. Eine vollkommen sterile Umwelt, in der mein Körper nicht einmal verfallen wird, wenn ich gestorben bin. Ich habe niemals richtig gelebt und werde auch niemals richtig sterben, Staub zu Staub. Eine vollkommen sterile Umwelt, im wahrsten Sinne des Wortes.

Ich betrachte oft meinen Körper im Spiegel, wenn ich geduscht habe. Mandelförmige Augen, braunes Haar in dichten Strähnen, kaum grau, und eine gute Figur, nicht gerade wie ein Revuegirl, aber auch nicht unattraktiv. Und niemand hat ihn außer mir je so gesehen.

Letzte Nacht hatte ich wieder diesen Traum ... Dabei hatte ich ihn jetzt schon so lange nicht mehr ... Dieses Mal saß ich auf einem geschnitzten Holztier im Park, es war neben dem Provincial Museum in Victoria, aber ich war kein Kind mehr. Ich war eine Studentin in weißen Shorts und mit einer Baumwollbluse. Ich spürte die Sonne auf den Schultern und Jeffreys Arme um meine Taille ... Wir gehen Hand in Hand an der Bucht entlang, unter dem Schein der viktorianischen Lampen mit ihren hängenden, leuchtenden Blumenkörben, und ich verhalte mich ungezwungen und spontan und ganz der Laune des Augenblicks überlassen. Aber wie immer, wenn er mich in den Armen hält, wenn es kurz bevorsteht, daß wir ... dann erwache ich.

Wenn wir sterben, erwachen wir dann endlich aus der Realität, und erfüllen sich dann all unsere Wünsche? Wenn ich sterbe ... dann werde ich weiter und immer weiter in die zeitlosen Tiefen des unerforschten Alls getragen werden, umschlossen von diesem computergesteuerten Sarg, unbeweint und vergessen. Mit der Zeit wird die Atmosphäre sich verflüchtigen, und mein Körper, der unberührt daliegt wie der Schneewittchens, wird austrocknen, bis er nur noch eine mumifizierte Hülle aus ledriger Haut und vorstehenden Knochen ist ...

(„Hallo? Hallo, Baby? Gute Nacht. Ja, nein, vielleicht ... Orrk! Zeit zum Füttern.“)

(„Oh, Ozymandias! Ja, ja, ich weiß ... ich habe dich nicht gefüttert. Tut mir leid, ich weiß, ich weiß ...“)

(Klicken und Klirren.)

Warum bin ich nur so selbstsüchtig? Nur weil ich nicht essen kann, erwarte ich von ihm zu rasch ... Nein. Ich hab's einfach nur vergessen.

Er versteht es nicht, aber er weiß genau, daß etwas nicht stimmt. Er klettert wie eine Art dreibeiniges Monster an der Lampenstange hoch, wobei er sich seiner Füße und seines Schnabels bedient, dann sitzt er da und starrt mich mit seinen runden, glasigen Augen an, er starrt und starrt und murmelt vor sich hin. Wie ein Wahnsinniger! Bis ich es kaum mehr verhindern kann, ihn im Schrank einzusperren. Doch dann hüpft er wieder auf meine Schulter und küßt mich – so eine zärtliche Berührung an meiner Wange sollte man von einem Schnabel eigentlich gar nicht erwarten, der mühelos eine Walnuß öffnen kann – , um mich wissen zu lassen, daß er um mich besorgt ist und sich um mich kümmert. Dann streichle ich sein Gefieder, um ihm zu danken und ihm zu sagen, daß alles in Ordnung ist – aber das stimmt nicht. Und er weiß es.

Bedauert er sein Leben? Würde er es ändern, wenn er könnte? Von seinen Artgenossen weggerissen, in einer sterilen Kuppel aufgezogen, um ein gefangenes Tier für eine gefangene Frau zu werden ...

Ich bin auch nur ein Vogel im goldenen Käfig. Ich will nach Hause.

MITTWOCH, DER 11.

Warum führe ich dieses Tagebuch? Glaube ich wirklich daran, daß ich eines Tages von Außerirdischen gefunden werde, oder daß mich ein Raumschiff aus der glorreichen Zukunft der Erde einholen wird ... Glorreiche Zukunft, zum Teufel damit! Dumme, egoistische, kurzsichtige Narren! Nachdem sie mich losgeschickt hatten, haben sie das Raumfahrtprogramm gekürzt, und jetzt wird mir niemand mehr folgen können. Ich kann froh sein, wenn sie mich nicht für tot erklären und mich vergessen.

Als ob es jemanden interessieren würde, was eine einsame und verlassene Frau in einer Raumsonde über Jahrzehnte hinweg denkt. Was für eine monströse Selbsttäuschung.

Ich habe heute die Verankerungen des großen Teleskops geschmiert. Das habe ich getan, damit ich es auf die Erde ausrichten kann ... auf die Sonne ... auf das ganze verdammte System. Denn ich kann es nicht einmal mehr sehen. Alle Planeten bis zum Saturn, alle Planeten, die die Altvorderen sahen, sind nun in einem Raum von zwei Monddurchmessern zusammengedrängt und kaum mehr sichtbar, wenigstens nicht für mein bloßes Auge. Sogar die Sonne ist nur ein winziges Sternchen geworden, dessen Anblick keine Gefühle in mir erwecken kann. Daher habe ich mit dem Teleskop nach ihnen gesucht ...

Komisch, wie man als Kind die Bilder von den Planeten betrachtet, große, farbige Planeten und goldene Strahlen um die Sonne herum. Irgendwie kommt man nie davon los, daß es auch in Wirklichkeit so aussehen müßte. Und ich bin jetzt tausend Astronomische Einheiten vom Sonnenpol entfernt und blicke aus großer Höhe hinab – aber es sieht überhaupt nicht so aus. Nicht mal durch das Skop kann man viel erkennen. Ein verwaschener Lichtfleck im Zentrum, darum die winzigen Pünktchen der Planeten und Monde, die man kaum von Hunderten gleicher Pünktchen dahinter unterscheiden kann, die auf demselben schwarzen Hintergrund angeordnet sind. So bedeutungslos, so winzig ... so enttäuschend.

Heute habe ich fünf Stunden damit verbracht, meine Aufzeichnungen anzuhören, um mich zu erinnern und ... etwas zu finden, etwas, über das ich mir nicht im klaren bin ... etwas, das ich heute nicht mehr habe.

Am Anfang hatte ich es noch. Ich war eine Studentin, die singend und tanzend durch die Räume ihres eigenen Privatobservatoriums hüpfte. Es erschien mir wie der Himmel, und ein Leben lang schien mir keine aureichende Zeit, alles zu sehen und zu entdecken, was es zu entdecken gab. Niemals würde ich mich langweilen, nein, ich doch nicht ...

Besonders über das Potential dieses Ortes war soviel zu lernen, bevor ich mich auf die große Reise begeben würde, wo ich alles verwerten konnte, wo ich meine wunderbar verstärkten und ausgedehnten Sinne einsetzen konnte ... während ich immer noch problemlos mit meinem lieben Mentor, Dr. Weems, kommunizieren konnte. (Wer hätte sich träumen lassen, daß dieser närrische alte Bock, der mein Doktorvater in Harvard gewesen war, wo er mit den anderen Studenten über „die Entfernungen, die manche Mädchen zurücklegen, um ihre Jungfräulichkeit zu bewahren", gescherzt hatte, ein Leben lang mein Begleiter werden würde?)

Da waren Ozymandias' erste Worte ... mein erster Geburtstag im All, mein erstes Jahr ... und dann endlich meine Promovierung, die Urkunde vom Computer ausgedruckt, mit großen Buchstaben, die aus lauter kleinen „xxxxx" bestanden ...

Und dann Tag und Nacht und Nacht und Tag ... die mich mit Blau und Schwarz schwarz und blau schlugen ... mein fünftes Jahr, mein achtes, mein erstes Jahrzehnt. Ich ließ das Sonnensystem hinter mir, um wirklich und wahrhaftig zum ersten Reisenden im interstellaren All zu werden ... Aber hier hatte ich bereits niemanden mehr, mit dem ich mich unterhalten konnte, der meine Erfahrungen mit mir geteilt hätte. Sogar die Radio- und Fernsehsendungen von der Erde wurden diffus und unverständlich, ich hatte immer weniger Kontakt mit der Wirklichkeit außerhalb. Die Routine, die dauernde Langeweile ... bis ich manchmal schreiend durch die Korridore rannte, nur um mal etwas anderes zu erleben. Dann lauschte ich den Echos, die niemand jemals hören würde, und ich hoffte immer so sehr, daß jemand mich anrufen würde, um endlich einmal eine andere Stimme als meine *eigene* zu hören, die Echos meiner eigenen Stimme, oder den Worten von Ozymandias zu lauschen, die mich zu verspotten schienen.

(„Hallo, wunderbar. Das ist knorke. Hallo, hallo?")

(„Ozymandias, bleib mir vom Leibe!")

Aber ich hatte mir doch immer den Glauben an meine Mission bewahrt. Ich war nicht umsonst hier draußen, nicht nur aus meinen eigenen, egoistischen Gründen oder denen der NASA (oder wie das heute auch immer genannt werden mag), sondern für die Menschheit und die Wissenschaft. Mittels Meditation lernte ich erst den wahren Wert innerer Stille schätzen, und mit ihr konnte ich, durch Erschaffung eines Gefühls inneren Friedens, ein Einssein mit der Leere und Stille draußen erreichen. Ich glaubte, durch die Meditationen disziplinierter zu werden, denn ich stand in Kontakt mit mir selbst und der Seele des Kosmos ... Aber ich war außerstande zu meditieren, seit ... es geschah. Die innere Stille wird von den Schreien meines eigenen Zorns zerrissen, bis ich mich nicht mehr daran erinnern kann, wie friedliche Stille sich anhört.

Und was habe ich bisher schon entdeckt? Fast nichts. Nichts, was die Vergeudung meiner feinen Analysen oder meiner tollen Theorien gerechtfertigt hätte – oder meiner Freiheit! Der Weltraum ist leerer und verlassener, als man sich nur vorstellen kann, die Zahl selbst winzigster kosmischer Trümmer oder Planetoiden, die ich in all der Zeit passiert habe, könnte man an einer Hand abzählen ... wie verlorene Seelen, die endlos durch ein unermeßliches Vakuum fallen ... wie wir alle. Mit meinen absurd weitreichenden Meßinstrumenten habe ich die Entfernung bis zum NGC 2419 genau vermessen und damit Schätzungen über die Entfernungen weiter entfernter Objekte angestellt. Aber ich habe kein Schwarzes Loch entdeckt, das mit seiner Kraft selbst das Vakuum evakuiert, und auch keine unsichtbaren Wolken, die die ultralangen Wellen wie Nebel verbergen. Ich habe außerhalb der Erde kein Leben, auch nicht im weitesten Sinne des Wortes, aufspüren können. Und wenn ich nun zum Sonnensystem zurückblicke, dann kann ich keinerlei Anzeichen dafür feststellen, daß wir dort existieren. Ich kann lediglich noch elektromagnetische Geräusche vernehmen, wenn ich in die Leere lausche, aber keinen kohärenten Gedanken. Nur Weems in jeder zwölften Nacht, als wäre er der letzte lebende Mensch ... Himmel, ich habe ihm immer noch nicht geantwortet.

Warum sich aufregen? Soll er ruhig ein bißchen schwitzen. Warum sich noch über irgend etwas aufregen? Warum sollte ich meine wertvolle Zeit vergeuden!

Oh, meine wertvolle Zeit ... Ein halbes Leben verschenkt, das auf der Erde mir hätte gehören können. Zwanzig Jahre ... ich habe sie wirklich hinter mich gebracht. Ich hielt mich für sicher. Und nach zwanzig Jahren stürzt meine Fassade der Selbstkontrolle und Disziplin bei der leisesten Berührung zusammen. Was für eine selbstverblendete Heuchlerin ich doch gewesen bin! Wußten Sie, daß ich vor achtzehn Jahren den Himmel als blauen Parasol bezeichnet habe? Und vor fünfzehn Jahren wahrscheinlich wieder ... und dann vor zehn, vor fünf ...

Morgen werde ich die 1000-AE-Marke passieren.

DONNERSTAG, DER 12.

Ich habe das Skop ausgebrannt. Ich habe das Skop ausgebrannt. Ich ließ es auf die Erde gerichtet, und als in der Nacht der Laserstrahl eintraf, traf er es mitten ins Zentrum und brannte es aus. Ich schäme mich so ... Habe ich das unterbewußt etwa absichtlich getan?

(„Gute Nacht, Sternenlicht. Orrk. Gute Nacht. Gute ... “)

(„Verdammt! Ich will eine andere menschliche Stimme hören ...!“)

(Echo: Stimme hören, Stimme hören, Stimme hören ...)

Als ich herausfand, was ich getan hatte, lief ich weg, ich lief und lief durch die Korridore ... Aber ich lief nur im Kreis herum ... dieses Observatorium, mein Gefängnis, ich selbst ... ich kann nicht entfliehen. Im Endeffekt werde ich doch immer wieder hierher zurückkommen, in diesen Raum mit den grünen Wänden, dem Schreibtisch und den Terminals, den Spinden, in denen tausenderlei Zeug herumliegt, Toilettenpapier, Magnetband und Sauerstofftanks ... Und ich könnte Ihnen ganz genau sagen, wie viele Schritte es bis zu meinem Bett sind, wie lange ich brauchte, bis ich den Afghan-Teppich über dem Bett fertiggehäkelt hatte ... wie lange ich in Stille und Finsternis dasaß, um ein Belichtungsprogramm aufzustellen, oder wie lange ich dem kaum wahrnehmbaren Pulsieren der zwei Milliarden Lichtjahre entfernten Radiogalaxis zugehört habe. Niemals wird etwas Neues eintreten, nie wird sich etwas ändern.

Als ich endlich wieder herkam, erwartete mich eine Nachricht. Weems grinste mich halb besoffen vom Bildschirm an. „Meinen Glückwunsch“, brüllte er. „Ein historisches Ereignis! Emmylou, wir feiern hier etwas im Labor, so wie du jetzt wahrscheinlich auch, tausend Astronomische Einheiten von Zuhause entfernt ...?“ Ich habe ihn noch nie zuvor betrunken gesehen. Sie wollten mir wohl wirklich eine nette Überraschung bereiten, als sie das alles sechs Tage im voraus planten ...

Meine Feier bestand darin, daß ich Obszönitäten brüllte, von denen ich zuvor nicht gewußt hatte, daß ich sie überhaupt kannte, bis meine Stimme gebrochen und heiser klang.

Danach saß ich lange Zeit am Tisch und hielt ein Messer in der Hand. Ich wollte nicht sterben – ich hatte immer zu große Angst vor dem Tod, um so etwas zu tun – , aber ich wollte mich verletzen. Ich wollte mir eine Wunde beibringen, um meine Gedanken von dem schrecklichen Ding abzuwenden, das mich wie ein implodierender Stern in mein eigenes Innerstes saugen will. Vielleicht auch nur, um mich zu bestrafen. Ich weiß es nicht. Aber ich überdachte die Möglichkeit, mich tatsächlich zu schneiden, sehr ruhig, während ein anderer Teil in mir bei dem Gedanken entsetzt war. Ich preßte das Messer sogar gegen mein Fleisch – aber dann legte ich es wieder weg. Es schmerzt zu sehr.

So kann es nicht weitergehen. Ich habe Aufgaben und Pflichten, denen ich kaum mehr nachkommen kann. Was würde ich nur ohne die Automechs für Notfälle anfangen? Aber mein Leben liegt noch vor mir, und sie können mir meine Aufgaben nicht ewig abnehmen ...

Später.

Ich hatte gerade einen Besucher. So seltsam das auch klingen mag. Noch seltsamer – es war Donald Duck. Ich empfing heute einen Teil einer Zeichentrickserie für Kinder, seit vielen Monaten das erste Stück eines indirekten, nicht zielgerichtet für mich abgestrahlten Fernsehprogramms, das ich empfangen konnte. Ich glaube, ich habe mich noch nie so gefreut, jemanden zu sehen. Was für eine nette Überraschung, wie schön, daß Sie mal reinschauen konnten ... Ozymandias hat sich sofort in ihn verliebt. Er hängt von seiner Stange herab, hat in einer Klaue einen Keks, gackert und sagt: „Gib Küßchen, *schmatz, schmatz, schmatz ...*" Wir haben es uns dreimal angesehen, eine Weile habe ich sogar darüber gelacht, bis ich mich dann wieder gefangen hatte. Es hilft. Vielleicht werde ich es mir wieder bis zum Schlafengehen ansehen.

FREITAG, DER 13.

Freitag, der dreizehnte. Komisch. Armer Freitag der dreizehnte – was hat er je getan, um seinen schlechten Ruf zu rechtfertigen? Selbst wenn ich die Macht hätte, mein Leben elend zu gestalten, ich könnte bis zum Wochenende keine Kerze mehr halten. Seit dem letzten Wochenende scheint eine Ewigkeit vergangen zu sein.

Heute habe ich das Skop repariert; ich ersetzte die ausgebrannten Teile. Ich mußte den Anzug anlegen und einen Teil der Arbeiten draußen ausführen ... Ist schon eine Weile her, seit ich das letzte Mal draußen war. Seltsam, wie entsetzlich und doch auch wieder wie euphorisch es ist, vollkommen allein im All den ersten Schritt aus der Schleuse heraus zu tun. Man ist so völlig allein, so total von jeder Hilfe abgeschnitten, so weit entfernt von allem. In diesem Augenblick zweifelt man an sich selbst, plötzlich, entsetzlich ... nur einen Augenblick lang.

Doch dann zieht man sein Halteseil hinter sich her und stapft mit den Magnetschuhen über die Außenhülle, und dabei fühlt man sich dann so ruhig und sicher wie Bleiballast. Man schaltet das Licht ein und sucht nach den Schadstellen, hat man sie gefunden, macht man sich an die Arbeit, nichts kümmert einen mehr ... Wenn das eigene Leben scheinbar der Kontrolle entglitten ist und frei umhertreibt, dann stellt die Arbeit mit den Händen immer eine Art Anker dar, egal, ob es sich um einfache Routinearbeit oder kompliziertestes Tüftelwerk handelt.

Ich geriet einen Augenblick in Panik, als ich tatsächlich gelöste Kabel und geschmolzenes Metall sah, denn ich stellte mir vor, der Schaden könnte tatsächlich so groß sein, daß er unmöglich zu reparieren wäre. Es sah so endgültig aus, so ... unausweichlich. Ich klammerte mich eine Weile fest und verbarg die Hände im Schoß und wimmerte wie ein großes Baby. Doch dann riß ich mich wieder zusammen und flickte hier und schraubte da ... eins nach dem anderen. Ich reparierte alles. Schritt für Schritt, wie wir durchs Leben gehen.

Als ich damit fertig war, fühlte ich mich zum ersten Mal seit Tagen wieder richtig ruhig. Dieses Ding, das mich in letzter Zeit fast zu Tode gewürgt hatte, schien bei dieser Demonstration meiner Kompetenz ein wenig von mir gewichen zu sein. Seitdem atme ich wieder leichter, habe aber immer noch nicht viel Kraft. Ich habe sie aufgebraucht, um meine Trägheit zu überwinden.

Ich schaltete hinterher das Licht ab und spazierte noch eine Weile auf der Hülle umher – ich konnte nicht wieder hineingehen. Ich betrachtete die schwarze, konvexe Schüssel des Sonnensegels, dann die kleinere Schüssel der Funkantenne, die die Sterne verdeckte, während der Observatoriumszylinder endlos im Zentrum des kreisenden Parasols rotiert ...

Das machte mich schwindlig, und daher betrachtete ich die Sterne rechts und links von mir. Sogar mit meinen armseligen, unverstärkten Sinnen gibt es hier draußen, wo Staub und Dunst und der Glanz der Sonne keine Störfaktoren bilden, so viel mehr zu sehen. Die Leuchtkraft der Milchstraße, die Tiefen voller Sterne und Sternennebel, der Anblick fernster Galaxien – das ist so atemberaubend wie die Erkenntnis, daß ich für immer und ewig in einem nicht kartographierten Meer verloren bin.

Seltsam, obwohl dieser Gedanke außerordentlich starke Gefühle in mir freisetzte, waren es doch keine negativen: Sie bewegten sich innerhalb einer völlig anderen Werteskala, wie das Universum selbst. Es war, als würde das Universum persönlich einen Finger ausstrecken, um mich zu berühren. Und indem es mich berührte, indem es mich auswählte, wies es nur noch deutlicher auf meine eigene Bedeutungslosigkeit hin.

Irgendwie war das sehr beruhigend. Wenn man mit einer so überlegenen und absoluten Gleichgültigkeit der Ewigkeit und Unendlichkeit konfrontiert wird, dann schrumpft das geschwollene Ego der eigenen Selbstüberschätzung rapide zusammen ...

Ich erinnerte mich an eine Tatsache hinsichtlich des Weltraums, die mir *immer* wichtig gewesen war – daß hier *jeder* einen Anzug anlegen muß, wenn er hinausgehen will. Wir sind alle Außerirdische, keiner ist für das Überleben besser ausgestattet als der andere. Hier draußen bin ich so normal wie jeder andere.

An diesem Gedanken muß ich festhalten.

SAMSTAG, DER 14.
Es gibt einen Grund für mein Hiersein. Es gibt einen Grund.

Heute früh war ich wieder imstande zu meditieren. Aber nicht auf die alte, übliche Weise, indem ich meinen Verstand leerte, sondern indem ich die Fragen den Raum erfüllen ließ und sie nicht bekämpfte. Ich ließ sie sich mit meinen Erinnerungen an das Vergangene verschmelzen. Ich schaltete Musik ein, diesen großartigen geistigen Stimulus, und ließ die Bilder, die jedes Band erzeugte, frei assoziieren und zusammenwirken.

Am Ende konnte ich wieder daran glauben, daß mein Hiersein die Folge einer freien Entscheidung ist. Niemand hat mich zu etwas gezwungen. Ich hatte eigene Motive, mich freiwillig zu melden. Und man gab mir schließlich diese Position, weil man bei der NASA davon überzeugt war, daß gerade ich die gestellten Aufgaben besser als jeder andere mögliche Kandidat würde erfüllen können.

Es ist ohne Bedeutung, daß meine Motive teilweise auf einer unverarbeiteten Furcht oder dem Wunsch, einer Situation zu entkommen, mit der ich nicht fertig wurde, beruhen. Das ist wirklich ohne Bedeutung. Manchmal ist Rückzug die einzige Alternative zur Zerstörung, und nur ein Wahnsinniger kann die Wahrheit dessen nicht erkennen. Nur ein Wahnsinniger ... Gibt es denn einen „Normalen" auf der Erde, der nicht insgeheim ein Flüchtling vor etwas Unerträglichem in seinem Leben ist? Und doch funktionieren sie normal.

Wenn die dort weglaufen, dann laufen sie auch auf etwas zu und nicht einfach nur weg. Wie ich. Ich hatte den Beruf des Astrophysikers, lange bevor ich Teil dieses Projekts wurde, erkoren. Ich hätte auch Mediziner werden können, um nach einer Heilmethode für meine Krankheit zu forschen. Ich hätte mit dem Haß auf den Weltraum und auf „Astronauten" aufwachsen können, um in meinem verdammten, häßlichen sterilen Anzug durchs Leben zu stolpern ...

Aber ich erinnere mich, daß ich im Alter von sechs Jahren zum erstenmal einen Film über Astronauten bei der Arbeit im All sah ... Sie sahen aus wie ich! Und keiner lachte. Was blieb mir danach schon anderes übrig, als das All zu lieben?

(Und wie hätte ich Jeffrey nicht lieben sollen – mit seinem nachtschwarzen Haar und der blauen Fliegerkombination mit dem Abzeichen auf der Schulter. Armer Jeffrey, armer Jeffrey, der seinen Traum vom All nie realisieren konnte, weil sie ihm mit der Kürzung des Programms den Boden unter den Füßen wegzogen ...

Aber ich werde nicht über Jeffrey sprechen. Nein, das werde ich nicht.)

Ja, ich hätte auf der Erde bleiben können, um auf eine Heilmethode zu warten! Ich wußte schon damals, daß einmal eine gefunden werden würde. Es war sowohl einfacher als auch schwerer, den Weltraum dem Bleiben vorzuziehen.

Was meines Erachtens dann letztendlich die Entscheidung herbeiführte, war die Tatsache, daß meine Mitarbeiter so großes Vertrauen in mich und meine Fähigkeiten hatten, daran glaubten, daß ich dieses Observatorium solange ich lebe ordnungsgemäß führen würde. Milliarden von Dollars und Tausende von Tonnen ruhten auf meinen Schultern – wie bei Atlas, der die Weltkugel trägt.

Doch selbst Atlas versuchte, sich seiner Bürde zu entledigen, denn so lebenswichtig seine Funktion auch war, die Verantwortung war eine noch viel größere Last für ihn. Aber nahm er dann nicht seine Bürde zurück, was immer auch kommen sollte ...?

Heute habe ich gearbeitet. Ich machte mich daran, den liegengebliebenen Stapel Arbeit einer ganzen Woche nachzuholen – Daten verarbeiten und Wartungen durchführen – , und ich bin immer noch nicht fertig damit. Dabei fiel mir auf, daß Ozymandias die fehlenden fünf Seiten wie die täglichen Nachrichten behandelt hat: Er hat darauf geschissen. Das entsprach genau meinen Empfindungen. Ich kam aus dem Lachen nicht mehr heraus.

Ich glaube, ich werde weiterleben.

SONNTAG, DER 15.

Die Wolken haben sich verzogen.

Das ist nicht rhetorisch gemeint – unter den frisch verarbeiteten Daten befinden sich eine Reihe von Fotos im ultralangen Wellenbereich. Dort ist eine Lücke im Gasschleier vor mir zu erkennen, ein Durchbruch in den Wolken, der sich über dreißig oder vierzig Lichtjahre erstreckt. Vielleicht sogar fünfzig! Phantastisch. Was für eine Aussicht! Was für einen Blick ich von hier auf alles habe, besonders mit meiner extrem weitreichenden Vision: auf das, was vor mir liegt, auf das vorüberziehende Panorama – oder zurück, zur Erde.

Zurück. Ich werde niemals damit aufhören, zurückzublicken und mir zu wünschen, alles wäre anders gekommen. Oder wenigstens, daß es zwei von mir geben könnte: eine hier und eine auf der

Erde, normal und gesund, damit ich nicht dauernd zwischen zweifachem Bedauern aufgerieben werde ...

(„Hallo, was liegt an, Doc? Dalli, dalli!“)

(„He, paß auf! Flieg nicht, während du trinkst.“)

Verdammter Vogel ... Wenn ich etwas ausgelassen bin, dann liegt das daran, daß ich heute eine Party feiere. Ich habe eine ganze Flasche Champagner getrunken. Ja, ich feierte *die* Party ... wir feierten. Ozymandias und ich. Unser privates 1000-AE-Fest. Lieber spät als nie. Wenigstens hatten wir auch einen konkreten Anlaß zum Feiern – die Fotos. Und wenn das Fest auch nicht ganz so fröhlich war, wie es hätte sein können – ich schätze, das werde ich beim nächsten Fest, bei 2000-AE, vergessen haben. Sie werden jetzt rascher und rascher eintreffen, diese Feste. Vielleicht erlebe ich sogar noch die 8000-AE-Feier. Ach, zum Teufel, ich werde mich auf 10 000 einstellen ...!

Nachdem wir die Flasche Champagner leer getrunken hatten – Ozymandias hält den 98er für einen ausgezeichneten Jahrgang, Gott sei Dank kann er nicht so schnell trinken wie ich – , legte ich meine Strauß-Walzer und die *Barkarole* auf. Oh, die Berliner Philharmoniker! Ihre Berührung muß wie der Kuß eines Geliebten sein. Ich schaltete ein Bild von draußen auf den großen Schirm, ein Ballsaal voller Sterne tanzte mit meinem Schatten. Und teilweise tanzte ich sogar nicht in einem Sprunganzug zwischen Kopfhörern und Instrumenten, sondern in Samt und Seide über das Parkett eines Ballsaals im Wien des neunzehnten Jahrhunderts. Was hätte ich nicht alles dafür gegeben, wirklich einen einzigen Augenblick dort sein zu dürfen. Kein Leben lang, kein Jahr, nicht einmal einen Abend, nur für einen Walzer.

Auch etwas, was mir nie möglich sein wird. Es gibt so vieles, was uns immer verschlossen bleiben wird, aus welchen Gründen auch immer, jedem von uns ... Zeit, Talent, die Zufälle des Lebens. Wir alle befinden uns auf einer Reise in die Unendlichkeit. Wenn wir Glück haben, bekommen wir eine Arbeit, die uns am Herzen liegt, oder einen Menschen ... oder beides, wenn wir sehr viel Glück haben.

Ich habe ja noch Weems. Manchmal sehe ich uns als lang verheiratetes Paar, das im Lauf der Jahre zu einem tiefen gegenseitigen Verständnis erwachsen ist. Wir waren nie ein Herz und eine Seele, weiß Gott, aber wir fühlen uns in der Gegenwart des anderen behaglich ...

Wird höchste Zeit, daß ich ihm antworte.

Nachwort

Blick aus der Höhe entstand nach der Passage einer Artikels aus *Analog*. Der Artikel, den Dr. Robert L. Forward verfaßt hatte, handelte von einem bemannten astronomischen Observatorium, das sich aus dem Sonnensystem entfernt, um das Weltall zu erforschen. In dem besagten Artikel stellte Dr. Forward kurz Spekulationen darüber an, was für eine Person wohl ihr Leben ganz einer solchen Aufgabe widmen würde. Diese Geschichte hier war der Versuch, diese Frage zu beantworten.

Viele Schriftsteller können nicht von einer neuen Idee sprechen, bevor die Geschichte, die daraus entsteht, geschrieben ist, denn das Sprechen über die Idee nimmt die Notwendigkeit, sie auszudrükken, woraufhin die Geschichte niemals zu Papier gebracht wird. Ich gehöre aber zu der Gruppe von Autoren, die unbedingt über eine Idee sprechen *müssen* – denn ich bin der Meinung, der Austausch von Gedanken darüber enthüllt Perspektiven, über die man vorher vielleicht nicht näher nachgedacht hat, was dem Prozeß des Schaffens nur zuträglich sein kann. Ich habe mich mit Vernor über diese Geschichte unterhalten – übrigens hat er bei allen Stories mehr oder weniger als technischer Berater mitgewirkt – , und aus diesen Diskussionen heraus entstand die Idee einer Frau ohne jegliche Immunreaktionen. (Der Papagei kam dazu, weil ich eine Art Gefährten für sie haben wollte, nach Möglichkeit für lange Zeit. Und da Papageien eben sehr langlebig sind, hat sie eine gute Chance, Ozymandias wirklich als Lebensgefährten behalten zu können.) Diese Geschichte gefällt mir aus einer Reihe von Gründen ganz besonders, hauptsächlich aber wegen der Allgemeingültigkeit von Emmylous Krise und deren Lösung. Wir befinden uns alle auf einer Reise – und für keinen von uns gibt es ein Zurück. Wir haben im Grunde genommen nur eine Wahl, nämlich das Beste aus den Möglichkeiten zu machen, die uns vorherige Entscheidungen noch lassen.

Blick aus der Höhe ist die erste wirklich erfolgreiche Kurzgeschichte, die ich geschrieben habe. Normalerweise schreibe ich längere Texte – meine „Kurz"-Geschichten umfassen immer etwa

15000 bis 25000 Wörter. Eine echte Kurzgeschichte (unter 7500 Wörter) ist wahrscheinlich die Art von Prosa, die am schwersten zu schreiben ist, denn es erfordert viel konzentrierte Arbeit, reale Charaktere zu erschaffen und so knapp einen Hintergrund zu entwickeln. (Daher scheue ich wahrscheinlich immer davor zurück.) Andererseits ist allen Story-Ideen eine bestimmte Länge stets immanent – wenn eine Geschichte erfolgreich sein soll, dann muß sie in einen vernünftigen Rahmen eingebaut werden und darf nicht unnötig breitgewalzt sein. Eine Kurzgeschichte, die zum Kurzroman überdehnt worden ist, ist normalerweise langweilig, wie auch ein zur Story komprimierter Kurzroman kein Lesevergnügen ist. Ich habe mittlerweile ein Gespür dafür entwickelt, wie lang eine Geschichte sein darf, bevor ich sie zu schreiben beginne. Ich hatte das Gefühl, daß die vorliegende Story einfach eine Kurzgeschichte sein mußte – und während des Schreibens erhärtete dieser Verdacht sich zur Gewißheit. Das Resultat sehe ich persönlich als rundum gelungen an. (Aber natürlich ist der sechste Sinn des Schriftstellers nicht narrensicher. Ich habe gerade einen „normalen" Roman beendet, der 60 000 Wörter umfassen sollte – tatsächlich sind es fast 200 000 Wörter geworden. Das Schreiben ist auf jeden Fall ein Lernerlebnis.)

Der Medienmann

(MEDIA MAN)

Stille erfüllte das schwarze und silberne Vakuum der Dockfelder von Mekka und wurde von den aufragenden Türmen der Destillen, den phosphoreszent glühenden Gasvorratsbehältern, den insektoiden Formen der Frachtraumer zurückgeworfen. Doch das Innere des Helmes von Chaim Dartagnan erfüllte sie nur durch äußerste Willensanstrengung, den sein Verstand blockte das ungehaltene Rasseln aus den Helmlautsprechern ab:

„Demarchos Siamang, Demarchos Siamang ...!"

„... es stimmt, daß Sie zu ..."

„Was werden Sie mit zurückbringen?"

„... Rettung des Gestrandeten ...?"

„He, Dartagnan, komm schon, Red, gib deinen alten Kumpels 'n Tip!"

Dartagnan lächelte und ließ den Tragegurt los, um seine Kamera fester um die Schulter zu ziehen. *Ihr könnt mich mal, ihr Arschlöcher. Jeder von euch würde mir das Genick brechen, um an meiner Stelle hier zu sein.* Er betrachtete den schimmernden, festgetretenen Schotter des Feldes. An den Ausläufern der Menge von Neugierigen jenseits des Tores konnte er die ellbogenrempelnde Verzweiflung seiner Medienkollegen sehen, die ihre Kameras über die Barriere hielten. Die Sicherheitsposten schoben sie mit Anzeichen von Abscheu zurück. Sie alle waren Unabhängige, die wild übereinander hinwegkrochen, um die fette Story zu erfahren oder den gekonntesten Schnappschuß zu landen, der die Aufmerksamkeit eines Gesellschaftsvorstandes erringen und ihnen einen Platz in der Promotionmannschaft der Gesellschaft sichern würde. *Aber ich gehe, weil Siamang und Söhne mir gnädig sind* ... Er hatte gewonnen, indem er dem Alten Mann Siamang die Hölle heiß gemacht hatte. Er hatte die Chance gewonnen zu beweisen, daß seine Fähigkeiten als Reporter und Aufschneider für diese (wie er sie rhetorisch bereits sah) epochemachende Reise einzigartig waren, für diese einzigartige Rettungsmission eines Sprosses der Siamangs, die Gnadenmission der Familie eines Philanthropen ..., dachte Dartagnan. Er sah die beiden Kameramänner der Gesellschaft, die seine Passage filmten, sah die kolorierten Armbänder, die sie als Siamangs Männer kennzeichneten, und sein Magen krampfte sich unter einem unerwarteten Ansturm von Hoffnung zusammen.

Er richtete seinen Blick auf die unerwartete Finsternis, auf die von keiner Atmosphäre verschleierten Sterne. Irgendwo unter seinen Füßen, jenseits des kilometerdicken, fast soliden Gesteins, befand sich das winzige, bleiche Fünkchen der Sonne Himmel. Er würde sie früh genug zu sehen bekommen – doch nun richtete er den Blick auf das aufragende, groteske Gebilde am anderen Ende des Halteseils, zweigeteilt von der abrupten Kante des Horizonts des Asteroiden: den umgebauten Aufarbeitungsfrachter, der sie durch den Hauptgürtel zu Himmels zweitem Planeten bringen würde, um einen Mann aufzunehmen ... und einen Schatz. Die drei Ausleger, die verhinderten, daß die nuklearelektronischen Raketen auf die Wohnquartiere zielten, waren mit starren Zylindern verbunden, nicht mit den üblichen, schlaffen Gassäcken. Er war mit Flüssigtreibstoffraketen für die Landung auf dem Planeten ausgerüstet.

Der Rest der Besatzung hatte sich bereits unter dem Schiff eingefunden. Er zog sich die letzten Zentimeter des Kabels entlang, löste die Kamera und prüfte das Drucksiegel, worauf er das Aufnahmemikrofon mit seinem Helmfunk verband. Dann begann er zu filmen. Er konnte die einzelnen Gestalten anhand der unterschiedlichen, bunten geometrischen Muster auf ihren Anzügen auseinanderhalten. Da war der Alte Mann Siamang, der die Einzigartigkeit eines einzigen Menschenlebens pries, kein Opfer war zu groß, diesen Mann zu retten – zumal ein Fund damit verbunden war, der sich als Segen für alle Bewohner des Demarchy erweisen konnte ... Dartagnan schüttelte hinter dem schützenden Helmvisier den Kopf. Das Demarchy war eine absolute Demokratie, seine Philosophie besagte ‚Jeder für sich', es sei denn, er kam dabei zu vielen anderen in die Quere – oder er besaß etwas, das zu viele andere besitzen wollten.

Chaim wußte – denn es gehörte zu seinem Geschäft, so etwas zu wissen – , daß ein Prospektor auf Planet Zwei gestrandet war, nachdem sein Schiff flugunfähig geworden war. Man hatte die gefunkten Notrufe des Prospektors aufgefangen. Und da der Mann wußte, daß man seinetwegen allein keine Rettungsaktion starten würde, hatte er enthüllt, daß er eine erhebliche Menge von Relikten aus der Zeit vor dem Krieg gefunden hatte, darunter Computerprogramme, mit deren Hilfe man den Verdampfungsprozeß jeder Destille effektiver gestalten konnte.

Die Destillen gehörten zu den wenigen unabhängigen Gesellschaften des Demarchy, die sich eine solche Rettungsaktionen leisten konnten, und der Fund des Prospektors verschaffte ihnen eine zusätzliche Motivation. Siamang und Söhne verfügten über ebensoviel Motivation wie alle anderen, aber sie hatten einen weiteren, entscheidenden Vorteil auf ihrer Seite: Nur sie verfügten über die Triebwerke für eine Landung auf dem Planeten. Und außerdem würden Siamang und Söhne zu den ersten gehören, die Planet Zwei erreichen konnten, was es sehr wahrscheinlich machte, daß ihnen auch die Rechte an dem Preis zufallen würden.

Der Alte Mann Siamang hatte seine Ansprache beendet, und die Repräsentanten der anderen Destillen antworteten mit aller Freundlichkeit, die ihr stummer Applaus beinhalten konnte. Sabu Siamang, der Sohn des Alten, sein Erbe, steuerte ein paar gleichermaßen freundliche Worte bei. *Großartige Kopie.* Siamang schickte seinen eigenen Sohn auf eine Reise ins Unbekannte, auf eine Welt, die nicht nur eine eigene Schwerkraft hatte, sondern möglicherweise auch noch über eine Atmosphäre verfügte. Vielleicht gab es keinen anderen, dem Siamang vertraute, doch Dartagnan hatte auch Gerüchte über andere Gründe gehört, aus denen heraus der alte Mann wollte, daß sein Erbe etwas von der Realität zu spüren begann und Verantwortung übernehmen mußte. Der junge Siamang sagte seinem Vater auf Wiedersehen – eventuelles Mißbehagen war wohl unter einer Maske höflichen Respekts verborgen – , danach seiner Frau, Dartagnan war überrascht, daß eine Frau in ihrer Position an die Oberfläche kam, wenn auch nur für so kurze Zeit. Ihre Stimme war ruhig und gelassen, wie die ihres Mannes. Chaim fragte sich, ob sie das aus Repräsentationsgründen tat oder ob sie wirklich hatte kommen wollen. Er spürte eine erneute, stechende Emotion, ignorierte sie aber, da er selbst nicht genau wußte, was sie bedeutete.

Er filmte das Ritual höflicher Verbeugungen, den Abschied, die anderen, die über die Docks zurückgingen. Dann folgte er Sabu Siamang in das wartende Schiff, filmend und gefilmt werdend.

In dem dichtgepackten Alkoven entledigte sich Dartagnan seines Anzuges. Seine Bewegungen hatten die anmutige Grazie eines Mannes, der sein ganzes Leben auf Planetoiden verbracht hatte, wo es fast keine spürbare Schwerkraft gab. Er zog sich durch die Tür in den Kontrollraum und nahm den Anblick der Konsolen in sich auf: Siamang lehnte an einer und drückte achtlos Knöpfe in einer langen Reihe.

„Diese hier nicht berühren ...! Bitte, Demarchos Siamang." Die sanfte, fast mädchenhafte Stimme hatte einen zornigen Unterton, der aber augenblicklich wieder der Demut wich.

Dartagnan schaute im Dämmerlicht an Siamang vorbei und sah den Piloten, das dritte und letzte Mitglied ihrer Expedition. *Ein Kind*, dachte er verblüfft: ein schlanker Junge in einem formlosen Sprunganzug, mit schwarzem, kurzen Haar, von durchschnittlicher Größe wie er selbst, vielleicht zwei Meter messend. Epikanthische Fältchen maskierten den Unmut im Blick des Jungen ein wenig.

Durch ihren Tonfall verblüfft, wandte sich Siamang um, und ein Ausdruck, der nicht ganz Entschuldigung war, formte sich auf seinem Gesicht. „Oh, tut mir leid." Ein breites Grinsen teilte die dunkle Haut seines Gesichts unter dem dunkleren Haar. Dartagnan fühlte sich irrelevanterweise an Tiergesichter erinnert, die er in der Schnitzerei eines antiken Tisches gesehen hatte. (Er hatte nie Tiere gesehen, die größer als Insekten waren. Seit dem Bürgerkrieg waren sie extreme Raritäten.)

Chaim war hinsichtlich der Farbe von Siamangs Augen nie sicher, er wußte nur, daß sie die blendende Intensität eines Scheinwerfers hatten. Der Pilot senkte verlegen den Blick. Siamang entspannte sich wieder und sah zu Dartagnan. Chaim, der daran gewöhnt war, ein Gesicht nicht wahrzunehmen, ertrug den blendenden Blick mit Leichtigkeit. Siamang war etwa Mitte Dreißig, damit etwa zehn Jahre älter als Dartagnan selbst, und die reichen Stickereien seiner losen Jacke, der präzise Schnitt der engen Hosen, der Glanz seiner Stiefel sprachen ihre eigene Sprache. *Der gutgekleidete Demarchos* ... „Sie sind unserem Piloten noch nicht begegnet, nicht wahr? Mythili Fukinuki ... der Medienmann unserer Wahl, Mythili ..."

Etwas in der Betonung des Nachnamens des Piloten machte ihn zu einer zweifachen Zweideutigkeit. Dartagnan betrachtete den Piloten, dann erstarrte er, als aus Verdacht Gewißheit wurde. *Mein Gott, eine Frau ...?* Er sprach es nicht laut aus, war dankbar, daß ihn ihre Augen feindselig musterten. Er hatte noch nie einen weiblichen Piloten gesehen, denn die waren so selten wie Tiere. Erst verspätet erkannte er, daß Siamang ihn nicht vorgestellt hatte und es offensichtlich auch nicht beabsichtigte. Er fragte sich, ob Siamang bereits seinen Namen vergessen hatte. „Äh ... mein Name ist Chaim Dartagnan, meine Freunde nennen mich Red." Er hob eine Hand und deutete auf den roten Haarschopf über seiner verblaßten braunen Haut.

Die Pilotin kategorisierte ihn mit einem Blick, an den er mittlerweile gewöhnt war.

Siamangs helles Lachen überbrückte die unbehagliche Kluft zwischen ihnen. „Ich wußte gar nicht, daß Medienmänner auch Freunde haben."

Dartagnan erwiderte das Lachen, fügte aber mit einer vorsichtigen Spur Selbstgeringschätzung hinzu: „Ich hätte vielleicht besser ‚Kollegen' sagen sollen."

„Red hier stammt von den Medienrängen, Mythili. Wenn er seine Arbeit gut erledigt, wird Dad ihn auf Dauer einstellen. Seien Sie also lieb zu ihm; es könnte sein, daß Sie ihn in Zukunft häufiger sehen." Er winkte, und der Ausdruck der Pilotin veränderte sich etwas. Chaim schätzte, daß die Temperatur im Raum um zehn Grad gefallen war. „Wie fühlt man sich hier oben denn so, Red, so weit weg von dieser Mistkäferbande dort unten?"

Dartagnan lachte, und dieses Mal war es aufrichtig gemeint. „Echt gut, Boß. Ausgezeichnet. Könnte man sich dran gewöhnen."

„Unser Abflug findet in einer Kilosekunde statt, Demarchos Siamang", sagte die Pilotin. „Vielleicht sollten Sie Ihre Kabine noch inspizieren, damit auch wirklich alles an Bord ist, was Sie benötigen. Einfach die Passage hinunter ..." Sie deutete zu einem Loch mitten im Boden, um das ein Aluminiumgeländer herumführte.

„Gute Idee." Siamang stieß sich von der Konsole ab und schwebte halb an ihr vorbei zum Schacht. „Schön, an Bord zu sein, Fukinuki ..." Er tätschelte im Vorübergehen ihre Pobacken.

Wenn Blicke töten könnten, wären wir jetzt beide hinüber. Dartagnan studierte den Boden, während er darauf wartete, zur Salzsäule zu erstarren.

„Nun?"

Er sah auf, ohne sie anzusehen.

„Die gesamten Mannschaftsunterkünfte stehen Ihnen zur Verfügung. Wollen Sie Ihre Habseligkeiten überprüfen oder nicht?“ Sie wies erneut die Richtung. Sie selbst hatte sich mittlerweile vom Zugangsschacht entfernt.

Er winkte mit seiner Kamera und dem Zubehörbeutel, deutete dann auf seine unverzierte, zerschlissene Jacke. „Das ist alles. Ich reise mit wenig Gepäck.“ Er grinste verschwörerisch, erntete aber keine Reaktion. „Wissen Sie ... äh ... ich habe ein Problem. Immerzu fragt mich jeder: ‚Wo sind denn die drei Musketiere?‘“ Für ihn war es ein Subjekt morbider Faszination, daß sogar die Dümmsten und Ungebildetsten irgendwie schon einmal von diesem obskuren Roman der Alten Welt gehört zu haben schienen.

„Ich weiß nicht, wovon Sie sprechen.“ Sie driftete zur Kontrollkonsole, hielt sich am Stabilisierungsgurt fest und überprüfte die Werte.

„Was ...“

„Und bevor Sie fragen können, ‚was denn ein hübsches Mädchen wie ich in so einem Geschäft zu suchen hat‘, möchte ich Ihnen gleich antworten: ‚Weil ich hiersein möchte.‘ Und dann ja, nein, nein und nein. Ja, ich bin steril. Nein, ich wurde nicht so geboren. Nein, es tut mir nicht leid, daß ich es getan habe. Und nein, ich habe den Job nicht bekommen, weil ich was mit meinen Passagieren gehabt habe, sondern weil ich eine verdammt gute Pilotin bin ...! Sonst noch Fragen, Medienmann?“

„Nein ... ich schätze, damit sind alle beantwortet.“ Er hob nachgebend die Hände, die Handflächen nach außen gekehrt. „Aber eigentlich“, log er, „wollte ich nur fragen, ob es Ihnen etwas ausmacht, wenn ich unseren Start via Bildschirm filme.“

„Das macht mir sehr wohl etwas aus. Was die Passagiere angeht, ist der Kontrollraum verbotenes Gebiet.“

„Es ist meine Aufgabe ...“

„Es ist *meine* Aufgabe. Lassen Sie Ihre Kameras verschwinden.“

Er zuckte die Achseln, verbeugte sich und ging zum Schacht.

Vorräte und Ausrüstung waren in den Quartieren der Mannschaft eingelagert worden, wo sie den größten Teil des Raumes von Wand zu Wand und vom Fußboden bis zur Decke einnahmen. Dartagnan suchte die verbliebene Koje an der Wand und schnallte sich darauf fest, beruhigt vom Gefühl der Enge, an das er gewöhnt war. *Mein Gott, ist das alles wirklich ...?* Er schloß die Augen, verschränkte die Arme unter dem Kopf und entspannte seinen Körper abrupt und gründlich, als würde er eine Maschine abstellen. Erinnerungen an die Zeit, als er noch Pilot im Schiff seines Vaters gewesen war, zeigten ihm die Bilder, die er auf dem Bildschirm des Schiffes gesehen hätte, während sie sich lautlos und fast ohne spürbare Bewegung von der Oberfläche Mekkas entfernten. Seine Phantasie dehnte sich zu einer Vision des gesamten Himmel-Systems aus, das im Meer der Schwärze seine Kreise zog.

Das Himmel-System bestand aus einem Stern der G-Klasse, der von vier Planeten umkreist wurde. Die beiden namenlosen inneren Welten waren beide unbewohnbar, eine zu heiß, eine zu kalt, beide ohne Atmosphäre. Die beiden äußeren waren Gasgiganten: Diskus, ein karneolischer Skarabäus mit zwanzig verschiedenen Silberstreifen aus gefrorenen Gasen und Staub, und Sevin, düster grün und seit dem Bürgerkrieg unerreichbar. Diese beiden Welten waren ebenfalls unbewohnt. Aber zwischen Planet Zwei und Diskus befand sich ein Asteroidengürtel, Himmels Gürtel, der einst eine aufstrebende menschliche Kolonie beherbergt hatte, die sogar noch reicher gewesen war als ihr Ursprungsort, die Erde. Doch der Bürgerkrieg hatte Himmels Gürtel zerstört und den Tod über fast hundert Millionen Menschen gebracht, den größten Teil der Bevölkerung – und nun war fast der gesamte Gürtel eine riesige Ruine, wo die Überlebenden auf die zurückgebliebenen Artefakte der Toten angewiesen waren, um überleben zu können. Unter den winzigen Enklaven der Menschen, die immer noch überlebten, ging es dem Demarchy am besten, was durch seine Lage bedingt war. Das Demarchy lag in den Trojanischen Asteroiden, einer 140 000 Kilometer durchmessenden Träne kleiner Planetoiden, die ewig sechzig Bogensekunden vom Orbit Diskus' entfernt gefangen waren. Das Demarchy war imstande gewesen, den Handel im Innern aufrechtzuerhalten, desgleichen den Handel mit der anderen überlebenden Subkultur, den Bewohnern jenes eisbedeckten Schutthäufchens, das direkt unterhalb der Ringe von Diskus kreiste. Die Ringbewohner lieferten die zum Leben notwendigen Gase – Wasserstoff, Sauerstoff, Kohlenwasserstoffe – , die sie einst in alle Regionen von Himmels Gürtel geliefert hatten. Als Gegenleistung versorgte das Demarchy die Ringe mit wertvollen Erzen, an denen er reich war.

Auch vor dem Krieg war die Zahl der Gesellschaften, die die Ökonomie des Demarchy beherrscht hatten, klein und fragmentarisch gewesen. Die Eigennützigkeit des demarchischen Regierungsstils förderte den Monopolismus, und so war das kapitalistische Wettbewerbsdenken ins Extreme übersteigert worden. Dasselbe überzüchtete Kommunikationsnetz, das die radikale Demokratie des Demarchy am Leben erhielt, lieferte gleichzeitig ein Medium zum Ausdruck der Konkurrenz zwischen den Gesellschaften. Als Resultat hiervon waren die Bürger des Demarchy einem ständigen Strom von Nachrichten und Werbung ausgeliefert – oder von Werbung, die als Nachrichtenvermittlung getarnt war. Der Zwang zu einer immer schlüpfrigeren und diffuseren Auslegung der Wahrheit hatte eine Lücke im Gesellschaftssystem des Demarchy aufgetan, die augenblicklich mit Lohnschreibern aufgefüllt worden war, mit den sogenannten Medienmännern, die bereit waren, alles auszusagen und alles zu verkaufen, ohne Fragen zu stellen, wenn man ihnen nur genügend viel bot. Sie waren bereit, alles zu riskieren, um den Boß einer Gesellschaft zu beeindrucken ...

Dartagnan erstarrte unbewußt, Schmerzen wüteten in seinem Magen. Er preßte die Hände auf die schmerzenden Stellen, seufzte und erinnerte sich an alle Schmiergelder, alle Lügen, die erdrükkenden Korridore und Büros, die langen Megasekunden, die es gedauert hatte, bis er endlich die Aufmerksamkeit des alten Siamang auf sich hatte lenken können. Das war in einem öffentlichen Waschraum gewesen ... Die heuchlerischen Schmeicheleien, die es ihn gekostet hatte, ein Interview zu bekommen, das Büro, die vorteilhaften Kamerawinkel, die zum Himmel stinkenden Lobhudeleien. Auch Sabu Siamang war dort gewesen, oberflächlich, gewandt, charmant, der perfekte Gentleman. Dartagnan hatte sich mit derselben Methode an ihn herangemacht, allerdings mit gemischten Resultaten. Sabu hatte nach seinem Namen gefragt, gelacht und weiter gefragt: „Wie geht es denn den drei Musketieren?“ Dartagnan hatte zu laut gelacht.

Dartagnan jammerte im stillen, öffnete die Augen und betrachtete die Wände ... Doch dem alten Siamang hatte seine Arbeit zugesagt, und als Belohnung hatte er ihm diese bizarre Reise verschafft. Zehn Megasekunden von der Zivilisation entfernt und damit auch von allen Informationen, auf die er angewiesen war. Aber wenn er seine Arbeit ordentlich erledigte, spielte das überhaupt keine Rolle mehr, denn dann wäre er bei der Rückkehr nach Mekka City Siamangs Mann und dann endlich würde sein Leben sicher sein.

Er dachte an Mythili Fukinuki, Rührmichnichtan, „Hab'-nichts-mit-den-Passagieren-gehabt", und fragte sich, wie um alles in der Welt sie das steinerne Herz des Alten für sich hatte gewinnen können. Eine Frau als Pilotin, großer Gott – eine der Frauen, die egoistische Interessen und persönliche Ambitionen über die biologische Funktion der Frau als Kindergebärerin, als Trägerin der menschlichen Zukunft, stellten.

Vor dem Bürgerkrieg hatte es keinen Grund gegeben, warum eine Frau nicht im Weltall arbeiten sollte, doch der Krieg hatte vieles verändert, auch im Demarchy. Das Demarchy verfügte immer noch über das Wissen, Sperma zu konservieren, aber mit dem Ovum war das nicht möglich. Männer waren normalerweise – zum einen wegen der hohen Strahlenbelastung durch Solarstürme, zum anderen wegen der Strahlung von undichten atomaren Fusionsbatterien der Schiffe – sterilisiert. Man legte einen Vorrat unbeschädigten Spermas für sie an, damit sie später auch einmal eine Familie gründen konnten. Aber gesunde, fruchtbare Frauen hatten keine vergleichbare Rückversicherung, und daher wurden sie angehalten, manchmal sogar gezwungen, in der Sicherheit der Städte zu bleiben, von Felswänden geschützt und von ihren Männern versorgt. Bedingt durch die vergleichsweise hohe Hintergrundstrahlung der kontaminierten Nachkriegsenergiequellen stieg jedoch auch in den „geschützten" Städten die Rate der mißgebildeten Geburten ständig an. Frauen, die gesunde Kinder gebären konnten, waren der behütete Schatz des Demarchy. Aber manchen reichte selbst das noch nicht ... *Sie hatte Beziehungen. Anders kommt hier niemand zu etwas.*

Er hörte in den Gemeinschaftsräumen eine Etage höher eine Bewegung, erhob sich und nahm seine Kamera. Mythili Fukinuki erhitzte Lebensmitteldosen im Ofen. Er schwebte hinter sie und blickte ihr über die Schulter.

„Essenszeit?"

Sie drehte sich verblüfft zu ihm um. Licht tanzte an den Zinken der Gabel in ihrer Hand.

Chaim wich linkisch zurück und schlug fast einen Purzelbaum dabei. Dann richtete er sich mit erhobenen Händen wieder auf. „He, ich wollte doch nur was zu essen!"

Ihr Gesicht entspannte sich zu einem spöttischen Lächeln. Er fragte sich, wer der Verspottete war. „Hier sind die Behälter – wählen Sie, was Sie wollen. Vergessen Sie nicht, die Deckel dicht zu verschließen. Das ist ein Infraroterhitzer, hier ist ein Tablett. Essen Sie, wozu Sie Lust haben, und räumen Sie hinterher auf." Sie wandte sich wieder ab, stellte ihre Dosen mit einem *Klack* auf das magnetische Tablett und ging zu einem Tisch.

Er folgte ihr mit einem eigenen Tablett, wobei er bei der durch die Beschleunigung des Schiffes bedingten, fast normalen Gravitation beinahe auf der Luft ritt. Sie runzelte die Stirn, aß aber stumm weiter. Er begann unbehaglich ein Gespräch. „Ich bin wirklich beeindruckt. Das ist ein verdammt hübsches Schiff. Ich ..."

„Sieht ja ganz so aus, als würden Sie beide besser miteinander auskommen, als ich gedacht habe." Siamang schwebte im Schacht von der Decke herunter. „Legen Sie ein gutes Wort für mich ein, Red, falls Sie weitere Fortschritte machen sollten."

Dartagnan sah auf, spürte die Schärfe in Siamangs Stimme. Er grinste. „Werde ich tun, Boß ... falls ich weitere Fortschritte mache."

Die Pilotin nahm wortlos ihr Tablett auf, schwebte in einem weiten Kreis zum Schacht und verschwand nach oben. Chaim hörte, wie sie die Tür ihrer Kabine zuschlug und dann, in der eingetretenen Stille deutlich zu hören, den Schlüssel herumdrehte. Dieses Mal war es Siamang, der zu laut lachte. Siamang betrachtete den Erhitzer, den verlassenen Tisch, die Gabel, die zwischen ihren Zinken in Soße getunktes Gemüse halbwegs zu Dartagnans Mund geführt hatte. Siamang zog die Brauen in die Höhe und sah sich um.

Dartagnan senkte die Gabel. Ihm fiel etwas Neues und Besonderes an den Augen auf. „Ich hab' gerade angefangen, Boß – wenn Sie meines wollen? Ich kann mir was Neues wärmen." Er bot ihm sein Essen an und stieß sich vom Tisch weg.

„Wenn's Ihnen wirklich nichts ausmacht, Red. Danke." Siamang bewegte sich zum Tisch, während Dartagnan sich davon entfernte. Seine Stimme klang kaum hörbar verschleiert. „Sie müssen mir eines voraus haben, Sie können's nämlich besser mit den Frauen als ich – wenn man die als Frau bezeichnen kann. Muß an all den Lügen liegen, die Sie erzählen." Er hob die Gabel auf. „Sie beeindrucken mich, Red. Wie kann ein Medienmann denn so viele Lügen so überzeugend aussprechen? Wird man damit geboren?"

Chaim blickte Siamang einen Sekundenbruchteil tief in die Augen, um sich zu vergewissern, ob er richtig sah. Siamangs Augen erhellten die private Finsternis seines Verstandes wie zwei Scheinwerfer. Er sah wieder weg. *Ein Aggressionsverstärker* ... Die hinterhältigen Worte brannten wie ein Nachglühen auf seinen Lidern. Aber die Augen waren zu hell, zu glasig, die Pupillen so geweitet, daß man keine Iris mehr sehen konnte. Siamang hatte sich mit etwas angetörnt. Dartagnan wußte nicht, womit, wollte es aber auch gar nicht wissen. Er lächelte in sich hinein. „Nein, Boß, niemand wird so geboren. Dazu braucht man Praxis. Verdammt viel Praxis." Er legte wie beiläufig die Abdeckung über das Okular seiner Kamera und driftete zum Erhitzer. Plötzlich hatte er den unglücklichen Gedanken, daß es während ihrer Reise zu Planet Zwei nicht allzu viele filmenswerte Szenen geben würde. Er sprach ein rasches, stummes Gebet zu niemand Bestimmtem, daß Siamang ihm viele gute Gelegenheiten bieten würde, wenn sie erst angekommen waren.

„Sagen Sie mir noch etwas, Red ..." fuhr Siamangs Stimme fort, quengelnd, vage spöttelnd.

Dartagnan lächelte, doch er sah weder Siamang noch den Raum, noch das Schiff, sondern nur die Leere dahinter. *Es wird eine lange Reise werden. Hoffentlich lohnt sie sich auch.*

Nach den ersten paar hundert Kilosekunden hörte Dartagnan damit auf, seine Kamera herumzutragen, wie er mit fast allem aufhörte, was ihn in Kontakt mit den anderen brachte. Siamang blieb ständig in einem Zimmer und verbarrikadierte sich so in einer Welt, die Dartagnan überhaupt nicht kennenlernen wollte. Er kam nur zu den Mahlzeiten heraus, um sich hin und wieder spöttisch über Chaims Skrupel zu äußern oder um sich die Pilotin anzusehen. Auch die Pilotin blieb meistens in ihrer eigenen Kabine, und Dartagnan kümmerte sich nicht darum, was sie tat. Sie kam nur zum Essen und um die Kontrollen abzulesen heraus, ansonsten mied sie sie beide.

Doch er nutzte ihre Abwesenheit im Laufe der Zeit, ignorierte ihre strikten Befehle und ging doch in den Kontrollraum. Er filmte die Sterne auf dem Bildschirm, beobachtete den Schirm in der behaglichen Stille und war froh, der kahlen Langeweile seiner eigenen Kabine eine Weile entronnen zu sein.

Seine Augen entfernten sich vom Bildschirm und studierten die langen Zahlenreihen, die geometrischen Figuren, die sich auf den Bildschirmen am Rand zeigten. Er runzelte die Stirn über den Winkel zur Sonne, die Position des Lichtschirms unter der Hülle, der verhinderte, daß Sonnenlicht direkt einfiel. Schließlich tippte er eine Anfrage in den Computer ein und sah zu, wie die Kolonnen auf den Schirmen sich veränderten und zu blinken begannen.

„Was machen Sie hier?"

Er fuhr schuldbewußt herum, hielt sich dabei aber an der Konsole fest, und sah die Pilotin im Schacht emporkommen. „Ich glaube, einer der Treibstofftanks des Landemoduls wird überhitzt, vielleicht sollte man die Sonnenblenden nachjustieren ..."

„Verschwinden Sie von hier! Ich sagte Ihnen doch, daß der Zutritt zum Kontrollraum verboten ist! Was haben Sie getan ..." Sie stieß sich vom Geländer des Schachtes ab und schwebte zur Konsole. „Von allen dummen ..." Ihre Augen betrachteten die blinkenden Zahlen auf den Schirmen, dann wieder die Konsole. Ihre Hand tippte fragend, erhielt dieselbe Antwort.„Sie haben recht." Sie sah ihn an, als hätte sie ihn noch niemals zuvor gesehen. „Woher konnten Sie das wissen?"

„Medienmänner wissen alles." Er sah, wie sich ihre Miene wieder zurückverwandelte. „Nun ... eigentlich bin ich als Pilot qualifiziert."

„Sie?" Sie blinzelte. „Ich wußte nicht ..."

„Komisch. Dasselbe dachte ich von Frauen."

Sie wandte sich zur Konsole. Er sah, wie sie die Sonnenblende nachjustierte. „Normalerweise passieren mir solche Fehler nicht", sagte sie sehr sanft und leise. „Aber ich war nicht so oft hier oben, wie ich es hätte sein sollen ... ich will nicht, daß er mir in die Quere kommt."

„Siamang?"

Sie nickte, sah ihn aber dabei nicht an, und ihr sanft geschwungener Mund wurde kantig.

„Ja." Er zuckte die Achseln. „Er ist nicht gerade das, was man liebenswert nennt, was?" *Aber glaub' mir, ich habe schon üblere Typen kennengelernt ...*

„Er ist ein Sadist!" Ihre Stimme zitterte.

Dartagnan spürte den Kloß in seiner Kehle, schluckte. „Was meinen Sie damit? Sie meinen, er ..."

„Nein. Nein, dafür ist er zu ‚zivilisiert'. Er ist ein psychologischer Sadist. Wenn er in Gesellschaft seines Vaters ist, in der anderer Gesellschaftsmitarbeiter, dann ist er charmant, nett, *normal*. Aber wenn er jemanden nicht respektiert ... dann ist er ..." Sie verstummte und suchte nach dem passenden Wort. „Er ..."

„Er ‚spöttelt'." Chaim nickte. „Wenn Sie mir Ihre Wunden zeigen, zeige ich Ihnen meine." Er zögerte. „Warum tun Sie das dann überhaupt?"

„Meine Arbeit gefällt mir! Er ... reist nicht viel."

Er hörte unten ein Geräusch, sein Lächeln wurde boshaft und breit, als er zum Schacht sah. „Alles Achtung."

Siamang erschien und nagelte sie mit seinem Blick fest, während er sich den Schacht hochschwang. „Hier sind Sie also ..." Zu kollegial. Er hielt eine Trinkkugel in der Hand und sog an dem Halm.

„Hallo, Boß." Dartagnan verbeugte sich. „Wir sprachen gerade darüber, was für eine Freude es ist, für Siamang und Söhne zu arbeiten."

Siamang lachte ungläubig. „Ich dachte, unsere Zusammenkünfte müßten sich auf die unteren Etagen beschränken."

„Ich habe gerade ein paar Schnappschüsse von den Sternchen gemacht, ein bißchen Kunst zwischendurch, wobei mir die Pilotin zur Hand ging ..." Er hob entschuldigend die Hände.

„Er wollte gerade gehen", sagte Mythili mit spröder Stimme.

„Gut. Wir wollen doch die Regeln nicht brechen, nicht wahr, Red?" Siamang stellte seine Trinkkugel in der Luft ab, und Dartagnan sah, wie sie langsam zum kalten Metall des Fußbodens schwebte. „Zeit fürs Nachfüllen." Er sank wie die Kugel, verschwand im Schacht. Seine Tür öffnete, schloß sich.

„Sie geben immer nach, was, Dartagnan? Sie lügen immer."

Dartagnan betrachtete das starre Gesicht der Pilotin, spürte ihre Verachtung, dann betrachtete er seine Hände, deren Handflächen immer noch nach außen gekehrt waren. Er zog sie, plötzlich beschämt, an die Seiten und preßte sie gegen seinen schmerzenden Magen. „Ja." Er wischte sich die Hände an seiner Jacke ab. „Ich liege immer flach auf dem Rücken, während das ganze Universum an meiner Integrität zweifelt." Er trat in den Schacht hinab.

Mythili Fukinuki klammerte sich an der Decke fest, um nicht in den Schlafsaal hinabzuschweben. Dartagnan sah überrascht auf.

„Macht es Ihnen was aus?“

„Nein, wenn es Ihnen nichts ausmacht.“ Er entfernte seine Kamera von der Koje. „Fühlen Sie sich wie zu Hause. Ich bin harmlos.“

Sie schwebte herab, beugte etwas die Knie, als sie auf dem Boden ankam, stabilisierte sich. Ihr kurzes, schimmerndes Haar wiegte sich ein wenig über ihrer Stirn. In dem grellen Licht hatte ihre Haut die Farbe antiken Goldes. Chaim wandte sich unbehaglich von ihr ab.

Auch ihre Augen suchten die Leere ab und mieden seinen Körper. „Warum tun Sie es, wenn Sie es so sehr ...“

„Was hat ein so hübscher Bursche wie ich in einem solchen Geschäft verloren?“ Er sah zu ihr hinab und grinste dabei wie die Grinsekatz. Sie errötete. Das Grinsen verschwand wieder, und nur er blieb zurück. „Jemand muß es doch tun.“

„Aber *Sie* nicht.“ Sie strich ihre Haare zurück. „Nicht, wenn Sie es wirklich so sehr hassen.“

„Die Stimme der Erfahrung?“ Er köderte sie, indem er mit den Dingen spielte, die sie nicht aussprach. „Rührmichnichtan, weibliche Pilotin, verraten Sie unseren Zuschauern, wie Sie hierhergekommen sind. Und erzählen Sie mir nicht, das sei mit rechten Dingen zugegangen. Da waren Beziehungen im Spiel.“

Sie preßte die Lippen aufeinander. „Das stimmt. Mein Onkel war Frachterpilot, und mein Vater brachte ihn dazu, seinen Einfluß geltend zu machen. Aber sie taten das nur, weil ich es so wollte.“

„Schön für sie, schon für *Sie*. Wir sollten es alle so gut haben. Wäre das so, wäre ich jetzt vielleicht an Ihrer Stelle, aber nicht hier.“

„Es gibt auch noch andere Arbeiten. Man braucht keine Beziehungen ...“

„... um den Rest seines Lebens Dünger in die Hydroponiktanks zu kippen? Um Steine in einer Mine zu klopfen? Klar. Alle aussichtslosen Jobs auf Dehli ... Als Medienmann habe ich wenigstens eine Chance, Geld zu verdienen, Kontakte zu knüpfen ... vielleicht eines Tages ein eigenes Schiff zu bekommen. Und wenn ich dieses Ziel auf dem Weg erreiche, dann werde ich es tun – wenn ich es tun muß.“

Sie setzte sich langsam auf eine Kiste. „Oh ... Was geschah mit Ihrem Schiff? Was für ein Schiff war es denn?“

„Es war nicht mein Schiff – es war das meines Vaters. Er brachte mir alles bei, was ich weiß, wie man so sagt.“ Er lachte seltsam. „Er war ein Prospektor, und es war eine fliegende Schrottmühle. Ich sah es mit achtzehn zum erstenmal. Ihn selbst habe ich kaum gesehen. Meine Mutter war eine Kontraktmutter.“

„Oh ... “ Es klang fast traurig.

Er nickte. „Als ich achtzehn war, kam mein Vater wie ein Meteor aus der Schwärze angeschossen und sagte mir, ich würde Prospektor werden. Ich lernte in fünfzehn Megaseks, wie man ein Schiff steuert und auf Felsen nach Artefakten sucht, deren Namen ich noch nie zuvor gehört hatte, und außer ihm sah ich kaum jemanden ... nur jede Menge Leichen.“ Er lachte wieder, schien es aber gar nicht zu bemerken. „Ich glaubte, ich würde verrückt werden. Aber schließlich gab er auf und ließ mich heimkehren. Als nächstes hörten wir von ihm, daß er behauptete, er hätte den Fund seines Lebens gemacht – und dann hörten wir, daß er tot war. Er hat sich umgebracht und das Schiff vernichtet – bei einem lausigen Dockunfall. Irgendeine Gesellschaft hat sich seinen tollen Fund unter den Nagel gerissen, wir haben nie etwas davon gesehen. Damals mußte ich etwas tun, um meine Mutter zu unterstützen – und das war's dann. Nach fünfzig Megaseks Schürfen war ich der Meinung, Medienmann zu sein würde mir Spaß machen ... Jetzt klingt sogar Einzelhaft nicht mehr so schlecht.“

„Warum hat Ihre Mutter das zugelassen? Wußte sie denn gar nicht ...?“ Nun erhellte deutliche Sympathie ihr Gesicht.

„Was hätte sie denn tun sollen? Ab meiner Stelle Dünger kippen?“ Er zuckte die Achseln. „Sie ist hübsch, sie hat sich vor etwa hundert Megaseks verheiratet. Ich höre jetzt nicht mehr viel von ihr, ihr Mann mag mich nicht – aus offensichtlichen Gründen ... Solange mein Vater noch am Leben war, unterschrieb sie nie einen Vertrag, andere Kinder zur Welt zu bringen. Komisch – er war vielleicht siebenmal in sechshundert Megaseks bei uns, und doch liebte sie ihn. Ich glaube, sie hat immer gehofft, er würde sie eines Tages heiraten.“ Er grunzte. „Wäre das nicht eine großartige Klatschspaltengeschichte ... Tut mir leid, ich habe mein Quantum Geschäftsphrasen in den letzten Megasekunden noch nicht erfüllt.“ Und während er sie ansah, wurde er sich plötzlich einer weiteren Notwendigkeit bewußt, die zu lange unerfüllt geblieben war. Die Tatsache, daß sie sich nicht im geringsten darum kümmerte, begehrenswert zu sein, machte sie nun nur um so begehrenswerter. Er öffnete den Kragen seiner grau-grünen Jacke und rutschte unbehaglich zum Rand der Koje, wo er fast das Gleichgewicht verlor.

„Mein Vater", sagte sie mit gesenktem Blick, ohne es zu bemerken, „wünschte sich einen Sohn. Aber er konnte keinen bekommen ... genetische Schäden. Deshalb ließ er mich Pilotin werden – für ihn war das, als hätte er nun einen Sohn. Aber daran ist nichts Schlimmes." Sie hob die Stimme etwas. „Denn ich wollte schon immer Pilotin werden."

„Wirklich? Oder wollten Sie nur Ihrem Vater eine Freude machen?" Er fragte sich, warum er das gesagt hatte.

Sie sah ihn scharf an. „Es war mein Wunsch. Wenn ein Medienmann mit seiner ‚Arbeit' nicht glücklich ist, warum sollte mir das dann nicht auch zugestanden werden?"

Etwas in ihrem Blick zerbrach die Barriere seines unverletzlichen Öffentlichkeitsgesichtes. Er nickte. „Es ist nicht leicht, was? Sie machen es einem nicht leicht ..."

Sie lächelte sehr dünn. „Nein, Dartagnan ... sie machen es einem niemals leicht. Aber vielleicht haben Sie mir etwas geholfen."

„Wollen Sie mich Chaim nennen?"

„Ich dachte, Ihre Freunde nennen Sie Red?"

„Ich habe keine Freunde."

Sie schüttelte immer noch lächelnd den Kopf, stieß sich von der Truhe ab zum Schacht. „Doch, die haben Sie."

Wieder allein, meditierte er über die Sterne, bis sein Verlangen erstarb und eine Wärme in seinem Verstand hinterließ, die nichts mit Sex zu tun hatte. Er genoß das, während er zuhörte, wie sie sich oben im Gemeinschaftsraum etwas zu essen wärmte. Dann hörte er noch etwas anderes: Siamangs Stimme.

„Wie wäre es, wenn Sie mir etwas erhitzen würden, Mythili?"

„Ich bin Pilotin, keine Köchin, Demarchos Siamang. Das müssen Sie schon selbst tun."

„Ich meinte etwas anderes."

Dartagnan hörte Tabletts auf der Theke klappern, dann ein gedämpftes, indigniertes Geräusch. „*Das* müssen Sie sich auch selbst machen!"

Dann wurde, etwas leiser, eine Tür zugeschlagen. Chaim stellte sich ihre Gestalt vor und lächelte ihr reuig zu. *Na gut, deine Freundschaft ist besser als nichts, armes Rührmichnichtan …*

Doch im Verlauf der nächsten viereinhalb Megasekunden sah er nur wenig von ihr, ob als Freund oder wie auch sonst immer. Ihre gemeinsame Abscheu vor Siamang und ihre Angst, ihn irgendwie zu provozieren, stand wie eine Barriere zwischen ihnen.

Bis schließlich Planet Zwei den Bildschirm ausfüllte: fremd, riesig, die Palette eines Malers in sterilen Grautönen – graublau, graugrün, graubraun. Die dankbare Stimme des Schiffbrüchigen erhob sich über die Lautsprecherstatik. Mythili spürte seine Funkposition auf und brachte sie in einen polaren Orbit, womit sie die graue Palette mit dem blendenden, hypnotischen Weiß von Eisflächen vertauschte. Chaim sah zum erstenmal Wolken – bleiche, ätherische Bäusche gefrorenen Wasserdampfes, die in den höchsten Ausläufern der Atmosphäre gefangen waren. Er nahm alles auf und nahm dazwischen verwundert zur Kenntnis, daß er zu den ganz wenigen Bewohnern des Himmel-Systems gehörte, die das aus erster Hand gesehen hatten. Es schien ihm, daß die Wolken vertrauter als auf Bildern wirkten, und er betrieb intelligente Konversation mit Mythili darüber, während er an ihrer Seite stand. Und als sie die letzten Vorbereitungen trafen, um das kleine Boot zu betreten, das sie aus dem Orbit hinabbringen würde, bat sie ihn mit leiser Stimme, ihr bei der Landung zu assistieren.

Er saß angeschnallt in dem dick gepolsterten Sitz neben ihrem eigenen, und sogar in seinen Augen wirkte die Kabine völlig überfüllt. Siamang saß hinter ihnen, offensichtlich ernst und überraschend still. Chaim studierte Mythilis Bewegungen, sah seine Nervosität in ihren Zügen widergespiegelt, doch ihre Bewegungen waren schärfer und zielstrebiger, als wäre das nur ein Ansporn für ihre Fähigkeiten. Sie befreite sie vom Griff des Mutterschiffes und zündete die erste Rakete, die sie aus dem Orbit herausführen würde – und dann begann sie mit dem komplizierten Manöver, das weder sie noch ein anderer Pilot im Himmel-System jemals durchgeführt hatte, mit Ausnahme des Mannes, der unten gestrandet war.

Sie traten in die oberen Schichten der Atmosphäre ein, sie leitete die zweite Zündung ein. Sie mußte sorgfältig auf ein bestimmtes Gleichgewicht achten: Ein zu rascher Fall würde ihre Zerstörung zur Folge haben, aber ein zu langsamer würde die Treibstoffreserven des Schiffes aufbrauchen, während sie immer noch hoch über der Oberfläche waren. Seit mehr als zwei Milliarden Sekunden hatte man im Himmel-System kein Schiff mehr gebaut, das sich die Atmosphäre eines Planeten zur Verlangsamung der Landegeschwindigkeit zunutze machen konnte, denn nach dem Krieg hatte keine Notwendigkeit mehr für ein solches Schiff bestanden – bis jetzt. Keine nuklearelektrische Rakete konnte die Beschleunigung verursachen, die für eine planetare Landung erforderlich war. Daher war dieses Schiff, das den nötigen Schub erzeugen konnte, um ihren Abstieg zu bremsen, aus Überbleibseln einer Überbleibseltechnologie in weniger als zwei Megasekunden Zeit zusammengebaut worden.

Chaim las ihre Höhe und Fallgeschwindigkeit mit Instrumenten ab, die niemals auf sekundengenaue Präzision geeicht worden waren. Bei einer Geschwindigkeit von sechshundert Metern pro Sekunde umklammerte er die Konsole mit schweißfeuchten Händen und kämpfte gegen sein unerwartetes, ungewohntes Gewicht. Mythili steuerte sie auf das Funksignal zu. Der Bildschirm war in diesem Fall nutzlos, da er durch den Schein ihrer Raketen, die bei ihrem Fallwinkel blendeten, blind gemacht wurde. Jedesmal, wenn sie durch Turbulenzen der unsichtbaren Atmosphäre gebeutelt und vom Kurs abgebracht wurden, biß Mythili ein Keuchen oder Fluchen nieder.

In einer Höhe von eintausend Metern begann sie mit der dritten Zündung. Chaim hob die Stimme, als der Lärm der Raketen lauter wurde: „... sechshundert Meter, zwanzig Meter pro Sekunde, fünfhundert Meter ...“ – der Druck nahm zu – „... vierhundert Meter, achtzehn Meter pro Sekunde ... dreihundert Meter ... zweihundert ... einhundert Meter, zehn Meter pro Sekunde ...“ Sie nahm mehr Schub weg, ihre Fallgeschwindigkeit stabilisierte sich. „... fünfzig Meter, zehn Meter ... Mythili, wir ...“ Sie zündete den Bremsschub voll. Zehn Meter pro Sekunde schmetterten ihn in seinen Sitz nieder. Der Bildschirm war staubblind, das Schiff bebte, der Lärm machte jedes Wort unmöglich, Vibrationen brachten seine Zähne zum Klappern. „... sind zu schnell!“

Dann pochte der Aufprall durch ihn hindurch, fast eine Antiklimax. Mythili unterbrach die Energiezufuhr, Sekunden verstrichen, bis er von der Stille Notiz nahm. Er blinzelte zum Bildschirm, wo immer noch Grau wogte, und richtete sich unter der ungewohnten Hand der Schwerkraft von seinem Sessel auf. „Meinen Glückwunsch“, sagte er schließlich atemlos und lachte. „Wir sind angekommen ... Und ich konnte keine einzige Aufnahme von der Landung machen.“

Sie erschlaffte, lachte aber mit ihm. „Wenn Sie gefilmt hätten, anstatt mir zu assistieren, brauchten wir uns jetzt darüber wohl kaum den Kopf zu zerbrechen.“

Er beugte den Kopf. „Zu freundlich ...“ Er berührte sie mit den Augen. Sie hielt seinem Blick lächelnd stand.

„Bilde ich es mir nur ein, oder wird es tatsächlich kälter hier drinnen?“ Dartagnan betrachtete beim Sprechen seinen kondensierenden Atem. Er mühte sich mit seinem Raumanzug ab, denn er fühlte sich bleischwer und unbeholfen. Hinter sich konnte er Siamang in der engen Kabine nachdrücklich fluchen hören.

„Das bilden Sie sich nicht ein. Die Atmosphäre verhält sich wie Wasser und leitet unsere gesamte Wärme durch die Hülle.“ Mythili massierte ihre Arme, während sie den Bildschirm studierte. „Siamangs Ingenieure hatten so etwas Ähnliches vorhergesagt.“

Chaim sah die verlassene Kuppel der etwa einen Kilometer entfernten Experimentalstation auf der flachen, subpolaren Ebene. Der Bulk des Prospektorschiffes stand etwas näher. *Wir beide haben eine bessere Landung hingelegt, als es uns eigentlich zugestanden hätte* ... Weit dahinter, am unglaublich fernen Horizont, konnte er Schnee und eine einsame Kraterlandschaft erkennen: die südpolare Eiskappe von Planet Zwei. Er stellte sich die unglaublichen Rohstoffvoräte vor, die diese Welt beherbergte, erinnerte sich dann aber unvermittelt wieder an die Macht der Atmosphäre.

„Los doch, Red. Nehmen Sie Ihre Kamera, dann gehen wir. Deswegen sind wir schließlich hier!“ Siamangs Stimme klang fröhlich und zuversichtlich. Chaim verspürte unsägliche Erleichterung. Er hoffte, daß das Geschäftsgebaren Siamangs leichter zu filmen sein würde als sein Privatleben.

„Ich komme, Boß ... Wollen Sie nicht mitkommen?“ Er sah zu Mythili hinüber. „Die wenigsten Menschen sind auf einem Planeten spazierengegangen.“

Mythili nickte. „Ich weiß. Aber ich muß im Schiff bleiben. Es wurde nicht für die Belastungen einer Atmosphäre konstruiert. Ich muß die Kabine warm genug halten, damit die Instrumente nicht einfrieren, und ich muß genügend Treibstoff aus den Tanks umlagern, damit sie nicht platzen. Und außerdem ...“ – hier senkte sie die Stimme – „... halte ich mich aus den Geschäften der Gesellschaft heraus.“

„Ich verstehe. Na gut, ich werde Ihnen meine Bildchen zeigen, wenn ich zurückkehre.“ Er stülpte den Helm über den Kopf, verschloß ihn, griff nach seiner Kamera. Er strauchelte, verblüfft durch ihr Gewicht. Die Oberflächenschwerkraft von Planet Zwei lag mehr als hundertfach über Normalpegel. Plötzlich wünschte er, das Angebot der Gesellschaft für eine leichte Vorkriegskamera angenommen zu haben, anstatt auf seiner eigenen zu bestehen.

„Nun *kommen* Sie *schon,* Red!“

Er folgte Siamang durch die Schleuse und dann die Sprossen der Leiter hinunter. Der Atmosphärendruck verhinderte, daß sich sein Anzug zum Ballon aufblähte. Er griff allerdings, während er dahinging, mit Eisesfingern nach ihm.

„Verdammt!“ Siamang stolperte seitwärts, von einer unsichtbaren Hand gestoßen: Wind, erkannte Dartagnan, während er selbst gegen die Schiffshülle gestoßen wurde. Sein Helm klapperte gegen Metall. Die Oberflächenluft war bei der Landung ruhig gewesen, doch nun nahm die Windstärke zu und wehte den blaugrauen Staub zu halbdurchlässigen Schleiern. Zwischen den Böen konnte er eine winzige Gestalt erkennen, die von der Kuppel aus auf sie zukam.

Sie gingen über die seichte, flammenvernarbte Schüssel des Landetrichters des Schiffes und betraten schließlich die feine, lokkere Staubkruste der Planetenoberfläche. „Jetzt sind wir richtige Staubkriecher, Boß“, sagte er fröhlich, viel fröhlicher, als ihm zumute war. Staub wirbelte gegen sein Helmvisier. Er schloß die Augen und begann zu schwitzen, obwohl er zitterte. Siamang antwortete nicht; er war bemüht, auf den Beinen zu bleiben. Sein Gesicht, das man hinter der Glasscheibe kaum erkennen konnte, war grimmig. Dartagnan sah zum Himmel empor, wo die goldene Sonne vor dem ultramarinblauen Himmel riesig wirkte. Er dachte an Saphir, denn an etwas anderes, was dieselbe Klarheit und Reinheit besaß, konnte er sich nicht erinnern. *Statt Planet Zwei hätte man ihn eigentlich Planet Blau nennen müssen – oder Blaue Hölle.* Er sah wieder hinab zur blaugrauen Ebene, zur Kuppel, die kaum größer war, und zu der vermummten Gestalt, die sich ihnen bereits näherte und so bewies, daß sie tatsächlich vorankamen. Er ließ die Kamera von seiner verkrampften Schulter gleiten und spannte den Gurt über eine taube, gefühllose Hand.

„Wenn das kein Anblick für meine entzündeten Äuglein ist“, dröhnte eine unbekannte Stimme aus ihren Helmlautsprechern. Es war der verschollene, notgelandete Prospektor, der sie willkommen hieß. Der Mann ergriff ihre Hände, als er bei ihnen angekommen war, schüttelte sie und verbeugte sich gleichzeitig. Er bewegte sich fast gewandt und leicht, wie Chaim neiderfüllt feststellte.

„Apropos Anblick“, sagte Siamang, dessen Freundlichkeit gezwungen klang. „Verschwinden wir aus dieser verdammten Atmosphäre.“

„Klar, natürlich. Darf ich Ihnen das abnehmen, ich bin inzwischen daran gewöhnt?“ Der Mann griff nach Dartagnans Kamera.

Chaim, der sich seiner Pflichten erinnerte, winkte ab. „Nein, danke, ich bin von den Medien ... ich möchte das gerne aufnehmen ...“ Er trat einen Schritt zurück, hob die Kamera, verband die Stecker, justierte, drückte den Auslöser und trippelte wieder näher. *Historischer Augenblick, Historische Rettung, Historische Szenerie ... Kameramann rackert sich den Arsch ab ...* Sie kamen am gestrandeten Schiff des Prospektors vorbei. Er vernahm Siamangs Stimme: „Nehmen Sie das auf, Red.“

„Gut, Boß.“ Er machte eine Großaufnahme vom Namen des Schiffes, unter dem die Silhouette eines Insekts aufgemalt war. „Die *Esso Biene?“* Er lachte ungläubig, hörte auch die anderen in sein Lachen einstimmen, hörte ihre Verblüffung, das Erkennen. Er sah wieder zum beschatteten Gesicht des Prospektors. „Kwaime Sekka-Olefin, wie ich annehme?“ Er erinnerte sich an die Einzelheiten der ersten Nachrichtensendung. Ihr Gestrandeter war der Erbe des Vermögens der Destille, die aber selbst während des Bürgerkrieges zerstört worden war. Sekka-Olefin Gase, kurz Esso genannt – sie hatten diese „geheime“ Experimentalstation vor dem Krieg geführt.

„Das stimmt, und ich bin verdammt froh, Sie zu sehen!“ Der Mann lachte erneut. „Mein Gott – das ist wunderbar!“

„Ganz unsererseits“, erwiderte Siamang leichthin, „die Freude, einem einzelnen Mann oder der ganzen Menschheit dienen zu können, ist immer unsererseits.“

Endlich erreichten sie die Kuppel. Dartagnan zeichnete sie vorsichtshalber auf, was auch für die Wüste aus Wind, Staub und Schnee galt, wobei er sich verzweifelt bemühte, sein Zähneklappern nicht auch auf die Tonaufzeichnung geraten zu lassen. Schweratmend eilte er voraus, um ihre Ankunft zu filmen, sah den dunklen, anheimeldenden Eingang zum Zelt. Wie er bemerkte, führte ein Durchgang nach unten, und er erkannte, daß der größte Teil der Anlage unter der Erde liegen mußte, um eine optimale Temperaturstabilität zu gewährleisten. Er bemerkte, daß eine Wand der Passage von seltsamer, abgesetzter Textur war, und ging filmend langsam auf sie zu, während die anderen eintraten. „Vorsicht ...!" Olefins Stimme rasselte in seinem Helm. Olefins Handschuh griff nach ihm, verfehlte ihn aber, als Dartagnan ins Leere trat.

Er fiel mit einem überraschten Schrei rückwärts die Treppe hinunter. Die Kamera landete auf seinem Magen. Er blieb benommen und angeschlagen liegen und sah Sterne, die eigentlich gar nicht da waren. Die anderen eilten zu ihm und schafften es irgendwie, nicht auch auf ihn zu stürzen. Sie hoben die Kamera auf und zogen ihn wieder auf die Beine.

„Alles in Ordnung, Red?"

„Haben Sie denn die Stufen nicht gesehen ...?"

„Stufen?" murmelte er. „Was meinen Sie ... ah!" Sein rechter Knöchel gab nach, obwohl er nicht sein volles Gewicht darauf verlagert hatte, und der Schmerz pulsierte wie ein elektrischer Schock das Bein und das Rückgrat hoch. „Mein Bein ..." Er drückte sich eng an die Korridorwand und balancierte auf einem Bein. „Tut höllisch weh."

„Der ganze Ort hier ist höllisch", murmelte Siamang angewidert. „Was ist mit Ihrer Kamera?" Er legte sie in Dartagnans Arme.

Dartagnan verlor das Gleichgewicht. Sekka-Olefin packte ihn. Er schüttelte den versiegelten Behälter, probierte die Kamera aus, drehte sie um und spähte durch die Linse. Seine Brust schmerzte. Er stöpselte das Aufnahmekabel wieder ein. „Scheint okay zu sein ... War bestimmt ein toller Schnappschuß von der Decke, während ich umkippte." Er schmeckte Blut auf seiner geplatzten Lippe. „Ich glaube, das verdammte Ding landete absichtlich auf mir."

„Zum Glück ist sie stabiler, als Sie es sind", bemerkte Siamang. „Sonst wären Sie jetzt vielleicht arbeitslos, Red."

Dartagnan lachte dünn. Er sah sich in der Passage um. Im nachhinein erschien ihm der Zweck der seltsam versetzten Wand schmerzlich offensichtlich: Es handelte sich um Stufen, verschiedene Plateaus, um Höhendifferenzen in großer Schwerkraft zu überwinden. *Späte Erkenntnis ...* Er verzog das Gesicht.

Der Prospektor bot ihm an, sich auf seine Schulter zu stützen, dann gingen sie gemeinsam weiter.

„Wie wäre es mit einem Drink, um den Anlaß zu feiern? Den Anlaß, daß ich nicht mehr alleine trinken muß." Sekka-Olefin nahm eine Flasche auf, die in dem dichtbepackten Rechteck stand, das in den zurückliegenden zehn Megasekunden sein Zuhause gewesen war. Dartagnan bemerkte einen Haufen anderer Flaschen, die größtenteils leer waren.

„Klingt nicht schlecht. Ich könnte einen zum Auftauen gebrauchen. Dieser Ort hier ist ja reiner Mord. Wie kalt wird es hier eigentlich? Hier herrschen doch bestimmt null Grad Kelvin ..." Siamang massierte seine Finger, um die Blutzirkulation wieder in Gang zu bringen. Auf Olefins Drängen hin hatten sie ihre Anzüge ausgezogen. Unter anderen Umständen wäre die Luft wahrscheinlich angenehm kühl gewesen.

„Nein ... nein, die Temperatur sinkt hier nie unter zweihundertdreißig Grad Kelvin, wenn die Sonne untergegangen ist. Aber natürlich ist der Kältefaktor hierbei nicht berücksichtigt." Olefin grinste.

Dartagnan saß auf der harten Pritsche. Er hatte den Fuß hochgelegt, und sein Knöchel schwoll rasch im Stiefel an. Olefin sah ihn fragend an. Chaim bemerkte, daß seine Augen grün mit braunen Tupfern waren. Sie lagen unter dichten, buschigen braunen Augenbrauen. Siamang mochte in den Fünfzigern sein, hatte sich aber gut gehalten für einen Mann, der sein Leben lang im All verbracht hatte. Sein ungekämmtes, ungeschnittenes Haar wurde bereits schütter und war mit silbernen Fäden durchzogen, was bewirkte, daß es sich erstaunlich hell von seiner dunklen Haut abhob. *Vornehmer Sproß des alten Geldadels – wußte gar nicht, daß die echte Menschen sind.* Dartagnan schüttelte den Kopf. „Nein, danke ich bin Antialkoholiker."

Siamang sah ihn überrascht an.

„Medizinische Gründe?" fragte Olefin und winkte mit der Flasche.

„Eben deshalb." Er schüttelte wieder den Kopf, sanft aber bestimmt. „Kann nicht trinken. Ich hab' ein Magengeschwür." Er wischte sich seine blutigen Lippen ab.

Siamangs Überraschung machte sich in brüllendem Lachen Luft. „Ein Magengeschwür? Worüber haben *Sie* sich denn Sorgen zu machen, Red?"

„Darüber, einen kostenlosen Drink ablehnen zu müssen. Ich könnte gewiß einen vertragen."

Olefin goß Wodka in hemisphärische Gläser. Die klare Flüssigkeit blieb darin und stieg nicht an den Rändern wieder hoch. Dartagnan, der Angst hatte, in Selbstmitleid zu versinken, griff nach seiner Kamera. „Würden Sie nicht auch sagen, daß Sie Glück hatten, hier so viel zu finden, Demarchos Sekka-Olefin? Sieht so aus, als wären alle Lebenshaltungssysteme noch immer intakt. Hat Ihnen das das Leben gerettet? Was geschah nach dem Krieg mit den Forschungsstationen hier?" Nach sieben Megasekunden erzwungenen Schweigens fühlte er sich nun fast wohl.

Olefin lehnte auf seinem Hocker nach vorn, um die Nähe seiner eigenen Stimme voll auskosten zu können. „Ja, ich hatte verdammt viel Glück. An Bord der *Esso Biene* wäre es verdammt fatal geworden. Aber während des Bürgerkriegs geschah überhaupt nichts, was dieser Station hätte schaden können, weil niemand wußte, daß sie hier ist, mit Ausnahme von Esso. Und nach dem Krieg war niemand in der Lage hierherzukommen ... Wie es aussieht, ist die Besatzung hier verhungert."

Dartagnan schluckte. *Gott, im Himmel, das wird dem Publikum gefallen* ... „Aber ... äh, die wertvollen Funde, die Sie gemacht haben, verleihen ihrem Leben einen nachträglichen Wert? Werden Ihre Entdeckungen den Lebenden helfen ...?"

„Ja ... ja!

Auf eine Weise, wie ich es selbst niemals für möglich gehalten hätte." Nun bekam Olefins Stimme einen entfernt fanatischen Tonfall. „Haben Sie gewußt, daß ...?"

Siamang räkelte sich ungeduldig und stellte die Tasse ab. „Demarchos Sekka-Olefin, Red, wenn es Ihnen nichts ausmacht ..." – seine Stimme war frei von Sarkasmus – „... dann würde ich das Interview gerne verschieben, bis wir bedeutendere Fragen geklärt haben."

„Oh, gewiß ..." Olefin verstummte. Er schien plötzlich mehr als froh über die Störung zu sein. „Ich werde alles menschenmögliche tun. Wenn man bedenkt, was Sie für mich getan haben!"

Siamang ordnete seine Gesichtszüge, als Dartagnan die Kamera auf ihn richtete. „Natürlich ist der wichtigste Grund, weshalb ich vierhundert Millionen Kilometer zurückgelegt habe ..."

... *mehr Geld,* dachte Dartagnan.

„... um Sie sicher und wohlbehalten von diesem Höllenloch von einem Planeten fortzubringen." Er holte etwas in Schaumstoff Verpacktes aus seiner dünnen Tasche. „Dies ist die mit allen notwendigen Daten versehene Austauscheinheit für das Teil, das beschädigt wurde, als Ihr Schiff hier landete."

Olefin strahlte wie ein Kind, das ein Geburtstagsgeschenk bekommen hat. Doch Chaim entging auch das Aufblitzen eines anders gearteten Humors hinter seinen dunklen Haselnußaugen nicht. „Weil ein einziger Chip fehlte, war das Schiff verloren! Wenn ich an all die Zeit und an das Geld denke, das ich zur Perfektionierung der *Esso Biene* ausgegeben habe, ein Elektrokraftwerk, das einen halben Planeten hätte heimbringen können, die bestmögliche Konstruktion – und alles vergeblich, weil ein winziges Elektronikteilchen außen statt innen angebracht war ... Danke, ich kann Ihnen buchstäblich nicht genug danken, Demarchos Siamang, aber ich werde mein Bestes tun." Er stand auf und schüttelte herzlich Siamangs Hand. Er setzte sich wieder, goß einen neuen Drink ein, hob das Glas zum Salut und trank es leer.

„Nun, in gewissem Sinne können Sie uns dafür belohnen ..." – Siamang verstummte, demonstrierte heuchlerische, falsche Herzlichkeit – „... indem Sie Siamang und Söhne eine erste Option auf die von Ihnen gefundene Computer-Software zugestehen."

Olefin nickte kurz und kaum sichtbar, was aber keine Zustimmung bedeuten sollte.

Siamang fuhr fort, ohne ihn zu beachten. „Wie Sie sicher wissen, wäre es unermeßlich wertvoll zur Steigerung der Produktivität unserer Destille ..."

„Und zur Steigerung der Produktivität vieler anderer Destillen", unterbrach ihn Olefin mit unerwarteter Sanftmütigkeit. „Was mir eigentlich vorschwebte, Demarchos Siamang, war, eine öffentliche Auktion über die Medien durchzuführen, um die Software an den Mann zu bringen. Ich wollte Ihnen – oder wer auch immer mich retten würde – einen entsprechenden Prozentsatz vom Erlös überlassen ..."

Siamangs Ausdruck veränderte sich kaum merklich. „Was uns

vorschwebte, Demarchos Sekka-Olefin, war mehr gedacht auf der Basis eines alleinigen Angebots der Software. An etwas anderem sind wir nicht interessiert. Außer der Software können Sie alles und wem immer Sie wollen anbieten. Aber natürlich ist es sehr wichtig für uns, daß Siamang und Söhne die ersten sind, die diese Programme bekommen."

Und das würde eine öffentliche Auktion nicht garantieren. Dartagnan verbarg sein Grinsen hinter der Kamera. Plötzlich erkannte er, weshalb Siamang und Söhne bei dieser Rettungsmission auf einem bearbeiteten Band bestanden und auf Live-Übertragung verzichtet hatten: Geschäftliche Angelegenheiten waren nichts für die Öffentlichkeit.

„Ich verstehe Ihre Gefühle, Siamang, denn schließlich stamme ich selbst aus einer Destillenfamilie. Aber ich bin der Meinung, eine Absprache mit nur einer Firma wäre zu monopolistisch und läßt sich mit der Tradition der freien Marktwirtschaft im Demarchy nicht vereinbaren ... Und außerdem habe ich, offen gesprochen, bedeutende Pläne, was den Profit aus dieser Transaktion angeht, und daher möchte ich ein möglichst gutes Geschäft machen. Die Software ist dabei der bei weitem wertvollste Teil."

„Ich verstehe." Siamangs Blick huschte zu dem Ersatzteil, das immer noch auf Sekka-Olefins Knien ruhte. Chaim konnte sich gut vorstellen, was in seinem Kopf vorging. „Nun gut, dann werde ich noch einmal zu unserem Schiff zurückkehren und der Gesellschaft zu Hause die Lage der Dinge übermitteln." Sein Lächeln war wie Sonnenschein auf der kalten Schneide seiner Stimme. „Vielleicht erlaubt man mir eine größere Flexibilität im Angebot ..." Er verbeugte sich.

Von einem seltsamen Unbehagen getrieben, stand Chaim auf, setzte sich aber gleich wieder.

Siamang sah ihn an, während er seinen Anzug anlegte. „Sie bleiben hier, Red. Beenden Sie Ihr Interview. Sie würden mich nur aufhalten. Ich möchte nicht mehr Zeit draußen verbringen, als unbedingt nötig ist." Er verbeugte sich nochmals höflich vor Sekka-Olefin, dann verließ er den Raum.

Dartagnan lauschte, wie sich das ungewohnte Schlurfen der Schritte entfernte, und fluchte vor Schmerz und Frustration mit angehaltenem Atem. Er hob die Kamera, die eine schützende Maske darstellte, wieder auf. Er sah durch das Okular, wie Olefin den

Kopf schüttelte, die Hand hob und nach einem weiteren Drink griff. Er ließ die Kamera verärgert wieder sinken, war aber froh, daß der Prospektor dieses Glas nicht auch so hinunterkippte wie die anderen. Sie hatten genügend Zeit für ein Interview. Unter Berücksichtigung der Zeitverzögerung konnte Siamang frühestens in dreitausend Sekunden wieder zurück sein.

Olefin grinste. „Ein bißchen davon lockert die Zunge und macht das Leben erfreulicher, viel dagegen lockert das Hirn und macht es zur Hölle. Ich versuche, die Trennlinie nicht zu überschreiten ... Der Fall war schlimmer, als Sie zuzugeben bereit sind, was? Wo tut es denn weh ...? Vielleicht sollte ich mir den Knöchel mal ansehen." Er stand auf.

Dartagnan lehnte sich gegen die kalte Wand und lachte. „Fragen Sie lieber, wo es nicht weh tut. Ich bin überall grün und blau ... Danke, aber mittlerweile müßten Sie meinen Stiefel aufschneiden, und dies ist das einzige Paar, das ich habe. Spielt aber keine Rolle, wir werden bald wieder in Null-g sein, und dann werde ich keinen Ärger mehr haben. Ich muß jetzt nur meine Aufgabe erledigen ..." Er stöhnte, als Olefins Finger seinen Knöchel betasteten.

„Die Arbeit kommt vor allem anderen, sogar vor Ihnen selbst, wie? Sie sind also ein Gesellschaftshandlanger ..." Olefins Faust strich über die Sohle seines Stiefels. „Siamangs Mann?"

„Das hoffe ich zu werden!" stieß er zwischen zusammengebissenen Zähnen hervor. „Wenn er mir befiehlt, ich soll springen, dann frage ich nicht nach dem Grund ... Ich frage nur: Ist das hoch genug?"

„Eine Weile werden Sie für überhaupt niemanden mehr springen. Sie haben sich den Knöchel verstaucht, möglicherweise gebrochen." Die grünbraunen Augen betrachteten ihn amüsiert. Er fragte sich, was so komisch sein mochte. Olefin ging zurück und nahm seinen Drink von einem staubigen Regal. „Ich glaube nicht, daß ich für einen anderen arbeiten könnte. Liegt wahrscheinlich daran, daß ich unter den Schwerreichen aufgewachsen bin ..."

„Dazu muß man nicht unbedingt reich sein, glauben Sie mir." Dartagnan stützte sich auf einen Ellbogen, die Koje ächzte.

Olefin sah ihn an, seine buschigen Brauen wurden in die Höhe gezogen.

Er lächelte automatisch. „Mein Vater war Prospektor und bis zu dem Tag, an dem er starb, bettelarm – gerade als er endlich etwas

Großes gefunden hatte. Das behauptete er jedenfalls." Stelle ein Vertrauensverhältnis mit dem Subjekt her. Das ergibt ein besseres Interview ...

„Ist das wahr? Wie war sein Name?" Ermutigendes Interesse zeigte sich auf Olefins Gesicht.

„Dartagnan – Gamal Dartagnan."

„Ja, ich kannte ihn." Olefin nickte über seinem Glas. „Wußte gar nicht, daß er einen Sohn hatte. Hab' mich nur vier- oder fünfmal mit ihm unterhalten."

„Gilt auch für mich. Aber er nahm mich auf seiner letzten Reise mit hinaus, bevor er starb."

„Das stimmt ... ich hörte von seinem Unfall. Tut mir wirklich leid."

Chaim verlagerte sein Gewicht. „Sie bezeichneten es als Unfall?"

Olefin setzte sich. „Wollen Sie damit sagen, es war keiner?" fragte er vorsichtig.

Er zuckte die Achseln. „Mein Vater war schon sehr lange Prospektor, und er wußte genug, um keinen so großen Fehler zu begehen. Außerdem schien es mir ein wenig komisch zu sein, daß zufällig gerade eine Gesellschaft zur Stelle war, die seinen Fund für sich beanspruchte."

„Jemand mußte zuerst da sein." Sekka-Olefin schüttelte den Kopf. „Ich nehme an, bei Ihrer Arbeit sieht man nicht gerade die besten Seiten der Gesellschaftspolitik. Aber nur wenige lassen sich zu so drastischen Schritten verleiten. Wäre Selbstmord, wenn es herauskäme. Vielleicht versagten seine Instrumente. Unfälle kommen vor, Menschen machen Fehler ... und der Weltraum gibt einem keine zweite Chance."

Dartagnan nickte mit gesenktem Kopf. „Vielleicht. Vielleicht ist es so gewesen. Ich vermute, Sie würden die Wahrheit kennen, wenn überhaupt jemand. Sie kennen beide Seiten des Geschäfts ... Er hat die verdammte Rostmühle mit gefrorener Spucke zusammengehalten ..."

Olefin nippte ausdruckslos an seinem Drink. „Wieso haben Sie mit dem Schürfen aufgehört und sind Medienmann geworden?"

Plötzlich fragte Dartagnan sich, wer hier wen interviewte. „Eben wegen des Schürfens. Vielleicht wußte ich nicht, was gut für mich ist."

„Aber nun ist es zu spät.“

Er war nicht sicher, ob das eine Frage oder ein moralisches Urteil war. „Nicht, wenn ich mit diesem Job genug verdiene.“

Olefin nickte selbstvergessen. „Was würden Sie statt dessen von einem anderen Langzeitjob halten?“

Chaim richtete sich auf und bemühte sich, seinen Eifer zu verbergen. „Und was müßte ich tun – schürfen?“

„Eine Medienkampagne leiten!“

Dartagnan sank seltsam enttäuscht wieder nach vorne. „Das ... ist ein verdammt lausiges Kompliment von einem völlig Fremden. Sind Sie ganz sicher, daß es Ihr Ernst ist? Außerdem, was für eine Kampagne, was wollen Sie verkaufen?“

„Planet Zwei.“

Dartagnan richtete sich kerzengerade auf. „Was?“

„Die Kolonisierung von Planet Zwei durch das Demarchy.“

Allmächtiger Gott, ein Stellenangebot von einem Irren. Einem reichen Irren ... Er griff nach seiner Kamera. *Wäre aber bestimmt nicht langweilig ...*

„Vergessen wir dieses Ding eine Weile.“ Olefin schüttelte den Kopf. „Ich werde Ihnen alles sagen, was Sie wissen wollen, wenn Sie den Job akzeptieren. Aber Sie müssen mich anhören, bevor Sie mich zum Verrückten abstempeln.“

Chaim grinste schafsmäßig. „Wie Sie wollen.“ Er spielte mit dem Objektiv, richtete es aus, wo es lag, schaltete den Wahlschalter auf EIN. Ein Geräusch war zu hören, doch selbst für ihn war es kaum vernehmbar. Er nahm nicht an, daß Olefins Gehör fein genug war, um es wahrnehmen zu können. *Es gibt mehr als eine Methode, zu einem guten Interview zu kommen – und einen Job in der Hand ist besser als zwei Angebote.* „Okay, würden Sie mir dann mal Ihre Gründe nennen, eine Kolonie auf einem Höllenloch wie Planet Zwei gründen zu wollen?“ Er lehnte sich zurück und massierte seinen schmerzenden Knöchel mit beiden Händen.

Olefin lachte ernst. „Wie viele Megasekunden hat Himmels Gürtel Ihrer Meinung zufolge noch?“

Dartagnan betrachtete ihn verständnislos. „Bis wann?“

„Bis die gesamte Zivilisation zusammenbricht, bis wir uns zu den hundert Millionen gesellen, die während des Bürgerkriegs umgekommen sind.“

Dartagnan erinnerte sich an Mekka-City, eine von Menschenhand erschaffene Geode im Herzen des Felsens, mit Türmen wie kristallene Gewächse in jeder Farbe des Spektrums. Er versuchte, sich die Stadt als Ort des Todes vorzustellen, scheiterte aber dabei. „Ich weiß nicht, wie es um die Wilden im Hauptgürtel bestellt ist, aber ich sehe keinen Grund, weshalb das Demarchy nicht wie bisher auch weiterfunktionieren sollte."

„Nicht ...? Nein, wahrscheinlich nicht. Niemand tut das. Ich glaube, niemand will der Unausweichlichkeit des Todes ins Auge sehen. Und wer will ihnen daraus einen Vorwurf machen?"

„Wir alle müssen eines Tages sterben."

„Aber wer glaubt das schon wirklich? Vielleicht liegt es an der Tatsache, daß Esso während des Krieges ausradiert wurde, daß ich buchstäblich als letzter Erbe das Familienvermögen durchbringen kann, daß ich die Wahrheit so deutlich sehe: Die Existenz der Menschheit hier hat ein definitives Ende, und dieses Ende ist absehbar. Da wir eben von Fehlern sprachen – wir haben einen elenden Fehler gemacht, und das war der Bürgerkrieg ... und ein Fehler im Himmel zieht ewige Verdammnis nach sich. Verdammnis zum Tode ...

Die Existenz in einem Asteroidengürtel hängt vollkommen von einem künstlichen Ökosystem ab, denn wir müssen alles Lebenswichtige selbst anbauen oder herstellen – Atemluft, Wasser, Nahrung, rein alles. Aber wie bei jedem anderen Ökosystem gilt auch für unseres – vielleicht sogar mehr als für andere – die Faustregel: Wenn man genügend davon zerstört, kann nichts auf Dauer überleben. Es muß zurückweichen oder aber untergehen. Im solaren Asteroidengürtel hatten sie die Erde, zu der sie zurückkehren konnten, wenn es nötig wurde – und dort gab es alles Lebensnotwendige auf natürliche Art. Doch als Himmel kolonisiert wurde, war das noch nie geschehen, und daher sah auch keiner die Notwendigkeit vorher. Als die alten Gürtelbewohner dieses System kolonisierten, waren sie der festen Überzeugung, die hier vorkommenden Rohstoffe – Erze und Mineralien, die gefrorene Gase um Diskus – würden ihnen genügen. Es kam niemandem in den Sinn, daß man eines Tages nicht mehr imstande sein würde, sie zu verarbeiten.

Aber genau dieser Fall ist eingetreten. Die Schwerindustrie in Himmels Gürtel wurde während des Krieges fast vollständig vernichtet. Was wir noch zur Verfügung haben, ist dem alles andere als ebenbürtig, und wir haben auch keine Möglichkeit, eine neue Industrie aufzubauen oder die Reste zu erweitern. Verdammt, die Ringbewohner können doch bereits jetzt fast nicht mehr überleben, und wenn die untergehen, dann weiß ich nicht, was unsere Destillen tun sollen ... Wie lange können Sie den Atem anhalten?"

Dartagnan lachte unbehaglich. „Aber ..." Er suchte nach einem Gegenargument, konnte aber keines finden – und plötzlich war seine Vision von der Zukunft alles andere als rosig. „Aber ... nun gut, vielleicht haben Sie recht, und wir schlittern dem unausweichlichen Ende entgegen ... Aber wenn wir nichts unternehmen können, um uns selbst zu retten, warum sollten wir uns dann Gedanken darüber machen? Wir sollten einfach das Beste aus dem machen, was wir noch haben – solange wir es noch haben."

„Genau das ist der springende Punkt! Wir können nämlich etwas tun – wenn wir jetzt beginnen, dann können wir eine Kolonie auf Planet Zwei etablieren, um für die Zeit gewappnet zu sein, wenn die Technologie zusammenbricht und das Demarchy uns nicht mehr versorgen kann."

„Das verstehe ich nicht." Dartagnan schüttelte den Kopf. „Es ist dort doch noch schwieriger zu überleben als draußen im All. Man erfriert doch selbst in einem Anzug schon beinahe. Die Atmosphäre entzieht einem die Wärme, auch wenn die Sonne noch so sehr scheint. Und die Schwerkraft ..."

„Die Schwerkraft hier beträgt nur ein Viertel des Wertes, für den der menschliche Körper ursprünglich geschaffen wurde. Und was die Kälte angeht – unsere Ausrüstung wurde eben nicht dafür konstruiert, aber sie wäre mit Leichtigkeit dafür umzurüsten, wir brauchen lediglich eine bessere Isolierung. Hier ist es auch nicht schlimmer als auf Teilen der alten Erde – der Antarktis beispielsweise. Da war es nicht wärmer als hier, und überall lag Schnee, aber das störte keinen. Das Großartigste am Menschen ist seine Anpassungsfähigkeit! Wenn diese Schlammkriecher es schaffen konnten, dann kann es ein Gürtelbewohner zweimal!" Olefin fuchtelte eifrig mit den Händen, seine Augen glänzten wie Achate, die von einer inneren Vision erhellt wurden. „Tatsächlich fußt ein Teil meiner Werbekampagne darauf, diesen Planeten in Antarktis umzubenennen: ‚Zurück zur Natur, schüttelt eure künstliche Umwelt ab, lebt wieder so, wie es den Menschen vorbestimmt war ...'"

„Ich weiß nicht ..." Dartagnan schüttelte immer noch zweifelnd den Kopf. „Sind Sie sicher, daß es nicht kälter als auf der Erde ist? Außerdem ist die Atmosphäre nicht atembar."

„Aber nein! Das ist eine der bedeutendsten Punkte, auf den man die Öffentlichkeit aufmerksam machen muß. Eines der Projekte hier war der Analyse der Atmosphäre gewidmet – und sie bewies verläßlich, daß die Atmosphäre dieser Welt dichter als bei unserer Ankunft ist. Und so wie die zahlreichen Periodika des Orbits nun zusammenwirken, werden die Polkappen schmelzen und die Gase freigeben. Verglichen mit dem, was wir kennen, ist die Atmosphäre dünn und trocken, ich weiß, aber sie ist atembar. Ich weiß es, ich habe es selbst ausprobiert."

„Wie lange?" Dartagnan verspürte plötzlich Panik bei dem Gedanken, eine fremde Atmosphäre zu atmen, und er hob die Hand an die Kehle. „Wie ist das möglich? Wie kann es hier genügend freien Sauerstoff geben?"

„Weiß ich nicht. Es ist aber so. Ich war manchmal zwei bis drei Kilosekunden draußen."

Dartagnan senkte den Blick und polierte das Vinyl seiner abgetragenen Stiefel. „Ich nehme an, Sie mußten unterirdisch leben, um die Hitze zu konservieren. Aber das tun wir sowieso. Und die Sonnenenergie ... es ist viel näher an der Sonne ..."

„Ha, da haben Sie's!" Olefin nickte begeistert. „Sie fangen schon an, die Möglichkeiten zu sehen. Das ist die Antwort. Wir mußten eine Antwort finden, und das ist sie. Damit können Sie Karriere machen! Mit dem Geld, das ich aus der Versteigerung meines Fundes erhalte, können wir eine Medienkampagne starten, die das gesamte Demarchy abdeckt. Was meinen Sie, Dartagnan?"

Chaim hörte mit dem Polieren auf, hielt das Gesicht aber weiterhin abgewendet. „Ich brauche Gelegenheit, alles zu überdenken, was Sie mir gesagt haben, Demarchos Sekka-Olefin. Ich kann diese Welt hier immer noch nicht als den Garten Allahs ansehen ... Aber Sie werden meine Antwort erfahren, bevor wir wieder starten, okay?" Aber er spürte, die Frage, die er wirklich beantworten mußte, war die, ob er den Rest seines Lebens damit verbringen wollte – oder ob er wirklich eine Wahl hatte. Doch eine Art Freude stieg wie Verlangen in ihm auf, die Leere aufzufüllen, die Sekka-Olefins Zukunft mit dem Wissen geschaffen hatte, daß er vielleicht doch keinen Totalausverkauf tätigte, wenn er sich an Sekka-Olefin verkaufte.

„Das genügt“, sagte Olefin sicher, als hätte er damit seine Antwort bereits erhalten. „Es sei denn, meine zahlosen blutsaugenden Verwandten werden vor Kummer sterben, wenn sie hören, was ich mit dem Erlös meiner Funde vorhabe. Es paßte ihnen gar nicht, daß ich den Rest des Familienvermögens in dieses Projekt investierte. Ich habe dem Schiff dort draußen nicht seinen Namen gegeben, sondern sie haben es nach mir benannt.“ Er lachte über seinen eigenen Witz.

Dartagnan begann ein Grinsen, doch dann hörte er Schritte draußen, und sein Gesicht wurde wieder vollkommen ausdruckslos. Er zog sein schmerzendes Bein von der Koje und stellte es vorsichtig auf den Boden. Er stand auf und hatte plötzlich Angst davor, sich zu bewegen.

Olefin beugte sich hinab und holte einen langen, T-förmigen Stock unter der Liege hervor. Chaim sah, daß die Enden in Lumpen gewickelt waren. „Hier“, sagte Olefin, „nehmen Sie meine Krücke. Ich bin diese gottverdammten Stufen im Dunkeln heruntergefallen, als ich zum ersten Mal hier war.“

Dieses Mal beendete Dartagnan sein Grinsen, während Siamang mit dem Helm unter dem Arm eintrat. Dartagnans Blick glitt von Olefins zu Siamangs Gesicht. Er erkannte plötzlich, daß er seine Entscheidung bereits getroffen hatte. Er verbeugte sich.

Auch Siamang verbeugte sich, sein Blick war hinter einer Maske von Liebenswürdigkeit verborgen. „Ich hoffe, ich habe Sie nicht allzu lange warten lassen, Demarchos Sekka-Olefin. Ich bin sicher, Sie wollen diesen elenden Planeten ebenfalls so bald wie möglich wieder verlassen, wenn Sie Ihre Reparaturen durchgeführt haben.“ Er rieb die Arme durch den Anzug hindurch. „Meine Pilotin sagte mir, wir selbst müßten ebenfalls noch vor Sonnenuntergang starten, da die Batterien durch Aufrechterhaltung der Schiffstemperatur langsam zu Neige gehen. Aber ich habe gute Nachrichten – die Erlaubnis, alles Nötige zu unternehmen, um hinsichtlich der Software zu einer Einigung mit Ihnen zu kommen.“ Ein Flackern wie von Eis wurde hinter seinen Augen sichtbar. Dartagnan versuchte zu sehen, ob seine Pupillen geweitet waren, konnte es aber nicht.

„Nun gut.“ Olefin nickte. „Vielleicht können wir uns doch noch weiter übers Geschäft unterhalten.“

„Das hoffe ich ebenfalls. Doch zuerst würde ich gerne – wenn es Ihnen nichts ausmacht – ansehen, wofür ich eigentlich bieten soll.“

Olefin blickte vage überrascht drein, während Dartagnan sich fragte, was Siamang sehen wollte, wenn er einfach nur die Programmspulen betrachtete. Olefin zuckte die Achseln. „Wenn es *Ihnen* nichts ausmacht, wieder hinauszugehen ins Unwetter, Demarchos Siamang. Ich habe sie an Bord der *Esso Biene.*“

Siamang verzog das Gesicht. „Das hatte ich befürchtet. Aber trotzdem, ich würde sie gerne sehen.“

Sie gingen über die staubige, abschüssige Ebene bis zur Basis von Sekka-Olefins Landefahrzeug. Dartagnan blieb stehen und betrachtete die Leiter, die zwischen dünnen Spinnenbeinen zu dem Feststoffahrzeug hochführte. Seine Muskeln waren verkrampft vor Müdigkeit, und die Schmerzensschreie seines Knöchels hallten seine Nervenbahnen entlang.

Siamang betrachtete sein nach oben gerichtetes Visier. „Sie werden es nie bis nach oben schaffen, Red.“ Siamangs Stimme klang seltsam unberührt hinter seiner Helmscheibe und außerdem ganz leicht belegt. „Machen Sie sich nichts daraus, sie haben bereits genug Film im Kasten. Machen Sie eine Tonaufzeichnung und kümmern Sie sich darum, wie Sie an Bord unseres eigenen Schiffes gelangen.“ Siamangs Handschuh schloß sich unerwartet kameradschaftlich um seine Schulter. Er sah ihnen verblüfft nach, wie sie die Leiter erklommen und in der Schleuse verschwanden.

Dartagnan setzte sich auf eine Sprosse der Leiter und war dankbar, daß sich wenigstens die Atmosphäre beruhigt hatte und ihre unsichtbaren Finger von ihm ließ. An der ultramarinblauen Schale des Himmels sank die Sonne bereits wieder vom Zenit herab, und ganz hoch oben konnte er winzige graue Fleckchen erkennen, die die Klarheit des blauen Himmels störten. Er erkannte, daß er Wolken von unten sah. Er begann zu zittern und fragte sich, wann die anderen ihr Geschäft abgewickelt haben mochten, und ob das noch geschah, bevor er zu Tode fror. Ihre vorsichtigen Schritte dröhnten weiter, hallten in seinen Ohren. Plötzlich fühlte er sich schläfrig in der betäubenden Kälte ...

Er schüttelte den Kopf und stand abrupt auf. Der Schmerz weckte ihn. Er erkannte, daß die Geisterunterhaltung in seinem Helm nicht mehr geschäftlich oder freundlich war. Er hörte Siamangs Drohungen. „Das ist mein letztes Angebot, Olefin. Ich rate Ihnen, es anzunehmen, sonst bin ich leider gezwungen ...“

„Lassen Sie das, Siamang. Drohungen wirken bei mir nicht. Ich bin schon zu lange ...“

Dartagnan hörte gedämpfte Laute, einen Schrei, einen Schlag. Und dann wieder Siamangs Stimme: „Olefin? Olefin?“ Betäubt von einer anderen Art von Kälte, richtete Dartagnan seine Kamera auf die Schleuse und wartete,

Dann erschien Siamang, der Olefins schlaffe Gestalt mit sich zog. Er stieß sie an. Dartagnan taumelte beiseite, als sie wie ein Projektil auf den Staub vor seinen Füßen zuschoß, wo der Körper verzerrt und bewegungslos liegenblieb. Benommen filmte er weiter: die Leiche, Siamangs Abstieg von der Leiter, das Ende eines Traumes.

Siamang kam über den feuerverschmorten Staub auf ihn zu, um ihm die Kamera aus den gefühllosen Händen zu nehmen. Er löste die daumenbreite Filmkassette und warf sie weg. Dartagnan sah sie irgendwo in der staubblauen Ebene niedersinken und verschwinden: seine eigene Zukunft, die Zukunft der Menschheit, Sekka-Olefins letzter Wille und sein Testament, seinen Erben verloren, der Menschheit verloren – für immer. „Ist jetzt leider keine gute Kopie mehr, was?“ Siamang ließ die Kamera fallen und trat mit dem Stiefel auf das zerbrechliche Objektiv. Er hob sie wieder auf und gab sie ihm zurück. „Zu dumm, daß Ihre Kamera bei Ihrem Sturz zerstört worden ist. Aber wir drehen einem Mann keinen Strick aus seinem Unglück, solange er sich kooperativ zeigt. Ich bin sicher, ich kann auf Ihre Zusammenarbeit vertrauen – bei entsprechender Gegenleistung, versteht sich?“

Dartagnan bemühte sich, seine Stimme in die Gewalt zu bekommen. „Ist ... ist er wirklich tot?“ *Keine Gesellschaft würde einen Mord riskieren, hatte Sekka-Olefin gesagt ...*

Siamang nickte, seine Hände bewegten sich unmerklich. Dartagnan sah den dunklen Schimmer von Metall. Siamang war bewaffnet. Eine Hochdruckpistole, nicht nachweisbares Gift. „Ich *kann* doch darauf vertrauen, nicht wahr, Red? Ich würde das gerne klären.“

„Ich bin Ihr Mann, Boß“, flüsterte Dartagnan, ohne zu denken. „Mit Leib und Seele.“ Doch er dachte: *Dafür wirst du in der Hölle schmoren, und wenn es das letzte ist, was ich tue.*

„Das dachte ich mir schon ... Es war ein Unfall, er ist gestürzt. Er war zu anfällig, er hat sich schon zu lange im Raum aufgehalten. Ich habe ihn nicht töten wollen. Aber unter den gegenwärtigen Umständen spielt das ohnehin keine große Rolle. Wir werden einfach sagen, er lebte noch, als wir ihn verließen. Der Körper hier wird einfrieren, niemand wird mehr sagen können, ob er erst nach unserer Abreise herabfiel – wenn sich überhaupt jemand die Mühe einer Untersuchung macht. Und jeder kann sehen, daß er zuviel getrunken hatte."

„Ja ... jeder." Der Wind zerrte wieder stärker an Dartagnans Gestalt, der Staub wirbelte unter seinen Füßen und nahm ihm die Stabilität.

„Ich bin sicher, Sie können auch ohne Film einen bewegenden Bericht über unsere Mission abliefern – ein Porträt in Worten, wie dankbar der alte Mann war, vom erfolgreichen Abschluß unserer geschäftlichen Transaktion ..." Siamang strich über den Metallcontainer, den er an seinem Gürtel befestigt hatte. „Wenn Sie Ihre Arbeit überzeugend durchführen, werde ich Sie mehr als reichlich dafür belohnen." Dartagnan spürte die Augen des Aggressivlings mehr auf sich gerichtet, als er sie sah, da Siamangs Gesicht hinter dem Helmvisier verborgen war. „Was ist Ihr sehnlichster Wunsch, Red? Chef unserer Medienabteilung zu sein? Pilot der Gesellschaft? Vielleicht ein eigenes Schiff? Sagen Sie, es gehört Ihnen."

„Ein Schiff", murmelte er verblüfft. „Ich möchte ein Schiff." Er dachte: *Der kluge Geschäftsmann kennt seinen Kunden ...*

„Abgemacht." Siamang beugte sich förmlich vor ihm und bot ihm eine behandschuhte Hand. Chaim nahm die Hand und schüttelte sie.

Siamangs Fuß trat heftig gegen seine Krücke, und sie flog weg. Dartagnan landete flach auf dem Rücken im Staub.

„Vergessen Sie nur nicht Ihre Position, Red. Und kommen Sie mir nicht auf dumme Ideen." Siamang wandte sich um und ging über die leblose Ebene wieder zu ihrem eigenen Schiff.

Dartagnan rutschte auf dem Bauch in die Luftschleuse, wo er lange Sekunden keuchend liegenblieb, bevor er sich wieder aufrappeln konnte. Er legte den Anzug ab, nahm seine Krücke und trat hinter Siamang in den Kontrollraum. Das Bild von Mythili Fukinuki formte sich wie eine zerbrechliche Blüte in der Einsamnkeit seines Verstandes. Er zwang sein Gesicht zu dankbarer Ausdruckslosigkeit und hoffte, es würde halten, als aus dem Bild Wirklichkeit wurde.

Sie stand an der Konsole, hatte die Arme überkreuzt und hörte sich Siamangs flinke Lügen kommentarlos an. Chaim betrat die überfüllte Kabine. Sie sah ihn an, während Siamang sagte: „War es nicht so, Red?“

„Schätze schon, Boß.“ Er nickte, war aber nicht sicher, was er gerade bekräftigt hatte. Er blieb sorgsam balancierend stehen, während ihr Blick ihn wie ein Schlag traf.

„Ich befürchte, es war nicht ganz so, Demarchos Siamang.“ Mythili entfernte sich von der Konsole, und ihr Blick unversöhnlichen Hasses begegnete dem verständnislosen Blinzeln Siamangs. Plötzlich glitzerte ein winziges Messer in ihrer Hand. „Da wäre zum Beispiel noch Mord.“ Sie erhielt die Befriedigung, Siamangs Selbstbewußtsein bröckeln zu sehen. „Mir gefiel nicht, was Sie mit Ihrem Vater besprochen haben, daher habe ich Ihren Helmfunk überwacht. Ich habe alles gehört ...“ Sie sah wieder zu Dartagnan und dann weg. „Und ich werde alles enthüllen, wenn wir wieder in Demarchy sind. Sie werden nicht ungestraft davonkommen.“

„‚Unterschätze niemals die Kraft einer Frau‘“, sagte Siamang mit einem sauren Lächeln. „Es ist wahrscheinlich sinnlos zu sagen, daß Sie Ihren Job loswerden, wenn Sie mich anschwärzen. Sind Sie hingegen bereit zu kooperieren, dann können Sie jeden Job haben, den Sie wollen.“

„Nein“, antwortete sie. „Das werde ich nicht tun. Nicht jeder hat seinen Preis.“

„Ich hatte ohnehin nicht damit gerechnet, Fukinuki. Aber ich vermute, es bereitet Ihnen eine höllische Freude, mir das anzutun ... Unglücklicherweise gibt es aber noch ein anderes altes Sprichwort: ‚Unterschätze niemals einen Gegner.‘ Ich werde Ihr Dienstverhältnis beenden, Mythili. Sie werden keine Chance zum Reden erhalten.“ Siamang brachte die Waffe zum Vorschein und hob sie.

Sie erstarrte und hob trotzig den Kopf. „Sie werden mich nicht töten. Ich bin die Pilotin – ohne mich kommen Sie nie mehr nach Hause.“

„Hier irren Sie sich. Wie Sie mir selbst verraten haben, ist Chaim hier ein ausgebildeter Pilot. Ich brauche Sie also nicht mehr. Sie sind entbehrlich geworden. Lassen Sie das Messer fallen, Mythili.“

Sein Griff wurde fester. „Lassen Sie es fallen, sonst werde ich Sie hier und jetzt töten."

Sie öffnete langsam die Finger, und das Messer fiel klappernd zu Boden. Siamang hob es auf.

Dartagnan fluchte atemlos. „Aber, Boß, ich bin kein Pilot für so etwas ..."

„Schiff ist Schiff." Siamang runzelte die Stirn. „Sie werden es schon schaffen."

„Chaim ..." Sie wandte sich verzweifelt zu ihm um. „Hilf mir. Er wird uns nicht beide töten. Er würde niemals mehr zum Demarchy zurückkehren können, wenn er es täte! Gemeinsam können wir ihn schlagen. Laß nicht zu, daß er damit durchkommt ..."

„Ich werde Sie beide töten, wenn es nötig sein sollte, und dieses Schiff alleine steuern." Siamangs Blick wurde tödlich. Dartagnan konnte die geweiteten Pupillen jetzt deutlich sehen – und glaubte ihm.

„Er blufft", sagte Mythili.

Chaim bettelte mit den Augen. „Mythili, um Himmels willen, hör auf. Sag ihm, daß du den Mund halten wirst. Dur mußt mit ihm kooperieren. Du darfst dein Leben nicht deswegen aufs Spiel setzen – das lohnt sich nicht."

Sie wandte sich blind und taub von ihm ab.

„Sparen Sie sich Ihre Worte, Red. Ich würde ihr sowieso nicht trauen – sie hat zuviel Integrität. Und außerdem haßt sie mich viel zu sehr, sie würde ihre Meinung nie ändern. Sie hat doch nur auf so eine Chance gewartet, sehen Sie sie sich doch an." Zorn verzerrte seine Stimme.„Nein, ich würde sagen, wir werfen sie einfach irgendwo zwischen hier und dem Demarchy über Bord, dann kann sie meinetwegen heimlaufen. Und in der Zwischenzeit ..." – er ging auf sie zu – „... können wir uns auch noch ein kleines Vergnügen gönnen." Er versperrte ihr den Weg, als sie zu entkommen versuchte, und schleuderte sie gegen die Konsole zurück, wobei er den Reißverschluß ihres Sprunganzugs aufriß.

„Nein!"

Siamang wandte sich um und hielt sie ungeachtet ihrer Gegenwehr an der Konsole fest. Dartagnan konnte ihr Gesicht hinter ihm sehen, den Abscheu, das neuerliche Entsetzen, ihre schimmernde, goldene Haut. Siamang zog sie von der Konsole weg und drehte ihr den Arm auf den Rücken. „Okay, Red, wenn Sie sie zuerst haben wollen. Zu Ihnen war sie sowieso immer viel netter ..." Er stieß sie in Dartagnans Richtung.

Chaim fing sie auf, ließ seine Krücke fallen und kämpfte um sein Gleichgewicht. „Mythili ..."

Sie spie ihm ins Gesicht und schloß ihren Sprunganzug wieder. Siamang lachte.

Chaim zeigte seine Wut. „Vergessen Sie's. Ich bin nicht interessiert."

„Tu mir keinen Gefallen, Medienmann." Sie war bitterböse auf ihn, und ihr Zorn versengte ihn wie eine Flamme.

Er ließ sie los und wischte sich das Gesicht ab. „Glaub mir", sagte er rauh, „ich tue dir keinen Gefallen ..." *Aber, Gott helfe mir, ich rette damit vielleicht dein Leben – und meines.* Er sah wieder zu Siamang und bückte sich nach seiner Krücke, um eine plötzliche Eingebung zu verbergen. „Ich habe eine bessere Idee. Anstatt sie später im Raum auszusetzen, könnten wir sie doch auch gleich hier aussetzen, und zwar in einem Anzug, dessen Ventil versperrt ist. Die Sonne geht unter, sie wird erfrieren oder ersticken – und wir können zusehen, um sicherzugehen, daß sie auch tot ist. Ein tragischer Unfall." Er spürte ihren Ärger, ihre hilflose Wut, spürte einen heißen, stechenden Schmerz im Magen.

Siamang lächelte, als er über die Möglichkeit nachdachte. „Ja, das gefällt mir ... Na gut, Red, wir machen's auf Ihre Weise. Aber es besteht kein Grund, warum ich mich nicht doch noch mit der kleinen Fukinuki vergnügen sollte ..." Er begann, die Knöpfe seiner Jacke zu öffnen.

„Doch, den gibt es."

Siamang sah ihn an. „Oh?"

„Es wird spät, die Batterien des Schiffes werden immer schwächer. Außerdem kommt Wind auf. Wenn ich uns sicher hier herausholen soll, dann möchte ich nicht länger warten ... Genügt es denn nicht, sie dort draußen sterben zu sehen?" Dartagnans Stimme wurde etwas zu laut.

Siamang lächelte langsam wieder. „Okay, Red, Sie haben gewonnen ... Ziehen Sie Ihren Anzug an, Fukinuki, ehe ich meine Meinung wieder ändere."

Sie ging wortlos an Dartagnan vorbei und klammerte sich an die Reste ihrer Würde. Er sah ihr zu, wie sie ihren Anzug anlegte. Sie fummelte ungeschickt, unbeholfen durch Gravitation und Nervosität. Obwohl er ihr helfen wollte, blieb Dartagnan wie versteinert stehen.

Dann endlich wandte sie sich ihnen wieder zu. Sie hielt ihren Helm unter dem Arm. „Gut“, sagte sie kaum hörbar. „Ich bin bereit ...“ Siamang durchquerte die Kabine bis zu ihr und griff hinter ihren Kopf zum Sauerstoffventil im Nacken. Sie erschauerte unter seiner Berührung. Dartagnan sah, wie er den Knopf zudrehte, der die Sauerstoffzufuhr regelte. Sein Körper spannte sich vor Anstrengung.

„Setzen Sie Ihren Helm auf.“

Sie atmete tief durch und streifte ihn über. Siamang verschloß ihn und führte sie zur Schleuse. Sie schritt ungeschickt, wie eine zerbrochene Puppe, hindurch.

„Red.“ Siamang gestikulierte. „Sie haben die Ehre.“

Dartagnan humpelte zur Kontrollplatte, während er in Gedanken die Sekunden zählte. Er konnte ihr Gesicht kaum sehen, das ihn anstarrte, sah ihren sich lautlos bewegenden Mund: *Zum Teufel mit dir, zum Teufel mit dir ...!* Er glaubte, Tränen in ihren Augen zu sehen, war aber nicht sicher.

Er nickte und flüsterte: „Leb wohl, Rührmichnichtan. Und viel Glück.“ Seine Hand zitterte, er drückte einen Knopf, die Tür schloß sich.

Danach wandte er sich gemeinsam mit Siamang wieder den Kontrollen zu und wartete. Sekunden verstrichen, der Schleusenmechanismus lief weiter. Plötzlich tauchte sie auf dem Bildschirm auf, taumelte, als eine Windböe sie erfaßte, rappelte sich auf und fiel bei dem Versuch zu laufen erneut hin, als sie versuchte, die viel zu weit entfernte schützende Kuppel zu erreichen. Der blaugraue Dunst wirbelte unter ihren Füßen auf, sie fiel wieder hin, versuchte sich zu erheben, konnte es aber nicht. Schließlich sah er, wie sie nochmals versuchte, das festsitzende Ventil zu lockern ... und dann löste sie den Helm. Sie war zu weit entfernt, als daß er ihr Gesicht hätte sehen können. Er ließ den Atem wieder in seine eigenen, schmerzenden Lungen einströmen. Sie hob ihre Hände in den Nakken, griff erneut nach dem Helm ... sank vornüber in den Staub, wo sie gekrümmt wie ein Fötus still liegenblieb.

Dartagnan betrachtete Siamang, sah angeekelt wieder weg. Er ließ sich in den Pilotensitz fallen und griff nach den Sicherheitsgurten. Siamang wandte sich wieder vom Schirm ab, seine obszöne

Freude wurde zu verblüffter Mißbilligung. „Verschwinden wir von diesem Friedhof." Er ging an Chaim vorbei zu seiner eigenen gepolsterten Couch, blieb dann aber noch einmal stehen und wandte sich um. „Dieses Mal war es übrigens vorsätzlicher Mord. Und Sie haben ihn ausgeführt, Red. Vergessen Sie das nicht."

Dartagnan antwortete nicht. Er betrachtete den Schirm, dann den verlassenen Sitz an seiner Seite.

Er brachte das Schiff sicher durch die Atmosphäre, wobei er die Erfahrung machte, daß es wesentlich einfacher war, mit einem Schiff von einem Planeten zu starten, als auf ihm zu landen. Er führte das Rendezvousmanöver aus und dockte endlich mit dem kleinen Landeboot zwischen den ausgestreckten, spinnenähnlichen Fingern des Mutterschiffes an, wobei er die Stimme seines Vaters hörte, beruhigend, zuversichtlich, ermunternd – er wußte mit einer ungewohnten Sicherheit, daß er, nach allem, was er unten gesehen und getan hatte, nun keinen Fehler mehr machen würde.

Wieder an Bord des Mutterschiffes, eilte er durch alle Etagen zum Kontrollraum, wo ihre Flugkoordinaten bereits in den Computer eingespeichert waren. Er brachte das Schiff mechanisch aus dem Orbit, kaum bewußt, was er tat, und als er sich wieder von den Kontrollen abwandte, gratulierte ihm Siamang mit offensichtlicher Erleichterung. Dartagnan ging wortlos an ihm vorbei und ließ sich in den Aluminiumschacht fallen. Als er an Mythili Fukinukis Kabinentür vorüberkam, blieb er stehen und öffnete, von einem plötzlichen, masochistischen Impuls getrieben, die Tür und trat ein. Er schloß die Tür von innen wieder und schwebte zum Bett, wo er seine Jacke, sein Hemd und einen Schuh auszog. Er zog seinen schmerzenden Körper in den Schlafsack und murmelte leise: „Viel Glück, Rührmichnichtan, viel Glück ..." Und dann schlief er gnädigerweise endlich ein.

Als er wieder erwachte, brannte sein Gesicht unter seiner Berührung, und sein Knöchel im Stiefel war heiß und geschwollen. Er ging in die Gemeinschaftsräume, zwang sich zum Essen, suchte eine Flasche mit Antibiotika und schluckte hastig ein paar Tabletten. Dann ging er zurück zur Kabine, verschloß die Tür und schlief wieder.

Dieser Zyklus wiederholte sich viermal, wobei er Siamang sorgsam mied, bis das Fieber nachließ und er sich daran erinnerte, den

Flug des Schiffes überprüfen zu müssen. Er führte einige unbedeutende Korrekturen aus, während er lange Sekunden am Schirm stehenblieb und die Dunkelheit nach etwas absuchte, was er niemals mehr finden würde. Danach versuchte er es mit dem Funkgerät, wurde aber von der Statik fast betäubt. Er erkannte, daß Siamang etwas mit der Langstreckenantenne angestellt haben mußte, während er geschlafen hatte. Er würde erst wieder Funkkontakt aufnehmen können, wenn sie sich innerhalb des Hoheitsgebietes des Demarchy befanden. Er überprüfte das Chronometer. Weniger als eine halbe Megasekunde Flugzeit war verstrichen. Auch ohne die zusätzliche Masse der Treibstofftanks vom Hinflug würden noch weitere drei Megasekunden bis zu ihrer Ankunft verstreichen.

„Wie kommen wir voran?"

Er wandte sich um und sah Siamang hinter sich. „Gut, soweit ich das erkennen kann."

„Und wie steht es mit Ihrem Gewissen?"

Dartagnan lachte scharf und nervös. „Was für ein Gewissen?"

Siamang lächelte. Dartagnan riskierte einen Blick direkt in seine Augen. Sie waren klar, die Pupillen waren nicht geweitet. Er fragte sich, ob das gut oder schlecht war. „Ich fragte mich nur, ob Sie vielleicht unter Trauer und Reue leiden. Sie sehen nicht besonders gut aus." Leiser Spott, leise Mißbilligung ... leiser Argwohn.

Chaim kratzte sich an einer unrasierten Wange. Sein Gesicht war ausdruckslos. „Ich leide nur unter den Folgen des Sturzes." Er betrachtete seine offene Jacke, die billigen Litzen seines zerknitterten Hemdes. Dann betrachtete er den makellosen Siamang, der wie immer alles unter Kontrolle hatte. Er hob die Hände. „Ich wollte mich gerade ein wenig zurechtmachen", fügte er noch hinzu und entfernte sich.

Die Sekunden rieselten durch das Stundenglas der Zeit, das Schiff bewegte sich durch die Dunkelheit und kam langsam auf Touren. Die gelegentlichen Eskapaden, mit denen ihm Siamang auf der Hinfahrt auf die Nerven gegangen war, wurden nun berechnender, bis Dartagnan das Gefühl hatte, daß Siamang nur zum Zweck seiner persönlichen Folter am Leben war, ein privater Dämon, der seiner privaten Hölle entsprungen war. Er lebte von Sojamilch, denn die dauernde Anspannung verschlimmerte sein Magengeschwür, und schließlich kam die Schlaflosigkeit, als Siamang herausgefunden hatte, wie er am besten in den offenen Wunden seiner Schuld herumstochern konnte. Er spürte, wie der Panzer seiner zugelegten Gleichgültigkeit immer dünner wurde, und fragte sich, wieviel mehr er noch würde ertragen können. Und gleichzeitig fragte er sich, welcher Wahn Siamang dazu trieb, die Loyalität des einzigen „Zeugen“ seiner eigenen Verteidigung zu zerstören ...

Bis Dartagnan erkannte, daß daran überhaupt nichts Wahnwitziges war, sondern daß es sich um einen berechnenden, kalt rationalen Test handelte. Trotz allem, was er darstellte, trotz allem, was geschehen war, vertraute ihm Siamang nicht – und wenn Siamang nicht von seiner völligen Hingabe und seiner völlig amoralischen Eigennützigkeit überzeugt werden konnte, dann konnte es gut passieren, daß es noch vor dem Ende dieser Odyssee aus Tod und Lüge zu einem weiteren „tragischen Unglücksfall“ kam. Sie waren sicher auf Heimatkurs – nun war er ebenfalls entbehrlich geworden. Drei Todesfälle mochten schwer zu erklären sein, aber Siamang verfügte über die Mittel, die öffentliche Meinung bei jeder Gerichtsverhandlung für sich zu gewinnen – solange es niemanden gab, der gegen ihn aussagen konnte.

Diese plötzliche Erkenntnis der ihn bedrohenden Gefahr gab Dartagnan Halt auf dem Hochseil, das sich über den Abgrund seiner Verzweiflung spannte. Er würde alles erdulden, alles tun, was er tun mußte, er hatte nun nur noch zwei Ziele – sein eigenes Überleben und die Belohnung, auf die er sich tausendfach freute: kein Schiff, nicht seine Freiheit, sondern das Wissen, daß Siamang und Söhne bezahlen mußten. Sie würden bezahlen, um Mythili Fukinuki zum Demarchy zurückzubringen, sie würden für Sekka-Olefins Tod bezahlen, und sie konnten niemals genug dafür bezahlen, was sie Himmels Zukunft angetan hatten.

Und daher erduldete er alles, ohne zu nörgeln, gehorsam und lächelnd – immerzu lächelnd. Er lebte für die Zukunft, die Vergangenheit war nur Dunkelheit hinter seinen Augen, er war ein Mann auf einem Drahtseil über der gähnenden Leere zwischen der Vergangenheit und ihrem Ziel. Und in der Zuflucht seiner Kabine fand er die private Welt von Mythili Fukinuki in einem mit Büchern und Papieren gefüllten Schränkchen. Zunächst blätterte er sie beschämt durch, fand die präzise Unpersönlichkeit von Astrogationstabellen ... dann Bücher mit Poesie und Philosophie, und zwar nicht nur neuere, sondern Anglo-Übersetzungen einer Reihe verschiedensprachiger Autoren ihres Erbes von der Erde. Manche

Passagen waren mit Ausrufungs- oder Fragezeichen markiert. Ihre eigenen Gedanken hielten Zwiesprache mit den Buchstaben auf schimmerndem Plastik oder füllten ausufernd vollgekritzelte Notizbücher.

Er begann zu lesen, wie sie gelesen hatte, um die Zeit totzuschlagen. Er spürte in allem, was er las, ihre Gegenwart, in jeder kleinen Entdeckung. Jenseits von Kummer, Bitterkeit und Zorn spendete sie ihm Trost und brachte ihm Kraft – und endlich verstand er, daß er das Schürfen haßte, weil er die Einsamkeit haßte, daß das Zusammensein mit seinem Vater wegen seines heimlichen Grolls gegen ihn auch nicht besser als das Alleinsein gewesen war. Doch er sah sich an Bord seines eigenen Schiffes, sah Mythili Fukinuki als seine Partnerin – und er wußte, er würde niemanden und nichts sonst benötigen, um zufrieden zu sein ... Ein vielgelesenes Buch mit Gedichten klappte in seinen Händen auseinander, und er sah unten ihr klare, seitlich geneigte Handschrift: *Tot zu sein, mag einsam sein, doch einsamer als zu leben wird es kaum sein ...*

Er fand einen Fettstift in dem Beutel mit seinen Habseligkeiten und schrieb langsam, als wäre keine Kraft mehr in seiner Hand, darunter: *Ja, ja, ja ...* Das Bild ihrer zusammengekrümmten Gestalt, des wirbelnden Staubes von Planet Zwei, würgte seine Erinnerung. Er schlug das Buch zu. *Nein, ich habe mich nicht getäuscht!* Er verstaute das Buch sorgfältig in seinem Beutel, und danach hörte er mit dem Lesen auf.

Doch dann erkannte er: Wenn er sich doch getäuscht haben sollte, wenn er ebenso schuldig war wie Siamang selbst ... wenn Mythili Fukinuki seinetwegen gestorben war, dann stand, auch wenn er überlebte, um seine Aussage machen zu können, sein Wort gegen das Siamangs, und das war nicht genug. Siamang hatte Einfluß – und er hatte nichts. Ohne Mythili hatte er keine Beweise. Und wenn sie tot war, dann mußte er sicherstellen, daß Siamang damit nicht durchkam. Irgendwie mußte er erreichen, daß Siamang sich selbst belastete. Doch seine Kamera war kaputt, das Funkgerät ausgefallen, er hatte nicht einmal mehr eine Tonbandaufzeichnung – oder doch?

Er stand leise auf und huschte aus dem Zimmer. Sie waren bereits im Hoheitsgebiet des Demarchy. Noch etwa einhundert Kilosekunden verblieben, bis sie auf Mekka landen würden. Dartagnan konnte endlich Funkkontakt herstellen, allerdings unter Aufsicht Siamangs, und er berief eine Medienkonferenz für ihre Rückkehr ein. Einhundert Kilosekunden – und er hatte immer noch keinen Beweis.

„Los, Red, feiern wir unsere unversehrte Rückkehr in die Zivilisation.“ Siamang gestikulierte und lächelte offen, ohne Sarkasmus. „Großer Gott, was für eine Erleichterung, wieder in der realen Welt zu sein! Ich möchte diese ganze verdammte Angelegenheit so schnell wie möglich vergessen.“

„Dasselbe gilt auch für mich, Boß. Je früher, desto besser.“ Dartagnan folgte ihm nach unten und machte gute Miene zum bösen Spiel. Chaim trank mit Wasser verdünnte Sojamilch, um seine chronischen Magenkrämpfe zu lindern, Siamang dagegen trank etwas, von dem er annahm, daß es um einiges stärker war. Doch Siamangs Stimmung blieb heiter und freundlich, seine Konversation war frei von Anzüglichkeit, klug, gewandt und nur ein ganz klein wenig boshaft.

„Jetzt nehmen Sie doch wenigstens einen Drink mit mir zusammen, Red.“ Siamang schob eine der magnetischen Trinkkugeln über den Metalltisch. „Was kann das schon schaden?“

„Jede Menge, Boß, glauben Sie mir. Ich würde zu gerne, aber gerade Alkohol darf ich auf keinen Fall trinken.“

„Das ist kein Wodka.“ Siamangs Stimme wurde verschwörerisch und eine Spur schärfer. „Ich möchte, daß Sie einen mit mir trinken – und ich werde ein Nein als Antwort auf gar keinen Fall gelten lassen.“

„Nein, tut mir leid ...“

„Los doch, trinken Sie.“ Siamang lachte. Chaim spürte, wie sich sein Magen zusammenzog. „Um mir einen Gefallen zu tun.“

Dartagnan zögerte und spielte abwesend mit dem breiten Metallband um seinen Hals, etwas oberhalb seines hohen Kragens. „Na gut, Boß, aber nur einen ... wenn Sie mir als Gegenleistung ebenfalls einen Gefallen tun.“

Siamang horchte auf. „An was hatten Sie gedacht?“

„Ich möchte meine Bezahlung gerne jetzt gleich. Ich möchte eine Gesellschaftskreditgutschrift über den Gegenwert eines Schiffes.“

Siamang runzelte die Stirn. „Ich bin bereit, die Summe direkt Ihrem Konto gutschreiben zu lassen ...“

Er schüttelte den Kopf. „Manchmal werden solche Direktumbuchungen nicht registriert. Ich möchte etwas Schriftliches haben –

erst dann werde ich meinen Teil erfüllen und Sie von der Mordanklage entlasten."

Siamangs Stirnrunzeln wurde noch tiefer, dann verschwand es schließlich. „Nun gut, Red, wie Sie wollen ... Ich glaube nicht, daß Sie mich hinterher hängen lassen. Schließlich hängen Sie so tief drin wie ich, und wenn ich untergehe, wird es auch Ihren Kopf kosten." Er verließ den Raum.

Dartagnan betrachtete die Kugel unbehaglich. *Was, zum Teufel, ist bloß in Siamang gefahren ...* Er ließ das Metallband langsam um seinen Hals kreisen. *Verdammt, das ist schon mal etwas Bauchweh wert, wenn ich bekomme, was ich will.*

Siamang kam zurück und schob ihm die Gutschrift über den Tisch zu. „Genügt das?"

Dartagnan nahm sie in die Hand wie ein Verhungernder das Essen. Einen Augenblick war sein Kopf von der Vision erfüllt, was dieses Geld für seine Zukunft bedeuten konnte, und er fühlte sich benommen. „Ja", sagte er heiser, „das genügt." Er faltete sie zusammen und schob sie in seinen Stiefel. Danach nahm er die Trinkkugel in die Hand. „Darauf trinke ich." Er griff nach dem Strohhalm und trank.

Er schmeckte nichts anderes als den angenehmen Geschmack von Birnensaft. Er trank weiter, leerte die Kugel überrascht.

Siamang trank lächelnd mit ihm. „Was haben Sie mit einem Schiff vor, Red? Ich meine, es gefällt Ihnen doch nicht, der Müllkutscher der Menschheit zu sein?"

„Ich habe schon soviel Müll wiederaufbereitet, daß es für ein Menschenleben reicht, Boß. Es reicht wirklich ..." Er blinzelte. Das Licht, das von der Tischoberfläche reflektiert wurde, tat seinen Augen weh. *Komm schon, das ist unmöglich* – doch plötzlich befürchtete er, daß es nicht unmöglich war.

„Wollen Sie ein Prospektor wie Sekka-Olefin werden?"

Er sah Siamang an. „Nicht wie Sekka-Olefin. Er ... hat einen Fehler gemacht." Siamangs Stimme machte ihn nervös, seine Haut prickelte. Ihm war zumute, als würde sein Körper unter Hochspannung stehen. „Genau wie mein Vater. Aber ich werde diesen Fehler nicht machen." *Sei still!* Er schüttelte den Kopf. Das Licht spaltete sich in einzelne Farben auf.

„Was war das für ein Fehler, Red? Was für einen Fehler kann es geben, den ein Mann, der einen Beruf wie den Ihren ausübt, nicht bereits gemacht hat?"

Chaim schrie die Antwort fast hinaus, während unkontrollierte Wut ihn schüttelte. Er schluckte die Worte hinunter und erging sich plötzlich in Selbstmitleid. *Warum spürt Siamang das denn nicht?* Und dann endlich wurde ihm klar, daß Siamang überhaupt nichts außer Fruchtsaft getrunken hatte. Siamang war völlig nüchtern, und er selbst war einem letzten Test unterzogen worden.

Mekka City öffnete sich rings um ihn, vibrirend, brilliant, wunderschön, eine fremde Blume ... seine Seele sang, ein Chor von Stimmen, den Stimmen der Stadt, des ewigen Lebens. Er hielt das Leben in den hohlen Händen und trank ... das Leben rann in Regenbögen des Lichtes zwischen den Prismen seiner Finger hindurch. Er war unsterblich, er lachte, er inhalierte das Aroma der Stadt, die Geräusche, Akkorde von Zimt und Nelken, Leitmotiv von Gardenien ... von Korruption ... ein zunehmender Geruch, der ihn betäubte, der seine Ohren und seine Seele wie Kristalle zerschmetterte, der die kristallene Stadt zerschmetterte ... Ein ekelhafter Gestank von Verfall beleidigte seine Nase, seinen Mund, erfüllte seine Lungen wie schmieriger Staub, die fragilen Türme schrumpften, verblaßten, umschlossen ihn wie vergessene, vermodernde Körper ... der Tod war ewig, nur der Tod, und ihr Gesicht, alle Gesichter, wandten sich ihm zu und verfielen, verfaulten wurmzerfressen, verrotteten ... *Ich weiß, Mythili ... ich weiß* ... Er hatte keine Stimme ... *Ich weiß, du bist nicht! ...ich kenne dich* ... Er hörte ihr Schluchzen wie das einer Blume. Kristalline Säuretröpfchen zerfraßen seine Eingeweide. *Ich will nicht! Ich will nicht sterben ... ich möchte leben ... ich muß ... möchte leben* ... Er war von den Armen des Todes umfangen, von Würmern zerfressen, er sah sein Fleisch verfaulen, von den Knochen fallen ... und das war das Ende ... das Ende der Welt.

Dartagnan erwachte und regte sich benommen auf dem Fußboden des Bades seiner Privatkabine. Er versuchte sich zu erinnern, wie er hierhergekommen war, warum er glühende Kohlen gegessen hatte ... warum er weinte. Er blieb still liegen, zu erschöpft, um sich zu bewegen, und lauschte dem Winseln eines Ventilators, – des Abfallabsaugers. Dann erinnerte er sich daran, daß ihm sterbenselend gewesen war. Er berührte sein Gesicht, das von einem Film aus Schweiß und Tränen und Erbrochenem überzogen war.

Mein Gott, er hatte wirklich eine ziemliche Schweinerei angerichtet. Er richtete sich auf und schwebte zum Waschbecken, um den Ventilator abzustellen. Er sah sich selbst im Spiegel und schloß augenblicklich die Augen, vor Verlegenheit laut fluchend ...

Siamang. Er griff nach unten und zog seinen Stiefel aus, fluchte erneut, als er seinen noch immer geschwollenen Knöchel streifte. Doch dann lachte er triumphierend, als seine Hand sich um den zerknitterten, schwebenden Zettel schloß, die Kreditbestätigung. *Immer noch da ...* Er versuchte nochmals vergeblich, sich an das Vorgefallene zu erinnern. Er wußte, daß Siamang ihn unter Drogen gesetzt hatte, daß er alles gesagt hatte – und unter den gegebenen Umständen konnte alles viel zuviel sein. Aber er hatte den Schuldschein, und er war immer noch am Leben. Das Flackern eines Alptraums, eine Diskontinuität, schüttelte ihn. Er strich sich furchtsam mit den Händen über den Körper. Er war noch immer am Leben. Das Metallband lag noch immer um seinen Nacken, er hatte alles, was er brauchte. Vielleicht würde sich einmal, nur ein einziges Mal, doch noch alles zum Guten wenden ...

Er zog sich aus, ging mit seiner schmutzigen Kleidung zur Dusche, dichtete sie ab und stellte das Wasser ab. Er ließ es, ungeachtet der Verschwendung, drei volle Duschperioden lang laufen, eine ganze Kilosekunde, bis er sich endlich sauber fühlte. Das Leben und – beinahe – Selbstachtung regten sich langsam wieder in seinem Inneren, während die Heizlampe die Nässe von seinem Körper trocknete und die Scham und letzte Reste von Steifheit aus seinem Verstand und seinem Körper kochte. Er rasierte sich, machte das Bestmögliche aus seinen zerknitterten Kleidern und zog sich das frische Hemd an, das er für ihre Rückkehr nach Mekka aufgehoben hatte. Das Äußere war alles, und er war gezwungen, ein passables Äußeres zu präsentieren, wenn er sein Spiegelbild in den Kameras der Medienleute sah ... Er untersuchte seinen Knöchel. Die braune Haut war immer noch von häßlichen Blutergüßen verunziert, doch sie heilte allmählich. Eine Frage der Zeit. Er zwang ihn wieder in den Stiefel und polierte beide Schuhe mit seinem abgelegten Hemd. Er dachte an seine anderen Wunden und fragte sich, wieviel Zeit verstreichen mußte, bis auch sie heilen würden.

„Dartagnan ...?“

Er hörte Siamang erst leise, dann lauter an der Tür rütteln. Er ging hin und öffnete sie mit starren Gesichtszügen. Siamang starrte ihn an. Chaim fragte sich, ob er wegen seines passablen Äußeren oder seines hageres Gesichts so erstaunt war. „Was wollen Sie?"

Siamang hielt ihm fast zögernd eine Trinkkugel hin. Dartagnan verzog das Gesicht. „Ist nur Milch, das können Sie mir glauben. Sehen Sie, es tut mir leid, was mit Ihnen geschehen ist, Red. Ich hätte Ihnen keine so große Dosis geben dürfen. Ich habe nicht daran gedacht, daß Sie nicht daran gewöhnt sind."

Verdammter Heuchler, dachte Dartagnan.

„Ich wollte Ihnen nur sagen, daß es mir leid tut. Wie fühlen Sie sich?"

„Bin froh, wenn ich alles vergessen habe. Wann werden wir Mekka erreicht haben?"

„Deswegen bin ich gekommen – es sind nur noch fünftausend Sekunden. Sind Sie imstande, uns sicher hinzubringen?"

Dartagnan lächelte fast, als er den Grund für Siamangs plötzliche Liebenswürdigkeit erkannte. „Ich glaube schon. Ich hoffe es." Er trat hinaus in den Korridor, zögerte dort und sagte so beiläufig wie möglich: „Ich hoffe, ich habe nichts gesagt, was ich nicht hätte sagen sollen, Boß? Ich erinnere mich nicht mehr sehr deutlich."

„Sie sagten mir, Sie würden meinen stinkenden Kadaver hassen, Red."

Er erstarrte. „Tut mir leid, Boß, das meinte ich nicht so, ich wußte nicht mehr, wer ich war ..."

Siamang grinste verzeihend. „Schon gut, Red. Ich mache Ihnen überhaupt keine Vorwürfe. Im Grunde genommen wollte ich genau das hören ... Ich wollte nur einmal hören, was Sie wirklich denken. Denn Sie sagten mir auch, ich hätte Ihnen gegeben, was Sie haben wollten, und das genügte mir. Ich weiß jetzt, daß ich Ihnen vertrauen kann, Red, denn ich bin sicher, daß wir einander verstehen. Ist es nicht so?" Ein Hauch Spott schwang in den Worten mit. Er klopfte sacht mit der Hand auf Chaims Schulter.

Dartagnan lächelte. „Klar, Boß, ganz wie Sie meinen."

Dartagnan beobachtete, wie der elongierte Felsen des Asteroiden Mekka auf dem Bildschirm immer größer wurde, bis er schließlich teilweise wieder verschwand, während er sie in den Schatten hineinmanövrierte. Siamang hing hinter ihm und sah abwesend zu. Chaim hatte nur Augen für die grellen Positionsleuchten unter ihnen. Er konnte bereits die ersten Schiffe ausmachen, Tanker wie gigantische Milben, beladen oder leer, die ersten rotschimmernden Taue. Er lauschte dem körperlosen unverständlichen Funkverkehr und glaubte fast sehen zu können, wie ihm die anderen Schiffe auswichen. Er sprach leise mit der Bodenkontrolle, erklärte, wer er war, und drehte den Ton der Antwort lauter, damit auch Siamang die Ermutigungen, Willkommensgrüße, und dazwischen die ängstlich vorgetragenen Koordinaten, um einen unerfahrenen Piloten zu der hellen Oberfläche des Dockfeldes herabzuleiten, hören konnte. Das Schiff bekam Kontakt mit der realen Welt, Dartagnan spürte den sanften Stoß einer perfekten Landung durch den Rumpf vibrieren. In Gedanken verglich er die sanfte Landung auf Mekka mit der furchtbaren, sturmgepeitschten auf Planet Zwei ... erinnerte sich an den gemeinsamen Stolz über die perfekte Meisterung dieser Aufgabe. Er lächelte einen Sekundenbruchteil lang.

Das Feld war seltsam verlassen, ihre Helmlautsprecher blieben merkwürdig stumm, als sie endlich ausstiegen und sich an den Landekabeln zum Ausgang des Feldes zogen. Dort erwartete sie ein Wächter, der Siamang ehrerbietig begrüßte und sie dann durch die Luftschleuse ins Innere des Asteroiden führte.

„Wo, zum Teufel, sind die nur alle, Red? Mein Vater sollte hier sein. Wo sind unsere Medienleute?“ Siamangs Stimme klang düster. „Ich dachte, Sie hätten unsere Ankunft über Funk angekündigt?“

„Habe ich auch, Boß, Sie haben’s doch gehört. Sie werden drinnen auf uns warten.“ *Sie müssen ...*

Sie warteten. Dartagnan folgte Siamang den Korridor entlang, der sie von der Oberfläche ins Innere führte, seine kaputte Kamera schwebte über seiner Schulter, er sah seine Kollegen am Stadtrand auf der Plattform warten. Daneben sah man eine überraschend kleine Zahl von Schaulustigen, die erstaunlich still waren. *Eingeschüchtert ...?* überlegte er. Er fragte sich, ob Siamangs Rivalen von anderen Destillen ihre Arbeiter fernhielten. Diese Ironie erfreute ihn, aber Siamang wirkte weniger erfreut.

Er sah, wie sich die Menge in Bewegung setzte und auf sie zukam, sie umgab, ließ die Medienleute näher heran: „Demarchos Siamang, Demarchos Siamang ... He, Red ...?“ Er sah an ihnen vorbei und durch sie hindurch zur Stadt ... einen Kilometer im Durchmesser, die glitzernden Türme schienen in den flimmernden

Luftschichten ein wenig zu zittern. Farbiger, über zerbrechlich wirkende Rahmen gespannter Kunststoff war überall zu sehen und erfüllte jeden Quadratzentimeter der Decke, der Wände, des Fußbodens, denn hier war die Schwerkraft kaum mehr als eine Abstraktion. Die Stadt war ein von Menschen gefertigter Tribut an die Großzügigkeit der Natur und den Reichtum von Himmels Gürtel. Doch das Erscheinungsbild war steril geworden, denn die Natur hatte den Menschen den Rücken gekehrt, jenen verräterischen Menschen, die sich selbst verraten hatten. Chaim sah die von Sekka-Olefin beschworene Zukunft als jähen Alptraum, der jede kristallene Facette, das Gesicht jedes näher kommenden Fremden überschattete ... *Mein Gott ... mein Gott ... und ich bin der einzige, der Bescheid weiß!* Er riß sich zusammen, sog das Aroma der würzigen Luft ein, was ihm Stärke und Entschlossenheit gab.

Und dann hob er die Hände, und seine Stimme begann mit dem vertrauten Singsang der Mediengroßmäuligkeit. „Meine Damen und Herren ... meine Demarcho-Brüder ...“ Es wurde still. „Ich bin sicher, Sie alle kennen und erkennen Demarchos Siamang. Aber er hat einen Wesenszug, den keiner von Ihnen an ihm kennt ...“ Er dehnte sein Schweigen aus, bis die Stille um ihn herum vollkommen geworden war, jedes Auge, jede gnadenlose Kameralinse war auf ihn gerichtet, während Siamang nichtsahnend an seiner Seite stand. Er atmete tief durch. „Dieser Mann ist ein Mörder. Er legte eine Strecke von vierhundert Millionen Kilometern zurück, um Kwaime Sekka-Olefin zu retten, aber statt dessen tötete er ihn wegen dieses Behälters mit gestohlenen Computerprogrammen, den Sie in seiner Hand sehen können.“ Er wandte sich um und sah Siamangs Gesicht, seine perfekte Maske ungläubigen Erstaunens.

Siamangs Augen waren blank vor Wut, einer Wut, die nur er lesen konnte. „Dieser Mann ist ein Psychopath. Ich habe keine Ahnung, wovon er spricht. Ich bekam diese Software durch eine rechtmäßige Geschäftstransaktion von Sekka-Olefin, und er war noch am Leben, als wir ihn verließen ...“

Ein Fremder trat vor und berührte Dartagnans Arm, goldene Augen verlangten nach seiner Aufmerksamkeit. Sie waren beruhigend und analytisch. „Sind Sie Chaim Dartagnan?“

Chaim nickte erstaunt. Siamang hörte abrupt mit dem Sprechen auf. „Wer, zum Teufel, sind Sie?“

„Mein Name ist Abdhiamal, ich bin Unterhändler und Verhandlungsführer der Regierung ... Demarchos Dartagnan, welche Beweise haben Sie, um Ihre Behauptung zu untermauern?“

„Hören Sie zu, Abdhiamal“, unterbrach ihn Siamang indigniert. „Keiner ist hier auf eine Einmischung der Regierung erpicht, dies ist ganz einfach ein ...“

„Demarchos Dartagnan hat das Wort“, sagte Abdhiamal liebenswürdig. Er wandte den Blick nie vom Gesicht Dartagnans ab. „Auch Sie werden die Gelegenheit bekommen, sich zu äußern. Dartagnan?“

Dartagnan hätte fast gelacht, Triumph durchpulste ihn, und eine alles überlagernde Dankbarkeit machte ihn zappelig. Er wandte seinerseits den Blick nicht von den Linsen der Medienkameras ab – sein Fluch, sein Segen, seine Waffe ... „Er hat meine Kamera vernichtet, daher habe ich keine Bildaufzeichnung mehr von dem Mord. Aber er hat mir ein Schmiergeld bezahlt, um den Mord zu decken – hier ist die Kreditgutschrift der Gesellschaft. Sie ist auf meinen Namen ausgestellt.“ Er breitete sie aus und hielt sie hoch, damit sie von Hunderten hungriger Augen hinter den Kameralinsen gesehen werden konnte.

„Das ist eine Fälschung.“

„Und dies ...“ – Dartagnan öffnete den Metallkragen seiner Jacke – „... ist eine Tonbandaufzeichnung der Transaktion.“ Er preßte den Wiedergabeknopf des Tonbandes, das er unter seinem Anzug verborgen gehabt hatte, und hörte seine eigene Simme: „... Ich möchte etwas Schriftliches haben – erst dann werde ich meinen Teil erfüllen und Sie von der Mordanklage entlasten.“ Und dann Siamangs „Nun gut, Red.“

„Es war ein Unfall!“ Siamangs Stimme entglitt seiner Kontrolle. „Ich wollte Olefin nicht töten, es war ein Unfall – aber fragen Sie ihn mal nach Mythili Fukinuki, fragen Sie ihn nach unserer Pilotin! Das war kein Unfall. Er hat sie kaltblütig ermordet, ich konnte ihn nicht daran hindern. Er ist ein Verrückter, ein mörderischer Wahnsinniger ...“

„Mythili Fukinuki ist nicht tot.“ Dartagnan wandte sich um und betrachtete Siamang, der einen Augenblick brauchte, um seine Worte zu begreifen. Er lächelte und wandte sich wieder an Abdhiamal, war selbst überrascht, Überrraschung in den goldenen Augen zu lesen. „Wenigstens ... glaube ich nicht, daß sie es ist. Als ich mit

Sekka-Olefin allein war, erklärte er mir, daß Menschen auf Planet Zwei überleben können, und er versicherte mir, daß er die Atmosphäre selbst geatmet hatte. Siamang wollte sie im Weltraum von Bord stoßen, weil sie Zeugin des Mordes an Olefin geworden war ... Ich aber sagte ihm, er solle sie statt dessen auf Planet Zwei aussetzen. Er befand sich unter Drogeneinfluß, und ich konnte nichts anderes tun, sonst hätte er uns alle umgebracht. Etwas Besseres ist mir leider nicht eingefallen ..." Er senkte beschämt den Blick und verschloß die Augen vor der Erinnerung an ihr Gesicht. *Zum Teufel mit dir, zum Teufel mit dir* ... „Wenn ich mich getäuscht habe und sie starb, dann bin ich so schuldig wie er, und das Demarchy kann nach eigenem Gutdünken mit mir verfahren, ich verdiene es. Es war nur von Bedeutung, daß jemand zurückkam, um die Wahrheit zu enthüllen. Und sich darum zu kümmern, daß Siamang und Söhne für ihre sichere Rückkehr zum Demarchy bezahlen müssen – weil ich nicht daran glaube, daß sie ... tot ist ..." Plötzliche Ergriffenheit raubte ihm die Stimme. „Hat es ... haben Sie irgendwelche Funkbotschaften empfangen? Gibt es eine Nachricht?"

„Mehr als das." Abdhiamal lächelte humorlos. „Mythili kehrte vor Ihnen mit dem Schiff des Prospektors ins Demarchy zurück. Sie hat alles gemeldet, was geschehen ist – mit Ausnahme der Tatsache, daß Sie sie eigentlich gar nicht töten wollten, Dartagnan."

Dartagnan lachte ungläubig. „Mein Gott, sie hat es geschafft ... sie hat es geschafft!"

Abdhiamal lächelte erneut über etwas in Dartagnans Gesicht. „Und was das Demarchy betrifft, so hängt es nun einzig und allein von ihrer Entscheidung ab, ob sie die Anklage auf versuchten Mord gegen Sie aufrechterhalten will. Aber nun, nach dem Geständnis und Ihren beiden Aussagen, liegt der Fall des Demarchos Siamang etwas klarer auf der Hand ... Sie müssen wissen, Demarchos Siamang, dies ist keine Nachrichtenkonferenz – betrachten Sie es besser als eine vorgezogene Anhörung. Das Demarchy ist bereits von der Aussage der Demarchin Fukinuki unterrichtet worden; das geschah lange vor Ihrer Ankunft. Ihr Vater wird als Komplize betrachtet, und ihn erwarten weitere Verhöre. Wir brauchten nur noch Ihre Version, und die haben wir hiermit."

Unterschätze niemals die Kraft einer Frau. Dartagnan grinste mit weichen Knien. Er sah, daß Siamang mittlerweile von den „Zuschauern" eingekreist war: Vigilanten, freiwillige Polizisten, die speziell für diesen Anlaß herangezogen worden waren. Siamang betrachtete sie mit Abscheu. „Das ist eine Ungeheuerlichkeit! Das ist Freiheitsberaubung." Er sah in die Kameras. „Volk des Demarchy, wollt ihr tatenlos zusehen, wie ein Demarchos-Bruder von der Regierung entführt wird?"

„Das Volk bat mich hierherzukommen, Siamang – sparen Sie sich Ihre Worte für die Verhandlung. In der Zwischenzeit betrachten Sie sich als unter Hausarrest gestellt ... Um die Software werde ich mich kümmern." Abdhiamal streckte eine Hand aus. Chaim erkannte eine Art Genugtuung im Gesicht des Regierungsvertreters, und er erkannte, daß Abdhiamal kaum älter war als er selbst, was hinter seiner selbstsicheren Maske nur schwer zu erkennen gewesen war. Im Demarchy wurde einem Regierungsangestellten viel weniger Respekt entgegengebracht als einem Medienmann, und er hatte auch bedeutend weniger Einfluß.

Siamang, der sich wieder völlig in der Gewalt zu haben schien, reichte ihm den Behälter. Dann endlich sah er Dartagnan an. Dartagnan bemühte sich, den Ausdruck in seinen Augen zu deuten, was ihm aber nicht gelang. Siamangs Arm schnellte abrupt vor, umklammerte den Arm Dartagnans und riß ihm den Kreditschein aus der Hand. Chaim sah ihm zu, wie er ihn in kleine Stücke zerriß, sah die Schnipsel langsam dem Arm der Gravitation folgen. „Nun werden Sie nie ein Schiff bekommen, Red." Endlich zeigte sich Spott in seinem Blick, verzerrte seine Stimme. „Aber ich hoffe, Sie werden sich immer eines wünschen, damit Sie niemals aufhören können, sich dafür selbst zu hassen."

Dartagnan, den schrecklicher Stolz erfüllte, lächelte; er lächelte mit einer Hingabe, die er nicht mehr in sich vermutet hätte. Er schüttelte den Kopf, und nun endlich konnte er dem Gewalttäter ins Auge sehen. „Glauben Sie mir, Boß, ich habe mir auch nicht halb so sehr ein Schiff oder sonst etwas gewünscht, wie ich mir wünschte, diesen Augenblick erleben zu dürfen ... endlich einmal die Wahrheit in diesem lausigen Geschäft triumphieren zu sehen – und zwar durch mich." Er wandte sich um und lächelte den Kameras und den Männern dahinter zu.

Siamangs Eskorte führte ihn zum Rand der Plattform, wo ein Luftbus wartete. Die Handvoll Medienleute schwärmte hinter ihnen her, sie sprangen auf den Luftbus oder in wartende Taxis. Dartagnan betrachtete die wogende Masse gestreifter Baldachine und wirbelnder Propeller. Die verbliebenen Fremden um ihn herum zogen sich nun ebenfalls zurück, verschwanden in Richtung Stadt und ließen ihn allein mit Abdhiamal zurück. „Und was ist mit mir?"

Abdhiamal zuckte die Achseln. „Sie werden nicht von hier verschwinden wollen, wie ich mir denken könnte, nicht wahr? Wenn es zum Prozeß kommt, wird Ihre Aussage gebraucht werden, und ich nehme weiterhin an, Sie werden sich das nicht entgehen lassen wollen. Ich würde es nur ungern sehen, wenn Siamang sich nun doch noch irgendwie seinem gerechten Urteil entziehen könnte."

Dartagnan runzelte die Stirn. „Das wird ihm doch nicht gelingen, oder?"

„Ich bezweifle es. Die öffentliche Meinung hatte zuviel Zeit, sich gegen ihn zu formieren. Sein Vater konnte nicht viel für ihn tun, weil er selbst zu wenig wußte ... Und Ihre Medienkollegen scheinen wesentlich mehr an dem Mörder interessiert zu sein als an Ihnen, dem Enthüller." Abdhiamal sah ihn an.

Dartagnan grinste schwach. „Es sieht so aus ... Ich habe ihnen gerade den größten Vorwurf gemacht, den ich mir denken kann. Außerdem folgt ein Medienmann immer dem Geruch der Macht ... sie riecht nach Geld, falls es Sie interessiert." Er beugte sich hinab und hob ein Eckchen des zerissenen Kreditbriefes auf. Nun traf ihn die volle Erkenntnis dessen, was er getan hatte, wie ein Schlag. „Wie gewonnen, so zerronnen." Er lachte schmerzlich und peinlich berührt. „Das erinnert mich daran – was wird aus den Funden, den Computerbändern? Was passiert jetzt mit Sekka-Olefins Geld?"

„Die Artefakte werden bei einer öffentlichen Auktion versteigert werden, wobei Siamang und Söhne selbstverständlich ausgeschlossen werden. Sekka-Olefins Verwandte haben die Rechte daran gefordert. Das Geld wird unter ihnen verteilt werden, da er keine Weisung hinterlassen hat, was damit geschehen soll."

„Aber das hat er! Er hat mir gesagt, was er damit anfangen wollte. Er wollte nicht, daß es seine Verwandten bekommen, er wollte es dazu verwenden, eine Kolonie auf Planet Zwei zu gründen, um für die Zeit vorzusorgen, wenn das Demarchy einmal nicht mehr bewohnbar sein wird ..." Chaim brach ab, als er erkannte, wie sich das anhören mußte.

Abdhiamal betrachtete ihn taktvoll und ohne sich zu äußern. „Haben Sie Beweise dafür?"

„Ja. Ich habe jedes Wort auf einem Film ... tief unten am Boden einer Quelle. Einer Gravitationsquelle auf Planet Zwei." Er fluchte. „Seine gottverdammten Verwandten werden mir niemals zuhören. Er hatte ganz recht! Und wegen Siamang war nun alles umsonst." Er sah die kristallene Stadt hinter einem Nebel des Todes und wußte, daß er sie den Rest seines Lebens so sehen würde: verfallende Türme, der empfindliche Film des Lebens gerissen. „Dieser elende Schweinehund – ich hoffe, das Volk stimmt dafür, ihn im Weltall auszusetzen. Denn das hat er mit ihrer Zukunft getan, und sie werden es niemals erfahren ..." Seine Stimme zitterte vor Bitterkeit und Erschöpfung.

„Aber wenigstens hast du versucht, es ihm heimzuzahlen." Das war nicht die Stimme Abdhiamals.

Er wandte sich ungläubig um. „Mythili?" Sie stand an seiner Seite, plötzlich aus der sich auflösenden Menge herausgetreten. Abdhiamal hatte sich diskret zurückgezogen. „Mythili." Er ging auf sie zu, doch sie entzog sich ihm und verschwand aus seiner Reichweite. Er blieb stehen und senkte die Hände wieder. „Tut mir leid ... ich bin nur ... glücklich. Glücklich, dich zu sehen." Dann bemerkte er die Flecken frisch verheilter, rosafarbener Haut auf ihren Wangen und ihrer Nase. „Geht es dir gut?"

Sie nickte. „Ein paar Frostbeulen und Erfrierungen. Eine Weile sah es böse aus, aber jetzt geht es wieder."

Er nickte ebenfalls gedankenlos. „Das freut mich. Also hatte der alte Mann Sekka-Olefin doch recht. Er sagte mir, es wäre möglich, auf ..."

„Ich weiß." Sie senkte abrupt den Kopf und rieb sich mit den Handrücken die Augen. „Ich habe dich gehört."

„Glaubst du mir?"

Sie sah nicht auf. „Ja ... ja, nun glaube ich dir, Chaim. Aber warum hast du es überhaupt getan? Wir hätten ihn aufhalten können, wir hätten ..."

„... uns beide töten lassen sollen?" Scham erzeugte Zorn. „Warum hast du nicht einfach den Mund gehalten, wie ich es getan habe? Dann wäre alles in Ordnung gewesen."

Ihre Augen blitzten. „Weil ich nicht so bin wie du! Ich weiß, daß es dumm war, nun weiß ich es ... Aber ich hätte mich ohnehin nicht verstellen können, er hätte es gemerkt. Ich kann nicht besonders gut verbergen, was ich empfinde." Sie biß sich auf die Lippen. „Ich bin nicht so wie du, Chaim."

Er ließ den Atem geräuschvoll entweichen und wiederholte noch einmal: „Ich bin glücklich, daß es dir gutgeht ... Ich sah dich auf dem Bildschirm, sah, wie du den Helm abgenommen hast. Und dann glaubte ich, ich hätte mich getäuscht, du wärst ...“

„Das glaubte ich auch.“ Sie lachte, in Erinnerung an die Vergangenheit ein wenig zittrig. „Die Luft war so dünn und so kalt. Ich glaubte, nicht atmen zu können. Ich geriet in Panik und wurde bewußtlos. Der Lärm und die Hitze eures Starts hat mich gerettet, das hat mich geweckt, sonst wäre ich erfroren. Ich konnte mich fast nicht mehr aufrappeln, ich glaubte schon, ich sei bereits tot.“

„Hast du Olefins Schiff repariert?“

„Ja ... es ist ein gutes Schiff, ein phantastisches Schiff. Er muß ein Vermögen investiert haben ...“

„Das hat er im wahrsten Sinne des Wortes. Für einen Traum.“

„Ich habe seine Leiche mit zurückgebracht, eine nette Gesellschaft auf einer Reise, die drei Megasekunden dauert.“ Sie erschauerte. „Dreieinviertel Megasekunden mit einem toten Mann und frostzerfressenen Lungen und den Erinnerungen ... Gott, wie ich dich haßte, Chaim! Wie ich dich haßte ... und doch ...“ Sie sah ihn nicht an.

„Ich weiß“, sagte er. „Ich weiß. Dreieinhalb Megasekunden mit Siamang und den Erinnerungen. Ich wollte ihn umbringen und lebte ständig in der Angst, er würde mich umbringen. Aber du warst da, das spürte ich, und hast mir geholfen, alles durchzustehen. Du hast mir geholfen zu überleben und alles in Ordnung zu bringen. Ich wollte immer die Wahrheit enthüllen, Mythili, etwas anderes hatte ich nie vor.“

„Also heiligt der Zweck die Mittel, ja?“ Ihre Stimme vibrierte am Rand der Selbstbeherrschung.

Er antwortete nicht, da er es nicht konnte.

„Ich werde keine Klage gegen dich einreichen.“ Sie wandte sich ab.

„Mythili. Geh noch nicht.“ Sie sah ihn wieder an, und er suchte nach Worten. „Was .. was wirst du jetzt tun? Arbeitest du immer noch für Siamang und Söhne?“

„Nein, Siamang Senior hat mich gefeuert, nachdem ich die Beschuldigung vorgebracht hatte.“ Sie lächelte beinahe, ohne es zu wollen. „Ich hoffe, jemand von der Konkurrenz wird mir einen Job anbieten ...“ Sie wirkte hilflos. „Nun wirst du also auch kein eigenes Schiff gekommen?“

„Nein." Er betrachtete das abgerissene Eckchen des Kreditbriefes, das er immer noch in der Hand hielt. „Jetzt nicht ... aber eines Tages wird es mir gelingen. Und wenn ich eines bekomme, dann wünsche ich mir dich als Partnerin. Ich möchte, daß ... daß ..." *du bei mir bleibst.* Seine Gedanken und seine Augen beendeten die Botschaft, aber es war vergeblich.

„‚Leb wohl, Rührmichnichtan'", flüsterte sie. Sie schüttelte den Kopf. Ihre eigenen Augen waren Spiegel der Erinnerung für den Mann, der versucht hatte, sie zu töten, den Mann, der zu gut gelogen hatte. „Ich könnte dir verzeihen, aber wie könnte ich jemals vergessen?" Ein zorniger Glanz versilberte die Spiegel ihrer Augen, und sie wandte sich wieder ab.

„Mythili, warte!" Er wühlte in dem Sack mit seinen Habseligkeiten und brachte schließlich den Essayband zum Vorschein. „Warte. Das gehört dir." Er hielt ihn ihr hin.

Sie kam zurück und nahm es ihm aus der Hand, ohne ihn dabei zu berühren. Verwirrung und Zorn entstellten ihr Gesicht, als sie den Titel erkannte. „Was hast du damit zu schaffen?" Schmerz und Kummer. „Schiwa, gibt es denn gar nichts, in dem du nicht herumschnüffelst? Du wirst niemals ein Schiff haben, du wirst dein ganzes Leben lang Medienmann bleiben, denn zu mehr taugst du nicht!" Sie hätte ihn ebensogut „Strichjunge" schimpfen können.

„Ich werde ein Schiff bekommen, und wenn es den Rest meines gottverdammten Lebens dauern sollte, ich werde eines bekommen ... und dann werde ich dich finden, Mythili ..."

Dieses Mal wandte sie sich nicht wieder um. Er sah, wie sie ein Taxi rief und einstieg, woraufhin es in die Weite des Luftraums über der Stadt hinabschwebte. Schmerz zog seinen Magen zusammen. Er biß die Zähne aufeinander.

„Dartagnan ..." Abdhiamal tauchte wieder neben ihm auf, seine Augen blickten freundschaftlich und fragend. „Nein?"

„Nein." Chaim brachte ein Lächeln zustande, das sich hastig über seinen Mund ausbreitete. „Aber so ist das Leben. Der einzige Lohn der Tugend ist die Tugend selbst – aber zum Teufel damit." Er nahm seinen Beutel auf und rückte seinen Kameragurt zurecht. „In meinem Geschäft kann man sich so was nicht leisten ... Gott sei Dank, daß meine Kamera bereits kaputt ist – wahrscheinlich wird sie mir einer meiner Kollegen über den Schädel schlagen, wenn ich wieder zu arbeiten anfange. Niemand mag ehrliche Medienleute, denn denen kann man nicht trauen."

Abdhiamal lächelte. „Dem würde ich nicht zustimmen."

Dartagnan lachte. Er betrachtete immer noch die Stadt. „Jeder hält einen für verrückt, wenn man freiwillig für die Regierung arbeitet." Seine Augen schmerzten bereits vom intensiven Starren.

„Sie machen den Eindruck, als könnten Sie einen Drink vertragen. Darf ich Sie einladen?" Abdhiamal deutete zur Stadt.

„Warum nicht?" Dartagnan nickte und preßte seine Hände gegen den Magen. „Ja – genau das brauche ich jetzt."

Nachwort

Der Medienmann war eine der Geschichten deren Handlung mir schlagartig einfiel. Normalerweise muß ich immer mit einzelnen Stücken und Einfällen beginnen, dann mit dem Ende, mit einigen Ereignissen in der Mitte. In diesem Fall setzte ich mich hin, um die Summierung der Idee aufzuschreiben, und als ich damit fertig war, mußte ich feststellen, daß ich bereits die ganze Handlung in Händen hielt. Die Geschichte fügte sich sehr gut in die *future history* eines Romans ein, an dem ich gerade arbeite: *The Outcasts Of Heaven Belt (In den Trümmern des Himmel-Systems,* Moewig-SF 3545), was ihr auch gleich einen geeigneten Hintergrund lieferte. (Eines der schwierigsten Unterfangen beim Schreiben ist es, sich jeweils ein völlig neues Universum für jede Story auszudenken – wenn man sich nicht, wie einige Autoren das tun, auf eine spezielle *future history* konzentriert, die man zuvor ausgearbeitet hat. Ich habe bislang mit einer Vielzahl von möglichen Zukunftswelten experimentiert, obwohl ich mir auch das Recht vorbehalte, andere Geschichten in ihnen anzusiedeln, wenn mir wie in dem vorliegenden Fall Entsprechendes einfällt.)

Die ursprüngliche Inspiration zu *Der Medienmann* kam von einer Fernsehsendung – eine von der Sorte, in denen der naive, unschuldige Held in einer abgelegenen Gegend Zeuge eines Mordes wird, sich daraufhin spontan sagt: „Das muß ich der Polizei melden!“, woraufhin der Mörder natürlich sofort versucht, ihn ebenfalls zu erledigen, und er den Rest des Filmes damit beschäftigt ist zu verhindern, daß dies gelingt. Mir schien es aus der Sicht des Zeugen vernünftiger zu versuchen, den Mörder davon zu überzeugen, daß er auf seiner Seite ist. So kann er überleben bis Hilfe zur Stelle ist (um dann den Täter anzuzeigen.) Das war der Aufhänger, der mich dazu brachte, meine Version zu schreiben, obwohl ich – wie Dartagnan – feststellte, daß es selbst mit den besten /schlechtesten Motiven nicht immer einfach ist, den Feind davon zu überzeugen, daß die Ehre immer einen Preis hat.

Einer der interessantesten Aspekte der Geschichte ist die Reaktion der Leser auf ihr Ende: Ich habe generell die Feststellung machen können, daß Frauen der Meinung sind, die beiden Handelnden würden sich irgendwann einmal wieder zusammenraufen, während Männer eher vom Gegenteil überzeugt schienen. Ich weiß nicht, ob es daran liegt, daß in dieser Geschichte die Frau den Mann zurückweist, ob Frauen in Hinsicht auf zwischenmenschliche Beziehungen einfach optimistischer sind oder ob gar ein völlig anderer soziologischer Faktor hierbei eine Rolle spielt. Jedenfalls schien mir keiner so richtig sagen zu können, weshalb er zu seiner Schlußfolgerung kam. (Was mich betrifft, so habe ich mir ebenfalls immer vorgestellt, daß die beiden am Ende wieder zueinander finden. Ich habe vor, in einer anderen Geschichte zu beschreiben, wie das geschieht.)*

---

*Was Joan Vinge dann auch getan hat. Die Fortsetzung *Fool's Gold (Narrengold)* ist in *Kopernikus 1* (Moewig-SF 3501) abgedruckt. Beide Geschichten stehen in der Chronologie der Serie noch vor dem angesprochenen Roman.

Das Kristallschiff

THE CRYSTAL SHIP

Das Kristallschiff schwebte, in einer ewigen Kreisbahn fixiert, über der wolkenverhangenen Welt tief unter ihm. Im Inneren seiner schweigenden Hallen suchten die Träumer Vergessen in der Schönheit. Nur noch etwa fünfzig von ihnen waren übriggeblieben, doch war niemand darunter, der sich zu erinnern vermochte, warum ihre Vorfahren hierhergekommen waren, keiner, der auch nur versucht hätte, darüber nachzudenken. Doch noch immer kamen sie, nach fünfhundert Jahren, als wäre es ein Ritual.

Vom weitgespannten Torus der zentralen Halle blickten die Träumer nach draußen über das grandiose Panorama ihrer Welt, oder aber sie lagen in tiefer Trance in den halbflüssigen Polstern der Sessel und Diwans im Gemeinschaftsraum. Tiefroter Chitta-Sirup war an den Rändern kristallener Karaffen erstarrt wie geronnenes Blut.

Chitta rötete Tarawassies Lippen, Sterne tanzten auf ihren Fingerkuppen, als sie die irrealen Barrieren des Seins und der Wahrnehmung beiseite schob, um eins zu werden mit dem grenzenlosen Universum, formlos, zeitlos, gedankenlos ... Tarawassie träumte, wie sie schon immer geträumt hatte und wie sie noch immer träumen würde, hätte es nicht den Zwischenfall mit Andar gegeben:

Die Farben des Sonnenuntergangs verblaßten am Abendhimmel, Blütenblätter zerfielen in pastellfarbene Schatten, ihr angenehmes Aroma verwehte, der Erinnerung anheimgefallen. Weiche Barrieren umschlossen sie, Fesseln des Fleisches, der stützende Halt des Knochengerüstes nahm um sie herum Formen an, als sie, sorgenvoll, in die Wirklichkeit zurückstürzte.

„Es ist wahr! Es ist wahr ...!“ Die plötzlichen Laute drangen auf sie ein, explodierten in ihrem Gehirn in düsterer Glut.

Sie bewegte unsicher ihre Hände, unfähig zu entscheiden, was sie damit bedecken sollte, Augen oder Ohren. Ein bleiches Gesicht, scharf abgegrenzte Konturen im sie umgebenden Halbdunkel, schwebte auf sie zu, sie wurde emporgerissen, geschüttelt, gepeinigt in einem Korridor widerhallenden Lärms. „Schaut euch an, ihr ... ihr ... ihr – ihr versteht nicht ... Tiere; verderbt widerlich ...!“ Ein schwacher Aufschrei, während sie gänzlich erwachte, um gegen die Schmerzen, die sie durchzuckten, anzukämpfen, doch sie wurde zurückgeworfen in die wabernde Sanftheit der Couch.

Das Gesicht bewegte sich fort von ihr, wurde zur Realität, nahm langsam Gestalt an, sie erkannte Andar, seine helle Robe wogte wie der Wind über eine grüne Wiese, während er wieder und wieder rief: „Ich kenne die Wahrheit! Aber ihr seid unfähig, sie zu sehen!“ Seine Finger wirbelten in einer seltsamen Gestik, während er durch die Räume taumelte. Instinktiv erhob sie sich, folgte ihm durch die transparenten Hallen und sah, wie er, über andere reglose Gestalten fallend, sich einen Weg zum Herzen aller Schönheit bahnte – zur Sternenquelle. „Ich liebe dich, ich hasse dich ...!“ Es war unmöglich festzustellen, ob er lachte oder schluchzte. „Euer Halbleben, euer lebender Tod! Ich bin allein – der einzige Lebende – und ich ertrage es nicht länger, mit euch zusammenzuleben.“ Er erreichte den Rand der Quelle, kniete dort nieder und beugte sich über die kühlen, pulsierenden Tiefen. „Ich kenne dein Geheimnis“ – zu seinem eigenen Gesicht, das sich unter ihm spiegelte, gewandt –, „und ich bin bereit, bereit, den Drachen zu besiegen und in den dunklen Schlund zu tauchen. Nimm mich! Es gibt einen Himmel, und das ist der Tod ...“

Weinend ließ er sich in die Tiefen der Quelle hinabgleiten, seinen eigenen, undeutlichen Schatten umfangend. Phosphoreszierende Wellen, in einem dunklen Aquamarin vibrierend, ließen die Oberfläche des Nicht-Wassers erzittern, dann lag der Körper still. Tarawassie stand unbeweglich staunend, unfähig, die Geschehnisse mit der Wirklichkeit ihres Denkens in Einklang zu bringen.

Und da lag er, so ruhig, so vollkommen unbeweglich und still. Die anderen, die die Szene mitangesehen hatten und die in der Lage waren, sie zu verstehen, kamen und versammelten sich um Tarawassie, sie bewegten sich langsam und ruhig, in stiller Verwunderung durch die Räume, um schließlich am Rande der Quelle zum Stehen zu kommen.

Andars Körper lag zu ihren Füßen, unbeweglich, haltlos, auf sonderbare Weise schwebend. Blaugrüne Schattenwogen umspülten ihn sanft, sein verziertes Gewand bewegend, spielten mit seinen blonden Haaren und kräuselten sich um seine erstarrten Finger.

Tarawassie wußte, daß ihre eigene Hand nichts spüren würde außer einer gewissen Kälte, hielte sie sie in die unergründlichen blaugrünen Tiefen. Das Geheimnis der Quelle hatte sie niemals beunruhigt, selten hatte sie je einen Gedanken daran verschwendet. Die Sterne schienen sehr, sehr groß und nahe, als schliefen sie in den samtenen Tiefen.

„Andar ... Andar?" Jemand vor ihr kam wieder zu Bewußtsein, ergriff eine bewegungslose Hand, berührte sie scheu. Keine Reaktion. Sie sah, wie Sabowyn Andars Körper an den Rand zog, um ihn, der noch immer schwebte, umzudrehen.

„Was ist geschehen?"

„Was hat er getan?"

Flüsternde Stimmen murmelten Fragen. Sabowyn schüttelte in stummer Ratlosigkeit den Kopf. „Ich weiß es nicht. Ich glaube ... ich glaube, er ist ... gestorben." Seine Hände berührten Andars Lippen. Andars Mund bewegte sich nicht, für immer erstarrt in einem Lächeln höchster Glückseligkeit. Seine Augen waren geöffnet; ohne zu blinzeln blickte er hinauf durch den kristallenen Dom, hinauf zu den Sternen und weit darüber hinaus, verloren in einem unbegreiflichen Wunder.

Tarawassie wandte sich ab, unfähig, den Strom unerwünschter Gefühle, die das Gesicht in ihr erzeugte, zu ertragen. Sie sah hinab, um ihr eigenes Gesicht zu betrachten, das sich undeutlich in der trügerischen Oberfläche der Quelle widerspiegelte: Blaugrüne Augen, kaum wahrzunehmen in der Spiegelung des Nicht-Wassers, schwarze Haare, die mit ihrem unwirklichen Spiegelbild verschmolzen.

„Er ist tot", sagte Mirro, ihre Hand auf Andars Brust legend.

„Aber wie kann er denn tot sein? Wie konnte er sterben?"

„Er wollte sterben. Das hat er immer wieder gesagt."

„Er war nicht bei Sinnen."

„Aber wie konnte er ...?"

Die Stimmen woben ein Netz purer Ungläubigkeit um sie herum. Tarawassie erhob sich, sich von ihrem Spiegelbild abwendend. „Die Quelle ... die Sternenquelle. Sie erfüllte ihm seinen Wunsch."

„Ist es eine Wunschquelle?" Jemand lachte andeutungsweise hinter ihrem Rücken. „Ist es das, was es ist?"

„Armer Andar. Er war verrückt. Er war immerzu irr, er war niemals glücklich."

„Nun hat er sein Glück gefunden." Sabowyn erhob sich, auf den ausgestreckten Körper zeigend. „Seht! Betrachtet sein Gesicht. Es sieht so friedlich aus." Mit einem Seufzen strich er sich die Haare aus dem Gesicht und setzte sich wieder.

„Aber uns wird sie niemals etwas antun, die Quelle, meine ich."

„Ich weiß nicht." Sabowyn schüttelte den Kopf. „Es spielt keine Rolle. Armer Andar, nun ist er glücklich. Es spielt jetzt keine Rolle mehr."

„Aber was sollen wir mit seinem Körper tun?"

„Wir bringen ihn hinunter in die Stadt. Irgend jemand dort wird sich seiner annehmen."

„Armer Andar."

„Armer Andar ... armer Andar ..." Ihre Stimmen erklangen wie ein Choral. „Aber jetzt ist er glücklich."

Tarawassie, die noch immer am Rand der Quelle kauerte, schloß ihre Augen, und ihr Kopf bewegte sich von einer Seite zur anderen, als sie ihn emporhoben und wegtrugen. *Ist er das wirklich?*

„Tarawassie." Mirros Hände legten sich sanft auf ihre Schultern. „Ich werde wieder zu meinen Träumen zurückkehren. Willst du am Webstuhl weben?"

Tarawassie erhob sich, wobei sie einer schmerzenden Steifheit in ihren Gelenken gewahr wurde. Sie schüttelte den Kopf bewußt dieses Mal. „Nein. Ich kann nicht. Ich werde in die Stadt hinuntergehen."

„Warum?"

„Meine Mutter ist krank." Sie wiederholte es zum tausendsten Mal. Niemand schien sich jemals daran zu erinnern, aber sie war deswegen nicht traurig oder erzürnt. „Ich muß sie besuchen gehen."

„Oh." Mirro wandte sich ab; abwesend betrat sie die spiralförmige Rampe. „Ich werde schon jemand anderen finden."

Tarawassie folgte den Männern, die Andars Körper trugen, hinab zum tiefsten Punkt des Kristallschiffes. Das weiche Leder ihrer ausgetretenen Schuhe erzeugte nicht das leiseste Geräusch auf dem transparenten Boden. Endlich erreichte sie die kleine Gruppe; wortlos warteten sie gemeinsam auf das Erscheinen des Fährbootes. Lange Zeit stand sie bei ihnen und schaute durch die transparenten Wände nach draußen, ruhig, unbeeindruckt von der erschreckenden Leere unter ihren Füßen. Die Welt war ein fleckiges

Vogelei, blau mit zarten Rosttönen, vermischt mit dem Weiß der Wolken, die Farben bereits halb verborgen im Dunkel der Nacht. Sie konnte die Silhouette des Planeten mit ihren Armen umfangen und stand einen kurzen Augenblick still, berauscht von dieser gewaltigen Vorstellung.

„Es kommt", sagte irgend jemand. Sie unterbrach ihr Starren und sah den blendenden Schein des Sonnenlichtes, das von der glänzenden Oberfläche der sich langsam nähernden Fähre reflektiert wurde. Sie betrachtete das gemächliche Näherkommen des Flugkörpers und fühlte ein leichtes Zittern, als das tropfenförmige Beiboot von den gewaltigen Rundungen des Schiffes verschlungen wurde und im Landedeck aufsetzte.

Ein leises Klingeln war zu hören; wie die anderen wandte sie sich um, als sich ein Schott in der gegenüberliegenden Wand öffnete, pulsierendes Grün. Sie wartete, als sie Andars Körper auf einen der Sitze im engen Inneren des Bootes setzten und ihn mit Gurten festschnallten. Dann, als sie ihre Aufgabe erfüllt hatten, machte sie sich daran, ebenfalls einzusteigen.

„Willst du ihn begleiten?" fragte Sabowyn.

Sie warf einen flüchtigen Blick in den kleinen Raum der Fähre und setzte sich dann in einen anderen Sessel, wo sie ihre eigenen Haltegurte befestigte. „Ja. Meine Mutter ist krank, ich muß nach ihr sehen."

„Oh! Gut, wenn du unten bist ... du weißt schon ... solltest du jemanden sehen, dann sag ihm, er soll sich um ihn kümmern, ja?"

„Ich werde daran denken." Sie nickte.

Sabowyn berührte eine in der Wand eingelassene Silberplatte, woraufhin sich die Luftschleuse schloß. Die Fähre wurde nun zu einer separaten Einheit, unabhängig vom Mutterschiff. Sie erhob sich sanft vom Boden des Landedecks und schwebte, wie ein Regentropfen, im freien Fall vom Schiff weg und begann den langen Sturz hinunter zur Oberfläche des Planeten. Tarawassie fühlte sich, im Weltall ihres Gewichtes beraubt, in das Geflecht der Sicherheitsgurte gepreßt, während sie das Raumschiff hinter sich zurückließ. Sie sah auf und lehnte ihren Kopf gegen die graue Polsterung des Sitzes, wobei sie das Kristallschiff beobachtete, das sich langsam in einen kleinen, facettenreichen, in geheimnisvolles Licht getränkten Edelstein verwandelte.

Sie schloß die Augen, erschöpft von ihrem letzten Chittatraum, fühlte, wie die Existenz des Kristallschiffes zur Bedeutungslosigkeit herabsank, während die Welt unter ihr an Größe zunahm. Sie versuchte, sich auf ihre dortigen Pflichten zu konzentrieren, doch gleichzeitig war ihr Geist bemüht, die unbequeme Bürde der Realität und des Kummers abzustreifen. Ihre Mutter würde sterben, und es gab nichts, das sie für die alte Frau tun konnte. Nichts, außer, nach ihren Bedürfnissen zu sehen und zu versuchen, ihre Leiden zu mildern, da es sonst keinen Trost gab, den zu geben sie in der Lage gewesen wäre – und dann rasch fliehen, zurück ins Kristallschiff, zurück in die Traumwelt, wo sie allen Kummer vergessen konnte.

Als sie die Augen öffnete, stürmte die majestätische Unermeßlichkeit des Randes der Welt, der in blauem Nebel versank und jetzt den ganzen Himmel vor ihr ausfüllte, urplötzlich auf sie ein. Eine unvermittelte Schwere, das natürliche Rückkehren ihres eigenen Körpergewichtes, drückte sie erneut gegen die Rückenlehne des Sitzes; allen Gegenmaßnahmen zum Hohn wurden hämmernde Vibrationen auf ihren Körper übertragen. Nur ein klein wenig wandte sie den Kopf zur Seite: Neben ihr starrte Andar, mit Augen, die nicht länger sahen, über die majestätische Pracht der Welt – und, diese durchdringend, auf alle Welten dahinter; noch immer spielte das geheimnisvolle Lächeln um seine Lippen.

„Andar." Eine plötzliche Erkenntnis überfiel sie. Sie wandte sich ihm ganz zu und sah ihn an. „Oh ..." In aufkommender Verwirrung fuhr sie sich mit der Hand über das Gesicht, fühlte ihr Haar, den goldenen Reif, der verhinderte, daß es ihr ins Gesicht fiel, fühlte ihre Finger ... und seine eigene, herabhängende Hand, kalt und bleich wie Marmor. Sie hatte ihn nicht besonders gut gekannt – sie kannte niemanden besonders gut, nicht mehr, als all die anderen sie selbst kannten. Und doch wußte sie um alle, die Handvoll Leute in der Stadt und im Kristallschiff, und sie liebte sie wie eine Familie, der sanften Träume wegen, die sie mit ihnen teilen durfte. Doch Andar hatte niemals den inneren Frieden gespürt, und oft waren seine Träume Bilder des Schreckens gewesen, im krassen Gegensatz zur berauschenden Schönheit der Träume der anderen.

Andars abwesender Blick schien durch sie hindurchzusehen in den Himmel über ihnen. „Nun bist du glücklich." Es war keine Frage, da es keine Antwort gab. „Aber weshalb?" Doch sie wußte, sie würde niemals eine Antwort erhalten; vielleicht bestand eben diese Antwort aber auch nur aus dem Ende aller Fragen.

Aber die Sternenquelle ... Sie erinnerte sich ihrer eigenen Worte: „Sie hat ihm seinen Wunsch erfüllt." Niemals zuvor hatte die Quelle einem von ihnen etwas zuleide getan, in all den Jahren nicht, soweit ihre Erinnerung zurückreichte. Und nun war Andar an ihren Rand getreten, müde seines vergeblichen Lebens, ausgehöhlt von seiner Pein. Er hatte die Quelle gebeten, ihn zu akzeptieren, ihm den Tod zu geben – und sie hatte ihm geantwortet, dessen war sie sich sicher. Sehr sicher. Er war ohne Qualen gestorben, würde niemals mehr leiden müssen, nie mehr ...

Langsam tauchten sie in die obersten Wolkenschichten ein, die sich entfalteten, um erneut zu verschwinden und den Blick auf die Häuser der Stadt freizugeben. Die Vibrationen nahmen zu, während die Ansammlung der Wohnhäuser unter ihnen immer größer wurde, und endlich setzten sie im Halbdunkel der Landestation auf. Das Außenschott der Fähre öffnete sich. Tarawassie löste die Gurte und glitt nach draußen ins widerhallende Zwielicht der Kuppel. Sie war verlassen, wie immer, es war niemand da, dem sie von Andars sterblichen Überresten hätte berichten können. Andere Landefahrzeuge standen säuberlich aufgereiht im Innern der Halle, die kristallenen Fenster mit dichten Staubschichten bedeckt. Sie nahm keine Notiz vom verwahrlosten Zustand der vielen Fahrzeuge; nie hatte sie gesehen, daß man auch nur eines davon benutzt hätte.

Sanfte herbstliche Böen spielten mit den farbenprächtigen Verzierungen ihres Gewandes, während Tarawassie durch die verlassenen Straßen zum Haus ihrer Mutter schritt. Sie ging langsam, beschleunigte ihren Schritt unvermittelt, um dann wieder in ihre langsame Gangart zu verfallen, ungeachtet des Windes, der ihren zitternden Körper attackierte. Sie würde ihrer Mutter von Andar erzählen ... Nein, nein! Wie konnte sie? Sie beobachtete imaginäre Wellen, die über die dunklen, spiegelnden Oberflächen der Hauswände dahinglitten und im unebenen Pflaster der Allee versiegten, das von herzförmigen Blättern, mit deren Hilflosigkeit der Wind sein Spiel trieb, verborgen war. Sie erreichte die Biegung der Straße, die zum Haus ihrer Mutter führte, gesäumt von kleinen Häufchen zerbrochenen Gesteins. Der Wind blies ihr in den Rücken, bis sie schließlich in die dunkle Öffnung des Gebäudes hineinstolperte und begann, die Stufen der Treppe zu ersteigen. Nichts hatte ihre Mutter dazu bewegen können, in ein tieferes Stockwerk oder in ein Gebäude umzuziehen, das noch von einigen anderen bewohnt wurde. Ihre Krankheit und das hohe Alter hatten sie starrsinnig gemacht; sie war gezwungen, eine lange Familientradition gegen die zersetzende Wirkung einer ungewissen Zukunft zu verteidigen. Nun war sie nicht mehr in der Lage, ihr Bett zu verlassen. Der alte, zittrige Zepher sah nach ihr, wenn Tarawassie nicht da war. Der war zu alt, um die Reise ins Kristallschiff noch mitzumachen; neben ihrer Mutter war er der einzige Bewohner der sechs Stockwerke des Hauses.

„Tarawassie – bist du es?“ Die Stimme ihrer Mutter erreichte sie nur schwach. Die alte Frau konnte nicht mehr viel tun – außer warten und lauschen.

„Ja, Mutter.“ Tarawassie folgte den dunklen Abdrücken, die ihre Füße im Staub hinterlassen hatten, zur Wohnungstür und trat ein.

Die Luft war hier stets schlecht und abgestanden, sogar für ihren eigenen, nur schwach ausgeprägten Geruchssinn. Ihre Mutter hatte sich schon oft darüber beschwert, doch sie konnte die Fenster nicht öffnen. „Mutter, wie geht es dir?“ Sie atmete tief ein und hielt dann den Atem an, als wollte sie verhindern, daß die drückende Atmosphäre ihren Brustkasten zerquetschte.

„Ich bin glücklich. Glücklich, meine Tochter zu sehen.“ Kein Vorwurf lag in der Stimme der alten Frau, aber eine stille Traurigkeit verdunkelte ihre müden Augen, während sie Tarawassie betrachtete; sie verstand den stillen Schmerz, der ihre Tochter davon abhielt, sie häufiger zu besuchen.

Tarawassie ging über die kahle Oberfläche des Bodens zum Bett ihrer Mutter, kniete nieder und preßte die heiße Hand gegen ihre Lippen, fühlte die zerfurchte Rauheit der Haut, fühlte das Lächeln ihrer Mutter. „Oh, Mutter ...“ Tränen stiegen in Tarawassies Augen, doch sie verbarg sie vor der alten Frau, indem sie sich abwandte und ihr die Kissen zurechtrückte. Ihre Mutter seufzte, ein dünnes, zerbrechliches Geräusch, als Tarawassie das graue Haar liebkoste.

„Ich werde dir etwas zu essen machen.“ Tarawassie legte soviel Optimismus, wie ihr möglich war, in ihre Worte, während sie hinüber zum Kühlschrank ging und die halbvolle Schüssel gedämpften

Arbatfleischs herausnahm. Sie erschauerte in plötzlicher Betroffenheit. Sie mußte daran denken, morgen zur Ausgabestelle zu gehen und mehr zu essen holen. Sie mußte daran denken, dieses Mal durfte sie es nicht vergessen.

Sie stellte die Schüssel in den kleinen Tischofen; als der Verschluß zuschnappte, konnte sie sehen, wie es im Innern hell aufglühte. Licht ... Sie bemerkte, daß es zunehmend dunkler wurde, und schaltete eine der Leuchtkugeln ein, die den Raum sofort mit sanften Silber- und Grautönen überflutete, die die kalte Nacktheit des kleinen Zimmers plötzlich weniger kahl erscheinen ließen.

Tarawassie fütterte ihre Mutter mit einem Löffel voll erwärmtem Fleisch, doch die alte Frau erschauderte und schüttelte den Kopf. „Nein, nichts mehr, Tara. Ich kann nichts essen." Sie lag reglos. Tarawassie streichelte ihr Gesicht, Tränen tropften auf ihre eingefallenen Wangen. Seit zwei Tagen hatte sie nichts mehr gegessen.

„Mutter, laß mich dir etwas Chitta bringen, damit du ... damit du erneut träumen kannst." Ihre Stimme zitterte, sie sah hinab. „Bitte."

„Nein." Ihre Mutter wandte sich ab, als schmerzte es sie plötzlich, ihre Tochter zu betrachten. Sie ließ ihren Blick durch das Fenster über das Zwielicht der Stadt schweifen. „Es verbrennt mich, es schmerzt mich zu sehr; ich kann nicht mehr träumen." Ihre Tränen flossen, ein Zittern durchlief sie, ihre Augen waren funkelnde Kristalle im Licht der Lampe.

„Mutter ..." Tarawassie fühlte, wie sich die Worte einen Weg durch die Barrieren ihrer Ablehnung bahnten, die unter der Wichtigkeit dessen, was sie zu sagen hatte, zerbrachen. „Mutter, etwas Seltsames ist heute geschehen. Andar ist gestorben. Er – er ging zur Sternenquelle und bat sie um seinen Tod. Und dann starb er. Ohne Schmerzen, er lächelte ..."

Ihre Mutter wandte sich ihr erneut zu, suchend, fragend. „Wie ist es geschehen?"

„Ich weiß es nicht. Aber er sah so friedlich aus, er, der niemals den Frieden gefunden hatte." Sie vergrub das Gesicht in ihren Händen. „Er sagte: ‚,Es gibt einen Himmel, das ist der Tod.'"

Ihre Mutter ergriff ihren Arm, von neuer Hoffnung erfüllt. „Ja, Tara, ich werde mit dir gehen, zum Schiff. Ich bin müde ... so müde."

Tarawassie verließ den Raum, um den alten Zepher zu suchen,

mit dessen Hilfe sie den in Lumpen gehüllten Körper ihrer Mutter durch die dunklen Straßen zurück zum Landeplatz der Fährboote trug. Sie registrierte dankbar, daß in der Zwischenzeit jemand Andars Körper gefunden und mitgenommen hatte. Sie legte ihre Mutter quer über die drei Sitze und machte es ihr so bequem, wie es das spartanische Innere des kleinen Schiffes zuließ. Ihre Mutter lag sehr still, nur hin und wieder zuckte ein kleiner Muskel in ihrem Gesicht. Tarawassie tippte ein Signal; das Fährboot verschloß sich und hob ab. Umspült von einem Akkord stiller Vibrationen traten sie die Rückreise zum Kristallschiff an. Ihre Mutter sprach nicht mit ihr; wie Andar blickte sie hinaus auf etwas jenseits der Wahrnehmung.

Sie bat Sabowyn, ihr zu helfen, und dieser trug ihre Mutter durch die Hallen des Kristallschiffes hinauf zur wartenden Öffnung der Sternenquelle. Tarawassie folgte ihm, ihr Gang umwoben von den Wellen der Stimulation, die Mirro dem Webstuhl entlockte. Das verwirrende Spiel von Licht/Musik umgarnte ihre Sinne; ständig bemüht, die Schatten vergangener Träume von ihrem Geist fernzuhalten, die sie in die Traumwelt riefen, tat Tarawassie einen Blick in das Gesicht ihrer Mutter, dem die unwirklichen Farben einen seltsamen Hauch von Leben gaben. Ein letztes Aufflackern verborgener Emotionen erfüllte ihre Augen, als Tarawassies Mutter zum letzten Mal über das Halbrund ihrer Welt dahinblickte. Undeutlich nahm Tarawassie wahr, daß andere aus ihren Träumen erwachten und sich zu ihnen gesellten, ihnen folgten, eine in flammendes Licht gebadete Beerdigungsprozession.

Erneut stand Tarawassie an den Rändern der Sternenquelle und sah hinab in deren geisterhafte Unwirklichkeit, nun verdunkelt durch die grenzenlosen Tiefen der Nacht, erschrocken ihres eigenen Spiegelbildes gewahr werdend. An ihrer Seite kniete Sabowyn; mit ausdruckslosem Gesicht ließ er ihre Mutter am Rande der Einfassung nieder.

Die alte Frau hob leicht erregt ihren Kopf. Tarawassie fand ihre Augen, sank nieder an die Seite ihrer Mutter und fing plötzlich an zu weinen, „Mama, ich möchte nicht, daß du gehst!“ Eine erschöpfte Hand streichelte ihr nachtschwarzes Haar.

„Ich muß ... Ich muß,Tarawassie. Wenn du mich wirklich liebst, dann mußt du mir helfen. Erzähle mir noch einmal, was Andar sagte ...“

„Er sagte, er wäre bereit. Er sagte: ‚Es gibt einen Himmel, das ist der Tod.'"

„Ja", flüsterte ihre Mutter. „Ja! Laß mich gehen, Tarawassie ..." Ihre Mutter erstarrte in ihren liebkosenden Armen, sie und das Leben zurücklassend. Langsam ließ Tarawassie von ihr ab und ließ sie in das sternenglänzende Traumwasser hinabgleiten.

Ihre Mutter seufzte und schloß die Augen, als hätte man eine große Last von ihr genommen, lächelte. Undeutliches Blaugrün schwappte zwischen ihren Fingern. Sie lag ruhig.

Tarawassie beugte sich nach vorn, ihre Hand umschloß ein letztes Mal die Hand ihrer Mutter, lautlos fielen ihre Tränen hinab in die Quelle. Dann kehrte sie zurück in die Welt der Farben und Geräusche, in den Traum, an dem sie teilnehmen konnte. Die anderen, die sie umgeben hatten, murmelten in stiller Verwunderung, liefen bereits wieder auseinander, als Tarawassie sich ihrer Anwesenheit bewußt wurde. Jemand nahm den Körper ihrer Mutter aus der Quelle und trug ihn davon. Tarawassie kauerte zurückgelehnt auf ihren Absätzen, kaum dessen bewußt, daß sie weinte ... trauerte um den Hauch einer Berührung oder einen leichten Kuß der Begrüßung, die sie nun nie mehr würde genießen können.

„Sie ist glücklich, ihr Wunsch wurde ihr erfüllt." Sabowyn stand an ihrer Seite, einen Arm um ihre Schulter gelegt. Von irgendwoher brachte er eine silberne Tasse, gefüllt mit Chitta, zum Vorschein, und reichte sie ihr. „Sei du auch glücklich – und dankbar für das Ende des Leidens."

Dankbar nahm Tarawassie die Tasse entgegen, trank den rubinroten Sirup, sich gänzlich auf das Gefühl kalten Feuers, das ihre Kehle hinabrann, konzentrierend. Sabowyn führte sie die Spiralrampe ins Traumzimmer hinab. Dort ließ sie sich in die einhüllende Viskosität einer Liege gleiten und durchschritt rasch die hauchdünne Membrane, die die Wirklichkeit von der Verzückung des Traumes trennt.

Tarawassie erwachte. Tränen strömten über ihr Gesicht; sie wußte nicht zu sagen, ob es erst begonnen hatte oder ob sie schon seit Stunden weinte. Sie hob den Kopf. Raum, Sterne, die Regenbogensymphonie und verschiedene Figuren gewannen Gestalt, als sie Tränen und Verwirrung hinwegblinzelte ... Hier gab es keine Schönheit! Ihr Geist verschloß sich unter dem Terror von Enttäuschung und Desillusionierung, von durch Schmutz besudelten Farben und gedankenlosen Geräuschen ... keine Behaglichkeit, keine Visionen, nur Häßlichkeit. Niemals zuvor hatte sie solche Träume gehabt. Wie konnte sie das alles nur ertragen?

Sabowyn lag ein wenig von ihr entfernt auf einer anderen Couch, mit leeren Augen um sich blickend. Über den kleinen Tisch hinweg tippte sie ihn an, schüttelte ihn ohne Erfolg, wie Andar sie selbst geschüttelt hatte. Andar ... waren alle seine Träume so gewesen? Benommen erhob sie sich und folgte seiner Spur zum Rand der Sternenquelle, wo sie schwankend stehenblieb. Sie suchte nach seinem Gesicht, nach dem Gesicht ihrer Mutter, doch nur ihr eigenes fand sie, verzerrt im Nichts. Langsam schritt sie in die Quelle, den Atem angehalten, Kälte umspülte ihre Knöchel. Ein plötzlicher Schwindel erfaßte sie, sie erzitterte wie ein Rohr im Wind. Nichts geschah.

Lange stand sie so und wartete, bis ihr zu Bewußtsein kam, daß nichts geschehen würde, registrierte mit wiedererwachendem klarem Geist, was es war, das zu tun sie im Begriff gewesen war. Furcht vor der straffen, unbeweglichen Oberfläche, die ihre Beine umklammert hielt, ergriff sie, Panik überkam sie bei dem Gedanken, in die Tiefe der Sternenquelle hinabzufallen, und rasch schritt sie zurück zum Rand.

Sie ging zurück, die Spiralrampe hinab, wo sie Mirro allein antraf; sie spielte am Webstuhl. Tarawassie betrat den Raum, bahnte sich einen Weg durch das funkelnde Gespinst, dem Ergebnis von Mirros Weben. Je weiter sie sich dem Webstuhl näherte, desto mehr geriet sie unter den Einfluß seiner Stimulation – die Anordnungen von Licht und Tönen, die doch nur oberflächlich waren, die reinen Harmonien, die jede Fiber der Nerven durchdrangen.

„Mirro“, flüsterte Tarawassie durch die hauchzarten Schattierungen der sie umgebenden Geräusche. „Wie kann die Sternenquelle den Tod geben? Was ist sie? Warum ist sie hier? Und warum ... warum konnte nicht auch ich sterben?“

„Möchtest du denn sterben?“ Mirro betrachtete sie verwundert, in alter Gewohnheit die Stirn runzelnd. Ihre Finger glitten über die Oberfläche des Webstuhls unter dem glitzernden Garn. Farben schimmerten in der Transparenz, ergossen sich über die Wände, woben ein filigranartiges Gewebe reinsten Lichts.

Tarawassie verschloß ihre Augen vor dem hypnotischen Glühen, kämpfte gegen die Erinnerung eines verblaßten Traums. „Ich kann es nicht sagen. Aber ... ich konnte nicht träumen."

Mirro wandte sich wieder dem Webstuhl zu, ihre flammenumzüngelte Robe schimmerte bei der Bewegung. „Du bist traurig. Aber das geht vorbei. Es geht immer vorbei. Du bist noch jung, du wirst es sehen."

„Aber die Sternenquelle? Du verstehst die Wirkungsweise des Webstuhls – kannst du mir nichts über die Sternenquelle sagen?"

„Ich weiß nichts über sie." Mirro zuckte mit den Achseln. „Niemand weiß etwas. Aber das stört uns nicht; es spielt keine Rolle. Gräme dich nicht."

„Aber ich möchte etwas darüber wissen. Wie kann ich es lernen?"

„Das kannst du nicht. Niemand hier kennt das Geheimnis."

„Was ist mit den Stadtbewohnern? Und die Eingeborenen? Andar war einst weit jenseits der Stadtgrenze, und er kannte die Antwort." Tarawassie spielte mit dem Ärmel ihres Gewandes, franste ihn aus.

Mirro schüttelte den Kopf, ihr Haar fiel wie ein Schleier aus Schwarz und Silber um ihre Schultern. „Andar war irre. Er hätte nicht dorthin gehen sollen, und auch du solltest das nicht tun. Es besteht kein Grund dazu."

Tarawassie wandte sich um, durchbrach die Barrieren der Traumgewebe und begab sich hinab zum tiefsten Punkt, wo das Landeboot wartete. Sie nahm sich einen Mantel und eine Leuchtkugel vom Stapel der achtlos aufgestapelten Gegenstände auf dem Fußboden. Als sie den Öffnungsmechanismus der Schleusentür aktivierte, blickte sie sich kurz um, doch es war niemand da, der ihr Verschwinden bemerkte.

Tarawassie durchschritt die erleuchteten Häuserschluchten der Stadt. Der erste Weg führte sie zum Handelsplatz, wo die Eingeborenen ihnen Nahrung, Kleidung und Getränke brachten – und Chitta, in tönernen Töpfen oder auch nur in Plastikgefäßen. Die Eingeborenen – und viele wilde Kreaturen – waren gekommen und hatten die Stadt mit ihren eigenen Leuten, die keine Verwendung hatten für die sich meilenweit erstreckenden Glas- und Betonbauten, auch kein Interesse daran, geteilt. Die Menschen bewohnten nun einige abgegrenzte Plätze in der Nähe der Bootslandestätten und waren damit zufrieden.

Eine aufragende Plattform, die einst wohl einem ähnlichen Zweck gedient hatte, war bedeckt mit den zubereiteten Körpern kleiner Tiere, Unmengen getrockneter Herbstfrüchte und Körben voll gedroschenen Getreides. Etwas Rotes, nutzlos Flatterndes flog aufgeschreckt davon, als es sie sah, wobei es schrille Schreie ausstieß. Enttäuscht, nichts zu finden, niemanden, den sie hätte fragen können, setzte sie sich auf eine Ecke der Plattform; sie fröstelte in der kühlen Abendluft.

Hunger erfüllte sie angesichts der zahllosen Nahrungsmittel, doch gleichzeitig ekelte sie sich auch davor. Sie konnte sich nicht erinnern, wann sie das letzte Mal etwas gegessen hatte. Das rohe Fleisch zu essen widerstrebte ihr, so begnügte sie sich mit den geschmacklosen Früchten. Auch ein Gefäß mit Chitta stand bereit, lockte zahllose Insekten an, die auf der dickflüssigen Oberfläche des Sirups qualvoll verendeten. Ihre Hände zitterten; wie die Fliegen fühlte sie sich angezogen, doch sie drehte dem Gefäß den Rükken zu. *Später.* Sie würde später hierher zurückkehren, wenn sich die Notwendigkeit ergeben sollte ...

Der Stadtrand war sehr nahe hier: Zwischen den alten Türmen konnte sie die Wiesen erkennen; weite Ebenen, bewachsen mit goldgrauem Gras, das im Wind wogte, die schirmförmigen Bäume, mit Früchten überladen. Der wolkenverhangene Himmel klarte auf, rosa und gelb, ein Hauch Grün verschmolz mit dem Hintergrund, befleckte den blauvioletten Dom des Firmaments. Die Kulisse entsprach ihren aufgewühlten Gefühlen.

Der Morgen kam, und noch immer vermißte sie die ersten Anzeichen von Leben hier auf dem Platz. Ein Schatten erschien, zögerte, um wieder in der tiefen Dunkelheit zu verschwinden, als sie ihm ein lautes „Halt!“ zurief. Sie rannte quer über das Pflaster, immer wieder rufend, doch sie fand nichts außer einer verlassenen, menschenleeren Straße, halb blockiert durch Geröll und Unrat. Sie hörte ein Geräusch, weit entfernt, ein loser Gegenstand, der zu Boden fiel, und die wieder einkehrende Stille bedrückte sie, als das Echo erstarb. Einen Moment stand sie atemlos an der Ecke, erschöpft von den plötzlichen Bewegungen und ergrimmt über alles andere. Aber jemand war hiergewesen, jemand, der ihr eine Antwort geben konnte. Wie sonst konnte Andar das Geheimnis der Sternenquelle erfahren haben? Noch immer unsicher betrat sie die Straße.

Den ganzen langen Tag über durchstreifte sie die Straßen der Stadt. Mitunter vernahm sie Geräusche, weit entfernt und undeutlich, manchmal hatte sie den Eindruck, jemand würde sie beobachten – oder war das alles nur Einbildung? Sie konnte es nicht sagen. Sie rief, und nur das Echo gab ihr eine Antwort, oder das Geräusch kleiner, rasch davonhuschender Geschöpfe, das Flattern von Flügeln in den Bäumen über ihr. Ein Gitter, aus schweren Balken und leichteren Brettern gefertigt, warf einen netzförmigen Schatten über ihre Spuren, endete in von Kletterpflanzen überwucherten Podesten auf einem Wall aus Staub und Erde sowie verbogenem Altmetall. Wände steinernen Mauerwerks, trügerisch, mit polierten Fenstern, blockierten plötzlich ihren Weg.

Mit sonderbarem Widerwillen wagte sie es nicht, eines der Gebäude zu betreten, bis es Mittag wurde. Endlich, ihr Herz schlug wie wild, schritt sie durch einen Torbogen in das dunkle Innere eines Gebäudes. Ihre Leuchtkugel verbreitete ein blasses Licht, zeigte ihr eine Wand, bedeckt mit Mosaiken, die Szenen aus dem täglichen Leben darstellten – und zwei Augen, die wie glühende Kohlen im Dunkeln glommen. Ein schnüffelndes Knurren und das hohe Wimmern eines jungen Tieres ließen sie in rasender Panik zurück ins Sonnenlicht fliehen. Verängstigt und zu Tode erschrocken wagte sie es nicht noch einmal, ein Gebäude zu betreten.

Die Schatten wurden wieder länger, eine gewisse Unsicherheit überfiel sie. Letztendlich vermochte sie nicht mehr genau zu sagen, warum sie hierhergekommen war und was sie zu finden hoffte. Ihr Körper schmerzte von der ungewohnten Anstrengung, ihr Magen knurrte vor Hunger ... Hunger, nagender Hunger ...

Sie spürte ein unstillbares Verlangen nach Chitta. Eine lange Zeit war vergangen; die Restmenge des Euphoriums, das die wachen Stunden zwischen den Träumen erträglicher gestaltete, war aufgebraucht, lieferte sie Emotionen aus, die zu erfahren sie sich niemals gewünscht hatte. Sie benötigte Chitta, sie *brauchtes* es ...

Sie begann den Rückweg durch die Straßen, mit raschen Schritten, ihr neues Ziel klar vor Augen, bis sie sich darüber klar wurde, daß sie nicht mehr in der Lage war zurückzufinden. Ihre plötzliche Furcht niederkämpfend, erkannte sie, daß sie eine Höhe erklimmen mußte, von wo aus sie einen bekannten Punkt finden mochte, der ihr half, den Heimweg zu finden.

Sie wählte eine Wendeltreppe, die sich in luftige Höhen emporschraubte, um das schmale Gerüst, das die Weinreben hielt, zu stützen. Flüchtig dachte sie über den Sinn dieser Treppe nach; vielleicht war sie für menschliche Füße gefertigt worden, vielleicht hatte sie aber auch gar keinen Zweck erfüllt. Aber das spielte keine Rolle, nur Chitta war wichtig ... nur Chitta. Behutsam setzte sie einen Fuß auf die Treppe, prüfte sie mit ihren Händen. Die Neigung war sehr steil, aber ihre Mokassins halfen ihr, die von der Zeit angenagte Oberfläche zu erklimmen. Sie schaute nicht nach unten. Die Treppe verengte sich, feines Knirschen drang bei jedem Schritt an ihre Ohren.

Es gab ein reißendes Geräusch, und ihr Schritt ging ins Leere. Sie stolperte nach vorn, ihr eigener schriller Angstschrei widerhallte tausendfach von den Wänden, verlor sich in der Dunkelheit.

Tarawassie öffnete ihre Augen, blinzelte, Staub und verkrusteten Schmutz von ihren Lippen wischend. Sie leckte sich die Lippen, spürte einen salzigen Geschmack, sich nicht bewußt werdend, daß es der Geschmack von Blut war. Um sie herum, unter ihr lag ein Stapel Holz, etwas Scharfes drückte in ihre Seite. Sie versuchte, sich mit ihren Händen abzustützen, um aufzustehen, doch ein heftiger Schmerz durchfuhr ihren Arm. Erneut brach sie zusammen, erhob dann aber ihren Kopf und war gezwungen, wieder zu blinzeln, um Staub aus ihren Augen zu vertreiben. Der Beobachter kauerte bewegungslos außerhalb ihrer Reichweite und blickte ihr besorgt in die Augen. Es war kein Mensch. Seine Augen waren grau, mit langen Pupillen, die schräg in einer Iris ohne das geringste Anzeichen von Weiß saßen. Sein Gesicht war gerade noch sanft genug geschwungen, um nicht als Schnauze zu gelten ... Sein Gesicht? Sie entschied das Geschlecht instinktiv, nach Werten, die nicht zwangsläufig Gültigkeit haben mußten. Ein Eingeborener? Ihre Überraschung verdrängte alles andere aus ihren Gedanken – ihre mißliche Lage, die Inkongruenz ihrer eigenen Gegenwart hier. Sie setzte sich auf, verkrampft, dann versank die Welt in Schmerzen. Erschrocken erhob sich der Eingeborene und wich in einer einzigen geschmeidigen Bewegung zurück.

„Nein, warte!“ Sie winkte mit ihrer Hand, ihre Stimme brach.

Der Fremde hielt inne, unentschlossen, ein silberner Pelz bedeckte die Haut über seinen Schultern. Er hob einen Fuß, rieb ihn nervös am Knöchel des anderen Beines, seine Füße waren durch weiche, ausgetretene Lederschuhe, ihren eigenen nicht unähnlich, geschützt.

Sie ließ ihren Arm lose herabhängen, vor Schmerz keuchend. Sie behielt den Eingeborenen im Auge, wollte mit ihm sprechen und wußte nicht, was sie sagen sollte. Sie erinnerte sich, daß die Eingeborenen sehr scheu waren – und sehr dumm.

Der Fremde kam langsam zurück, kauerte sich erneut nieder, noch immer außerhalb ihrer Reichweite. In seinen Augen schimmerte ein nicht erkennbares Gefühl, vielleicht Mitleid. Er erhob seinen Kopf, sein peitschenähnlicher Schwanz ringelte sich um sein Schienbein. Der Schwanz war an der Spitze nackt und grau, wie die im Schoß gefalteten Hände, während der Rest des Körpers mit silbernem Pelz bedeckt war. Er trug eine Art Lendenschurz, der um die Hüften geschlungen war, ein formloser Fetzen verwaschenen roten Stoffes, mit Stickereien verziert. Ein lederner Beutel war, zusammen mit einem Messer, an seiner Seite befestigt. Ihre Augen verweilten kurz auf dem Messer, dann glitt ihr Blick zu seinen Händen. Seine Hände waren ungewöhnlich schlank, und sie bemerkte, daß er nur drei Finger hatte, nicht vier.

Abrupt hob er eine Hand und deutete in ihre Richtung. Die Spitze einer respektablen Klaue zeigte einen elfenbeinernen Schimmer. Er erzeugte eine Reihe von Geräuschen, etwas zwischen Zwitschern und Bellen, und setzte sich daraufhin erneut zurück, wobei er sie gespannt ansah. Sie gab keine Antwort, woraufhin er das Geräusch wiederholte, dieses Mal langsamer. Dann wartete er erneut.

Sie schüttelte den Kopf, unfähig zu verstehen, was er von ihr wollte. Ihr Blick wandte sich von ihm ab, sie suchte die Dunkelheit der Wände. Nur die Spitzen der Türme waren in Sonnenlicht getaucht, wie vergoldete Nägel, doch das Licht kam aus einer anderen Richtung. Lag sie etwa schon die ganze Nacht hier? Sie erschauerte. Aber irgend etwas stimmte nicht in diesen erleuchteten Schluchten ... Warum waren sie verlassen? Knochen ... da lagen Knochen in den Straßen. Die dunklen Augen zerbrochener Fensterscheiben blickten auf sie herab, überall lag haufenweise Unrat und Geröll herum, trennte neue Mauern von alten, Brücken, die zu Staub zerfallen waren ... Das war nicht ihre Stadt, nicht die Stadt, die sie in Erinnerung hatte. *Alles war anders gewesen, gestern!*

Sie bedeckte ihren Mund mit den Händen, um die Schreie des Wahnsinns zurückzuhalten.

„Was ... fehlt?“ fragte die Stimme des Eingeborenen.

Er beugte sich ihr entgegen, reckte seinen Hals, als versuchte er, sie durch einen Käfig hindurch zu berühren. Die Worte waren undeutlich, falsch akzentuiert und ausgesprochen – aber sie verstand ihren Sinn. Seine Augen wirkten sehr menschlich, als er sie gespannt und mitleidig betrachtete. „Geht es dir schlecht?“

„Schlecht?“ Sie senkte ihre Arme, lachte unvermittelt, hysterisch.

„Schlecht?“

Sein Gesicht erhellte sich angesichts ihrer Reaktion. „Schlecht ... hier?“ Die Spitze seines Schwanzes zeigte über seine niederkauernde Gestalt. „Oder schlecht ... hier?“ Der Schwanz tippte gegen seinen Kopf, ein Abbild absoluter Verzweiflung.

Tarawassie sank zurück in den Staub. „Schlecht ... überall, glaube ich.“ Ihre Stimme bebte. „Wie hast du sprechen gelernt?“ Es kam ihr nicht in den Sinn zu fragen, wie er ihre Sprache gelernt hatte, sie dachte nicht daran, daß es auch noch andere geben könnte.

„Nicht lernen.“ Er schüttelte den silbergrauen Kopf. „Wissen. Immer wissen.“ Das silberne Fell seiner Schnauze legte sich in tiefe Falten; es schien, als bereite ihm das Formen der Worte, der Akt des Sprechens selbst, immense Schwierigkeiten. „Ich Mensch. Alle Menschen wissen.“

„Du bist kein Mensch!“ sagte sie mit schriller Stimme.

Sie erhob sich, überwand die Unbeweglichkeit ihrer Muskeln. Ihr Körper schmerzte. Sie bahnte sich einen Weg zu dem ihr am nächsten gelegenen Fenster und blickte in die dunkle, reflektierende Fläche. Lange Zeit stand sie sehr, sehr still und betrachtete die einer Vogelscheuche ähnliche Gestalt, eingehüllt in staubige, uralte Kleider, das hagere, blutige Gesicht – die Verzweiflung in den blaugrünen Augen, das einzige an ihr, das noch an den Traum erinnerte, den Tarawassie ein Leben lang geträumt hatte. Und dann, bar jeder Anmut, stürzte sie der dunklen Scheibe entgegen, glitt an der Wand hinab und lag still und ruhig im Staub.

Tarawassie öffnete ihre Augen erneut im Halbdunkel. Sie lag auf der Seite auf einem Bündel Lumpen. Mildes Sonnenlicht strömte durch eine Öffnung in der rauhen Oberfläche der Wand, und ein merkwürdiges Licht flackerte hinter ihrem Rücken, wärmte sie wie die Sonne. Sie sah sich um. Der Eingeborene saß neben einer kleinen Feuerstelle, sein silberner Pelz war goldüberflutet. Er rieb ihre Leuchtkugel systematisch mit beiden Händen. Sein Schwanz fuhr plötzlich in die Höhe und ergriff ein Stück Holz, das er ins Feuer warf. Ein Kupferkessel an einer langen Kette, die mit einem Stift an der Decke befestigt war, hing über den Flammen. Mit einem Mal nahm sie ein angenehmes Aroma wahr, den Geruch von Essen, appetitanregender und verlockender als alles, an das sie sich erinnern konnte.

„Ich bin hungrig!" rief sie.

Der Eingeborene sah erstaunt auf. „Ich höre dich!" Er legte die Kugel beiseite und ließ sich nach vorne auf die Knie fallen, sein Kopf nickte, in seinen Augen glänzte mehr als nur die Reflexion des Lichts.

Er nahm eine Tasse aus feinster Keramikware, tauchte sie in das Gefäß und reichte sie ihr gefüllt zu. Sie betrachtete das bezaubernde Blumenmuster auf der Oberfläche der Tasse, während sie gierig die dicke, dampfende Suppe trank. Sie ergötzte sich am herben Aroma des Gemüses, an der Reichhaltigkeit des Fleisches. Vor langer Zeit war Essen für sie eine lästige Pflicht gewesen, und die Nahrung selbst war ein geschmackloser, unappetitlicher Brei, der hinuntergeschlungen wurde, um den Hunger zu stillen. Sie hatte nie zuvor diese Art von Hunger gekannt und nie zuvor diese Befriedigung beim Essen. Die Traurigkeit, das Unbehagen und die Schwäche fielen von ihr ab, ihre Gedanken klärten sich ... Sie erinnerte sich des Anblicks ihres eigenen, ausgemergelten Körpers, die Reflexion einer furchtbaren Wirklichkeit. Daß dieses Bild der Wahrheit entsprach, dessen war sie sich inzwischen sicher. Das Selbst und die Wirklichkeit, die sie bislang gekannt hatte, war nichts weiter als ein Traum gewesen – ein Traum. Aber nicht nur Phantasie. Sie erinnerte sich an den Tod ihrer Mutter, an die Sternenquelle. Waren diese ruinierte Welt und ihre eigene Erbärmlichkeit der Anblick, den ihre Mutter ohne Chitta wahrgenommen hatte? Und war es das, was Andar gesehen hatte?

Ein freudiger Aufschrei kam von dem Eingeborenen. Aufblikkend sah sie die Leuchtkugel, die nun endlich in seinen Händen Licht verstrahlte. Er betrachtete sie, wobei er ein eigentümliches, zwitscherndes Geräusch ausstieß. „Möchtest du noch mehr?"

„Ja." Sie hielt ihm ihre Tasse entgegen. „Es schmeckt gut." Er tauchte das Gefäß in den Topf und gab es ihr zurück. Dann griff er erneut nach der Leuchtkugel, streichelte sie verehrend. Sie wurde sich bewußt, wie lange es gedauert hatte, bis er sie zum Leuchten brachte. Sie nippte an ihrer Suppe. „Dauert es bei dir immer so lange?“

Er blickte sie wieder an, das Lächeln auf seinem Gesicht erlosch. „Immer sehr schwierig für mich. Aber Sonnenball hält lange, besser als Feuer.“

„Hast du mich hierhergebracht?“

Er nickte erneut. „Ich bringen. Ich warte, daß Menschen in die Stadt kommen, um ihnen zu zeigen ...“ Er erhob sich, über eine Erinnerung nachdenkend. Muskelstränge bewegten sich unter seinem silbernen Körper, als er sein Gewicht verlagerte. Er schien stärker zu sein, als es den Anschein hatte. „Hast du mehr von ... uns gesehen, als du kamst?“

„Nein.“ Sie wunderte sich, warum ihm das wichtig erschien. „Nur einen, gestern – er rannte weg. Ich ... ich kam in die Stadt, um ... jemanden zu finden, mit dem ich mich unterhalten kann, um mehr über mein Volk zu erfahren.“ Plötzlich wußte sie, daß sie weit mehr als nur das Geheimnis der Sternenquelle erfahren mußte, ehe sie an Bord des Kristallschiffes zurückkehren konnte. Ihre Hände wanden sich in ihrem Schoß.

„Ja ...?“ Der Eingeborene setzte sich erneut nieder, sein Eifer durchbrach seine Bequemlichkeit. Sie dachte an die beiden Kinder, die sie kannte. Seine impulsive Offenheit erinnerte sie an Kinder. „Mich, auch – ich weiß etwas über Sternenmenschen. Einer mit gelbem Pelz, er war auch schon hier. Er warf mit Gegenständen, verletzte mich.“ Sein Schwanz erzitterte, er erinnerte sich an Furcht und Schmerz.

„Kam wohin?“ Andar – hatte er Andar gesehen?

„In das Gebäude.“ Sein Schwanz wies vage in Richtung der Tür. „Sternenmenschen lassen manches gute Material zurück. Aber das Tor ließ mich nicht ein. Tor ließ den Gelbpelz ein, er ließ mich nicht ein.“ Ein Hoffnungsschimmer erschien auf seinem Gesicht. „Du läßt mich ein?“

„Ja, wenn du mich dorthin führst!“

Plötzlich setzte er sich, laut zwitschernd. Sie erkannte, daß er lachte. „Meine Schwester, meine Schwester! ... Ich zeige dir alles, was ich vermag!“ Er streckte seine Knie aus, seine Blicke kehrten zu ihr zurück, die geweiteten Pupillen ließen die Augen im Halbdunkel nahezu schwarz erscheinen. „Andere Sternenmenschen kommen niemals hierher. Niemand kommt, außer mir."

„Warum nennst du uns Sternenmenschen?"

„Ihr kommt vom leuchtenden Stern am Himmel." Er sah aus, als wäre dies das einleuchtendste Ding der Welt, vielleicht war es das auch. Sie selbst hatte schon das Kristallschiff am nächtlichen Himmel gesehen, ein schimmerndes Juwel, das nur vom Licht des Mondes überstrahlt wurde, zog es seine Bahn vor den ruhelosen Sternbildern. Sie fragte sich, wie es wohl heute für sie aussehen würde, sähe sie es unter den Sternen.

„Wirkliche Menschen" – der Schwanz des Eingeborenen tippte gegen seine Brust, als wäre sein Körper von seinem Gehirn getrennt, eine separate Einheit –, „sie leben immer auf der Welt, vor der Wirklichen Zeit, lange her. Sie sagen, wenn Sternenmenschen kommen, Wirkliche Zeit endet für immer. Ich sage, Wirklichkeit kommt mit den Sternenmenschen" – seine Hände liebkosten die Leuchtkugel – „aber niemand hört mich. Niemand läßt mich ihnen *zeigen* ..." Er stürzte vorwärts, von Bitterkeit erfüllt.

„Mir kannst du es zeigen." Er streckte sich, als sie sprach: Ihre Schultern hoben sich in plötzlicher Erkenntnis. „Ich glaube, irgendwie haben auch wir unsere Wirklichkeit verloren." Ihre Hand spielte mit dem groben Sand. „Wir fanden so etwas wie einen Traum – und verloren dabei uns selbst."

Der Fremde sah sie seltsam von der Seite her an und kratzte seinen Rücken mit der Spitze des Schwanzes.

„Wie ist dein Name? Wie nennen sie dich?"

„Mondschatten." Seine geöffnete Hand strich über seine Brust, und sein Gesicht nahm einen Ausdruck übertriebenen Stolzes an. „Mondschatten Sternenmann."

„Sternenmann?" Sie fröstelte. „Du meinst – vorhin hast du schon gesagt, du seist ein Mensch. Aber du – du siehst nicht aus wie ein Mensch ..." Es klang dumm, doch er schien nicht verletzt zu sein.

„Nicht hier" – er wies auf seinen Körper – „hier" – er berührte seinen Kopf. „Ich bin letzter Sternenmann der Kith-Brüder. Vor langer, langer Zeit wir vereinigen mit Sternenmenschen, sie Teil von uns, Teil von mir. Ich bin der letzte von jenen, die Wirklich und Sternenmann zugleich."

„Oh." Sie lächelte ungezwungen. „Ich bin Tarawassie", sagte sie.

„Menschennamen haben keinen Sinn. Was für ...“ – er verzog das Gesicht zu einer Grimasse der Konzentration – „Was für eine Bedeutung hat dein Name?“

„Er hat keine Bedeutung, er ist mein Name.“ Sie lächelte erneut. „Sollte er denn eine Bedeutung haben?“

„Alle Wirklichen Menschen haben Kith-Namen. Und Geburtsnamen, der von Ereignissen bei Geburt erzählt ... Bei meiner Geburt wurde der Mond von Nachtbestie verschlungen. Menschen machten viele Geräusche, und Nachtbestie spie ihn wieder aus. Ich geboren, während Mond verschluckt. Sie sagen ...“ – Er spielte mit seiner Perlenkette, zerriß den Faden, so daß die Perlen über seine angewinkelten Knie herabrollten – „ ... sie sagen, ich seltsam – Kind der Mondnacht. Ich letzter Kith-Bruder der Sternenmenschen, schlechter Mann, mit bösem Geist geboren. Immer, wenn mir Dinge *zeigen,* sie denken, ich bin seltsam ... und so Prophezeiung erfüllt.“ Er suchte die verstreuten Perlen zusammen und warf sie in einen Beutel. Tarawassie sah sonderbare Formen aus Draht und Glas, glänzende Flächen geätzten Metalls.

„Inwiefern bist du – sonderbar?“

„Alte Geister der Sternenmenschen führen mich. Aber Wirkliche Menschen sagen, Sternenmenschen haben böse Geister, keine Wirklichen Geister. Sie sagen, nur Wirkliche Menschen zeigen richtige Wege, nicht gut, anderes zu lernen. Sie versuchen verhindern, ich mehr erfahre über Stadt, meine Stadt. Aber sie leben auch in Stadt der Sternenmenschen, geben Nahrung und Chitta zu Sternenmenschen, deshalb erlauben Sternenmenschen uns zu bleiben. Sie verrückt, nicht ich.“

Tarawassie dachte an den Handelsplatz; schon immer hatte sie gewußt, daß die Eingeborenen die Nahrung brachten, die die Menschen am Leben hielt ... und sie hatte sich niemals darüber gewundert, warum sie dies taten. Sie dachte an den Fremden, der vor ihr weggelaufen war. „Warum haben deine Leute Angst vor uns? Sind wir nicht auch ‚wirklich?‘“ *Aber wir wirken ja sogar auf uns selbst unwirklich.*

Mondschatten strich sich über seinen dichten Pelz. „Wir einzige Wirkliche Menschen. Sternenmenschen wie – wie Geister. Viele am Himmel, besitzen große Zauberei. Sternenmenschen verändern Wirkliche Zeit. Meine Brüder nicht wissen alles – zuviel Zeit vergangen – aber wissen, Geistermenschen muß fürchten. Geben ihnen viel Chitta ...“

„Chitta?“ schrie sie auf. „Ihr gebt uns Chitta! Natürlich ... Natürlich!“ Sie gab ein leises Geräusch von sich, die Andeutung eines Lachens, das in ihrer Kehle schmerzte. „Wo jedermann blind ist – wer vermißt das Licht des Tages, wer erkennt die Nacht?“

„Ich rufen dich, Sternenfrau“, sagte Mondschatten, aus seinen Gedanken aufschreckend. „Aufrichtiges Rufen.“

Tarawassie nickte abwesend.

Er lächelte, wobei er lange, spitze, weiße Zähne entblößte. „Mondschatten – Sternenfrau. Wir Geschwister. Ich zeigen meine Geheimnisse. Jetzt?“

„Ja. Kannst du mir zeigen, wo du Andar – den Gelbpelz – gesehen hast?“ Sie setzte sich auf und stützte sich auf die Knie. Sie hoffte, es würde nicht allzu weit sein.

Er lehnte sich zurück, abwärts blickend, als hätte sie sein Angebot abgelehnt.

„Aber ich möchte doch, daß du mir etwas zeigst ...?“ Sie erschauerte, war verwirrt. „Kannst du mir nicht den Ort zeigen?“

Sein Schwanz sank mutlos herab. „Kann nur zeigen, was ich gelernt. Kenne nicht die Geheimnisse der neuen Plätze. Ich zeige anderes, dann dorthin gehen, du verstehen, daß Stoff gut – wie ich.“

Tarawassie schüttelte fragend den Kopf, ungeduldig vor neu erwachtem Tatendrang. „Wovon redest du? Du meinst, du willst mir sagen, was du als erstes gelernt hast? Ist es das?“

„Nicht sagen.“ Sein eigener Eifer wurde gebremst durch die Mauer des Unverständnisses, die zwischen ihnen stand. „Zeigen – ich *zeige* dir. Komm ...“ Ungeduldig ergriff er ihre Hand und zog sie mit sich.

Sie versuchte, auf die Beine zu kommen, doch er drückte sie wieder zu Boden, und seine Finger schlossen sich um ihre Handgelenke. „Gehen wir nicht? Laß mich los!“ Mit aller Gewalt wich sie zurück, entwand sich aus seinem Griff, als er versuchte, ihre Hand gegen den silbernen Pelz seines Bauches zu pressen. „Was tust du?“

Mondschatten winselte. „Nicht verletzen. Nur *zeigen* – nur dir zeigen ... Bitte, Sternenfrau.“ Langsam sank er auf die Knie, seine Hände zitterten, in seinen Augen lag ein flehender Blick. „Niemand läßt mich zeigen. Niemand ist mein Bruder.“

„Mir *was* zeigen?“ Ihr Gesicht flammte in offener Empörung. „Warum muß ich dich berühren?“

Er hörte auf zu schaukeln. „Du hast keinen Beutel. Du weißt nicht."

„Wie soll ich auch. Ich weiß überhaupt nichts!" Sie legte ihre Hände auf den unebenen, staubigen Fußboden. Der Schmerz in ihrem Handgelenk befreite sie von der Last der Gefühle, mit denen sie nicht fertig wurde. „Entschuldige."

Mondschatten nickte. „Es geht vorbei ... ich sehe. Ich versuche, dir erzählen." Er seufzte. „Bei Wirklichen Menschen Junges wuchs in Beutel von Mutter, bis groß und stark, nicht oft draußen. Im Beutel, Mutter zeigt Kleinem viele Dinge. Wenn Junges geboren, Vater zeigt, Kith-Geschwister zeigen. Männer haben auch Beutel." – Er deutete auf seinen Bauch, suchte in ihrem Gesicht nach Anzeichen des Verstehens. – „Kann Junges nicht austragen, aber kann *zeigen,* kann auch Geschwistern zeigen." Seine Hände bewegten sich unruhig, die Krallen gespreizt, als könne er das Verständnis aus der klaren Luft greifen. „Gib Hand in Beutel, was Bruder sieht, du siehst auch. Nicht erzählen – sehen, mit Augen des Bruders. Bruder *zeigt* ..." Als hoffe er, durch ständiges, lautes Wiederholen könne er ihr die Bedeutung seiner Worte klarmachen. Er breitete seine Arme aus und wartete.

Tarawassie lehnte sich zurück, um die Worte in ihrem Gehirn zu verarbeiten. „Ich verstehe – es ist mehr als ein reines Erzählen. Aber es ist so – so fremdartig. Wir selbst können nicht die Gedanken der anderen lesen, wenn wir uns berühren. Wie also sollte ich die deinen lesen können? Ich bin keine Eingeborene. Kannst du nicht einfach nur erzählen?"

„Kann nicht erzählen, Sternenfrau." Er lächelte verloren. „Nicht haben genug Worte, keinen Weg wissen." Seine Schultern hoben sich, eine Geste der Hilflosigkeit. „Reden zu schwierig. Aber *kann* dir zeigen. Ich Sternenmann, weil dies so sein." Er hielt ihr die Hand entgegen.

Halb kam sie ihm entgegen, doch dann wich sie erneut zurück, erschrocken, unsicher. „Nicht jetzt. Ich bin noch nicht bereit. Wirst du mich zu dem Platz führen, über den wir uns eben unterhielten? Dann werde ich ... sehen."

Seine Hand fiel herab, und er nickte mutlos. „Ich dich führen. Mein Versprechen halten." Eine flüchtige Betonung lag auf dem Wort ‚mein'. „Jedenfalls" – seine Gestalt straffte sich – „ich gehe in Haus. Gehen nun, ja." Sein Schwanz griff nach der

Leuchtkugel. Er hob sie auf und nahm sie in die Hände. Dann schob er mit den Füßen Staub ins Feuer, brachte es zum Erlöschen.

Tarawassie erhob sich stöhnend wie eine alte Frau, eine andere Art von Feuer durchströmte ihre Muskeln.

„Nicht weit." Er lächelte zuversichtlich – er wollte nicht, daß sie ihn erneut erschrecke, vermutete sie. Sein Schwanz wies in Richtung des hellen Eingangs. „Laufen du gut?"

Sie preßte ihre verletzte Hand gegen ihren Rücken. „Sehr gut, hoffe ich."

„Hier. Gelbpelz hier drücken." Mondschatten preßte seine eigenen bepelzten Hände gegen zwei Elfenbeinplatten, die in Brusthöhe in die dunkle Tür eingelassen waren. Nichts geschah. „Rasch, Sternenfrau. Mein Volk wütend, wenn uns hier sehen."

Tarawassie stapfte durch trockene Blätter unter das Vordach des Hauses. Sie sah einen kurzen Moment zu dem Portal hinauf, ängstlich wegen seiner enormen Größe. „Sind sie Riesen?" flüsterte sie, vor Furcht und Kälte zitternd.

„Nein", sagte Mondschatten abrupt, rieb sich die Arme, den grauen Pelz. „Sie sehen aus wie du – wie du. Wir gehen hinein jetzt?" Er blickte die Straße hinab.

„Sie sind nicht wie wir." Sie blickte hinab. „Nein, nicht wie wir." Langsam, wie bei einem Ritual, hob sie beide Arme und legte die Hände gegen die beiden Siegel. Die schweren Torflügel schwangen mit einem leichten metallischen Geräusch nach innen. In der Nachmittagssonne warfen ihre Gestalten lange Schatten in das Innere der Halle. Tarawassie blieb stehen, schwankend und unentschlossen. Neben ihr kam Mondschatten überwältigt zum Stehen. Sie nahm ihm die Leuchtkugel aus den Händen und hielt sie wie ein Amulett vor ihren Körper. Im Brennpunkt der beiden Lichtquellen verblaßten ihre Schatten, wurden unsichtbar.

„Geistermenschen", murmelte Mondschatten.

„Unsere Geister." Tarawassie hielt unbewußt den Atem an. „Vielleicht sind wir Riesen, nach allem ..."

Gemeinsam durchquerten sie den Raum, und wie ein Willkommensgruß erstrahlte Licht um sie herum, verdrängte mit seinem strahlenden Glanz die Dunkelheit. Sie fröstelten, blickten sprachlos auf, ihre Augen glitten über die Wände des Gewölbes, in dem sie sich aufhielten. Irgendwo in den verborgenen Geheimnissen dieses Ortes hatte Andar jenes Wissen gefunden, das ihn seinen

Verstand verlieren ließ und ihm die Freiheit gab. Und ihrer Mutter die Freiheit gab. Und nun mußte sie es selbst erfahren...

„Nicht gut." Mondschattens dünne Stimme hallte von Wand zu Wand und erzeugte ein verwirrendes Echo. „Nicht gut hier, keine wirklichen Dinge!"

... Dinge ... Dinge ... Dinge ...

Tarawassie schützte ihre Ohren vor dem Widerhall des Echos. „Was meinst du? Hierher kam Andar, um zu lernen – ist es nicht so?"

„Aber alle Worte wertlos hier. Nicht gut. Nicht verstehen Worte, nur Dinge." Er zeigte auf die Leuchtkugel. „Dinge arbeiten. Ich bringe sie zum Arbeiten. Aber Worte ..." Er machte eine wegwerfende Gebärde. „Worte. Ich mag nicht Worte ..." Er endete undeutlich fiepend, drehte sich um und verbarg sein Gesicht vor ihr. „Immerzu die Ahnen erzählen mir, dies guter Ort, wichtiger Ort, und nun ich finde nur Worte." Er sagte etwas, das sie nicht verstand; es klang häßlich. „Du brauchst mich nicht, Sternenfrau. Ich gehe."

„Warte, Mondschatten ..." Er hielt inne, wandte das Gesicht ab, als sie rief. „Laß mich nicht allein ... Ich meine, ich verstehe diesen Ort nicht. Ich brauche dich, um dich zu lehren, wie dieser Ort – arbeitet."

Er zögerte, der Klang seiner Stimme wurde wieder wärmer. „Ich finde Sprechkästen. Ich sie gut arbeiten lassen." Er drehte sich um. „Aber niemals finden richtige Worte in langer Zeit. Zuviel ... zu viele Worte." Dann blickte er empor, Stockwerk um Stockwerk.

„Andar fand etwas, hier. Und auch er hatte keine Ewigkeit zur Verfügung."

„Vielleicht er ließ es zurück, vielleicht nicht. Wir sehen ..."

Mondschatten ging davon, den Blick auf den Fußboden geheftet. „Hier! Ich sehe – Gelbpelz oft gehen diesen Weg ... sehr oft ... diesen Weg ... um Kasten zu sehen. Wir gehen hoch." Sein Schwanz winkte ihr, ihm zu folgen.

Sie folgte ihm, kaum in der Lage, eine Elfenbeinplatte zu erkennen, die unter der Staubschicht, die die Tür bedeckte, verborgen war. Zusammen mit Mondschatten betrat sie den Lift, beobachtete, wie er die Symbole mit seiner Hand berührte, eines nach dem anderen.

Eingehüllt in eine sanfte Vibration, fuhren sie hoch ins zweite

Stockwerk. Mondschatten spähte nach draußen in den Korridor und schüttelte dann den Kopf. Sie fuhren zwei weitere Etagen in die Höhe, ehe er nickte und auf die Elfenbeinfliesen des Zwischenstocks hinaustrat. Er führte sie um die halbe Peripherie herum. Tarawassie blickte nach draußen, nach oben und immer wieder über das niedere Geländer nach unten und versuchte sich vorzustellen, welch uralte Geheimnisse an diesem Ort schlummern mochten.

Sie hörte einen bellenden Ruf und sah gerade noch, wie Mondschatten in einem der Seitenkorridore verschwand. Rasch folgte sie ihm. Der Gang erweiterte sich zu doppelter Breite und verlief zwischen zwei Reihen kleiner Zimmer. In der Eingangshalle standen zahllose Tische und Sessel. Die Tische waren überhäuft mit Geräten, deren Sinn sie nicht verstand; überall lagen kleine ovale Scheiben, nicht größer als ein Daumennagel, herum. Einige der Zimmer in der langen Reihe standen offen, als hätte jemand ihre Türen gewaltsam erbrochen.

„Hierher kommen Gelbpelz. Vielleicht hier das, was du suchst. Viele Worte hier." Seine Hand wies über die Tische.

„Wo? Wie ...?" Tarawassie fühlte eine blinde Wut in sich emporsteigen angesichts der Tatsache, daß ein unwissender, halbwilder Eingeborener mehr über die Geheimnisse ihres Volkes wußte als sie selbst.

„In Wortkasten." Mondschatten nahm eine der kleinen Scheiben und reichte sie ihr. „In Wortkasten stecken. Er spricht oder zeigt Bilder ... oder macht nur Worte. Nicht arbeiten, wenn hier liegt!"

Tarawassie betrachtete irritiert die Scheibe.

„Zauber kommt heraus, nur Staub im Innern ... Grünes Ei reden, schwarzes nur zeigen Bilder, rotes macht nur Worte." Die meisten der Scheiben waren rot. „Wortkasten nicht zeigt, wie Wirkliche Menschen – nicht viel erinnern hinterher, zuviel vergessen."

Ihre Hand umschloß die rote Scheibe. „Was ist der Unterschied zwischen ‚Worte machen' und ‚zeigen'? Es ist beides das gleiche, oder nicht?" Sie öffnete ihre Hand wieder, sah hinein.

Mondschatten schüttelte den Kopf in einer Geste der Verneinung. „Wortkasten nur zeigt Worte ..." Er entfernte sich etwas, tat etwas an einem der Kästen. Die dunkle Platte über den feinen grünen Symbolen erhellte sich plötzlich.

„Das ist nicht ‚Worte‘.“

Er nickte, betrachtete sie mit einer Mischung aus Stolz und Ärger. „Zeigt Bilder, erzählt dem Auge. Ich sehe“ – sein Finger streckte sich, die Klaue ausgefahren –, „‚und es ... tot‘“. Er hielt inne, um sich am Ohr zu kratzen.

Tarawassie warf die rote Scheibe fort. „Nein! Das ist nicht gerecht.“ Sie schlug auf den Tisch. „Ich möchte eine *Antwort*.“

Mondschatten kehrte an ihre Seite zurück. Sie fühlte seine kalten, grauen Pfoten auf ihrer Schulter, die sie hinunterzwangen in einen der Sessel. „Ruhig, Sternenfrau. Es schlecht mit dir. Wir gehen nun. Morgen anderer Tag ...“

„Ich möchte nicht länger warten. Ich möchte eine Antwort, jetzt! Ich habe mein ganzes Leben vergeblich gewartet.“ Sie lehnte sich nach vorn, stützte ihre Ellbogen auf dem Tisch auf, fuhr sich durchs Haar.

„Dann ein Tag keine Rolle mehr spielen.“ Steif, als ob er so etwas selten tat, setzte Mondschatten sich in den nächsten Stuhl. „Was Gelbpelz wissen, das so wichtig? Warum du kommst hierher? Was Grund?“

„Er wußte etwas über die Sternenquelle.“ Sie hob den Kopf. „Sie ist im Kristallschiff. Sie tötete ihn – oder ließ ihn sterben. Und sie ließ Mutter sterben. Sie war traurig, krank und müde, und sie starb einfach. Ich ließ sie sterben, ließ sie gehen. Aber mich hat sie abgelehnt. Ich möchte wissen, wie die Quelle in der Lage ist zu richten – und warum mir niemand darüber Auskunft geben kann.“

„Und möchten wissen, ob Geist von Mutter Heimweg gefunden.“

Sie blickte erstaunt in die grauen Augen. „Ja.“

„Du haben Chitta-Zeremonie hinterher?“

„Nachdem sie – starb?“ Tarawassie nickte. „Ich trank Chitta ...“

„Und nicht träumen gut.“

„Woher weißt du das alles?“

„Ich weiß. Ich sehe, warum du kommen ...“ Mondschatten rutschte auf dem unbequemen Stuhl hin und her. „Passiert manchmal auch mit Wirklichen Menschen. Einer stirbt. Kith-Brüder haben Chitta-Zeremonie, öffnen Verstand für Geist – Geist von totem Freund kommt über sie, kommt über alle Freunde, wenn am Leben, wird für immer Teil von ihnen. Aber manchmal, Bruder trauert zu sehr und verschließt sich vor Geist. Freund hat keine Ruhe, Geist findet kein Zuhause. Trauernder muß allein gehen, suchen, Herz suchen. Wenn versteht alles und akzeptiert alles, dann Geist überkommt ihn. Geist finden Ruhe, er finden Friede, alle Kith-Brüder glücklich, wieder vereint."

„Wie kommt ihr darüber hinweg, die einzige Person zu verlieren, die euch etwas bedeutet, die ihr liebt? Wie könnt ihr jemals wieder glücklich sein, im Bewußtsein all der Dinge, die ihr hättet tun können und nicht getan habt, die ihr für den anderen hättet tun sollen? Ich ließ sie einfach sterben. Und ich habe ihr nicht gesagt ... habe es niemals versucht ..." Ihre Stimme erstarb, als sie im Meer des Kummers versank.

„Nur Körper stirbt. Geist wird Teil von uns ... Teil von uns." Die tiefe Stimme liebkoste sie wie eine streichelnde Hand. „Ahnen leben ewig, werden Teil von Freunden, von Kith-Brüdern. Mit Chitta das fühlen, fühlen Schönheit von Geist, wenn Bruder in uns aufgeht."

Es gibt einen Himmel, das ist der Tod. Tarawassie rieb sich die Augen, sie wurden feucht, die Kratzer in ihrem Gesicht brannten. *Aber das ist es nicht, was Andar meinte.* „Wir glauben nicht daran, daß Chitta uns die Geister der Toten zeigt."

„Nicht glauben?" Kaum vernehmlich.

„Nein. Das sind nur Träume, die keinerlei Bedeutung haben."

„Vielleicht Tod nicht gleiche Bedeutung für Sternenmenschen wie für Wirkliche Menschen ...?" Mondschatten suchte sein eigenes Spiegelbild in der Oberfläche des Tisches. „Aber alle Menschen sterben. Und meine Ahnen, sie menschliche Geister ... Aber ich letzter Sternenmann, niemand verbindet sich mit mir." Mondschatten blickte auf, blickte erneut hinunter auf die Tischplatte, und sie hörte ihn seufzen. „Wir nun gehen, Sternenfrau. Du ausruhen. Morgen finden Antworten."

Tarawassie erhob sich und akzeptierte den Beistand seines starken und doch behutsamen Armes. Sie fragte sich, ob es wohl eine Frage gab, die zu einer Antwort führte und nicht weitere Fragen nach sich zog.

Auf dem Rückweg zu Mondschattens Lager suchte Tarawassie die Weiten des Himmels nach dem glänzenden Punkt des Kristallschiffes ab, aber dunkle Wolken hatten sich wie ein Lid über der Stadt geschlossen. Der Wind war eisig kalt, sie zog ihren Mantel enger, deprimiert und verunsichert durch die Isolation von allem, was sie kannte.

Weiße, wirbelnde Schneeflocken tanzten vor dem Eingang des Zeltes, getrieben vom Wind, der in der Dunkelheit blies. Der Schnee schimmerte auf dem Fußboden. Tarawassie rückte näher an die Feuerstelle, um sich die Hände zu wärmen; vor ihr stand eine Schüssel dampfender, dicker Suppe. Mondschattens Schwanz warf Holzscheite in die Flammen, während er seine eigene Mahlzeit aß; sein Pelz war aufgerichtet und schützte ihn vor der Kälte.

„Wie – wie hast du gelernt, die Wortbilder, die wir gesehen haben, zu verstehen, Mondschatten? Wie konntest du“ – sie wählte die Worte vorsichtig – „dir vorstellen, welchen Sinn sie hatten?“

Durch das Prasseln der Flammen hörte sie sein zufriedenes Lachen. „Immer wissen, weil ich Sternenmann.“

„Du meinst, du hast das nirgendwo gelernt? Es gibt keinen Ort, wo ich selbst es lernen kann?“

Dumpf schüttelte er den Kopf.

„Warum hast du mir das nicht gesagt? Wie kann ich dann nur jemals ...?“

„Ich dir zeigen.“ Er sah sie an, seine Pupillen weiteten sich, musterten sie. Seine Hand streichelte sein Knie. „Ich dir zeigen, Sternenfrau, wenn du willst?“

Sie nickte, verzweifelt vor Frustation und Müdigkeit. „Ja. Dann zeig es mir.“ Widerstrebend reichte sie ihm ihre Hand. Er ergriff sie zärtlich, zog sie näher zu sich, verschlossen in seinen eigenen Händen.

„Es tut nicht weh?“

Er verneinte. „Nicht weh tun. Nicht meiner Schwester.“

Entschlossen entzog sie ihm ihre Hand nicht noch einmal, fühlte, wie ihre Finger den verwaschenen, roten Stoff seines Schurzes berührten, das graugelbe Fell seines Bauches, das die Konsistenz von Wolken, die Glätte von Wasser hatte. Erstaunt und vage verunsichert schloß sie die Augen, als ihre behutsam geführte Hand in die enge, warme Öffnung seines Beutels eingeführt wurde, wo eigentlich – ein Teil von ihr war versucht, pervers zu lachen – sein Nabel sein sollte.

Für einen langen Moment fühlte sie nichts außer einer warmen, angenehmen Berührung. Und dann, gerade als ihre Finger eine rauhe Oberfläche berührten, erklang in ihrem Geist ein Klingen, das langsam anschwoll. Wie eine Betäubung fraß es sich einen Weg die Nervenbahnen ihres Armes entlang. Sie versuchte, ihren Arm zurückzuziehen, doch Mondschattens graue Hand hielt sie fest. „Warte!“ – Eine dringende Bitte, seine Augen in ungeheurer Konzentration geschlossen. – „Ich sehe ... du wirst sehen.“

Das elektrisierende Kribbeln verstärkte sich, wurde schmerzhaft, als es ihre Schulter, ihr Gesicht erreichte. Eine Sonne explodierte in ihrem Kopf; ihre Furcht und ihre Abneigung verloren sich in strahlendem Glanz, in einem Lichtersturm, der die Dunkelheit erhellte ... Und dahinter, ihre Augen wurden gepeinigt von einem grellen Glanz, ergoß sich eine kohärente Bildersprache über ihren Geist. Wie paralysiert lag sie totenstill, gefangen in einem zeitlosen Traum, der nicht ihrem Bewußtsein entsprang, genährt von einer absolut fremdartigen Wahrnehmung.

Tarawassie blinzelte ... blinzelte, bis langsam in ihr Bewußtsein drang, daß sie wieder klare Sicht hatte. Die kleine vom Feuer erleuchtete Zone, der Rand der schattenhaften Dunkelheit nahm um sie herum langsam Form an, und Mondschatten, silber- und goldfarben, auf einen Ellbogen gestützt, wartete.

„Mondschatten?“ Sie sprach ihn an, zu erschöpft, um eine Hand zu heben.

Mit glänzenden Augen betrachtete er sie, schüttelte den Kopf, um seinen Blick zu klären. „Du ...“ – erneut schüttelte er den Kopf – „ ... du siehst nun Worte. Ich zeige dir ...“

Phantombilder huschten und rumorten hinter ihren eigenen Augen, ließen sie tränen. „Ich weiß nicht, was ich sah. Alles ging drunter und drüber – Dinge, die nicht in mein Bewußtsein gehören!“ Sie preßte die flachen Hände gegen ihre Schläfen, verdrängte die Konzentration, um wieder der Wirklichkeit ins Auge zu sehen. „Es hat nicht funktioniert.“

Er nickte hölzern, erregt. „Es bekämpfte mich. Ich fühlen – dich eindringen in mich, nicht erwünscht. Ist schlechtes Zeichen.“ Er deutete auf seinen Kopf. „Falsches Gefühl. Niemals so fühlen mit Wirklichen Menschen – niemals.“ Er grinste, seine Zähne glänzten. „Aber Ahnen sagen, es *richtig!*“ Er starrte ins Feuer, seine Pupillen wurden zu schmalen Schlitzen.

Tarawassie massierte ihren Arm, er fühlte sich heiß und geschwollen an, kleine rote Punkte, wie Masern, überzogen ihre

Hand. „Wie kann es richtig sein, wenn es seinen Zweck nicht erfüllte?" Abrupt legte sie sich nieder auf das Bündel Lumpen, atmete den Geschmack von Staub und Rauch, zog ihren Mantel enger um sich. Sie sah den goldgefärbten Pelz in der Dunkelheit aufstehen und sich wieder setzen, getrieben von seiner eigenen Unruhe. Mit einem Seufzer, Müdigkeit oder Enttäuschung, rollte er sich am Feuer zu einer Kugel zusammen.

So lag sie lange, zitternd in der Kälte, ihr Geist und ihr Körper ächzten vor Erschöpfung, so erwartete sie den Schlaf, der eine Art von Tod darstellte.

Sie träumte sehr viel, doch unterschieden sich diese Visionen stark von den Träumen, die sie bislang gekannt hatte. In intensiven Details glätteten sie die Wochen der Verwirrung jenseits ihres Verständnisses – nicht ihren Schlaf beunruhigend, sondern ihre Bewußtlosigkeit zu einem tiefen inneren Frieden führend.

Sie erwachte durch ein plötzliches Geräusch, erfüllt mit einem Wohlgefühl, welches sie seit langem nicht mehr verspürt hatte. Als sie sich umschaute, um den Grund des Geräusches zu erfahren, sah sie Mondschatten, der gebückt das Gebäude betrat; seine Silhouette hob sich deutlich gegen den hellen Hintergrund ab, weiter hinten an der Wand sah sie ein Schild *„Ausgang"* neben einer verschlossenen Tür.

Mondschatten kam auf sie zu, schritt zum Feuer, zwei kleine Kirvat-Kadaver in den Händen, ein seltsames Gewirr aus drei Riemen und drei runden Steinen mit seiner Schwanzspitze schwingend. Sein Atem kondensierte in bleichen Wölkchen vor seinen Lippen, als er näher kam, sie sah im Licht des Feuers, das sein Gesicht erleuchtete, seine von Desillusionierung gezeichneten Züge. Er warf die kleinen Tierkörper neben die Feuerstelle und setzte sich, wobei er das Messer von seinem Gürtel löste.

„Mondschatten." Sie setzte sich auf, sich wieder an alles erinnernd, plötzlich, ein völlig unbekanntes Gefühl für sie, beschämt. „Mondschatten, schau, das Wort! *Ausgang!* Ich kenne seine Bedeutung. Ich kann – lesen!" Sie hoffte, das würde ihm mehr sagen als jede Entschuldigung. „Du hast es mir gezeigt."

Sein Kopf drehte sich ihr zu, seine Augen suchten ihr Gesicht, jeder Ärger war vergessen. „Ja? Ja? Ist es Wahrheit, Sternenfrau? Ich zeigen dir gut?"

„Ja!“ Sie nickte, ein Lächeln erblühte auf ihren Lippen, das tief aus ihrem Inneren drang. „Alles ist an seinem Platz angekommen, ich verstehe alles ...“ Sie fühlte die Fragmente eines fremden, seltsamen Geistes in den Grundfesten ihrer Erinnerung, ihres Bewußtseins.

„Vielleicht“ – Mondschatten hielt unter einem Ausbruch an Emotionen, die sie nicht verstand, inne –, „vielleicht teile ich nun deine Wahrnehmungen. Ich verstehe nicht gut Worte. Aber dein Geist eins mit meinem, wie Sternenmenschen, vor langer Zeit. Vielleicht du mir zeigen, was lesen. Und ich zeige dir all ihr Wissen.“

„Zusammen werden wir alle Antworten finden! Und dann ...“ Sie hielt erschauernd inne. „Und dann ...“

„Wir bald gehen zum Wort-Platz.“ Mondschatten nickte zuversichtlich. Er wandte sich ab, um die Kadaver zuzubereiten, und sie beobachtete ihn nicht dabei.

Als erstes ging Tarawassie zum Lesegerät, das noch eine Spule enthielt, hier im unordentlichen Alkoven dieser verlassenen Bibliothek, wo Andar seine Wahrheit gefunden hatte. Mondschatten schaute ihr über die Schulter und führte ihre Hand über die lange Reihe von Tasten, rezitierte Instruktionen, als hätte er sie von einem unbekannten Lehrmeister auswendig gelernt. Sie jubelte über ihr neuerlangtes Wissen, als es ihr gelang, Symbole mit Tönen in Einklang zu bringen, eines nach dem anderen, schließlich komplette Wörter und Sätze, eine endlose Folge. Die Klugheit jenes Mannes, der zum ersten Mal akustische Symbole verwendet hatte, um Nachrichten über meilenweite Entfernungen oder jahrtausendelange Zeitspannen weiterzugeben, erfüllte sie mit Zuversicht und Hoffnung.

Doch ein kleiner Teil ihres Bewußtseins wehrte sich gegen die schwerfällige, indifferente Mitteilung von Worten und Symbolen. Das war so unnötig und zeitverschwendend, wenn eine Person auch einfach *zeigen* konnte. Und verwirrt durch die fremdartige Logik dieser Aussage erkannte sie, daß dies nicht ihre ureigensten Gedanken waren; es handelte sich vielmehr um eine starrsinnige, verschlossene Ablehnung, die Mondschattens Geist entsprang, für den zu viele Worte nur eine Verschleierung der Kernaussage waren. Nur um die Routine des täglichen Lebens abzuwickeln, benötigten Mondschatten und die anderen Eingeborenen die Sprache. Für sie wurde jedes Gefühl, jede intimere oder komplexere Form des Wissens direkt, von Gehirn zu Gehirn, übertragen. Und die persönliche Einstellung des Spenders wurde auf die gleiche Weise übertragen, durch Fixierung einer Gedanken-Matrix direkt im Gehirn des Empfängers.

Ihr eigener Verstand besaß eine Matrix mit fremdartigen Informationen, die es ihr ermöglichten, ihren Standpunkt von seinem klar zu unterscheiden – und auch umgekehrt, was sie bisher nicht gewußt hatte. Wenn man in einer Gemeinschaft aufwuchs, in der das Absorbieren fremder Gedanken bereits vor der Geburt begann – wie war es da möglich, das eigene Bewußtsein von den beeinflussenden Attituden zu trennen? Vom Einfluß der Eltern, der Nachbarn, der Ahnen?

Mondschatten sah auf sie herab, als fühlte er ihren Blick, der ihn betrachtete; er lächelte fragend, kein Wort war nötig.

Und langsam, erst langsam Satz für Satz, dann immer schneller werdend, begann sie zu lesen.

Wer kann Leben und Tod verehren? Ein Glaubensbekenntnis und eine Totenhymne. *Es gibt einen Himmel, das ist der Tod ...*

Tarawassie riß sich vom Bildschirm des Lesegerätes los, stürzte vom Eck des Tisches fort mit den unbeholfenen Bewegungen von jemandem, der einer schrecklichen Vision ins Auge sehen muß. Die scheußliche Schönheit des Todes war ihr in die Augen gestochen, verborgen in der ebenen Geometrie der geschriebenen Worte ... Der Ruf des Todes hatte sie an jenem Nachmittag ereilt, und sie hatte geantwortet ...

Mondschatten hatte den ganzen Vormittag mit nervösen Exkursionen hinunter zum Eingang des Gebäudes zugebracht, Ausschau haltend, ob nicht Angehörige seines Volkes jemanden schickten, um nach ihm zu sehen; nun lag er ausgestreckt auf dem Fußboden, schlafend, hatte das Verständnis und letztlich auch das Interesse an der Tortur ihres Lernprozesses verloren. Sie weckte ihn nicht, wußte sie doch nicht, wie sie ihm die ganze schreckliche Wahrheit hätte begreiflich machen sollen: Daß ihr Volk sich der Selbstvernichtung in die Hände gegeben hatte, als Individuen, als Gruppe, mit der ganzen Welt. Sie verehrten den Tod, nicht als mahnendes Ende, sondern als Ende in sich selbst. Sie waren gestorben, gestorben durch Ansichten, die sie nicht in der Lage war zu begreifen, gestorben durch ihre eigenen Hände in ekstatischer Nekrophilie. Und ihre Welt war mit ihnen gestorben, ihre Knochen waren über die weite Oberfläche verstreut, Wind und Wetter ausgeliefert, angenagt vom Zahn der Zeit; jene Handvoll Menschen war verlassen, zum Hierbleiben verurteilt, das letzte Leben im mürben Skelett der Stadt. Und sie war am Leben ... allein ... unter lebenden Toten. *Aber warum ...?*

Eine Hand steichelte ihre Schulter, und sie erstarrte.

„Was fehlt, Sternenfrau?“ Die ersten Worte, die er einst an sie gerichtet hatte, wiederholte er nun, doch dieses Mal konnte sie seinen Gesichtsausdruck deuten. Und auch er erkannte das Unbegreifliche in ihren Augen und sagte sanft: „Ich höre dich.“

Sie wandte sich ab.

„Alles läuft schief. Je mehr ich suche, desto mehr Antworten erhalte ich und desto mehr wünsche ich, ich hätte nie mit meinen Nachforschungen begonnen. Und doch will ich immer noch mehr ... wissen. Warum geschieht gerade mir das? Ich war so glücklich!“

„Was du finden in Worten? Sind schlechte Dinge? Versuch mir zu zeigen, und ... ich teile das Böse mit dir.“ Er stand erwartungsvoll vor ihr, einen Fuß am anderen reibend, als wäre es ein Geschenk, ein Angebot, zu dem er nicht verpflichtet war.

„Ich kann nicht. Ich kann dir nicht solch häßliche Dinge sagen, über – über uns.“

„Über Sternenmenschen?“

Sie nickte. „Du würdest das nicht wissen wollen, niemand sollte davon wissen.“

Er suchte nach Worten: „Du mir zeigen, Schmerz wird von dir weichen ... geteilter Schmerz. Ich weiß. Ich brauchen, aber niemand vereint mit mir ...“ Er spielte nervös mit einem der kleinen Informationsplättchen. „Brauche ... *brauche* Freundschaft mit irgend jemand!“ Seine Finger schnippten, die kleine Scheibe schoß über die polierte Oberfläche des Tisches davon.

Erstaunt registrierte Tarawassie das Aufblitzen einer plötzlichen Erinnerung an ihre Kindheit – so fern und unerreichbar wie die Ufer der Sternenquelle im All. Die Arme ihrer Mutter, die Regenbogenfarben ihres Gewandes, das leise Murmeln ihrer Stimme, das eine Sorge vertrieb: „Nicht weinen, nicht weinen! Geteilte Herzen, ein leichter Händedruck helfen, eine Bürde leichter zu tragen, kleine Tara ...“ Tarawassie nickte still und reichte ihm ihre Hand.

Dieses Mal, da sie die Schmerzen nicht fürchtete, fühlte sie keine Pein in dem kribbelnden Sturm, der durch ihre Nervenbahnen zog. Und dieses Mal war es, als würde die elektrostatische Brücke in ihrem Gehirn einen Teil von ihr zurückziehen, über jenen Strang lebender Elektrizität, der sie verband und die fragmentarischen Erinnerungen verschlang. Unter dem mentalen Geräusch erschauernd, rief sie sich die verderbliche Todesekstase ins Gedächtnis zurück, die aus der Vergangenheit herübergriff, um ihre Zukunft zu zerstören, die Welt ihres Volkes. Ihr verwirrendes Gedankenpuzzle mit sich tragend, glitten ihre Verwirrung und ihre Einsamkeit hinüber in Mondschattens wartenden Verstand ... wurden geteilt ... erleichtert durch sein Verständnis.

Aber dann, als hätten die Bilder einen Riegel tief in seinem Gedächtnis geöffnet, begann Mondschattens Erinnerung ihren eigenen Geist mit antwortenden Bildern zu erfüllen. Und plötzlich *war* sie Mondschatten, in einer schleifenden, desorientierenden Verwandlung. Sie sah sich selbst durch fremde Augen, sah sich selbst als Fremde, fühlte silbernen Pelz, der ihre Schultern bedeckte, verwirrt und ungläubig ... Aber als sie sich vollständig der Sensation des fremdartigen Geistes hingab, merkte sie, daß es nicht allein Mondschattens Erinnerungen waren, und als er die Kontrolle über sich verlor, fühlte sie sich hinabgezogen in einen anderen Geist – einen menschlichen Verstand. Aufgesogen in der Matrix von Mondschattens Verstand stieg er aus den Tiefen einer generationenlangen Vergangenheit empor:

Ihr Name (nicht Tarawassie, wer war Tarawassie?) war Shemadans. *Shemadans.* Sie wiederholte es erneut, um ihr Selbst zu stabilisieren, ihr Herz schlug rasend schnell. Sie fühlte die Zuleitung der medizinischen Versorgung in ihre Schulter schneiden (Tarawassies Gesicht verzog sich), Schmerz, erschreckend real. Sie war nur in die Stadt gekommen, um Waren abzuholen, aber nun kehrte sie ins Lager zurück, eine unendlich schwere Bürde tragend. Ihre schlimmsten Befürchtungen waren eingetreten: Die Sabotage des Transporters. Sie zwang sich dazu, langsamer zu gehen, als sie die im Schatten verborgen liegende Biegung der Straße erreichte. (Tarawassie starrte wild um sich, panisch angesichts der unvorstellbaren Menschenmenge.) Eine dünne Schneeschicht bedeckte den Boden unter ihren Schuhen, Tarawassie/Shemadans sah über die luftige Höhe der schneebedeckten Kulisse der Weinreben hinweg.

Sie stellte erschrocken fest, daß sich niemand mehr um sie kümmerte; die Blätter der Weinstöcke starben unter der grauen Hand des Frostes ...

Eine fremde Hand umschloß ihre Arme, und mit einem wilden Schrei drang ihre Angst nach draußen. Aber das grobe Gesicht sah mit leerem Blick durch sie hindurch, verschwand, als der Mann weiterging. Tarawassie/Shemadans atmete zitternd ein; es fiel ihr schwer zu glauben, daß sie Kulturhistorikerin war und kein verschreckter Außenseiter ...

Sie registrierte erleichtert, daß niemand von ihrer plötzlichen Panik Notiz genommen hatte. Sie alle waren nun Fremde – Fremde in der Wirklichkeit. Sie schritten an ihr vorbei, ihrer nicht gewahr werdend, weltvergessen, ungeachtet der Kälte des Tages – Todesanbeter, gefangen im Nebel ihres Chitta-Traumes, vom Tod träumend. Der Hauch eines üblen Geruchs streifte ihre Nase, als sie den engen Raum zwischen zwei Gebäuden durchschritt, aber sie blickte nicht zur Seite ... Denn das Träumen war zur Besessenheit geworden, und wenn man sie aus ihren Träumen erweckte ... *wie kann man Leben und Tod zugleich verehren?* Sie alle waren verrückt geworden! Kein Teil ihres Bewußtseins bestritt diese Tatsache noch. Und es war so rasch geschehen ... Wie lange noch konnte diese Stadt, diese Kolonie, noch existieren, bevor der lange Herbst ihres Wahnsinns in den letzten kalten Winter übergehen würde, dem kein Frühling mehr folgte? *Was sollen wir tun, wenn unsere Welt stirbt? Wir können unsere Kith-Freunde nicht verlassen! Oh, Basilione, Basilione* ... Sie beschleunigte ihren Schritt, der Beutel mit den Waren baumelte unbeholfen gegen ihre Beine. Sie überquerte die letzte Biegung, sah den Schneepanzer noch dort, wo sie ihn verlassen hatte. *Was soll nur aus uns werden, nun, da sie den Transporter zerstört haben?*

Da war etwas, ausgestreckt über der roten Kuppel des Schneepanzers, ein helles, nicht erkennbares Ding, ein Bündel blutüberströmter Lumpen ... *ein Selbstmörder? Oh, nein. Nicht!* Shemadans hielt inne, schrie. Ihr gräßlicher Schrei hallte endlos wider im Zelt ihrer Gedanken, als sie hier im kleinen Zeuge einer sterbenden Welt wurde ...

„Nein ... nein ... *nein* ...“ Tarawassie fand zu sich selbst zurück, der Schrei eines fremden Entsetzens zerriß noch immer ihre Kehle. „Mondschatten!“ Sie preßte ihre schmerzende Hand gegen ihre Lippen, schluckte den letzten, bitteren Nachgeschmack der Angst. „Was – was ist geschehen? Wer war das? Das waren nicht deine Erinnerungen!“

Mondschatten schüttelte den Kopf. Sie sah die Nachwirkungen des Schreckens, die nur langsam aus seinen Zügen verschwanden, während er sie betrachtete. „Du rufst ... rufst Ahnengeist, rufst Shemadans“ – er verhaspelte sich –, „wenn du vereinigst. Erinnerung kommt zu Erinnerung.“

„Sie war ein *Mensch* ...“ Sie erkannte, wie wahr seine Behauptung von einem Sternenmann – einem menschlichen Kith-Bruder – gewesen war. Sie hatte unbewußt gefragt, und ihre Frage war beantwortet worden – durch eine Vision aus ihrer eigenen Vergangenheit (die Erinnerung an die belebte Straße raubte ihr erneut den Atem), die irgendwie Teil seines Gedächtnisses geworden war. Wie war das geschehen? Wie lange schon war es her? Und was war mit Shemadans geschehen? Plötzlich verspürte sie das Verlangen, mehr über diesen neuen Teil ihrer Persönlichkeit zu erfahren, dieser neuen Welt, die sich vor ihr auftat.

Denn nun wußte sie, daß alle Befürchtungen Shemadans eingetroffen waren, wußte, daß die Menschen dieser Welt gestorben waren – gestorben durch Chitta. Tarawassie erkannte das nun überdeutlich – in Shemadans Seelenqual, und auch in ihrer eigenen. Und nun wunderte sie sich, wie diese letzte Handvoll Menschen es vollbracht hatte, so lange zu überleben in dieser Imitation des Lebens – dieser Imitation des Todes.

Mondschatten berührte ihren Arm, riß sie aus ihren nachdenklichen Gedanken. „Wir gehen bald? Wenn zu lange bleiben, Dunkelheit kommt. Mein Volk sieht Licht, kommt, quält mich ...“ Er unterbrach sich, die Augen niedergeschlagen. „Ich vereinigen mit dir, böses Wissen teilen. Mache es leichter. Ich dein Kith-Bruder ...?“

„Ja.“ Sie nickte, unsicher, ob die Antwort, die sie in der Vereinigung gefunden hatte, sie qualvoll geschwächt oder gestärkt hatte, doch sie spürte, daß es sehr wichtig für sie war, ihm für das Teilen ihrer Last zu danken. „Ja, ich danke dir, mein ... Bruder.“ Sie lächelte. Nun, da eine Frage beantwortet war, wußte sie, daß sie den Schlüssel zum wirklichen Verständnis gefunden hatte und sie nicht aufhören würde, bis ihr Wissensdurst gestillt war. „Mondschatten" – sie reichte ihm erneut ihre Hand, vergaß seine Warnung –, „zeige mir, was mit deinen Ahnen geschah, was Shemadans zustieß!"

Er ergriff ihre Hand. Dieses Mal fühlte sie keine Überraschung, als ihr eigener und Mondschattens Geist miteinander verschmolzen, ihre Fragen und ihren Hunger nach Wissen aufgriffen und langsam hinabsanken in die tieferen Ebenen ihrer/seiner Gegenwart, in bruchstückhafte Erinnerungen, unvollständig durch die langen Jahre, doch unterschwellig immer vorhanden, um ihn durch die Augen seiner Ahnen sehen zu lassen, wann immer es nötig schien, wann immer der Geist dieser alten Stadt ihn rief, sie zu führen ...

Einen flüchtigen Augenblick lang wurde sie erneut absorbiert, besaß schmale, graue Hände, einen leuchtenden silbernen Pelz, doch nicht Mondschattens Körper; Tarawassie blickte hinunter in ein menschliches Gesicht, ein männliches Gesicht, schmerzverzerrt. Sie kauerte neben der ausgebrannten Ruine eines Zeltes, benötigte ihre gesamte Kraft, um die entsetzlichen Schmerzen zu vergessen, während sie versuchte, es ihm so angenehm wie nur möglich zu machen ...

Und wieder. Sie wurde ein menschlicher Mann – ein *Mann,* dieses Mal, ihr/sein Name war Basilione (Shemadans – wo war Shemadans? Wo war sie, Tarawassie?) ...

Basilione wandte leicht den Kopf, schaute fort von der Prozession der Schneefahrzeuge, die sich am Fluß entlang ihren Weg in das Lager bahnten. Shemadans ... Er vergewisserte sich, daß sie wirklich an seiner Seite stand, eine formlose Gestalt unter der schweren Kleidung, nur ihr von der Kälte gerötetes Gesicht war unter der Kapuze zu erkennen. Sie wandte den Blick vom Flußbett ab und ihm zu, als er sie ansah ... als wären ihre Bewegungen eins. Ihr Gesicht glättete sich, als sie sein Lächeln sah. Sie erhob den Arm, als er ihn erhob, sie näherten sich einander, die Bewegung brachte sie ihren Kith-Geschwistern näher, alle zusammen, wie es sein sollte.

Nein, nicht alle ... Er hatte einen Teil der Kith weggeschickt – den verwundbaren Teil, den eingeborenen Teil (sein/ihr Verstand wehrte sich gegen diese Unterscheidung). Denn das dort unten, dessen war er sicher, das war nicht einfach eine Gruppe sich nähernder Menschen, sondern ein heulender Mob. Er blickte zurück in die Dutzende von ängstlichen Gesichtern seiner Freunde. Das hohe Wimmern der sich nähernden Schneefahrzeuge drang nun konstant an sein Ohr. Über die schneebedeckten Weiten der Tundra hinweg, weit hinter ihrem eigenen, verlassenen Lager, konnte er die verwahrlosten, unangemessenen Zelte der Hauptsiedlung der Fremden erkennen, wo diese Gruppe armseliger Überlebender menschlicher Einmischung, von Flechten und Maden ernährt, ihr kümmerliches Dasein fristete. Beim ersten Anzeichen von Ärger waren die Eingeborenen geflohen.

Tarawassie/Basiliones Blick glitt mechanisch über die vertraute Landschaft, die vom zurückweichenden Eis freigegeben wurde – eine öde Felslandschaft, geglättet von darüber hinweggeglittenen Gletschern, der hauchzarte, sterile Geruch, der über dem Schnee lag. Eines Tages würde dieser Schnee schmelzen und guten Ackerboden freigeben ... Aber hier, am Ufer des zugefrorenen Sees, war dieses Land so öde wie der Mond, und die Menschen existierten hart am Rand der Existenz und haßten sich selbst.

Gütiger Gott, war es wirklich neun Jahre her, daß er mit dem großen Transporter von der Heimatwelt hierhergekommen war? Nur neun Jahre vergangen, seit er hergekommen war, um zu beweisen, daß die Eingeborenen Untermenschen waren, seit er selbst geglaubt hatte, daß sie eine Sackgasse der Evolution darstellten, nicht mehr waren als Tiere? Scham stieg in ihm auf. Doch es bestand kein Grund mehr, beschämt zu sein. Das war ein anderer Mensch gewesen, jenes frühere Ich ...

Eine grelle Erinnerung zeigte ihm seine Heimat, die Heimatwelt und den Mann, der er einst gewesen war. Frühling – er hatte den alten Hof des Universitätsgeländes überquert, mit seinem Geruch nach frisch knospenden Blüten, der die Luft erfüllte, um einen Vorlesungssaal zu besuchen, wo die Studenten standen und zuhörten, denn es gab nur Stehplätze. Eine Welt, in der er und seine Frau bedrückt waren von ihrer eigenen Nähe, denn Nähe, das bedeutete zuerst und vor allem Teil einer Menge zu sein, eingequetscht mit vielen anderen.

Nun fühlte er die Nähe seiner Frau anders, fühlte die tiefe, geistige Nähe, die sie beide mit allen ihren Freunden teilten – aufgrund der Vereinigung, des gegenseitigen Offenbarens. Nichts konnte sie mehr trennen, weder die Verbannung durch die Wirklichen Menschen noch der Haß der Menschen dort unten. Wenn sie es doch nur irgend jemandem *zeigen* könnten, wenn man beiden Seiten verständlich machen könnte, was ihre Kith-Brüderschaft zusammenhielt, trotz Verfolgung und der daraus resultierenden Härten, was sie glücklich machte und wünschen ließ hierzubleiben, all die Dinge, die sie zusammen erfahren durften – Dinge, die die unwissenden Menschen niemals erleben würden ...

Shemadans lehnte an seiner Seite, er hörte jemanden ängstlich murmeln, dann das Niesen eines Kindes im kalten Wind. Die vier Schneefahrzeuge waren ungefähr fünfzig Meter von ihnen entfernt zum Halten gekommen. Er zählte mit, während die Vigilanten nach draußen stiegen – fünfzehn ... achtzehn ... vierundzwanzig –, sie kurz mit Blicken maßen und dann zu Fuß in Richtung des Lagers davonstapften. Er blickte argwöhnisch gegen den eisigen Wind, konnte langsam Einzelheiten erkennen, die verschlossenen, rachsüchtigen Gesichter, das Glitzern von Licht, das von den Waffen reflektiert wurde, die Jacken, gefüttert mit dem Pelz eines niedergemetzelten alten Eingeborenen, dem silberweißen Pelz eines Jungen. Seine Zähne formten einen Laut der Klage, der aus Erinnerungen, die nicht seine eigenen waren, emporstieg. Shemadans stöhnte leise, hob einen Fuß leicht an, als wollte sie fliehen, wenn sie nur könnte. Hinter ihnen stieß Pamello einen Fluch aus: „Schlächter ...“

„Nein!“ – mehr zu sich selbst, als an die anderen gerichtet. „Wir können damit fertig werden, wenn wir nicht die Kontrolle über uns verlieren. Wir wußten, daß sie kommen würden. Und dieses Mal haben sie einen guten Grund, erschrocken und ärgerlich zu sein.“ *Einen guten Grund.* Er erinnerte sich an das Kith-Treffen vor drei Wochen, als Shemadans die Nachricht von der Zerstörung des Transporters und der weiteren Verschlechterung der Lage in der Stadt gebracht hatte.

Und diese Menschen waren vierhundert Kilometer weit hierhergekommen, in Schneepanzern, nicht in den Gleitern der Polizei, die das Lager früher besucht hatten. Die Ereignisse wickelten sich nun sehr viel rascher ab, beschleunigt durch die Angst. Diese Männer kamen nicht länger in einer halboffiziellen Mission, sie kamen, um zu töten.

„Was wollt ihr hier?“ sprach er sie an.

Die Kolonisten hielten fünf Meter vor ihm an. Er sah die häßlichen Projektilwaffen nun ganz deutlich, ihre Mündungen wiesen auf seine Freunde, auf ihn selbst. „Bleibt, wo ihr seid. Du weißt, was wir wollen. Wir wollen eure ‚Freunde'!" Ihr Anführer zog jene tiefe, klare Freundschaft in den Schmutz. „Känguruh-Liebhaber! Wo sind sie?"

Er hatte diesen Mann schon früher gesehen, vielleicht aber auch nur allzu viele andere, die wie er waren, zu viele Gesichter, gezeichnet von blinder Bigotterie ... „Sie sind irgendwo, wohin ihr ihnen nicht folgen könnt." Seine Augen schweiften über den gesichtslosen Mob.

„Wir werden sie finden." Mit einem Wink schickte der Anführer einen Suchtrupp zu ihrem Lager und den Zelten der Eingeborenen. „Und wenn wir sie gefunden haben, dann könnt ihr zusehen, was wir mit ihnen machen – dafür, daß sie unsere Welt zerstört haben."

„Wir wissen, was die Kultisten mit dem Transporter gemacht haben." Er sprach leise, jede Silbe betonend. „Wir wissen, daß sie den Kontakt unterbrochen haben; niemand kann uns mehr erreichen. Aber die Eingeborenen können doch dafür nicht verantwortlich gemacht werden!"

„Aber wer, zum Teufel, ist dann schuld daran? Es ist ihr Chitta, das unser Volk auslöscht und uns alle in den Wahnsinn treibt. Genau das haben sie geplant, um unsere Welt zu übernehmen!"

„*Wir* sind diejenigen, die ihnen *ihre* Welt weggenommen haben." Er konnte sich in diesem Fall nicht vom Rest der Menschen ausschließen, leider. „Glaubt ihr wirklich, eine Herde von ... von ‚Känguruhs' wäre in der Lage, eine so fürchterliche Vergeltung zu üben? Es ist unsere eigene Schuld, daß wir die Droge gedankenlos angewendet haben!"

Er erinnerte sich daran, wie Shemadans einst gesagt hatte, es sei eine Art Vergeltung, eine ironische Justiz. Wie oft schon in der langen Geschichte der Menschheit waren „primitive" Randgruppen wie die Wirklichen Menschen durch eine übermächtige Technologie dezimiert und vernichtet worden? Und dieses eine Mal war es umgekehrt gewesen ... „Könnt ihr nicht erkennen, daß alles, was wir hier getan haben, falsch war? Wir müssen umdenken, wenn wir den Rest unserer Gruppe vor dem Untergang bewahren wollen. Wir müssen zusammenarbeiten, auch mit den Eingeborenen ..."

Seine Stimme redete unaufhörlich, stolperte über unbeholfene

Worte, die nicht in der Lage waren, das auszudrücken, was er meinte: sich von einem anderen Wesen absorbieren lassen, durch dessen Augen zu schauen, zu wissen, daß ein Teil von dir für alle Zeit überdauert ... Wenn er ihnen das nur *zeigen* könnte, zeigen könnte, wie seine eigene, menschliche Selbstsucht durch andere Anschauungen, andere Gedanken verändert worden war; wie sehr alle Bewohner des Lagers sich in ihr Selbst vertieft hatten und wiedererstanden waren, toleranter ihnen und anderen gegenüber – mit einer Stärke, die der Menschheit immer gefehlt hatte.

Und auch die Wirklichen Menschen waren durch die Vereinigung verändert worden. Für ihre Spezies hatte sich die Stabilität des „Zeige-Rituals“ in eine Überspezialisierung verwandelt, die eine mittelmäßige Begabung förderte und dabei Veränderung und Innovation verhinderte. Die Vereinigung mit Menschen hatte die Sternenmenschen-Kith-Freunde (er zeigte einen fast krankhaften Stolz über diesen Eingeborenen-Beinamen) davon überzeugt, daß eine Veränderung für beide Seiten von Vorteil sein konnte. Und jeder Mensch konnte die Geheimnisse der Technologie direkt in den Kopf eines ‚Wirklichen‘ übergeben, konnte gedanklich ein Wissen vermitteln, das die evolutionäre Entwicklung vielleicht für immer vor ihnen verborgen hätte.

Und alles, was sie gelernt hatten, konnte rasch und schmerzlos an andere Menschen weitergegeben werden. „Was kann die Einigung zwischen den Rassen uns denn bringen, außer Gutem? Noch niemals bisher hat es eine derart ergänzende Freundschaft zwischen zwei Kulturen gegeben. Wir könnten einen solchen Pakt schließen; zusammen könnten wir ...“

„Halt's Maul!“ bellte der Anführer der Meute und schwenkte sein Gewehr. „Ihr seid genauso schlecht wie diese gottverdammten Chitta-Zombies – schlimmer sogar! Wir müssen uns diesen Dreck nicht anhören. Wir brauchen keine Ratschläge von einer Bande sodomistischer Verrückter! Zerstört das Lager, brennt es nieder! Zerstört alles, auch das Hauptlager – laßt nichts übrig! Das ist es, was sie verdienen – laßt sie alle zusammen hier einfrieren!“ Mit seinen Armen gab er der Menge hinter ihm auffordernde Zeichen.

Als ob die Zeit sich plötzlich in sich selbst verkehrt hätte, sah Tarawassie/Basilione den Mob wie Wasser auseinanderspritzen, sah, wie Pamellos kleine Tochter einen runden, glatten Stein aufhob, ihn fest in die Hand nahm und warf – sah, wie er einen der Männer mitten ins Gesicht traf; Blut spritzte in die kristallklare Luft, sie hörte Shemadans verzweifelten Schrei: „Nein!“ Aber es war zu spät, viel zu spät. Wie in einem Alptraum sah er, wie die Gewehre in ihre Richtung geschwenkt wurden, doch er vermochte sich nicht zu bewegen, und es war zu spät, viel, viel zu spät, um davonzulaufen ...

Tarawassie kam wieder zu sich. Sie saß zusammengekauert, den Oberkörper über die Knie gebeugt und schluchzte vor Schmerz. Langsam streckte sie sich, löste ihre über der Brust verkrallten Hände. Für einen langen Moment betrachtete sie ihre Hände, starrte ihr ausgebleichtes Kleid an. Aber es war nicht blutverschmiert ... keine Wunden ... sie würde ihr Leben nicht hier in dieser verlassenen Bibliothek aushauchen ...

Ein leises, herzerweichendes Schluchzen drang an ihr Ohr, als endlich ihre eigenen Tränen versiegten. Mondschatten saß zurückgelehnt in seinem Stuhl, die Augen geschlossen, die Hände vor der Brust verschränkt.

„Mondschatten“, der Hauch eines Flüsterns, „was geschah mit uns? Was geschah? Sind wir – sind *sie* – alle gestorben? Alle?“

Seine Hand vollführte eine Geste der Verneinung. „Sie ich. Sie ich. Ich alles, auch sie ...“ Mit einem langen Atemzug öffnete er die Augen.

„Aber sie wurden ermordet. *Sie starben!*“ Und es war so wirklich in ihr, von so erschreckender Realität, daß sie geglaubt hatte ... Sie rückte nach vorn, die Arme verschränkt und auf die glatte Tischoberfläche aufgestützt. Langsam hob sich der dichte Nebel der Illusion und der Erinnerung und erlaubte ihr einen klareren, objektiveren Blick über die Ereignisse, deren Zeuge sie geworden war. Und plötzlich erkannte sie die wirkliche Bedeutung des Wortes *Eingeborener*. „Mondschatten – haßt du mich? Die Menge – das müssen meine Ahnen gewesen sein. Und alle Menschen – was sie deinem Volk angetan haben ...“ Die Erinnerungen-in-den-Erinnerungen an all die Scheußlichkeiten stiegen erneut in ihr empor, so frisch und lebendig, wie sie sie miterlebt hatte, nach ... *fünfhundert* Jahren. Sie war nicht in der Lage, diese ungeheure Zeitspanne verstandesmäßig zu erfassen. „Bin ich wie sie?“ Sie erinnerte sich ihrer eigenen Gefühle den Eingeborenen gegenüber, und ihre Züge verhärteten sich.

Mondschatten schüttelte den Kopf; er sah sie nicht an. „Du nicht wie sie, Sternenfrau. Du wie meine Ahnen. Du wie ... wie ich."

Basilione hatte sich nicht geschämt, denn der Verblendete war ein anderer Mann gewesen ... „Ja", sagte sie, „und ... ich glaube, du bist mir ähnlicher als jeder, den ich kenne." Sie lächelte, als ihr die Bedeutung dessen bewußt wurde. „Nun ... aber ich weiß noch immer nicht, was ich bin."

„Du meine Freundin ..." Mondschattens Hand berührte seine Brust. Auch er lächelte. „Meine Kith-Schwester."

Eine reine, unschuldige Freude erfüllte sie, als sie sich die tiefe Bedeutung dieser Worte vergegenwärtigte. „Was auch immer geschah" – Schatten tanzten erneut hinter ihren Augen –, „geschah vor langer Zeit, mit deinem wie mit meinem Volk. Euer Chitta brachte meinem Volk den Untergang, das Ende. Dein Volk, das sind die Erben. Alles, was unser war, wurde dir hinterlassen, damit du erfährst, wie falsch sie daran taten, sich zu Richtern über euch aufzuschwingen."

„Vielleicht." Mondschatten bewegte die Schultern, und die Perlen seiner Kette schepperten leise. „Oder vielleicht sie richtig entschieden, vorausgesetzt, wir niemals verändern. Wir leben hier lange Zeit, in Menschenstadt, aber niemand will Magie, niemand benutzt! Immer sagen, selbst wissen besten Weg, brauchen keinen neuen Weg ..."

„Aber wenn die Wirklichen Menschen wirklich so ... so primitiv waren wie diejenigen, die Basilione gekannt hat – haben sie sich dann nicht schon verändert?"

„Kleine Dinge. Dumme Dinge, nicht groß. Nicht genug."

Tarawassie schüttelte den Kopf, rieb ihre Hände aneinander, massierte ihre Arme. „Aber – die Erinnerungen, die du in dir trägst, Mondschatten. Könnten sie nicht durch dich dein Volk verändern?"

„Mein Volk *läßt* sich nicht durch mich verändern!" Er schüttelte seinen eigenen Kopf in Unglauben. Er erhob sich, sein Fuß rieb seinen Knöchel, eine seltsam vertraute Geste. „Wir gehen jetzt, bevor sie kommen."

„Mondschatten, warte!" Sie hielt sein Handgelenk, als er sich erhob. „Zeig mir noch mehr, bitte? Die Fragen quälen mich." In ihrem Geist sah sie die Sternenquelle vor sich. „Irgend jemand in deiner Erinnerung muß etwas über das Kristallschiff, über die Sternenquelle wissen ..."

Widerwillig ließ Mondschatten sich in seinen Sessel zurückfallen, hin und her gerissen zwischen Unbehagen und Ekstase. Sie sah, wie er die Augen schloß, während ihre Hand erneut in die warmen Falten seines Beutels glitt, fühlte seine Befriedigung, als die mentale Brücke sie erneut verband. Shemadans lag mit überkreuzten Beinen im Kreis ihrer erwartungsvollen Freunde. (Tarawassie sah durch ihre Augen, ungläubig betrachtete sie Basiliones dunkles, sorgenvolles Gesicht, die Gesichter von einem Dutzend anderer Menschen, auch Eingeborene waren darunter – sie alle lebten, lebten noch immer?) Shemadans blickte über die doppelte Reihe der Gesichter, hinaus auf die grauen Zelte, die vom kalten, böigen Nachtwind umweht wurden. Sie ordnete ihre Gedanken, die ganz allein ihre eigenen gewesen waren: in den vergangenen vier Tagen, die sie in der Stadt zugebracht hatte. Dann begann sie zu sprechen, in der Meinung, daß eine derartig große Gruppe den Gebrauch vieler Worte rechtfertigte ...

„Sehr schlechte Nachrichten sind es, die ich heute bringe. Der Schnee ist geschmolzen, die Stadt zerfällt unaufhörlich, und es sind nicht mehr genug Leute übrig, um alles zu tun, was getan werden müßte. Wohl sechzig Prozent benutzen mittlerweile die Droge; ich habe sie überall gesehen. Sie gehen umher wie lebende Tote, sehen kaum nach ihren eigenen Bedürfnissen und ignorieren alles um sie herum. Und wenn sie deprimiert sind von zuviel Chitta, dann töten sie sich selbst. Es ist wahr, ich habe es mit eigenen Augen gesehen. Die anderen sind fasziniert von den Toten ... Und es gibt nicht mehr genug Chitta für sie alle." Das Bewußtsein, daß sie die schwere Last der Erinnerung nicht allein zu tragen hatte, strömte aus Jagdglücks Geist, mit dem sie sich verbunden hatte, auf sie über, erleichterte sie ein wenig.

(Und Tarawassie erkannte plötzlich, daß all dies sich vor der endgültigen Konfrontation zugetragen hatte. Shemadans, Basilione und die anderen waren nicht gestorben, würden auch niemals sterben. Sie lebten fort in den Körpern ihrer Nachkommen. Sie alle *waren* Mondschatten. Und solange sie lebte, würden sie nun auch ein Teil von ihr sein.)

Shemadans streifte die Kapuze ihrer Jacke zurück, trotzte der kalten Witterung. „Aber das ist noch nicht das Schlimmste." Tarawassie/Shemadans betrachtete die Gesichter, von der Kälte gerötetes Fleisch, die Farben der Pelze, die sich in einer Reihe vor ihr befanden. „Die Kultisten haben den Transporter sabotiert." Sie schrie gegen das plötzlich anhebende Stimmengewirr an. „Aber wartet! Wartet – sie haben nur den Empfänger zerlegt, nicht den Transmitter. Wir können noch immer gehen, wenn wir das wollen." *Die Menschen konnten.* Sie senkte den Blick.

„Aber niemand kann mehr zu uns kommen? Niemand von der Heimatwelt?" fragte Basilione.

Sie nickte. „Die Demontage ist irreparabel. Die Kultisten wollten ganz sichergehen, daß niemand kommen und ihrem Treiben Einhalt gebieten kann. Wenn jemand gehen will, so hindern sie ihn nicht daran. Sie sind froh – froh, sie gehen zu sehen ..." Sie stellte sich ihre Gestalten vor, die wie Fliegen die Transporterhalle füllten, gefangen in ihren morbiden Vorstellungen, starrten sie auf den Körper eines, der gegangen war und in azurblauen Linien seltsamer Kräfte zwischen den Sternen dahintrieb. (Der Transporter? Tarawassie griff wie rasend nach diesem Fetzen der Vorstellung – die Sternenquelle, *die Sternenquelle?* –, aber Shemadans Geist überrollte sie wie eine Lawine) ... „Sie sind nicht gewalttätig gegen irgend jemand, nur gegen sich selbst. Aber die, die nicht der Droge verfallen sind, geraten in Panik, und zwischen diesen beiden Parteien ..."

„Die Kolonie ist aufgeteilt zwischen den Süchtigen und dem Mob." Basilione nickte. „Nicht, daß wir das nicht vorausgesehen hätten ..."

„Es wird Hilfe kommen", sagte jemand. „Von der Heimatwelt, wenn die Flüchtlinge dort ankommen und alles erzählen. Dann werden erneut Menschen in einem Raumschiff kommen."

„Das wird mindestens vierzig Jahre dauern", hielt ein anderer entgegen. „Falls wirklich jemand kommen sollte, was geschieht dann mit der Heimatwelt? Sie werden kaum Kolonisten hierhersenden können."

„Was geschieht *hier?*" Tarawassie/Shemadans drehte den Knopf und betrachtete Schöner Himmel, dessen Leben Basilione gerettet hatte; er war der erste der Wirklichen, der sich jemals mit einem Menschen vereinigt hatte. „Die Tobenden werden vielleicht eines Tages die Wirklichen Menschen angreifen – und uns auch. Was wollen wir dann tun, wohin gehen wir dann?"

„Wir sollten uns darüber keine Gedanken machen", sagte Shemadans leise. „Die Menschen werden sich alle selbst umbringen. Jeder einzelne von ihnen. Alles, was die Wirklichen Menschen tun müssen, ist noch etwas länger Geduld haben, dann wird diese Welt wieder ihnen allein gehören." Diese Tragödie stimmte sie sehr traurig, doch die Richtigkeit der Worte konnte sie nicht leugnen.

Sie stellte sich den Transporter vor und das Gewebe, das diese Welt so schwach mit der Wirklichkeit verband, stellte sich einen Teil davon zerbrochen, zerstört vor – *und der dunkle Schlund* (Andar, was hatte Andar gesagt? *Bitte,* schrie Tarawassie lautlos, rezitierte in Gedanken: *‚Den Drachen zu besiegen und in den dunklen Schlund zu tauchen ...' Bitte, bitte, zeigt es mir, jetzt!) ...* und gehorsam glitt Shemadans Geist tiefer in den See der Erinnerung und fand das folgende Gedicht:

> Wer will vergehen? Wer wieder erstehen?
> Wer besiegt den Drachen und taucht in den
> Dunklen Schlund?
> Still und lautlos gibt er sich dem
> Ozean hin.

Das Gedicht von Gattan, dem Poeten, der für Shemadans die mystische Substanz einer Transmittierung mit diesen Worten festgehalten hatte, um die Funktion des Transporters zu erklären ...

Und Tarawassie nahm alles auf, was Shemadans über die Sternenquelle wußte: Eine Transporterstation (das Schiff, das Kristallschiff!) war von einer anderen Welt hierhergesandt worden, die ein Teil jenes Weltenverbundes war, der durch die Sternenquellen miteinander verbunden ist. Nach einer vierzig Jahre langen Reise über unvorstellbare Entfernungen hinweg war ein Raumschiff hier eingetroffen, um ein Sternentor zu errichten. Das Tor war die Sternenquelle im transparenten Herzen des Kristallschiffes, das endlos über dieser Welt kreiste, ein Tor, das es Menschen ermöglichte, die Abgründe zwischen den Sternen in einem Augenblick zu überqueren, der nicht einmal einem Augenzwinkern entsprach.

Doch diejenigen, die sich zu dieser Reise entschlossen, zahlten einen hohen Preis, denn zwischen den Sternen, in den Eisestiefen des Weltraums, war das Königreich des Todes. Der Körper mußte zurückgelassen werden, bevor der Geist – die Essenz? – eines Reisenden die Dunkelheit überwinden konnte, um im Licht einer anderen Sonne wiederzuerstehen. Shemadans konnte sich den Mechanismus der Sternenquelle, die die Seele eines Individuums, die doch seine Ganzheit ausmachte, ergriff, diese von der nutzlosen Bürde des Fleisches befreite und in die Weiten des Alls abstrahlte, um am Zielpunkt eine originalgetreue Nachbildung anzufertigen, nicht erklären.

Aber wer würde vergehen, wer wiedererstehen? Jede Person, die diese Art des Reisens wählte, mußte die Tatsache ihrer Selbstzerstörung akzeptieren. Und das war der Grund dafür, erkannte Tarawassie, daß die Quelle noch keinen Menschen, den sie kannte, angenommen hatte. Nur Andar hatte die Wahrheit gewußt. Nur ihre Mutter und Andar waren wirklich bereit gewesen, den Drachen zu passieren und in den dunklen Schlund zu tauchen – einst mußten alle Menschen ihren Tod ohne Angst hingenommen haben, gedankenlos als eine Art Reise; sie hatten niemals ihre Körper leblos hinter ihnen treiben sehen, waren nur ihrer Ankunft, ihrer Wiedergeburt gewärtig ...

„Aber das bedeutet", sagte Pamello (Shemadans' Geist kehrte in die Gegenwart zurück, der Tarawassies glitt in die Vergangenheit), „daß die Dinge für den Rest unseres Lebens für uns immer schwieriger, immer härter werden. Selbst wenn die Kolonisten uns verlassen, werden wir keinen Zugang zur Ausrüstung und zu den Waren haben. Die Frage ist, ob wir unter diesen Umständen überleben können?"

Shemadans schüttelte den Kopf. „Die Frage ist, ob wir es nach allem über uns bringen, unsere Kith-Freunde zu verlassen? Niemand ist gezwungen hierzubleiben. Aber niemand, der diese Welt verläßt, kann sie jemals wieder betreten. Ich für meinen Teil bin mir darüber im klaren, daß dies nun meine Heimat ist. Mein Platz ... unser Platz" – sie blickte zu Basilione – „ist hier bei den Kith, was immer auch geschehen mag." Er lächelte, seine Finger streichelten zärtlich die ihren.

„Niemand von uns hat je gesagt, daß er gehen will", sagte Pamello leicht gekränkt. Seine Stirn legte sich in Zornesfalten. Die anderen Menschen schüttelten nacheinander die Köpfe. „Nur glaube ich kaum, daß dieses Lager ein sehr luxuriöser Aufenthaltsort sein wird ..."

Gelächter erklang unter den Umstehenden, und Tarawassie/Shemadans verstand die unterschiedlichen Ironien und Sorgen der Menschen und der Wirklichen, der Ureingeborenen, das darin mitschwang. Sie schaute nieder auf ihre und Basiliones Hände, beide zerfurcht und mit Schwielen übersät, Zeichen der ungewohnten Härte, die ihr Leben mit sich brachte. *Ungewohnte Härte?* Erneut lächelte sie, wehmütig. *Sicher nicht, nach neun langen Jahren.* Wieder aufblickend, erschien vor ihrem geistigen Auge das Bild von Jagdglück, der einen Infrarotheizer reparierte, Basilione, der einen der arktischen Springböcke fing, nur mit einer aus drei durch Riemen verbundenen Steinen bestehenden Bola. *Wir haben uns verändert, alle. Wir können lernen, mit unserer Zukunft zu leben, wenn dies nötig sein sollte.*

In einer Ecke des Zeltes, wo sie so viele spärliche Mahlzeiten zusammen geteilt hatten, auf dem kahlen, harten Boden knieend oder kauernd, sah sie nun die Kinder, die in einer Zeremonie des Vereinigens/Zeigens zusammensaßen. Sie würden dereinst eine bessere Welt sehen, wenn diese Härtezeit überwunden war, – und durch sie würde ihr eigener Geist weiterleben, sich vervielfältigen, sie würde die Verwirklichung ihrer Hoffnungen miterleben. Mit der Zeit würden Angst und Mißtrauen der Wirklichen Menschen, wie die Eingeborenen sich nannten, vergehen und die Kith-Sternenmänner würden endlich in der Lage sein, sie mit ihrer Botschaft zu erreichen. Und wenn die Hilfe von der Heimatwelt kam, würden sie bereits begonnen haben, eine neue Kolonie zu errichten, ohne die Fehler der Vergangenheit ...

„Aber es ist dann doch anders gekommen ...“ Tarawassie lauschte den verblassenden Klängen von Hoffnung und Zuversicht nach, bekämpfte die desolate Mutlosigkeit, die sie während ihrer Rückkehr in die Gegenwart erfüllte. „Die Menschen wurden getötet, und ... und die Wirklichen Menschen haben wahrscheinlich niemals auf deine Ahnen gehört. Was ist geschehen, wo ist dein Kith-Bruder jetzt?“

„Sie alle hier ...“, sagte er sanft, wobei er sie nicht anblickte; es dauerte einen Moment, bevor ihr bewußt wurde, daß er sie direkt ansprach. „Ich letzter – letzter Sternenmann!“ Ihres Unverständnisses gewahr werdend, beugte er sich nach vorn und schlug mit einem Finger auf eine der Scheiben, die knirschend zerbrach. „Ich zeige dir Rest.“

Sie reichte ihm ihre rotgefleckte Hand; das Unbehagen war nun vollständig von ihr gewichen, gefangen in einer intensiveren Wahrnehmung. Und als sie dieses Mal erneut in einen silberbepelzten Körper schlüpfte, fühlte sie, was es bedeutete, der letzte der Kith-Brüder zu sein.

Ein Mosaik vergangener Vorstellungen, zerronnener Jahre breitete sich in ihrem/Mondschattens Verstand aus, als dieser erneut seine Vergangenheit durchlebte ... Im langen, bitterkalten Winter nach der Zerstörung des Dorfes und des Lagers, der Ermordung ihrer menschlichen Kith-Brüder und der Vernichtung ihrer Gerätschaften, versuchten die etwas mehr als dreißig verbliebenen Kith-Brüder der Sternenmenschen den Wirklichen Menschen so gut es ging zu helfen. Sie arbeiteten mit beim Wiederaufbau des Dorfes und der Kultur, versuchten sich anzupassen – und waren trotz aller Bemühungen unerwünscht. Und ohne die gedankliche Stimulanz, die sie aus der Vereinigung mit den menschlichen Kith bezogen hatten, waren sie nicht in der Lage, neue Werkzeuge und Hilfsmittel zu kreieren, um all das Verlorene zu ersetzen. Wo man einst die Magie der Menschen, die sie kontrollierten, gefürchtet hatte, waren sie nun, ohne Freunde und bar jeder Macht, verachtet und verspottet, fristeten eine kärgliche Existenz am Rande der Gesellschaft.

Im Laufe der Zeit, während die Sternenmenschen allmählich verschwanden, kehrten die Wirklichen Menschen zurück in die besseren Landgebiete, um schließlich in die verlassenen Städte der stark dezimierten Menschen vorzudringen. Doch auch in den Städten – ja, gerade in den Städten – wurden die Kith-Brüder der Sternenmenschen ferngehalten, nur wenige der Wirklichen waren bereit, sich mit ihnen zu vereinigen oder sich mit ihnen anzufreunden. Die Zermürbung wuchs, als unzufriedene Mitglieder der Kith-Brüder ihren Glauben, der sie zu Außenseitern machte, aufgaben und sich den umherziehenden Banden anschlossen oder einfach in der Menge verschwanden. Und mit dem Schrumpfen der Zahl der Eltern-Kiths verfremdete Inzucht mehr und mehr das uralte Wissen. Es waren nicht genügend Freunde da, um sich mit ihnen zu vereinigen, um das Wissen mit ihnen zu teilen. Es gab keinen ausreichenden Informationsfluß, der ihnen vielleicht das Vertrauen anderer geschenkt hätte; ihre eigenen Leute sahen sie mehr und mehr als Dämonen, besessen von bösen Geistern, Kreaturen, die man vom Antlitz des Planeten tilgen mußte.

Und schließlich wurde er geboren, Mondschatten, das einzige Kind der letzten Sternenmenschen-Kith-Frau. Verfolgt von den Stimmen der Vergangenheit, immer unter dem Einfluß uralter Stimmen, die zu stark für ihn waren, als daß er sie hätte kontrollieren können, war er in seine einsame Flüchtlingsexistenz getrieben worden, ständig unter dem Einfluß des unnachgiebigen Kith seines Vaters. Seine Mutter war gestorben, ihr Geist lebte nur in ihm weiter. Aber er hatte sich entschlossen, mit der Existenz des Kith seines Vaters zu leben, sich diesem zu unterwerfen. Und so wurde er mißhandelt und ausspioniert von denen, die die Sternenmenschen noch immer fürchteten, sowohl ihre Erinnerung als auch ihre einstige Macht.

Niemand würde bereit sein, nach seinem Tod die Chitta-Zeremonie abzuhalten, seinen Geist zu rufen, wenn sein Körper starb, es gab niemanden, der seinen Geist aufnehmen würde, der nun als einziger die Erinnerung all der Vorfahren enthielt.

Es war sein Schicksal, einsam und verlassen zu sein, böse Träume über die Seelen zu bringen, die ihm eine Aufnahme verweigerten. All die Kith-Seelen, die sein Geist enthielt, würden mit ihm enden. Er würde sterben, wie noch niemand in seiner Erinnerung gestorben war, vergessen für immer, verloren, nicht Teil einer weiteren Seele ...

Tarawassie streichelte sein seidiges Fell, seine schwieligen Hände; nun verstand sie, warum er so sehr darauf gedrängt hatte, ihr Bruder zu werden, sich mit ihm zu vereinigen. *Eine Art Unsterblichkeit* ... Sie lehnte sich zurück. Sie wußte, daß sie beide unendlich wertvoll füreinander waren, denn sie würden sich ständig isoliert, heimatlos und verloren fühlen, hier in dieser fremden Welt. „Hier gibt es nichts als den Tod!“ Ihre Stimme versiegte, sie rekapitulierte Shemadans Vorstellung von der Sternenquelle, die diese Welt des Irrsinns mit einer verband, die sicher und besser sein würde ...„Und wenn meine Mutter noch am Leben wäre? Die Sternenquelle funktionierte, sie hatte sie akzeptiert. Vielleicht war sie in der Heimatwelt wiedererstanden, ohne ihre Krankheit, am Leben und glücklich. Oder vielleicht hatten die Menschen, die in der Lage waren, eine Sternenquelle zu erfinden, auch Mittel und Wege, sie zu heilen; vielleicht erwartet sie mich in einer wunderschönen Welt und kann mir nicht mitteilen, wie ich zu ihr gelangen kann, kann mich nicht erreichen?“ Sie erinnerte sich an den Körper ihrer Mutter und den Andars, wie sie leblos in der Sternenquelle trieben. „Und ich weiß es, aber ich kann nicht gehen, denn ich fürchte mich vor dem Sterben!“

„Vielleicht funktioniert Sternenquelle nicht, vielleicht sie gestorben ... Niemand kommt hierher lange Zeit. Vielleicht Sternenmenschen alle gegangen, irgendwohin gegangen ...“ Er wußte nicht zu sagen, ob diese Tatsache gut oder schlecht sei. Dann, mit einem besitzergreifenden Tonfall: „Du bleiben ...“

„Das kann nicht sein. Sie können nicht tot sein.“ Sie schüttelte den Kopf, als hätte sie seine Worte nicht gehört, doch sie wußte nur zu gut, was Shemadans und der Rest gewußt hatten – daß die Zerstörung der Sternenquelle sehr wohl zu einem Kollaps der Heimatwelt geführt haben könnte. „Sie haben aufgegeben. Sie wollten niemanden mehr in diese Welt senden – nur um den Verstand zu verlieren.“

„Vielleicht sie kehren zurück, nun, wo Mutter gegangen.“

„Fürchtest du dich davor? Davor, daß alles wieder von vorn beginnen könnte, der Mob, die Verfolgungen ...“

Er nickte, sein Schwanz zeichnete verwirrende Muster in den hellen Staub im Fußboden hinter seinem Rücken.

„Aber Mondschatten – die Art unseres gegenseitigen *Zeigens,* das ist etwas, was die Menschen nicht tun können, aber etwas, das von großem Wert für sie sein könnte, wenn man es ihnen begreiflich machen kann. Shemadans, Basilione, all deine Ahnen glaubten daran – diese Tatsache könnte euch beschützen, eure Existenz sichern, ihr könntet für die Menschen genauso wichtig sein, wie – wie sie sich selbst sind. Ihr könntet Übermittler von Wissen aller Art sein ...“ Shemadans Glaube an die Zukunft, Basiliones Visionen erfüllten sie. „Ich kann zur Heimatwelt zurückkehren! Ich *kann.* Ich werde die Quelle betreten, ich möchte meine Mutter sehen, möchte alles sehen! Ich möchte eine wirkliche Menschenwelt sehen. Und wenn ich gehe, kann ich sie vielleicht davon überzeugen, wie wichtig es ist, hierher zurückzukommen und dein Volk zu finden. Ich werde ihnen eure Fähigkeiten demonstrieren. Sie werden kommen, ich weiß es. Und auch ich werde mit dem Schiff zurückkehren – die Kith der Sternenmenschen werden leben, sie werden nicht vergessen werden ...“

„Ich nicht sterben?“ Mondschatten erhob sich, aufwallende Gefühle verzeichneten die harten Linien seines Gesichts. „Ja, ja, du gehst – zurückkommen!“ Er ergriff ihre Hand, zog sie empor von ihrem Sitz. „Unsere Völker geeinigt. Mein Volk lernen alles, was Sternenmenschen wissen ... Und ich nicht sterben, niemals! Komm! Komm, Sternenfrau, gehen zum Kristallschiff...“ – kichernd, lachend – ; „ich glaube!“

Aber ich bin nur Tarawassie! Ihre ureigensten Sorgen, ihre unbeantworteten Ängste erfüllten sie von neuem, verleugneten die Fremden in ihrem Geist. Aber Mondschatten zog sie in Richtung des Fahrstuhls, überflutete sie mit seinen freudigen Gefühlen.

Sie gingen durch das große, schwere Portal in die kalte Brise des herbstlichen Zwielichts hinaus.

Und als sie aus dem Schatten heraustraten, sahen sie, beleuchtet von Tarawassies Leuchtkugel, fünf Eingeborene, die sie erwarteten. Sie erschauerte, als sie sah, wie das Licht von glänzenden Speerspitzen reflektiert wurde. Mondschatten stieß einen unterdrückten Fluch aus.

„Aha, Bösartiger! Noch immer bist du ungehorsam gegenüber deinem Volk!“ Der größte der Eingeborenen, mit einem silbergrauen Pelz, ähnlich dem Mondschattens, sprach ihn an, und in seinen Augen glitzerte ein verhaltener Triumph. Tarawassie stellte zu ihrem Erstaunen fest, daß sie ihn verstand, obwohl er die Sprache der Eingeborenen sprach. „Dieses Mal wirst du es bereuen. Werft die Speere!“

Doch die anderen hielten inne, zögerten im Schutz ihrer Speere, ihre Augen ruhten ängstlich auf ihr. Als hätte er dies ebenfalls gespürt, legte Mondschatten kopfschüttelnd die eigene Hand an sein scharfes Messer. „So nicht, Bruder! Ich stehe unter dem Schutz der Sternenmenschen. Ihr werdet mich nicht verletzen – oder ihr werdet die Leidtragenden sein.“ Er stand an ihrer Seite und betrachtete ein Gesicht nach dem anderen grimmig, um sie zum Verschwinden zu bewegen. Verstohlen griff er nach Tarawassies Hand, Beruhigung suchend. Ihre Finger umschlossen einen kurzen Augenblick die seinen, antworteten seinem suchenden Griff. „Laßt uns allein!“ Er berührte seine eigene Speerspitze.

Zwei der fünf Angreifer verschwanden rasch nach hinten, aber Mondschattens ... Bruder? ... verharrte an seinem Platz. „Wir lassen dich nicht gehen, Bösartiger. Schneller Springer wird über dich und diese Geisterfrau richten!“

Und Mondschatten nickte, plötzlich lächelnd, seine Zähne schimmerten. „Nun denn. Dieses Mal wird er mich nicht verleugnen ... Ich gehe ins Dorf mit euch."

Sein Bruder sah das Lächeln, sein Pelz sträubte sich leicht. „Du hast keine andere Wahl."

Umringt von Speeren gingen sie die windige, in blauem Halbschatten liegende Straße hinab. Tarawassie wandte ihren Blick zum blauvioletten Dom des Firmaments empor, wo ein einzelner Stern schien, ihr Atem kondensierte in dampfenden Wolken. Der Stern, der kein Stern war, der in seinem Innern das Tor barg, das die Dunkelheit zwischen allen Sternen überwand ... Sie erhob den Arm, ein Versprechen und eine Anrufung, dann ließ sie ihn wieder sinken, die Hand zur Faust geballt. Sie blickte hinab auf ihre Füße, suchte den Pfad im Halbdunkel. „Mondschatten", murmelte sie mit leiser Stimme. „Was werden sie mit uns tun? Wer sind sie? Du hast ihn ‚Bruder' genannt ..."

Auch er sprach sehr leise, die menschliche Sprache benutzend. „Ist Halbbruder, Sohn von Vater. Andere seine Kith-Geschwister." Seine Stimme bekam einen festeren Unterton. „Sie bringen uns zu Schneller Springer. Sie dich nicht verletzen, Sternenfrau. Sie dich nicht berühren, dich – fürchten."

„Wer ist Schneller Springer?"

„Schamane – vereinigt mit allen Kiths, zeigt sehr deutlich. Schneller Springer viel Wissen. Alle vereinigen mit ihm viele, viele Sommer lang. Er sagt, dieses Wirklich, anderes ungehörig. Er sagt, ich voller böser Geister ... Aber er dir Ehre erweisen. Du befehlen ihm, und er mich nicht quälen. Wir ihnen alles zeigen, was wir wissen, zeigen Zukunft!" Er schaute sie an, eine Art verzweifelter Hoffnung erfüllte ihn. „Vielleicht das gut, nicht schlecht ... Kith-Schwester."

„Kith-Bruder." Sie nickte unsicher. „Ich hoffe es ..."

Die letzte Biegung der Straße führte sie auf einen weiten, offenen Platz, ähnlich dem Ort, wo die Eingeborenen ihre Gaben darbrachten. Dieser lag an der Einmündung von sechs Straßen, sechsfach umringt von undeutlichen Schatten – den Wänden von Gebäuden, durchsetzt mit tiefschwarzen Pupillen, umrahmt vom Weiß des frischgefallenen Schnees.

Im Herzen des weiten Platzes brannte ein Feuer in einer steinumrandeten Feuerstelle. Sie spürte den pulsierenden Herzschlag des

Lebens, widergespiegelt in den verborgenen Augen dieses Tales. Ihre Sinne vibrierten vor Hitze, schmeckten den Duft des verbrennenden Holzes. Und als wäre es schon immer ihr eigenes Wissen gewesen, erkannte sie, daß hier einst ein geistiges Feuer gebrannt hatte, das den Wirklichen Menschen ein leuchtendes Fanal ihrer ewigen Zugehörigkeit zu diesem Planeten war. Und als die geistige Flamme erlosch, da hatten sie ihre eigene ewige Flamme hier erschaffen, als ein heiliges Zeichen.

Tarawassie berührte die steinernen Wände im Vorübergehen, Asche schwärzte ihre Finger. Unter der rußigen Patina konnte sie die sanften Farben der polierten Oberfläche undeutlich erkennen. Und inmitten der tanzenden, blaugoldenen Flamme erkannte sie eine Art seltsamer Grazie. Sie fragte sich, was für einen Sinn die Darstellung haben könnte und hielt eine kurze, erstaunte Sekunde inne, doch dann gewahrte sie eine zweite Vision, die ihr die überirdische Schönheit vor Augen führte, die menschliche Augen beim Betrachten der Geisterflamme verspürt hatten, und sie verstand, daß ihr einziger Sinn in ihrer Schönheit lag.

Zwischen Zukunft und Vergangenheit gefangen, ging sie mit Mondschatten und den Wächtern weiter durch die Dunkelheit zum Fuß eines Gebäudes, das den Platz überragte. Und hier erkannte sie, daß der Platz keineswegs verlassen und nur dem rituellen Feuer überlassen war. Zwei Eingeborene starrten sie aus einem Hausflur heraus an – zwei Frauen, in sackförmige, knielange Kleider gehüllt, die durch Ketten aus glitzerndem Metall gehalten wurden.

Die Frauen erschauerten, ließen ihre Blicke von ihr zu Mondschatten gleiten, die Gesichter in stummer Abscheu verzogen. Hinter ihnen brannten weitere Feuer in einer großen Halle, kleinere Feuer, um Essen zuzubereiten. Im Innern der Halle konnte sie noch weitere schemenhafte Gestalten erkennen und fragte sich, wie viele dieser Gebäude von den neuen Herren dieser Welt bereits bezogen waren. Ein kleines Kind erschien plötzlich zwischen den beiden Frauen, sein Pelz zeigte eine silbernes Weiß. Wie ein Strahl glitzernden Sternenlichtes umklammerte es das Bein seiner Mutter und verschwand, von deren Hand emporgezogen, in ihrem Beutel. Tarawassies Geist füllte sich mit der Vorstellung weicher, warmer Sicherheit, den zärtlichen Gedanken ihrer Mutter. Die Hand gegen ihren Bauch gepreßt, verschwand die Mutter im Inneren des Gebäudes.

Die andere Frau blieb, wo sie war, ihr eisengrauer Pelz glättete sich, als Mondschattens Bruder sie ansprach.

„Schneller Springer." Er wies in den freien Raum zwischen ihnen.

Mit einem Nicken verschwand sie rasch und wortlos im warmen Innern. Mondschattens Schwanz züngelte unruhig, sein Speer gab ein metallisches Klirren von sich. Tarawassie zog ihren Mantel enger um die Schultern.

Lange Augenblicke verstrichen, und ihr Gesicht begann in der Kälte zu schmerzen. „Was werden wir ..." Sie unterbrach sich, als ein neuer Schatten die Tür ausfüllte, weitere Gestalten kamen von innen näher, ihre Umrisse verdunkelten das Licht. Ein Mann, gebeugt und schwer atmend, gekleidet in ein knielanges, unverziertes Gewand, erschien im sanften Licht von Tarawassies Leuchtkugel. Er stützte sich auf einen Stab, sein glatter Pelz war von mitternachtsschwarzer Farbe, selbst hier. Mondschattens Nackenhaare sträubten sich.

Sanft lächelnd stand Schneller Springer vor ihnen. „Was nun, Schattenmann?" Sein Blick wandte sich unmerklich zur Seite, um Tarawassie anzusehen. Seine Pupillen weiteten sich, zogen sich wieder zusammen, er schüttelte den Kopf, als glaube er, seinen Augen nicht trauen zu können.

„Ich bin wirklich." Tarawassie erkannte instinktiv, daß es ihr nicht möglich sein würde, die komplizierten Laute der Sprache der Eingeborenen zu bilden, deshalb sprach sie in ihrer Sprache. Sie trat einen Schritt nach vorn, hinein in die volle Helligkeit des Lichts und strich die Haare aus dem Gesicht; ihre Gestalt streckte sich, als sie versuchte, bei dem alten Eingeborenen den mystischen Eindruck zu erwecken, den die Wirklichen Menschen von den Sternenmenschen hatten. Sie strich mit einer Hand sanft über Mondschattens Bauchfell und deutete dann auf Schneller Springer.

Die Nackenhaare des alten Mannes sträubten sich. Widerstreitende Gefühle huschten über seine Züge. Sie spürte sein Verlangen, sich zu widersetzen, sich verleugnen zu lassen und Mondschatten zu züchtigen, das nacheinander in seinen Augen glomm, während sie ihn betrachtete. Aber Schneller Springer konnte seine Furcht, sein Entsetzen vor den halbvergessenen Sternenmenschen weder verbergen noch verleugnen.

„Du geben Sternenfrau Ehre." Die Worte klangen wie ein Befehl. Mondschatten begegnete dem Blick von Schnellem Springer mit starrsinnigem Stolz. „Rufen die Alten. Ich zeigen dir alles, dieses Mal, zeige es allen. Mein Recht."

Schneller Springer schüttelte den Kopf. „Du zeigst es mir, ich entscheide. Deine Gedanken sind böse, niemand hier will verrückt werden. Ich entscheide, ob sie sehen sollen."

Tarawassie atmete tief ein. „Ruf sie alle herbei. Sie haben das Recht, selbst zu entscheiden, ob sie sein Wissen teilen wollen. Ich möchte, daß es alle erfahren!" Sie führte ihre Hand zur Brust, so wie sie es bei Mondschatten gesehen hatte, und vertraute darauf, daß ihr Ton und die Gestik den Sinn ihrer Worte verdeutlichten.

Die Gestalt von Schneller Springer streckte sich ablehnend, sein Fell sträubte sich. Sie warf ihren Mantel beiseite, unsicher, ob sie ihr Recht zu verteidigen in der Lage war, fürchtete ihr Scheitern.

„Schneller Springer ist ein Feigling!" Mit einen lauten *klack* stieß Mondschatten die Speerspitze in die Erde, seine lauten Worte konnten auch von der dunklen Menge am Tor verstanden werden. „Schneller Springer fürchtet, seine Macht könnte auf mich übergehen; fürchtet gar nicht, ich könnte Böses erzählen!"

Schneller Springer schüttelte erneut den Kopf und strich heftig seinen Pelz glatt. „Wir werden sehen, Schattenmann, wer seinen Kith-Brüdern heute nacht die größere Ehre zuteil werden läßt." Spott lag in seinen Worten, dann drehte er sich abrupt um, um durch die starrende Menge in das Innere zu gehen. Tarawassie hörte seine Stimme: laute, bellende Laute, die in der großen Halle widerhallten. Ein kleines, silbernes Kind erkämpfte sich seinen Weg durch die Menge und verschwand hinter ihnen in der Nacht.

„Es geschieht ... es geschieht!" murmelte Mondschatten ungläubig. „Alte, Junge, alle kommen. Ich zeige ihnen allen. Heute ich zeige ihnen Wechsel, zeige, daß Veränderung richtig." Seine grauen Augen fanden die ihren, er lächelte. „Was wir tun heute nacht, wird weitergegeben für immer!"

„Eine Art von Unsterblichkeit", flüsterte Tarawassie, zum mondlosen Himmel emporblickend, einen Stern betrachtend, der heller als alle anderen schien. „Eine, deren du dir sicher sein kannst."

Mondschatten nickte, seine Stimmung hatte sich sehr verbessert. Sie sah, daß Mondschattens Bruder und die Wächter zurückgetreten waren. Er führte sie über den Platz, zurück zum Feuer.

Tarawassie wartete, die Leuchtkugel in der Hand, ihr Führer lehnte sich an sie, wärmte ihr den Rücken. Die Minuten verstrichen, bis eine Gruppe von Eingeborenen erschien, die sie argwöhnisch beäugten. Eine kleinere Gruppe von Männern, angeführt von Schneller Springer, löste sich aus der Menge, um zwischen ihr und Mondschatten Aufstellung zu nehmen. Sie führten laut zwitschernd private Unterhaltungen miteinander, bei den meisten zeigte das Fell, wie sie erkennen konnte, bereits eine leichte Schwarzverfärbung – ältere Männer. Und gleichzeitig solche, das wußte sie aus Mondschattens Erinnerungen, die bei dem Vereinigungsvorgang die meisten Einzelheiten aus dem Geist des anderen entnehmen konnten und die das absorbierte Gedankengut ebenso rasch an andere weiterzugeben in der Lage waren, geeignet zur raschen Verbreitung wichtiger Nachrichten.

Mondschatten sah Tarawassie nicht, vertraute auf ihre Gegenwart, versunken im Anblick seines Volkes und der Notwendigkeit, das Vereinigungsritual zu vollziehen. Von Zeit zu Zeit fühlte Tarawassie die streifenden Blicke der anderen, die sie musterten, und hörte ihre angeregte Unterhaltung. Zuletzt bildete die auserwählte Gruppe eine Kette, jeder einzelne plazierte seine Hand vorsichtig im Beutel des anderen, bis Schneller Springer langsam, als täte er etwas Unreines, den Kontakt mit Mondschatten herstellte.

Ein Murmeln ging durch die Menge. Mondschatten schloß die Augen, sein Gesicht entspannte sich.

Die Menge verstummte. Tarawassie näherte die Leuchtkugel ihrem Körper, fühlte die schwache Wärme, die von ihr ausging, fühlte die Hitze des Feuers im Rücken und die kalte Luft, die in ihrem Kopf brannte – sie versuchte sich das heiße Kribbeln vorzustellen, das die Arme der Männer entlangkroch. An ihrer Seite züngelten die Flammen wie die elektrisierende Präsenz eines fremden Geistes in ihrem Verstand, wie die Feindschaft, die zwischen zwei Menschen, die sich zutiefst hassen, steht. Sie versuchte sich vorzustellen, was sich wohl in den Köpfen von Schneller Springer und den anderen in diesem Moment tat – eine strahlende, quälende Vorstellung menschlicher Macht, die geheimnisvolle Macht der Sternenquelle, die selbst, wie ein Geist davongeweht zu fernen Welten, das Geheimnis der Wirklichen Menschen mit sich tragend, die Möglichkeit einer Zukunft, in der die Eingeborenen den Wert ihrer

Fähigkeiten erkannt hatten und den Menschen gleichgestellt waren, die ihnen all ihr Wissen überließen ...

„Böse ...!“ Schneller Springer riß sich von Mondschatten los, dem schwächsten Glied in der Hoffnungskette. „Böse Geister aus einem bösen Verstand dringen in mich ein!“ Die anderen, die mit ihm verbunden waren, standen verunsichert, als wären sie selbst geschlagen worden, als er mit seinem langen Stab auf Mondschatten zeigte. „Böse!“

Mondschatten öffnete den Mund, doch kein Schrei entrang sich seinen Lippen, ein tiefenttäuschter Ausdruck erschien auf seinem Gesicht.

„Dieser Bösartige *zeigte* Sternenmenschen, gab ihnen Macht über sich. Er zeigt uns Lügen, verbirgt Wahrheit. Sehr böse! Ich sage es euch allen, sehr böse ...“

Ängstlich und nicht verstehend beugte Tarawassie sich nach vorn. Ihre Hände umklammerten den Speer, der vor ihr in der Erde steckte, als Mondschatten, vom Stab des Schnellen Springers getrieben, zurückwich.

„Du besiegst mich nicht!“ Halb Verneinung, halb Einspruch. Ohnmächtig schüttelte Mondschatten den Kopf.

Schneller Springer gestikulierte mit seinem Schwanz, woraufhin zwei Männer aus der Menge vortraten und Mondschatten zwischen sich festhielten, ihre Schwänze umklammerten seine Beine, fesselten ihn unerbittlich.

„Mondschatten!“ rief Tarawassie verzweifelt aus, doch er hörte sie nicht, seine Zähne wurden sichtbar, eine Grimasse der Furcht, sein Nackenhaar sträubte sich. Sein Blick galt nur Schneller Springer, der sich auf ihn zubewegte. Einer der Männer ergriff Mondschattens Hand und reichte sie Schneller Springer, der sie in seinen Beutel schob. Schneller Springer plazierte die seine in Mondschattens Beutel. Die Alten formierten ihre Kette neu, wobei der nächste seine Hand ebenfalls in Mondschattens Beutel verschwinden ließ.

Mondschatten erstarrte in einer Qual, die sie sich nicht erklären konnte. Ein dünnes Wimmern, keiner physischen Pein entsprungen, entrang sich seiner Kehle, ein Flüstern ging in der Menge um. Warum ließ er zu, daß sie ihm so etwas antaten?

Was geschah dort vorn? Sollte sie ...? „Hört auf! Hört auf!“ Ihr Ruf galt hauptsächlich Schneller Springer. Den Speer in Händen, rannte sie los.

Doch während sie dies tat, löste die Kette sich erneut auf. Mondschatten wimmerte, aber sein Schrei erstarb, als er seine Augen öffnete. Die zwei Männer, die ihn gehalten hatten, ließen ihn frei, woraufhin er zusammenbrach, als wären alle Stärke, alle Kraft und aller Stolz in einem einzigen, unverständlichen Angriff von ihm genommen worden. Schneller Springer blickte von ihm zu ihr, noch immer von bösartiger Zufriedenheit erfüllt, als ihre Augen sich trafen. Er bewegte seinen Stab. „Halt!"

Sie hielt inne, doch die Speerspitze wies weiterhin in seine Richtung. „Was habt ihr getan?" Sie sprach, so gut es ging, gegen die Menge, die wie ein Wald aus Pfählen vor ihr aufragte. Die Ältesten bildeten einen Kreis um sie, die Augen, die ihr noch vor kurzem eine Art von stummer Reverenz erwiesen hatten, betrachteten sie nun mit Angst und Verzweiflung, kalt wie der Wind.

Schneller Springer richtete das Wort an die Menge. „Ich sage euch die Wahrheit! Dieser da" – sein Stab zeigte auf Mondschatten – „und sie" – er schwenkte ihn furchteinflößend in ihre Richtung, war aber doch nicht verwegen genug, sie zu berühren – „wollen uns den Sternenmenschen ausliefern, wie schon einmal! Wir zeigen euch die Wahrheit!" Auf sein Zeichen hin verschwanden die Ältesten in der Menge. „Chitta rettet uns! Gebt den Sternenmenschen Chitta, und sie sterben! Gebt ihr Chitta und werdet Zeuge ihres Todes ..." Sein Stab schlug gegen den Speer; klirrend entglitt er ihren gefühllosen Händen und fiel zu Boden.

Erneut nahm sie die Leuchtkugel an sich. Sie fühlte sich, wie die Menge sie sah, ihres uralten Geistes beraubt, eine ungekämmte, verzweifelte Vogelscheuchengestalt, machtlos gegen die Rache, die sie im Namen ihrer Ahnen – zu ihrer eigenen Befriedigung – an ihr vollziehen würden. Sie sah, wie Mondschatten sich mühsam auf die Knie erhob, sah ihre eigene Furcht und ihre Verzweiflung im Spiegel seines Gesichts. „Geh!" Sie war kaum in der Lage, die Worte zu verstehen. „Geh, Sternenfrau! Lauf!"

Gehorsam drehte sie sich um, brach an einer schwachen Stelle aus der Menge aus und floh blind über den Platz, tauchte unter im dunklen Mund einer Straßenöffnung, rannte, rannte ...

Schließlich nur noch verfolgt von Erinnerungen an ihre Angst, taumelte sie weiter durch die engen Täler der nächtlichen Straßen, stolpernd, fallend, halb verrückt angesichts der sich überlappenden Bilder zweier Welten, Erinnerungen an eine erleuchtete Stadt des Lebens und ihrer Geräusche, die die zerbrochenen Ruinen erfüllte. Doch schließlich war keine Vision mehr in der Lage, ihre schmerzenden Füße zum Weitergehen zu bewegen. Sie hielt inne, Schmerz zerfraß ihre Lungen, und wandte ihre Augen der fremdartigen Symmetrie des Stadtrandes zu. Der Mond erschien wie ein kleines, silbernes Gesicht und starrte sie über die hohen Türme hinweg an; wie sie vor kurzem in ihrer Vorstellung die Fenster mit den Geistern der Vergangenheit gefüllt hatte, so füllte der Mond nun sie mit seinem Licht. Etwas bewegte sich im silbernen Mondlicht zu ihren Füßen, sie nahm ein leichtes Klappern von Knochen wahr. Ihr Angstschrei hallte tausendfach zu ihr zurück, bis das Echo in der Stille verebbte. Als wäre sie das einzige lebende Geschöpf ...

Und als sie sich vollständig verloren glaubte, erhellte das Mondlicht die unverwechselbaren Formen des zerstörten Gebäudes, in dem Mondschatten sein Lager hatte, ein silberner Finger wies ihr den Weg ins Innere. Sie trat ein, legte alle Gedanken, alle Sorgen ab, nahm dankbar diese einzige Oase der Wirklichkeit in der dunklen Nacht hin.

Sie fand die zerschmetterte Wand, verborgen im Halbschatten, und glitt in das einsame Innere. Aber niemand entfachte das erloschene Feuer, niemand erwartete sie, sitzend oder auf den Lumpen ausgestreckt – er war nicht gekommen. Tarawassie fiel auf ihre Knie, lag am Rand seiner Lagerstatt, ihr Mund zitterte. Würde er jemals kommen? War er tot? Waren die anderen Teilhaber an seinen Geheimnissen, den guten wie den bösen, geworden, um ihn dann zu töten – wie sie auch sie getötet hätten, für das Gute wie für das Böse, dafür, daß sie ihnen die Wahrheit gezeigt hatten?

Doch der Grund spielte keine Rolle – er war gegangen! Und sie hatte nicht genügend Kraft, um seine Seele zu rufen. Sie besaß nicht die Kraft der Unsterblichkeit, hatte keine Macht über Seelen, auch nicht über ihre eigene. Nur eine schreckliche Einsamkeit blieb ihr. Mondschatten, ihre Mutter – beide waren jenseits von Tränen, Schmerz und Einsamkeit, und sie war mit all diesen Dingen zurückgeblieben. Noch so vieles war ungetan, ungesagt, und sie konnte nichts mehr ändern. Alle Möglichkeiten, etwas zu tun oder auch zu lassen, waren verloren ... verloren ...

Trauer erfaßte sie, von einem trockenen Schluchzen geschüttelt, erschauerte sie bei dem Gedanken an die Fruchtlosigkeit ihrer Tagträume, die nun nie mehr Wirklichkeit werden würden, genausowenig wie die Träume, die der Chitta-Sirup ihr gezeigt hatte. Warum nur hatte sie geglaubt, die Sternenquelle enthielte die Antwort für alle Fragen? Wie konnte sie erwartet haben, akzeptiert zu werden, mit so vielen unbekannten Größen, Ängsten und Zweifeln, die ihren Geist erfüllt hatten?Wie konnte sie nur geglaubt haben, dies alles spiele keine Rolle? Sie war gerade dabei zu lernen, was es hieß zu leben – wollte sie nun so früh sterben?

Denn wie konnte sie wissen, ob eine intakte Zivilisation am Ende des Tunnels wartete? Vielleicht war es eine Welt, in der sie gerne ihr neues Leben leben würde, vielleicht würde man sie akzeptieren – vielleicht war diese Kultur aber auch zu Staub zerfallen, wie die menschliche Zivilisation hier. Ihre Mutter war tot, und nur der Kummer ließ sie glauben, daß ein gütiges Wunder ihr das Leben zurückgegeben hatte. Niemand war in den vergangenen fünfhundert Jahren gekommen, um nach ihrem Volk zu sehen, und niemand würde jemals kommen. Wenn der Geist ihrer Mutter eine neue Heimat gefunden hatte, so war es ein Ort, wohin ihr kein lebendes Wesen folgen konnte ... Oder war sie nur zerstoben in der Dunkelheit, verloren im Spektrum der Stille gefrorenen Gases und Staubes? Wußte sie es, wollte sie es überhaupt wissen?

„Ich *will* das nicht! Ich will das nicht!“ schrie Tarawassie und kam hoch, kauerte sich dann aber im Echo ihres eigenen Schreies auf die Knie zurück. „Ich will nicht, daß sie gestorben ist!“ warfen die Echos zurück. „Ich will die Wahrheit nicht wissen, und ich will mein Leben nicht wegwerfen!“ In den Falten ihrer verschlissenen Kleider preßte sie die geballten Fäuste gegeneinander. „Und ich muß es nicht tun! Es gibt keinen Grund zu gehen, keine Notwendigkeit, es zu versuchen. Ich muß es nicht versuchen!“

Ein Stöhnen drang an ihr Ohr, als die Echos verstummten, das Klirren fallenden Gerölls. Sie erstarrte wie ein überraschtes Tier, kehrte langsam in die Gegenwart zurück, blinzelte in die Lichtfinger, die wie eine schützende Hand in die Dunkelheit ihres Lagers griffen.

Sie unterdrückte einen erneuten Aufschrei, wohl wissend, daß ihre eigene Stimme sie schon oftmals betrogen hatte.

Plötzlich verdunkelte eine Gestalt das Licht – ein Eingeborener! Eine Stimme rief ... ein heiseres Bellen, seltsam vertraut.

Schwerfällig erhob sie sich, wagte kaum zu atmen. „Mondschatten? Mondschatten?“

Er kroch langsam ins Innere, seine Bewegungen waren schwerfällig wie die eines Krüppels. Sie blinzelte, um sich von der Richtigkeit ihrer Wahrnehmungen zu überzeugen. Er erreichte sie dort, wo sie stand, neben der Feuerstelle, zögerte einen Moment, seine Augen blickten durch sie hindurch. Sein Gesicht verzog sich, Verwirrung und etwas wesentlich Dunkleres umwölkte seine Augen. Doch dann kehrte sein Blick zu ihr zurück, er hob seine Arme und legte sie in einer Geste der Wiedervereinigung auf ihre Schultern. Sie hob ihre eigenen Hände und preßte sie auf die seinen. Ein reuevolles Lächeln lag auf seinem Gesicht, das Gewicht seiner Hände zog sie mit ihm hinab, als er erschöpft auf das Lager sank. Mit ihrem eigenen Körper bremste sie sanft seinen Fall ab; dunkle Flekken bedeckten seinen Pelz.

„Mondschatten ...“ Sie nahm eine seiner Hände in ihre eigenen und sah geronnenes Blut an den Fingern, wo eine Klaue weggerissen war. Sie öffnete ihre zerschundenen Arme. „Sind sie verrückt? Oder sind wir es ... ? Wie konnten sie dir nur so weh tun?“ Ihre Hände falteten sich erneut über seiner schmalen, dreifingrigen Pfote. „Wie? Und warum?“

Unter großen Schmerzen erschauerte er leicht. Ein leiser, jammervoller Singsang kam wie eine Totenklage von seinen Lippen.

Von einer Vorahnung erfüllt, hob sie den Blick. „Was ist? Was ist geschehen? Was haben sie getan?“

Mondschatten schüttelte den Kopf; er vermied es, ihr in die Augen zu sehen, in einer Geste der Einsamkeit und des Unverständnisses.

„Du kannst mich nicht verstehen?“ Sie hob ihre Stimme. „Was ist geschehen? Was haben sie dir angetan?“ Sie hielt inne. „Aber wie können wir dann ...“ Dann, sich erinnernd, hob sie die Hand. Als sie sie in seinen Beutel gleiten ließ, jammerte er verzweifelt, sein Körper rebellierte gegen die Berührung. Ihre Hand erstarrte; verwundert und ungläubig zog sie sie zurück.

Mondschatten ergriff ihre Faust, öffnete sanft ihre verkrampften Finger und zog sie zu sich zurück. Seine Augen baten um Verzeihung, sein Gesicht war eine Maske der Enttäuschung. Sie führte ihre Hand in seinen Beutel, seine Hände zitterten in einer Gefühlsaufwallung, die zu lesen sie nicht in der Lage war. Und dann, wie zur Erläuterung, ließ er die Erinnerung dessen, was man ihm auf Befehl des Schnellen Springers angetan hatte, in sie einströmen:

Sie/er durchlebte erneut die Demütigung, hilflos zu sein und wie ein Verbrecher behandelt zu werden, erlebte, wie ihm Schneller Springer unter Zufügung heftiger Qual die Geheimnisse seiner Schuld enthüllte. Sie durchlebte die Schmach, ureigenste Erinnerungen entblößt zu sehen, Erinnerungen, die er freiwillig niemals enthüllt haben würde, die man ihm gewaltsam entriß, ein Akt voyeuristischer Perversion, und das im Angesicht seines ganzen Volkes, dem diese, seine intimsten Geheimnisse offenbart wurden, als hätten sie keinerlei persönlichen Wert.

Der unendlich traurige Grabgesang drang erneut aus seiner Kehle. Bittere Tränen, Tarawassies Tränen, fielen auf sein seidiges Fell; sie war nicht länger in der Lage, sie zurückzuhalten. Es war, als nage ein fremder Kummer in ihr. Durch seine Augen sah sie, wie Schneller Springer sich ihr zuwandte, und sie/Mondschatten konnte nichts weiter zu ihrer Hilfe beitragen, als ihr/Sternenfrau zu sagen, sie solle weglaufen.

Und dann, ohne die Kraft, sich zu erheben, am Boden kauernd, wurde er Zeuge der unvermindert frischen, häßlichen Wahrheit menschlicher Brutalität, die man ihm entrissen hatte, die sich wie Wellen auf einem Teich über die Menge ausbreitete, wußte, daß alle Versprechungen, alle Hoffnungen auf ein neues Leben, die ihn erfüllte hatten, sich nun niemals erfüllen würden, daß sie wie ein Stein in die unermeßlichen Tiefen des Vergessens sinken würden, verloren ... verloren ... Er stöhnte auf.

Schneller Springer begann unter Aufbietung all seiner rhetorischen Künste erneut zu sprechen. Er hörte sich selbst, Mondschatten, angeklagt einer perversen Vereinigung mit den Sternenmenschen, ein Verrückter, der den Wahnsinn seiner Ahnenbastarde der erprobten Weisheit der Wirklichen Menschen vorzog. Einer, der ihnen ihre sichere Lebensgrundlage entziehen wollte, damit sie erneut durch die Bösartigkeit der Sternenmenschen untergingen, wie sie schon einmal von diesen Sternenmenschen dem Untergang geweiht worden waren, so wie er, Mondschatten, der finsteren Nachtbestie geweiht war ...

Unter großen Mühen kam Mondschatten auf die Beine und griff, kaum seiner Stimme mächtig, Schneller Springer in einem letzten, verzweifelten Plädoyer an, schrie, daß man ihn hier im Angesicht der heiligen Flamme weder vollständig angehört noch ihm ein gerechtes Urteil habe zuteil werden lassen ...

Schneller Springers Stab traf ihn heftig an der Schulter; wieder stürzte er zu Boden, und sein Volk, infiziert und entflammt angesichts jener Brutalität der Menschen, die Mondschattens Erinnerung reproduziert hatte, schloß den Kreis um seine Gestalt und begann, Vergeltung zu üben.

„Nein!“ Tarawassie unterbrach die Verbindung, schrie ihr Entsetzen und sein Entsetzen angesichts des Hasses von Hunderten fremder Gedanken, der in seinem Schädel explodierte, hinaus; eine Übermacht fremder Bewußtseinsinhalte brannte seine Gehirnwindungen aus, entriß ihm seine Identität, seine Ahnen, seine Realität ...

Mondschatten schwankte und fiel gegen sie. Sie befreite einen Arm und umschlang seinen Nacken, kraulte sanft sein dichtes Fell mit unendlicher Zärtlichkeit. Sie weinte hilflos angesichts des Wissens, warum er bei ihrer Bewegung Furcht empfunden hatte ... Aber wie hatte das geschehen können? Er hatte volle Kontrolle über den Vereinigungsvorgang gehabt, auch Kontrolle über Schneller Springer, so lange, bis dieser das Band der Vereinigung unterbrochen hatte und sich ihm zuwandte. Und dann hatte er sich ihnen ausgeliefert, die Kontrolle verloren, ebenso sein Selbstvertrauen, hatte selbst sein Ziel vergessen. Wie hatte das geschehen können, warum unterlief ihm dieser Fehler? Warum? Warum?

Mondschatten erhob seinen Kopf von ihrer Schulter, leise weinend. Tarawassie atmete angesichts dessen, was sie in seinen Augen fand, erschrocken ein und erneut, als es wieder verblaßte. Endlich nickte er, seufzend, um ihr wieder ins Gesicht zu schauen. Sanft und behutsam plazierte sie ihre Hand erneut in seinem Beutel, stellte sich in ihren Gedanken den Augenblick der Kreuzigung ihres Freundes vor, versuchte ihm ihr eigenes Scheitern zu übermitteln, um nur ja zu verstehen, *warum* ...

Mondschattens Lippen entwand sich ein kurzer Ausruf – worauf es sich bezog, dessen war sie sich nicht sicher. Ihr Geist füllte sich mit den Erinnerungen an Schneller Springer – Schneller Springer, der Schamane, der überragende Geist, der Älteste der Alten, der alles Wissen in sich vereinigte, der über die Stichhaltigkeit oder Nutzlosigkeit des Gezeigten entschied. Schneller Springer, der eine absolute Stellung in den Augen jedes Wirklichen Menschen innehatte, das vollkommene Wissen verkörperte, selbst in Mondschattens Gedanken. Selbst angesichts des Wissens um die Richtigkeit seines Glaubens an seine Ahnen akzeptierte er die ominöse Gerichtsbarkeit Schneller Springers. Erneut wurde sie Zeuge der Anklage des alten Mannes, fühlte, wie Mondschattens Glaube sich gegen sich selbst wandte, ihn schwanken ließ. Und Schneller Springer hatte dieses Schwanken erkannt, und das genügte. Das erstarrte System, das er zu verändern getrachtet hatte, hatte ihn geschlagen, da er stets ein Teil dieses Systems gewesen war ...

Tarawassie unterbrach den Kontakt erneut, von einem heftigen Hunger befallen. Sie beugte sich nach vorn, um Mondschattens Vorratssack zu erreichen, zog ihn näher heran, und gemeinsam aßen sie schweigend die getrockneten Früchte und das Fleisch. Sie verschwendeten keine Energie durch Reden; vielleicht waren Worte nun für immer nutzlos.

Mondschatten griff wiederum nach ihrer Hand – die andere nun, die nicht schmerzhaft verkrampft war – und ließ sie ihn erneut berühren, dieses Mal ohne furchtsames Zögern. In ihrem Kopf hallten ihre Pläne wider, die Sternenquelle zu betreten, ein Gefühl der Dringlichkeit, ein Verlangen ... Ein Fragen, ob sie es wirklich versuchen würde, eine nach endgültiger Beantwortung rufende Dringlichkeit.

Sie schüttelte verneinend den Kopf. Sie konnte nicht, sie wollte nicht; sie ließ all ihre unbeantwortbaren Fragen, alle Sorgen in seinen Verstand einströmen. Es gab keinen Nutzen, keine Notwendigkeit ...

Ein ärgerliches Knurren drang an ihre Ohren; sie öffnete die Augen und erkannte den Zorn in seinem Gesicht. Hartnäckig spiegelte er ihren Plan erneut in ihrem Geist wider, ihr Sehnen, ihren Wissensdurst, das Gesicht ihrer Mutter. Seine Sinne entfalteten sich, zeigten ihr eine fragmentarische Vision der Sternenmenschen-Kith-Brüder, die ihre Geheimnisse, ihre spezifischen Talente miteinander teilten. Er war der letzte, der letzte Kith-Bruder der Sternenmenschen, und sein Volk hatte die Erinnerungen seiner Ahnen zerstört. Wenn sie ihr Volk, die Menschen, nicht hierher zurückbrachte, um ihre Hoffnungen und Träume zu verwirklichen, dann waren seine Leiden umsonst gewesen. Nur in ihrer Macht lag es, seine Ahnen zu retten, sie in die Wirklichkeit seines Verstandes zurückzurufen. Sollte es ihr nicht gelingen, ihr Volk zurückzubringen, dann würde auch er sterben, für immer vergehen. Sie war seine Kith-Schwester, sein einziger Freund, und sie hatte es versprochen ... versprochen ...

Erneut ließ sie ihre Zweifel antworten, zeigte ihm ihr Volk, verschwunden, vernichtet, wie die Ahnen es gefürchtet hatten, nichts wäre gewonnen ...

Ihr eigenes Gesicht spiegelte sich hinter ihren geschlossenen Lidern wider, sie war seine einzige Hoffnung, die einzige Hoffnung seiner Kith, die einzige Hoffnung aller ...

„Aber ich habe Angst!“ Sie trennte sich von ihm. „Ich fürchte mich um meiner selbst willen. Niemand sonst muß das tun, du nicht, sie nicht, niemand außer mir. Seid verflucht! Ich verfluche unser Volk – es wird niemals zu einem wahren Kontakt kommen; sie sind zu egoistisch, zu ängstlich! Und auch ich bin selbstsüchtig! Ich muß sicher sein, muß die Gewißheit haben, sonst werde ich niemals in der Lage sein, die Quelle zu passieren. Ich muß sicher sein, daß dies von allen Wegen der beste für *mich* ist ...“

Sie spielte nervös mit einem der Lumpen auf dem Boden, konnte ihm nicht ins Gesicht sehen. Aus den Augenwinkeln heraus nahm sie seine Hand wahr, die gedankenverloren über sein Nackenfell strich. Doch schließlich war es ihr nicht mehr möglich, ihre Augen vor dem verzweifelten Unverständnis, das sein Gesicht zeichnete, zu verschließen, jenes Unverständnis, das ihre unausgesprochenen Fragen einzig und allein mit anderen Fragen beantworten konnte.

Mondschatten sank hinunter auf die Ellbogen, schließlich tiefer, legte sich mit einem Grunzen auf die Seite. Seine Augen verharrten noch einen Moment auf ihrem Gesicht, die geöffneten Pupillen weit und schwarz, und dann, als hätte er sie nun lange genug geöffnet gehalten, schlossen sich seine Lider. Er seufzte freudlos.

Langsam streckte sie sich an seiner Seite aus, machte es sich auf dem Lumpenbündel bequem. Die kaum spürbare Ausstrahlung seiner Körperwärme vermischte sich mit ihrer eigenen in dem schmalen Raum zwischen ihnen, ohne Feuer, das sie wärmte. Sie roch den subtilen, fremdartigen Geruch seines Körpers, ließ die Spannung von sich abfallen, ließ sich gehen.

Mondschattens Keuchen ging über in die ruhige Atemweise eines Schlafenden, doch ihr eigener Verstand ignorierte das Verlangen ihres Körpers, die Tiefen ihres Seins suchend, abwägend, überlegend, abschätzend ... Wenn sie sich nicht dazu entschloß, die Sternenquelle zu durchschreiten, oder wenn das Unterfangen scheiterte – was blieb dann übrig? Für alle Zeiten hier mit Mondschatten in den Ruinen zu leben, inmitten der Geheimnisse der Vergangenheit, ständig an Tod und Untergang erinnert? Und sie konnten sich nicht tagaus, tagein über die Vergangenheit unterhalten. Sie hatten das Band erprobt, das die Vereinigungszeremonie für ihre Völker bedeuten könnte – aber wie sollten sie sich über die Zukunft, ja selbst über die Gegenwart verständigen? Würde sein verkrüppelter Verstand überhaupt dazu in der Lage sein, wieder ihre Sprache zu erlernen?

Andererseits konnte sie nicht mehr zu dem Leben, das sie bisher gekannt hatte, zurückkehren, verloren in Träumen unter Toten – zu einem lebenden Tod in einem kristallenen Sarg. War das besser? Oder schlechter? War es besser, diesen zukunftslosen Tod zu akzeptieren, nur weil er etwas darstellte, dessen sie sich sicher sein konnte? Oder war es besser, ihr Leben selbst in die Hand zu nehmen, es dem Unbekannten zu überlassen, wo Glück und Erfüllung sie vielleicht belohnen würden – oder wo nichts sie erwartete, nichts ...?

Abrupt öffnete sie die Augen, um Mondschattens schlafendes Gesicht zu betrachten. Seine Furcht, sein Wissen um ihre Sterblichkeit bildeten eine leuchtende Wand gegen ihre Ablehnung, sagte ihr, daß sie es versuchen *mußte,* um seinetwillen und um ihretwillen – im Auftrag des Lebens, des ewigen Lebens. Aber sie war nur Tarawassie! Tarawassie, nicht Mondschatten, nicht Shemadans oder Basilione, nicht der Erlöser eines fremden Strebens – Tarawassie. Und es war ihr Körper, der leblos im blaugrünen Gefängnis der Sternenquelle driften würde, ihre Seele, die nicht zurückgebracht werden konnte. Es würde einfacher sein, um so vieles einfacher, wenn sie genug Kraft hätte, um einfach so zu glauben, wie er es tat, oder in die Sternenquelle vertrauen, wie Shemadans es getan hatte. Wenn sie nur *wüßte,* daß es jemanden gab, der ihre entleibte Seele wieder in einen Körper kleidete, nachdem sie sich den transparenten Mysterien der Quelle hingegeben hatte. *Den Drachen passieren und in den dunklen Schlund zu tauchen* ... So einfach, wenn sie nur sicher sein könnte. Aber war sich jemals irgend jemand einer Tatsache wirklich sicher, vollkommen sicher? War es möglich, die Zukunft zu kennen?

Sie hatte so wenig gesehen und wollte doch so viel erfahren – und keine einschätzbare Maßeinheit konnte ihr die Frage beantworten, ob sie bereit sein würde, sich an die Regeln des Spiels zu halten, bereit, ihr eigenes Leben zum Nutzen des Lebens vieler einzusetzen. Nur ihr Herz würde ihr eine Antwort geben können, nur ihr Herz – und die Sternenquelle würde diese Antwort hören ...

Eine dünne Schneeschicht bedeckte am nächsten Morgen den Boden des Gebäudeeingangs, die weißen Flocken fielen wie der bleiche Staub vergangener Jahrhunderte. Mondschatten bewegte sich zögernd, als hätte er mitunter seine Absichten vergessen, rieb einen Stein an der Klinge seines Messers, um mit den Funken schließlich ein Feuer zu entfachen, das ihre frierenden Körper wärmte.

Während sie aßen, sah er sie manchmal verstohlen an, suchte den Ausdruck ihres Gesichtes zu deuten. Doch sie verbarg ihre Gedanken vor ihm, sammelte ihre Vorstellungen, hielt das Haus in Ordnung. Endlich berührte sie ihn, um ihm ein Bild des Kristallschiffes zu zeigen; sie versprach nichts, enthüllte nur die Tatsache, daß sie soweit gehen würde.

Er nickte, doch eine plötzliche Freude glomm in seinen Augen, die in ein tiefes Verständnis für ihre Ängste überging. Erneut spürte sie, welch ein großes Stück von ihm, in ihr, am Gelingen oder Scheitern ihrer Mission teilhaben würde.

Endlich verließen sie die Unterkunft, um durch das Labyrinth der Straßen einer unsicheren Zukunft entgegenzugehen. Der fallende Schnee umhüllte sie mit einem reinen Weiß, setzte sich auf ihren Wimpern und Haaren und auf Mondschattens Pelz fest, eine betäubende Verkleidung. Für einen Moment verweilten Tarawassies Gedanken bei dem Anblick, den sie bieten würde, wenn sie die Quelle durchschritt – eine abgemagerte, ausgezehrte Gestalt, die das neue Leben begrüßen würde ... Doch sie wußte, daß dieser Körper lediglich ein Gehäuse war, ein Gehäuse für jene Substanz, die Essenz der Seele, die in die Weiten des Alls hinausgeweht werden würde – ein Gehäuse, das perfekt wiedererbaut werden würde, sicherlich ohne jene äußeren Anzeichen, die die sorglose Hand des Lebens ihm zugefügt hatte. Sie sah das Gesicht ihrer Mutter, wohlbehütet und kräftig, das sie erwarten würde – klammerte sich an diese Vision, um nicht an die endlosen Schwärzen des dunklen Abgrunds denken zu müssen.

Endlich erreichten sie die schneebedeckte Kuppel des Fährenlandeplatzes. Sie trat langsam ein, fühlte sich wie eine Fremde, Mondschatten trottete hinterdrein. Sie hörte das unregelmäßige Auftreten seiner verletzten Beine, nahm sein neues, dumpfes Schweigen in sich auf, sah die Symbole des Fortschritts, jene unnatürlichen Gerätschaften im Innern der Kuppel. Niemand erwartete sie, aber eine der Fähren stand bereit. Sie war froh darüber, nicht warten zu müssen, wollte keine Zeit zum Nachdenken, zum Zögern.

Am Eingang der transparenten Hülle der Fähre hielt sie an, Mondschatten stand an ihrer Seite und betrachtete das Fahrzeug mit einem Ausdruck vollkommenen Unverständnisses. Sie deutete in den opalfarbenen Himmel über ihnen, doch noch immer verstand er nicht. Da reichte sie ihm die Hand und zeigte ihm das Bild dieses kleinen Juwels, das emporschwebte zum Kristallschiff, wo die Sternenquelle wartete. Er trat zurück, seine Nackenhaare sträubten sich bei dem Gedanken an Fliegen, und es gab keine menschlichen Worte, die in der Lage gewesen wären, ihm seine Furcht zu nehmen. Für einen winzigen Augenblick erhellte eine stille Wonne sein Gesicht, wo vor kurzem noch Angst gewesen war, doch dann blickte er wieder unruhig zur Seite.

Schmerz erfüllte sie. Nein, sie konnte es nicht – konnte ihn nicht so zurücklassen, nicht auf diese Art ... Irgendwie mußte es einen gemeinsamen Weg für sie geben, der es ihm ermöglichte, dieses letzte Geheimnis zusammen mit ihr zu erforschen. Sie winkte ihm, ihr in die Fähre zu folgen.

Er schüttelte den Kopf; die Furcht verschwand nicht von seinen Zügen, war nun aber unterlegt mit einer resoluten Entschlossenheit. Er schlug sich gegen die Brust. „Ich nicht vergessen. Warten auf Rückkehr. Ich niemals vergessen!“ Er kauerte sich nieder und zeigte ihr mit Gesten, daß er warten würde. Was auch immer geschehen mochte, er würde ihre Rückkehr erwarten.

Sie nickte, akzeptierte es, zumal sie sich an Shemadans Wissen, daß die Sternenquelle noch niemals Eingeborene transportiert hatte, erinnerte. Sie wußte, daß diese Reise allein ihre Aufgabe war, abhängig von ihrer Entscheidung, ihrem Mut und ihrer Stärke, daß die Trennung von ihm der Preis war, den sie zahlen mußte, eine Prüfung ihrer Willenskraft.

Mondschatten erhob sich wieder und legte ihr beide Hände auf die Schultern, wobei er verlegen von einer Seite zur anderen blickte, während sie ihn anschaute. Er sprach sehr sanft, flüsterte nur dieses eine: „Meine Schwester ... meine Schwester ...“

Auch sie hob ihre Hände, zog ihn an sich und hielt ihn kurze Zeit eng umschlungen. „Ja, mein Bruder ... mein Bruder ... mein Bruder! Auf Wiedersehen ...“ Sie riß sich von ihm los, ehe ihre Willensstärke abbröckelte, und betrat das Innere der Fähre. Sie betrachtete sein silbernes Gesicht und das Spektrum der unterschiedlichsten Gefühle, das sich darin widerspiegelte, sah sein ungläubiges Erstaunen, als die Fähre sich erhob. Seine Gestalt verschwand, als sie die Kuppel des Gebäudes verließ und die Welt hinter ihr zurückblieb. Sie fühlte, daß ein Teil von ihr bei ihm verweilte, und gleichzeitig spürte sie, daß ein Teil von ihm für immer in ihrem Geist leben würde. Und sie erkannte, daß sie sich getäuscht hatte, als sie glaubte, sie würden sich nun vielleicht für immer verlieren ... Der graue Nebel einer Wolkendecke umhüllte die Fähre.

Tarawassie ging durch den Landetunnel des Fähranlegers. Ihre Füße schritten über Kristall, ihr Kopf war inmitten von Sternen. Irgendwo erklang Musik, laut und ohne Melodie. Die Oberflächen der Wände waren mit dunklen, blutenden Farben bedeckt. Sie stand still in der achtlosen Unordnung des Warteraums, bedeckte ihre Ohren, die Augen ungläubig geöffnet. Das war doch nicht etwa – der Webstuhl? Es war unmöglich, daß Mirro ihn bediente! Dieses wildwuchernde, chaotische Gestrüpp war nicht das filigrane Gespinst aus Licht und sanfter Musik, mit dem Mirro sie umwob! Doch was hätte es sonst sein sollen? Dann schloß sie auch ihre Augen, doch sie konnte ihre Sinne nicht vor den tiefen Vibrationen verschließen. *Du wußtest, wie es sein würde, du wußtest es, wußtest es genau – von dem Augenblick an, da du dein Spiegelbild sahst. Geh weiter! Geh weiter! Blicke der Wirklichkeit ins Auge ...*

Sie ging weiter durch die Korridore, nun rascher ausschreitend, um in den Raum zu gelangen, wo Mirro immer gespielt hatte, wo sie noch immer wob, umgeben von dem dissonanten Klanggespinst, das für sie Schönheit verkörperte. Tarawassie stand schaudernd am Eingang, sie wollte schreien, wollte die einsame Gestalt von der Konsole, die niemals zur Erzeugung von Musik erschaffen worden war, wegreißen, wollte, daß sie aufhörte, aufhörte ... Doch sie wußte, es würde nichts nützen, gegen die Wirkung des Chitta anzukämpfen, nichts wäre gewonnen ...

Verfolgt von den Schatten ihrer Spiegelbilder, ging sie ins Traumzimmer. Die Träumer lagen so, wie auch sie oft gelegen hatte, oder wanderten ruhelos umher, verwundert die fernen Sterne betrachtend. Einige schauten auf, als sie eintrat, jedoch ohne Überraschung oder Interesse. Zerschlissene Gewänder hingen sackförmig an ihren ausgemergelten Gestalten. Die Gesichter, die sie jahrelang gekannt hatte, waren wie Masken, die man von fremden Gesichtern, hohläugig und eingefallen, abgezogen hatte. Der Geschmack von Chitta, menschlichen Körpern und Schmutz erweckte Übelkeit in ihr ... Jemand kam auf sie zugestolpert. Im Näherkommen erkannte sie Sabowyn, der sie seinerseits nach langen Sekunden der Agonie erkannte. Er berührte sie sanft, wobei er sie geistlos und albern anlächelte. „Du warst fort ...“

„Sabowyn ...“ Ihre Hände griffen an seinen Kragen, schüttelten ihn. „Hör mir zu. Ihr könnt nicht weiterhin Chitta trinken, ihr müßt damit aufhören! Das Chitta bringt euch zu Tode – ihr werdet sterben! Bitte, *bitte,* hör mich an!“ Plötzlich erinnerte sie sich sehr lebhaft an Andars Wahnsinn.

„Laß mich dich küssen, Tarawassie ... Ich werde wieder träumen gehen, aber laß mich dich zuvor küssen ...“ Seine Hand strich über ihr Haar, zögernd, als könnte er sich nicht mehr erinnern, warum er dies tat, sein Bart kitzelte ihren Nacken. Sie stieß ihn von sich, ihr Gesicht eine Maske des Abscheus, sah, wie er, noch immer lächelnd, verwirrt auf ein Sofa fiel.

Sie fand den Aufgang der Spiralrampe jenseits des Raums und hielt nicht an, ehe sie am Rande der Sternenquelle stand. Sie kniete nieder und bestaunte die unendliche Sternenzahl, die sich unmerklich unter den azurblauen Kraftlinien bewegten. Sie fuhr mit der Hand durch den kühlen, widerstandslosen blaugrünen Nebel und suchte den Widerschein ihrer eigenen Augen in den unergründlichen Tiefen. Und hinter diesen, weit dahinter, fand sie das Gesicht ihrer Mutter – und das Andars. Beide lächelten. Und die Essenz ihres Wesens trug den Geist eines anderen in sich, der sie immer begleiten würde, gleichgültig, wohin sie auch ging. Und gleichzeitig gab es jemanden, der immer einen Teil von ihr enthalten würde, gleichgültig, was ihr zustoßen würde. Eine Art Unsterblichkeit, eine ewige Flamme ... Langsam erhob sie sich und trat über den Rand.

Still und lautlos gab sie sich dem Ozean hin.

Epilog

Und Mondschatten erhielt den Körper Tarawassies zurück; in einer kristallenen Träne fiel er herab von jenem Kristallschiff, wo sich die Sternenquelle befand. Er barg den Körper, und wo er begraben liegt, das weiß niemand, denn so ist es Brauch unter Kith-Geschwistern, um böse Geister von dem Toten fernzuhalten. Er hielt die Chitta-Zeremonie ab, um die Seele seiner Kith-Schwester aus den schweigenden Fernen zurückzurufen, falls diese kein besseres Zuhause gefunden haben sollte. Doch was er träumte und ob er träumte, das ist nicht überliefert.

Dann wartete er auf ihre Rückkehr, wie er es versprochen hatte. Er wartete dreißig Jahre lang, verfolgt und gehetzt von den Bewohnern der Stadt, den Wirklichen Menschen, seinem Volk. Doch in dieser Zeit kam sie nicht zurück. Und nach dreißig Jahren starb er, und es gab keinen unter seinem Volk, der für ihn die Chitta-Zeremonie abhielt, um seinem Geist die verdiente Ruhe zu geben, denn er war der letzte der Kith-Brüder der Sternenmenschen.

So berichtet es die Legende von Mondschatten und Tarawassie. Mögen ihre Seelen unseren Völkern den Weg zum wahren Verstehen weisen.

Nachwort

Das Kristallschiff ist eine Geschichte, die aus einem Lied entstand, in diesem Fall einem packenden Song gleichen Namens der *Doors*. Den Einfall, auf diesem Lied basierend eine Geschichte zu schreiben, hatte ich zum ersten Mal vor zehn Jahren, lange bevor ich mich ernsthaft dem Schreiben widmete. Die Handlung, die ich mir damals ausgedacht hatte, wies bereits einige Ähnlichkeiten mit der vorliegenden auf, aber es war eine vollkommen andere Story, hauptsächlich eine Abenteuergeschichte. Als ich mich einige Jahre später ernsthaft daransetzte, die Geschichte zu Papier zu bringen, wollte ich etwas mehr Substantielles tun – etwas, das mit den grundlegenden Fragen von Leben und Tod, von Wirklichkeit und Illusion zu tun hatte, Fragen also, die das Lied selbst aufwirft.

Es war wieder eine andere Geschichte, wie sich ein anderer Charakter langsam zu entwickeln begann – der Außerirdische Mondschatten. *Das Kristallschiff* war unter allen Geschichten dieser Sammlung diejenige, die am schwersten zu schreiben war, was hauptsächlich daran lag, daß sich dieser Charakter in Richtungen entwickelte, die ich nicht erwartet hatte. Er verband sein Leben untrennbar mit dem der Heldin. Seine Probleme wurden ebenso gewichtig wie ihre, was mich dazu zwang, ihm dieselbe Bedeutung beizumessen.

Das Kristallschiff zeichnete auch, fast unvermeidlich, eines meiner pessimistischsten Bilder der menschlichen Natur – was vielleicht ganz einfach an dem gestellten Thema lag. Jemand fragte mich einmal, ob ich etwa unter Depressionen gelitten hätte, als ich sie schrieb – damals sagte ich nein, doch wenn ich heute zurückblicke, muß ich sagen, daß die Geschichte in der Tat während einer der unerfreulichsten Perioden meines bisherigen Lebens entstanden ist. Vielleicht habe ich gerade deshalb diese Zeit gewählt, sie zu schreiben.

Das Gedicht, das in der Geschichte auftaucht, habe ich bereits vor Jahren auf einer Reproduktion eines Gemäldes von Russel Grattan gefunden. Es stammt von ihm selbst. Schon damals schien dieses Gedicht die Essenz der Sternenquelle perfekt auszudrücken, und ich konnte mir nicht vorstellen, daß ich mir etwas Besseres würde ausdenken können. Daher schrieb ich Gratten und erbat die Erlaubnis, das Gedicht verwenden zu dürfen. Er stimmte zu, wenn er ein Exemplar der Geschichte erhielte. Tatsächlich waren der Kontakt und der Briefwechsel mit ihm ein einzigartiges Vergnügen beim Schreiben dieses Kurzromans.

Zusammen mit den allgemeinen Schwierigkeiten beim Schreiben der Geschichte tauchte, nachdem sie erschienen war, ein weiteres Problem auf – ihr Ende. Ich wollte den Leser auf ganz subtile Weise wissen lassen, daß Tarawassie doch wieder zu ihrer Welt zurückkehrte und daß ihre und Mondschattens Träume schließlich doch noch in Erfüllung gingen, aber unglücklicherweise war ich dabei zu subtil – nur etwa einer von zehn Lesern erkannte, daß die Geschichte nicht einfach nur ein offenes Ende hatte. Ich hoffe, daß die Version, die in diesem Buch abgedruckt ist, die Unklarheiten beseitigt und den dunklen Sinn der Worte etwas aufgehellt hat.

Der Zinnsoldat

(TIN SOLDIER)

Das Raumschiff schwebte durch den zerfransten Lichtervorhang der Plejaden und fiel wie eine makellose Perle ins mitternächtliche Wasser der Bucht. Und tauchte wieder auf, um sich nahtlos in eine Kette glänzender Perlen einzufügen, die sich vom Hafen zum Ufer erstreckte. Das niemals schlafende Auge des Hafens blinkte einmal, das Schiff antwortete. Neu-Piräus, eingebettet in den Hügel, sandte lodernde Lichtkaskaden zur Bucht hinab, um die Neuankömmlinge willkommen zu heißen, Botschaften, die wohlklingend, blendend und mit lockenden Versprechungen gespickt waren. Die Mannschaft grinste erwartungsvoll, Gesichter spähten durch die transparente Hülle, jemand kicherte nervös.

Das leuchtende Zeichen an der Tür zeigte ein rotes, einbeiniges Spielzeug, ZINNSOLDAT stand in blauer Schrift darunter zu lesen. Und noch weiter darunter, in Grün: ESSEN. TRINKEN. IMMER GERN ZURÜCKKEHREN. Und die Gäste kehrten auch immer zurück, weil es stimmte.

„Soldat, noch 'ne Runde!" dröhnte es über Tonbandmusik.

Der Besitzer des ‚Zinnsoldaten', der zugleich selbst ‚Zinnsoldat' genannt wurde, sah von seiner Polierarbeit auf und nickte lächelnd. Dann griff er nach unten und stellte Flaschen auf die Theke. Er mixte die Getränke höchstpersönlich. Sein Gesicht wirkte durchschnittlich, mit dunklen, geduldigen Augen. Sein Haar erinnerte an Kupferdraht, der mit einem Tuch zusammengeknotet war. Doch unter dem lockigen Kupfer, unter der Haut, bestand seine Schädeldecke aus Plastik. Die raschen Finger seiner Hand, die die langhalsige Flasche umklammerten, waren aus Plastik, der geschmeidige Arm war eine Prothese. Manchmal vermeinte er, ihn beim Bewegen klicken zu hören. Über die Hälfte seines Körpers war künstlich. Er sah aus wie fünfundzwanzig, aber vor fünfzig Jahren hatte er auch schon so ausgesehen.

Er stellte die Gläser auf ein Tablett und stieß es an, sah ihm nach, wie es durch den Raum schwebte, und machte sich dann wieder ans Polieren. Die achatfarbene Oberfläche der Theke war mit farbigen Linien, grauen Streifen, Wirbeln und aus der Tiefe heraufschimmernden Chalzedonnebeln durchsetzt. Er hatte sie in der Wüste im Osten entdeckt – eine zerschmetterte Baumimitation, wie ein Reisekumpan, der in der Stasis der Zeit erstarrt war. Sie teilten den privaten Scherz mit ihrer Kundschaft.

„... kommt unsere lebende Legende ansehen!"

Er blickte auf und sah sie mit der Besatzung der *Wer hat sie-709* hereinkommen. Ihm wurde bewußt, daß er sie nicht kannte. Sie ließ sich zurückfallen, während die anderen ausschwärmten, ihr kurzes, äschernes Haar sah im blauen Schein der Laternen wie geschmiedetes Metall aus. *Neu*, dachte er. Vielleicht achtzehn, die quecksilbernen Augen waren weit aufgerissen. Er lächelte ihr zu, während er alle begrüßte, und zog sie mit den anderen Frauen zur Theke. „Komm, kleine Schwester", hörte er Harkane sagen, „du bist auch eine von uns." Sie lächelte zurück.

„Ich kenn dich nicht ... aber dein Name sollte Diana sein, der silbernen Herrin des Mondes gleich." Der Klang seiner Stimme überraschte ihn.

Quecksilber wogte. „Ist er aber nicht."

Sehr neu. Und als er erkannte, was er beinahe getan hätte, wünschte er es sich plötzlich um so sehnlicher. Voll bitterer Freude fragte er: „Und wie lautet dein Name dann?"

Ein Schatten huschte über ihr Gesicht, doch dann sah sie ihn lächelnd an und antwortete: „Ich heiße Brandy."

„Brandy ..."

„Bring uns das Übliche, Soldat", sagte eine wissende Stimme. „Später, ja ...?"

Er nickte und griff unter der Theke nach Flaschen. Holz kreischte auf Stein, als sie einen Hocker näher zog und sich darauf setzte, um ihm beim Eingießen zuzusehen. „Du bist sehr geschickt." Sie nahm Nüsse aus einer Schüssel.

„Ich habe *viel* Übung."

Sie lächelte, kapierte den Witz aber nicht.

Er sagte: „Brandy ist ein hübscher Name. Und ich glaube, ich habe ihn schon einmal gehört ..."

„Eigentlich heißt es Branduin. Meine Mutter sagte, das wäre sehr alt."

Er sah sie an. Sie fragte sich, ob sie die eine Hälfte seines Gesichts erröten sehen konnte. „Was willst du trinken?"

„Oh ... haben Sie vielleicht ... Brandy? Das ist, glaube ich, ein Wein – aber niemand hat welchen. Ich frage immer, weil das mein Name ist."

Er runzelte die Stirn. „Nein ... Verdammt, doch! Bleib hier."

Er kam mit der unmöglichen Flasche zurück, wischte sorgfältig den Staub von Jahren ab und schob sie ihr zu. Kastanienbraune Blitze zuckten in ihren Augen. „Muß all die Jahre auf dich gewartet haben. Davon habe ich gehört – echter Weinbrand von Zuhause."

„Von Terra – wirklich? Oh, danke!" Sie berührte die Flasche, dann seine Hand. „Ich freue mich sehr darüber."

Er reichte ihr eines der geschwungenen Gläser mit dem duftenden Wein. „*Ad astra*." Sie hob ihr Glas.

„*Ad astra*, auf die Sterne." Er hob sein eigenes Glas und fügte lautlos hinzu: *Heute nacht* ...

Sie waren allein. Ihr Atem ging schwer, während sie die neu gepflasterte Straße zu seinem Zuhause entlanggingen und sich dabei von der Unterstadt entfernten, wo die Fluoreszenzlampen eine nach der anderen erloschen.

Er lehnte sich gegen eine niedere Steinmauer. „Möchtest du ein wenig verschnaufen?" Hinter ihm und dem einsamen Platz befand sich ein unkrautüberwucherter Garten, den man im Flackern der Straßenlaterne fast nur erahnen konnte.

„Danke." Sie lehnte sich gegen ihn und die Mauer. „Ich bin etwas außer Übung. Auf einem Schiff gibt es nicht viel zu tun. Eigentlich müßte man Fitneßübungen absolvieren, aber ..." Ihre Schulter zuckte unter schulbewußt blau-silbernen Augen. Er absorbierte ihre Wärme.

Ihre Hand preßte seine sanft gegen die Mauer. „Wie heißt du? Das hast du mir nämlich noch nicht gesagt."

„Jeder hier nennt mich Soldat."

„Aber das ist nicht dein Name." Ihre Augen forschten in seinen, sie lächelte.

Er beugte den Kopf, seine Hand umklammerte ihre. „Oh nein, das ist er nicht. Er lauter Maris." Er sah auf. „Auch das ist ein alter Name. Er *bedeutet* Soldat, dem Kriegsgott geweiht. Er hat mir nie besonders gefallen."

„Von ‚Mars‘ abgeleitet? Der vierte Planet Sols, der Kriegsgott.“ Sie legte den Kopf zurück und spähte in die Dunkelheit. Nebel verbarg die Sterne.

„Ja.“

„Warst du Soldat?“

„Ja. Jeder war Soldat – jeder Mann. Wenigstens dort, wo ich herkomme. Der Krieg war zum Lebensinhalt geworden.“

„Ein Versuch, das angeschlagene männliche Ego wieder etwas aufzuwerten?“

Er sah sie an.

Sie runzelte konzentriert die Stirn. „‚Nachdem sich herausgestellt hatte, daß Männer den Strapazen des Raumfluges physisch nicht gewachsen waren und die Frauen durch die Monopolisierung der neuen Ära in dominierende Positionen vorrückten, wurde die kulturelle Basis Terras mehreren heftigen Wandlungen unterzogen. Als Resultat dessen entstanden viele neue, wenn auch nicht immer zufriedenstellende, kulturelle Systeme in der Galaxis ... Eines davon könnte man als Rückfall in gnadenlosen *Masochismus* ...‘“

„‚... und als Wiedergeburt der Krieger/Sklaven-Tradition bezeichnen.‘“

„Du hast das Buch auch gelesen.“ Sie schien niedergeschlagen.

„Ich lese viel. *Aus alt mach neu* von Ebert Ntaka?“

„Tut mir leid ... ich glaube, ich habe mich gehenlassen. Aber ich lese es gerade ...“

„Nein.“ Er grinste. „Ich stimme auch mit dem ollen Ntaka überein. Glatte – was für ein abscheulicher Name – war ein ungesunder Planet. Aber aus diesem Grunde bin ich hier und nicht dort.“

„Au ...!“ Sie riß sich von seiner Hand los. „Ohh, oh ... Großer Gott, bist du stark!“ Sie nahm die Finger in den Mund.

Er entschuldigte sich sofort, doch sie schüttelte sowohl den Kopf als auch die Hand. „Nein, schon gut ... wirklich, ich war nur überrascht. Schlimme Erinnerungen?“

Er nickte mit verkniffenem Mund.

Sie berührte seine Schulter, legte einen Finger auf seine Lippen. „Küsse sie und mach es gut.“ Er griff nach ihrer Hand, küßte sie sanft und preßte sie an sich. „Es ist schon sehr spät. Wir sollten weitergehen ...?“

„Nein.“ Sich selbst hassend, lehnte er sich wieder gegen die Wand.

„Nein? Aber ich dachte ...“

„Ich weiß. Dein erster Raumflug, ich fragte nach deinem Namen, du wolltest es so. Die Tradition will es, daß du hinterher einen Mann flachlegst. Aber ich bin ein Cyborg, Brandy ... Immer gut für einen Scherz mit einem armen Grünschnabel. Das ist schon hundertmal passiert.“

„Ein Cyborg?“ Die flackernden grauen Augen begutachteten seinen Körper.

„Wenn ich die Kleidung anhabe, merkt man es nicht.“

„Oh ...“ Nun hieben bleiche Peitschen über ihre Augen. Sie holte tief Atem und hielt ihn an. „Läßt du es ... läßt du es immer so weit kommen? Ich meine ...“

„Nein. Zum Teufel, ich weiß nicht, warum ich ... Ich muß mich noch bei dir entschuldigen. Normalerweise frage ich nie nach dem Namen. Und wenn doch, dann teile ich meistens sofort mit, daß ich ein Cyborg bin, ich lasse keine in falschem Glauben. Ich zähle nicht.“ Er lächelte schwach.

„Nun, warum? Ich meine, du kannst doch nicht ...“

„Ich bin nicht überall aus Plastik.“ Er runzelte die Stirn und pochte mit gefühllosen Fingern gegen Stein.

„Gott, das bin ich nicht. Ich wünsche es mir zwar manchmal, aber ich bin es nicht.“

„Keine? Keine wollte dich haben?“

„Branduin ...“ – er hielt ihrem fragenden Blick stand – „... du gehst jetzt besser wieder hinab. Schlaf dich aus. Morgen wirst du darüber lachen und dir einen netten Schwanz in der Bar aufgabeln, mit dem du dich amüsieren kannst. Komm in fünfundzwanzig Jahren wieder, wenn du aus dem All zurück bist, und sage mir, was du alles erlebt hast.“ Er strich zögernd mit seiner echten Hand über ihre Wange. Sie beugte den Kopf unwillkürlich der Zärtlichkeit entgegen. „Leb wohl.“ Er ging hügelaufwärts.

„Maris ...“

Er blieb zitternd stehen.

„Danke für den Brandy ...“ Sie kam an seine Seite und hielt seinen Gürtel fest. „Wahrscheinlich wirst du mich hochziehen müssen.“

Er zog sie an sich und küßte sie, seine Hände glitten ungläubig über ihren Körper.

„Es ist sehr, sehr spät. Beeilen wir uns.“

Maris erwachte verwirrt durch das Geräusch klappernder Fensterläden. Er hob den Kopf und wurde von den Farben der Dämmerung geblendet, vor denen sich Brandys scharf umrissener Schatten am Fenster abhob. Er verließ das zerwühlte Bett und gesellte sich zu ihr ans Fenster. „Was machst du da?" Er gähnte.

„Ich wollte den Sonnenaufgang sehen. Ich habe seit Monaten nur Schwärze gesehen. Schau, der Nebel hebt sich bereits, die Sonne verbrennt ihn. Sie steht über den Bergen in Flammen ..."

Er strich durch ihr bleiches, goldenes Haar unter der Korona des Lichts. „Und sie verglüht im Tal."

Sie sah hinaus über das Nebelfeld, das langsam eine rötliche Färbung annahm, und dann wieder zurück. „Guten Morgen." Sie begann zu lachen. „Ich bin froh, daß du keine Nachbarn hast." Sie waren beide nackt.

Er grinste. „Das gefällt mir hier so." Er legte die Arme um sie. Sie schmiegte sich näher an seine Wärme.

Danach betrachteten sie beide gemeinsam vom Bett aus den Sonnenaufgang.

Gegen Abend kam sie mit der Mannschaft der *Küß und Rate-736* in die Bar. Sie winkten ihm zu, nickten zu ihr hinüber und verschwanden in blauen Schatten. Sie stand lächelnd vor ihm. Plötzlich merkte er, daß neun Stunden eine lange Zeit waren.

„Das ist die Besatzung meines Ausbildungsschiffes. Sie möchten gerne etwas Weißwein in einer Flasche, egal welchen."

Er griff unter die Theke. „Und einen Brandy auf Rechnung des Hauses?" Er schickte das Tablett los.

„Hallo, Maris ..."

„Hallo, Brandy ..."

„Auf nebelverhangene Morgen." Sie tranken gemeinsam.

„Übrigens ..." – sie sah ihn schüchtern an – „... ich habe das Gerücht in Umlauf versetzt, daß, was dich betrifft, schon viele Frauen etwas verpaßt haben."

„Danke", sagte er ernst. „Aber ich glaube nicht, daß ich meine Meinung ändern werde."

„Du hast doch Ntaka gelesen – Xenophobie. Für die meisten Leute in den meisten Kulturen sind Cyborgs etwas Unnatürliches, das bestenfalls Ähnlichkeit mit einer Leiche hat. Man muß nekrophil veranlagt ..."

Sie runzelte die Stirn.

„... oder etwas Besonderes sein. Du bist die erste besondere Person seit hundert Jahren, der ich begegnet bin."

Das gerade erst geformte Lächeln erlosch. „Maris, du bist keine fünfundzwanzig mehr, was? Aber wie alt bist du dann?"

„Etwa hundertfünfzehn." Er wartete auf ihre Reaktion.

Sie erstarrte. „Aber du siehst wie fünfundzwanzig aus! Du bist wirklich ... Alterst du denn nicht?"

„Doch, schon. Etwa fünf Jahre pro Jahrhundert." Er zuckte die Achseln. „Die Prothesen verlangsamen den Alterungsprozeß des Körpers. Liegt vielleicht daran, daß nur noch mein halber Körper eine dauernde Regeneration braucht, vielleicht ist es aber auch eine Folge der Behandlung gegen Gewebeabstoßung. Niemand versteht den Grund. Kommt eben manchmal vor."

„Oh." Sie schien verlegen. „Das also hast du mit ‚Komm zurück und sage mir, was du erlebt hast' gemeint. Und sie meinten ... Wirst du wirklich tausend Jahre leben?"

„Wahrscheinlich nicht. Ein lebensnotwendiges Teil wird vielleicht in zwei oder drei Jahrhunderten ausfallen. Nicht mal Plastik hält ewig."

„Oh ..."

„Man lebt länger und hat weniger Freude daran. Abgesehen von heute. Was hast du heute getan? Dich ausgeschlafen?"

„Nein ..." Sie schüttelte ihr Unbehagen ab. „Ein paar von uns sind ausgegangen und haben ordentlich auf den Putz gehauen. Im Hafen bleiben wir ständig wach, damit uns keine Minute entgeht. Wir brauchen keinen Schlaf. Eigentlich sind die Aufputschmittel für Notfälle gedacht, aber jeder nimmt sie."

Fast hätte er laut gelacht. Er hoffte, daß sie es nicht bemerkt hatte. Dann fuhr er ernst fort: „Du solltest damit vorsichtig umgehen. Sie können dich schaffen."

„Oh, ist schon recht." Sie drehte ihr Glas zornig und plötzlich wieder verlegen wegen seiner Väterlichkeit.

Verdammt, das kann doch nichts ausmachen ... Er sah zur Tür.

„Brandy! Hier steckst du also." Und damit platzte die ganze Besatzung herein. „Soldat, du mußt dich später zu uns setzen, aber vorerst werden wir Brandy entführen müssen."

Er betrachtete gemeinsam mit Brandy das braune Gesicht und die braunen Augen, das salzweiße Haar von Harkane, der besten Freundin der Mactav auf der *Wer hat sie-709*. Die Zeit hatte ein tiefes Muster des Verständnisses um ihre Augen gewoben. Sie war eine seiner ältesten Kundinnen. Doch nun klangen ihre Worte sogar ihm fremd: „Ah, Soldat, wenn ich dich sehe, fühle ich mich immer jünger. Komm her, kleine Schwester, zu deiner Familie. Und du auch, Soldat."

Brandy trank Brandy, ihre Stiefel polterten, als sie vom Hocker aufstand. „Danke für den Drink – Soldat", sagte sie, und eine halbe Sekunde schien das Lächeln echt. „Wir sehen uns später." Und damit verließ sie ihn ohne Anmut, aber dankbar.

Soldat polierte die Achatbar und ignorierte das mißbilligende Gesicht, das sie ihm zeigte. Und später sah er, wie sie mit einem adretten, schwarzäugigen Schwanz in Kniebundhosen aus Seide verschwand.

Von jenseits der Bucht fiel ein gelb-grünes Zwielicht in die Bucht, die frühen Gäste trafen sich mit Einbruch der Nacht. „H'lo, Maris ...?" Zu Blei ergrautes Silber betrachtete ihn aus einem hohlwangig gewordenen Gesich heraus, dünne Hände zitterten, klammerten sich fest, zitterten wieder.

„Brandy ..."

„Was hast du für einen verdorbenen Magen?" Sie erwartete Gelächter.

„Hast das Zittern, was?" Er lachte nicht.

Sie nickte. „Du hattest recht mit den Pillen, Maris. Sie machen mich krank. Ich wurde müde, habe sie aber trotzdem genommen ..." Ihre Hände sanken auf die Theke.

„Und das war ganz schön dumm, was?" Er schenkte ihr ein Glas Wasser ein und sah zu, wie sie zu trinken versuchte. Er drückte einen Knopf unter der Theke. „Hör zu, ich hab' dir gerade ein Taxi gerufen. Wenn es losgeht, wirst du zu mir gehen und dich ins Bett legen."

„Aber ..."

„Ich werde erst in ein paar Stunden heimkommen. Schlaf dich aus, dann kommt alles wieder in Ordnung, ja? Hier ist mein Türschlüssel." Er schrieb eine Ziffernfolge auf eine Serviette. „Aber nicht verlieren."

Sie nickte, trank und schob die Serviette in ihren Ärmel. Dann trank sie noch etwas, spie es aber wieder aus. „Mein Mund ist ganz taub." Ein schrilles Lachen entfuhr ihr, sie hob eine zitternde Hand zum Mund. „Ich ... ich werde sie nicht verlieren."

Dunkles Gold lauerte hinter der Tür, Sonnenlicht auf Metall. „Dein Taxi wartet."

„Danke, Maris." Ihr Lächeln war verzerrt, aber sehr hingebungsvoll. Sie wankte zur Tür.

Als er heimkam, war sie immer noch da und schnarchte friedlich zwischen zerwühlten Kissen in seinem Schlafzimmer. Er verließ das Zimmer still wieder, aus Angst, sie zu berühren, und ließ sich in einen Ledersessel sinken. Dort schlummerte er, von einem selten und unbehaglichen Frieden erfüllt, während der sternenhelle Nebel der Plejaden über den nächtlichen Himmel dem Morgen entgegenwanderte.

„Maris, warum hast du mich nicht geweckt? Du hättest doch nicht die ganze Nacht in einem *Stuhl* schlafen müssen." Brandy stand vor ihm und wrang ein Handtuch zwischen den Händen, ihre Augen waren noch schläfrig, und ihr nasses Haar hing nach dem Duschen in dichten Strähnen herab. Ihre Füße hinterließen winzige Pfützen auf dem Teppich.

„Macht mir nichts aus. Und ich brauche nicht so viel Schlaf."

„Das habe ich doch zu *dir* gesagt."

„Aber mir ist es ernst. Ich brauche nicht mehr als drei Stunden Schlaf täglich. Und du brauchtest Ruhe."

„Ich weiß ... verdammt ..." Sie gab auf und rubbelte sich mit dem Handtuch den Kopf. „Bist ein feiner Kerl, Maris."

„Du bist auch nicht so übel."

Sie errötete. „Freut mich zu hören. Oh, dein Teppich – ich habe ihn ganz naß gemacht." Sie verschwand wieder im Schlafzimmer.

Maris streckte sich unwillkürlich und betrachtete die im frühen Sonnenlicht bronzene Decke. Er seufzte leise. „Möchtest du Frühstück?"

„Klar, ich bin halb verhungert! Oh, warte ..." Ein nasser Kopf wurde sichtbar. „Darf ich das Frühstück machen? Warte auf mich."

Er saß da und sah zu, während die Erscheinung in dem silberblauen Fluganzug mit seinen Tassen klapperte. „Dir fehlen etwas die Rohstoffe."

„Ich weiß." Er strich Krümel vom Tisch. „Ich esse immer ein Instantfrühstück und tiefgefrorenes Essen. Ich hasse Kochen."

Sie verzog das Gesicht.

„Ja, nach einem halben Jahrhundert wird alles ziemlich alt ... auf Oro lagern sie es ja ‚nur' ein halbes Jahrhundert lang. Dadurch wird es nicht gerade besser."

Sie schob etwas in den Ofen. „Tut mir leid, daß ich so dumm war."

„Wieso dumm?"

„Wegen der ... hundert Jahre. Ich glaube, das ängstigte mich. Ich habe mich wie ein Flittchen benommen."

„Nein, hast du nicht."

„Hab' ich doch! Ich weiß es!" Sie runzelte die Stirn.

„Na gut, du hast es getan ... aber ich verzeihe dir. Wann können wir essen?"

Sie aßen Seite an Seite.

„Kochen scheint mir ein seltsames Hobby für eine Raumfahrerin zu sein." Maris kratzte genüßlich die Reste von seinem Teller. „Aber wann kann man auf einem Schiff schon mal kochen?"

„Nie. Alles ist vorbereitet und verarbeitet. Damit wir uns auch ja nicht überfressen können. Daher essen und trinken wir soviel, wenn wir im Hafen sind. Aber jetzt kann ich auch nicht kochen – kein Platz. Daher ist es eigentlich gar kein Hobby mehr. Ich habe es von meinem Vater gelernt ... er kochte sehr gerne ..." Sie atmete mit geschlossenen Augen ein.

„Ist deine Mutter tot?"

„Nein ..." Sie sah verblüfft drein. „Sie kocht ganz einfach nicht gerne."

„Ich glaube, ihr hätte es auf Glatte nicht sonderlich gefallen." Er kratzte sich an der Nase.

„Calicho – das ist meine Heimat, liegt sieben Lichtjahre entfernt in diesem Raumkubus. Ist ... ein verdammt hübscher Ort. Ich glaube, Ntaka würde ihn als ‚gesund' bezeichnen, obwohl ... es ist dort sehr weiträumig, wie im All, das hilft. Kalt und nicht besonders reich, aber es geht. Meine Mutter und mein Vater haben immer zusammengearbeitet ... sie haben eine Farm." Sie brach sich mehr Brot.

„Was meinten sie dazu, als du Raumfahrerin wurdest?"

„Sie haben nie versucht, mich aufzuhalten, aber ich glaube, es hat ihnen trotzdem nicht so sehr zugesagt. Ich glaube, wenn man so sehr mit dem Boden verbunden ist, versteht man diesen Freiheitsdrang nicht ... Es tat ihnen weh, mich zu verlieren, und es tat mir weh, sie zu verlieren, aber ich mußte gehen ..."

Plötzlich begannen ihre Lippen zu beben. „Weißt du, nun werde ich sie nie mehr wiedersehen, ich habe nie Zeit, unsere Reisen werden immer länger und länger, und sie werden alt und sterben ...“ Tränen fielen auf ihren Teller. „Und mir fehlt mein Zuhause so sehr ...“ Ihre Worte verloren sich in einem Schluchzen, und sie klammerte sich entsetzt an ihn.

Er streichelte hilflos ihren Rücken und war selbst nicht dafür gerüstet, nach hundertjährigem Alleinsein die Wunden der Einsamkeit zu heilen.

„M-Maris, darf ich immer zu dir kommen, wirst du immer da sein, wenn ich einen Freund brauche?“

„Immer.“ Er wiegte sie zärtlich. „Komm, wann du willst, bleib, so lange du willst, koch etwas zu essen, wann du willst, ich werde immer hiersein ...“

... Bis zu jener Nacht, fünfundzwanzig Jahre später, als sie plötzlich alle um ihn versammelt waren und an der Bar lachten und hüpften, die ganze Mannschaft der *Wer hat sie- 709*.

„He, Soldat!“

„Soldat, haben wir ...“

„Schau dir das an, Soldat ...“

„Was ist eigentlich mit ...“

„Brandy?“ fragte er dümmlich. „Wo ist Brandy?“

„Mal im Ernst, Soldat, du vergißt doch *nie* ein Gesicht, oder?“

„Ha-ha, ich wette, an ihr *Gesicht* erinnert er sich nicht mehr so gut!“

„Sie war bei uns.“ Harkane überblickte die Köpfe um sie herum. „Vielleicht ist sie irgendwo abgesprungen.“

„Vielleicht hat sie sich *schon* einen Schwanz geangelt?“ Nilgiri war beeindruckt.

„Das wäre ihr schon zuzutrauen, dem kleinen Luder.“ Wynmet rollte mit den Augen.

„Oh, bring uns das Übliche, Soldat. Sie wird schon kommen. Setz dich zu uns, wenn sie hier ist.“ Harkane winkte mit einer Hand, deren Nägel in allen Farben strahlten. „Kommt Schwestern, erst nach einem Drink macht das Tratschen so richtig Spaß.“

„Dieses kleine Luder.“

Soldat schenkte mit engstirniger Präzision die Drinks ein, bis er merkte, daß er die falsche Flasche erwischt hatte. Dann trank er sie fluchend alle selbst aus, einen nach dem anderen.

„Hallo, Maris."

Er stieß das Tablett weg.

„*Hallo*, Maris." Finger tauchten vor seinem Gesicht auf. Er erstarrte. „He."

„Brandy!"

Die Zecher an der Bar wandten sich um, sahen dann aber wieder weg.

„Brandy ..."

„Na klar. Hast du mich nicht erwartet? Die anderen sind doch schon alle hier."

„Ich weiß. Ich dachte ... ich meine, sie sagten ... vielleicht wärst du schon mit jemandem ausgegangen." Er versuchte, unbeteiligt zu klingen. „Und ..."

„Also wirklich, Maris, wofür hältst du mich?" Sie war beleidigt. „Ich wollte nur warten, bis sich alle anderen wieder beruhigt haben, damit ich dich ganz für mich allein haben kann. Hast du gemeint, ich würde dich vergessen? Treulose Tomate!" Sie hob einen hellen, gut verschnürten Sack auf die Theke. „Schau, ich hab' dir was mitgebracht, ein Geschenk!" Sie riß die Verschnürung auf und goß den ganzen Inhalt zu einem unordentlichen Berg auf die Theke. „Bücher, Bänder, Plaketten, alles mögliche zum Anschauen. Du sagtest, du hättest die ganze Bibliothek schon fünfmal ausgelesen, daher habe ich überall gesammelt. Ein paar sind ganz neu ... Gefallen sie dir nicht?"

„Ich ..." Er hustete. „Ich bin ganz durcheinander! Ich bin überwältigt. Noch nie hat mir jemand etwas mitgebracht. Danke. Vielen Dank. Und willkommen auf Neu-Piräus!"

„Ich freue mich, wieder hier zu sein!" Sie streckte sich über die Bar aus, zog ihn an sich und küßte ihn. Sie trug einen neuen, mit Steinen eingelegten Gürtel. „Du siehst noch genauso aus, wie ich dich in Erinnerung habe."

„Und du bist noch schöner geworden."

„Schmeichler." Sie strahlte. Ihr äschernes Haar fiel ihr über die Brüste, die Linien ihres Gesichtes waren ein wenig tiefer geworden. Die quecksilbernen Augen nahmen alles amüsiert zur Kenntnis. „Ich werde heute einundzwanzig."

„Ohne Flachs? Na, wenn das kein Grund zum Feiern ist. Möchtest du Brandy?"

„Hast du immer noch welchen?“ Sie riß die Augen auf. „Oh ja, wir sollten, so lange es geht, eine Tradition daraus machen.“

Er lächelte still vor sich hin. Sie stießen auf Geburtstage und auf die Sterne an.

„Nicht besonders viel los heute nacht, was?“ Brandy sah sich um und flocht Zöpfe in ihr Haar. „Nicht wie beim letzten Mal.“

„Kommt und geht. Ich hab' immer ein paar Fischersleute hier, die achten die Traditionen ... Und auf die Schiffsrouten achte ich schon lange nicht mehr.“

„Wir vertrauen ja unseren eigenen nicht mehr, die stimmen sowieso nie. Wir sind einen Monat zu spät angekommen.“

„Ich weiß ... hab' ich zufällig mitbekommen ...“ Er schloß einen umgeknickten Einband und legte das Buch flach hin. „Wie hat dir eigentlich dein erster Quadrangel gefallen?“

„Wunderbar – oh, Maris, ich kann dir gar nicht genug erzählen! Die Stadt in den Wolken auf Patris, der Freihafen auf Sanalareta ... und die Plejaden ... und die tiefe Nacht, Feuer und Eis.“ Ihre Augen brannten durch ihn hindurch zur Ewigkeit. „Du kannst dir gar nicht vorstellen ...“

„Das bekomme ich immer wieder zu hören.“

Sie suchte in seinem Gesicht nach Bitterkeit, fand aber keine. Er schüttelte den Kopf. „Ich bin ein Mann und ein Cyborg, und damit habe ich zwei Regeln der Liga gegen mich, die ich nicht ändern kann – warum also sollte ich etwas bedauern? Ich höre mir gern Geschichten an.“ Er verzog den Mund.

„Magst du Poesie?“

„Kommt drauf an.“

„Dann ... darf ich dir meine zeigen? Ich schreibe an einem Zyklus über den Weltraum – vielleicht wird es eines Tages mal ein Buch. Ich habe sie noch niemandem gezeigt, aber wenn du magst ...“

„Sehr gerne.“

„Dann werde ich sie suchen. Ich glaube, ich sollte wirklich an diese Feier teilnehmen, sonst werden sie mich noch für asozial halten ...“ – sie blinzelte ihm zu – „ ... und dann werden sie anfangen, über mich zu tratschen! Wie in einer Kleinstadt, wir sind die schlimmsten Klatschbasen.“

Er lachte. „Du solltest mich nicht so desillusionieren. Bis später. Ah ... soll ich wieder dieselben Vorkehrungen treffen? Zum Schlafen?“

„Bei dir? Wäre das möglich? Ich will dir nicht zur Last fallen."

„Zum Teufel, nein. Du bist jederzeit willkommen."

„Ich werde für dich kochen ..."

„Ich habe Eier gekauft."

„Abgemacht! Viel Spaß mit den Büchern." Sie schritt zwischen den Tischen hindurch, nickte hier einem Matrosen oder dort einer Raumfahrerin zu. Er sah ihr nach, bis ihr lachendes Gesicht verschwamm und er nur noch ein gelegentliches silbernes Aufblitzen sehen konnte. Er stopfte die Bücher wieder in den Sack zurück, den er hinter der Bar verstaute. Wenig später sah er, wie sie mit einem Schwanz die Bar verließ.

Am Morgen des dreizehnten Tages erwachte er und fand Brandy friedlich schlafend auf einem Stapel flauschiger Kissen neben der Tür. Er spähte neugierig in die wassergraue Nebelbank hinaus. Es war das erste Mal, daß sie vor der Dämmerung heimgekommen war. *Heim?* Er hob sie behutsam von den Kissen empor, wobei sie seufzend die Arme um ihn schlang und im Schlaf seinen Nacken zu küssen begann. Er ließ sie sachte auf das Bett sinken und beugte sich hinunter, um ... *Nein*. Er wandte sich ab und verließ das Zimmer. Er hatte nur einmal mit ihr geschlafen, vor fünfundzwanzig, beziehungsweise drei Jahren, und sie hatte ihm ohne Worte zu verstehen gegeben, daß sie einander nie mehr lieben würden. Sie hielt sich an die Bräuche; eine Raumfahrerin hatte niemals zweimal denselben Mann.

Er machte sich seine Tiefkühlkost in der Küche warm und aß allein.

„Was ist das?" Brandy tauchte, in eine Decke gewickelt, neben ihm auf. Sie ließ sich auf die Kissen sinken, wo er barfuß saß, Wein trank und das TD ignorierte.

„Dreidimensionale Propaganda: der morgendliche Bericht von der Oro-Mine. Du bist früh auf – es ist noch nicht einmal Mittag."

„Ich bin nicht mehr müde." Sie trank von seinem Wein.

„Bist auch recht früh gekommen. Stimmt was nicht?"

„Nein, weißt du, es war einfach ... nichts los. Keine Feste mehr. Jeder außer mir ist groggy." Sie legte den Kopf schief. „Was ist das eigentlich – ein Kreuzverhör? ‚Warst ja verdammt früh zu Hause?'" Sie sah ihn an, dann brach sie in Gelächter aus.

„Du spinnst." Er lächelte.

„Was ist mit deiner Couch passiert?" Sie schüttelte Kissen auf.

„Auseinandergefallen. Ist schon fünfundzwanzig Jahre her, weißt du.“

„Oh. Zu schade ... Maris, darf ich dir meine Gedichte vorlesen?“ Sie brachte, plötzlich ganz ernst geworden, ein kleines, abgegriffenes Notizbuch zum Vorschein, das sie unter ihrer Decke verborgen gehalten hatte.

„Klar.“ Er lehnte sich zurück und beobachtete die subtilen Veränderungen ihres Gesichts. Und dann spürte er sie auch in sich selbst: Stolz und einen zärtlichen Besitzerstolz.

... Bis wir, verloren in der Dunkelheit
zum seid'nen Lied der Sterne tanzen.

Das war das letzte Gedicht. „Das ist ‚Genesis‘. Es erzählt vom Beginn eines Fluges ... und eines Lebens.“ Ihre Augen fanden wieder zurück in die Welt, sahen seine dunklen Augen, die sie stumm betrachteten.

„‚Sternengeschmückt wir ewig sitzen sollen, zu triumphieren über Tod und Zufall und auch über dich, o Zeit.‘“ Er sah weg und zupfte an der Kordel eines Kissens. „Nein ... das ist von Milton, nicht von Maris – ich hätte das niemals schreiben können.“ Er betrachtete sie verwundert. „Sie sind so wunderbar wie du. Mach ein Buch daraus. Begabungen soll man nicht verbergen, und du bist sehr begabt.“

Freude rötete ihre Wangen. „Meinst du wirklich, jemand wird sie lesen wollen?“

„Ja.“ Er nickte, während er nach Worten suchte, die er zu ihr sagen konnte. „Niemand hat mich je auf so eine Art und Weise ... teilhaben lassen. Es ist fast so, als wäre ... ich mit dir unterwegs gewesen. Wahrscheinlich würden auch andere gerne gehen, wenn sie könnten, heim zum Himmel ...“

Sie wandte sich mit ihm zum Fenster. Sie schwiegen. Nach einer gewissen Zeit rückte sie lächelnd näher. „Weißt du, was ich gerne tun würde?“

„Was?“ Er atmete lautstark aus.

„Deine Heimat kennenlernen.“ Sie legte ihr Notizbuch weg. „Machen wir einen Spaziergang in Neu Piräus. Ich habe es noch nie richtig bei Tage gesehen – den wahren Teil davon. Ich möchte gern all seine Schönheiten kennenlernen, ehe es wieder zu spät ist. Gehen wir?“

Er zögerte. „Bist du ganz sicher, daß du das willst …?“

„Klar. Nun mach schon, Faulpelz.“ Sie winkte ihm.

Und er fragte sich erneut, weshalb sie so früh nach Hause gekommen war.

Daher führte er sie also am letzten Nachmittag durch die gewundenen Kopfsteinpflasterstraßen, wo kleine, weißgekalkte Häuser zum Verweilen einluden. Sie erklommen schmale Stufen, keuchten, atmeten den Seewind, kauften Früchte von einer ledrigen alten Frau mit einem Korb.

„Mmmm …“ Brandy leckte den Saft von einer scharlachroten Beere. „Wer war diese Frau? Sie nannte dich ‚Sojer‘, aber den Rest konnte ich nicht verstehen … Ich konnte nicht mal dich verstehen! Ist der hiesige Dialekt so anders?“

Er wischte sich das Kinn ab. „Durch den ständigen Strom von Neuankömmlingen wird es immer schlimmer. Aber in der Unterstadt gewöhnt man sich an alles … Eine alte Bekannte, ich lernte sie während der Epidemie kennen. Sie war krank.“

„Epidemie? Was für eine Epidemie?“

„Die Oro-Mine hat Arbeiter importiert – sie haben vor deinem letzten Besuch wegen der gestiegenen Nachfrage damit angefangen. Einer der Arbeiter hatte eine bei uns unbekannte Krankheit. Sie tötete etwa ein Drittel von Neu Piräus.“

„Oh, mein Gott …“

„Das war vor etwa fünfzehn Jahren … Die Labors von Oro haben ein Serum gefunden, und die Stadt wurde neu bevölkert. Aber man weiß immer noch nicht, was das für eine Krankheit war.“

„Auf einer einzigen Welt zu leben ist wie das Hocken in einer Falle.“

„Aber das müssen die meisten von uns … dafür hat es andere Vorteile.“

Sie aß ihre Frucht auf und wechselte das Thema. „Du hast dich während der Epidemie um sie gekümmert?“

Er nickte. „Ich schien immun zu sein, daher …“

Sie tätschelte seinen Arm. „Du bist so gut.“

Er wandte sich lachend ab. „So künstlich wäre treffender.“

„Wirst du niemals krank?“

„Fast nie. Ich kann mich nicht einmal sehr betrinken. Eines Tages werde ich wahrscheinlich aufwachen und ganz aus Plastik sein.“

„Du bist trotzdem gut." Sie gingen wieder weiter. „Was hat sie gesagt?"

„Sie sagte: ‚Ah, Soldat, du hast eine Freundin gefunden.' Sie schien sehr erfreut zu sein."

„Und was hast du gesagt?"

„Ich sagte: ‚Ja, das stimmt.'" Er lächelte, legte aber den Arm nicht um sie; seine Finger schlossen sich um nichts.

„Nun, es freut mich, daß sie erfreut war. Die meisten Leute schienen das nicht zu sein."

„Beachte sie nicht. Schau dort." Er deutete zum Meer, gedämpftes Grün und Blau über den elfenbeinfarbenen Häusern der Stadt. Nördlich und südlich erstreckten sich Berge wie zerknitterte Kleidungsstücke zum Strand.

„Oh, das Meer – ich habe das Meer immer geliebt. Zu Hause waren wir davon umgeben, auf Inseln. Das Weltall ist wie das Meer, grenzenlos, konstant, es verändert sich ständig ..."

„... Raumfahrerin!" Zwei kichernde Mädchen machten einen großen Bogen um sie, ihre dunklen Röcke flatterten.

Brandy errötete, runzelte die Stirn, wandte sich dann aber wieder dem Meer zu. „Ich ... ich glaube, ich werde müde. Ich habe genug gesehen."

„Hier oben gibt es auch nicht viel zu sehen – außer dem, was neu ist." Er nahm ihre Hand, und sie stiegen wieder hinab. „So weit oben sind wir eben eine Rarität." Ein schwerer Mann in einem ebensolchen Kaftan schob sich an ihnen vorbei, und Maris erkannte den lüsternen Blick in seinen Augen. Es war einer von ihren gealterten früheren Schwänzen.

„Entweder gaffen sie einen an, oder sie schneiden einen." Ihre Nägel gruben sich in sein Fleisch. „Was für ein Problem haben sie?"

„Eifersucht ... Sterblichkeit. Ihr macht ihnen Angst, ihr Raumfahrerinnen. Ist dir der Gedanke noch nie gekommen? Frei und schön und unsterblich ..."

„Sie wissen, daß wir nicht unsterblich sind. Wir leben kaum länger als andere auch."

„Sie wissen aber auch, daß ihr von einer fünfundzwanzigjährigen Reise zurückkommt und kaum älter als bei eurer Abreise aus-seht. Vielleicht erkennen sie euch nicht mehr, aber sie *wissen* es. Und sie sind fünfundzwanzig Jahre älter ... Warum, glaubst du, hüllen sie sich in solche Säcke?"

„Damit sie häßlicher aussehen. Sie müssen unter fürchterlichen Hemmungen leiden." Sie senkte traurig den Kopf.

„Das ist zutreffend, aber daran liegt es nicht. Sie wollen die Veränderungen verbergen. Und damit auf ihre Weise euch nachahmen, weil ihr immer gleich ausseht. Das tun sie schon, so lange ich mich erinnern kann. Sie sind sehr neidisch auf euch."

Sie seufzte. „Auf Elder habe ich gehört, daß man sich dort Muster auf die Haut malt, um die Veränderungen zu verbergen. Ntaka nannte sie ‚jugendbesessen', nicht wahr?" Ihr Zorn verrauchte, ihre Augen wurden kühl wie das Meer und auch so graugrün. „Ja, ich denke oft daran – besonders wenn wir über die Landratten und ihren engstirnigen Lebenswandel lachen. Und dabei denken diese armen und geplagten Schwänze manchmal, sie würden uns ausbeuten – dabei sind immer wir es, die sie benützen ... Manchmal glaube ich, daß wir sehr grausam sind."

„Einem Gott sehr ähnlich, silberne Herrin des Mondes."

„So hast du mich nicht mehr genannt seit ... seit jener Nacht." Sie schloß ihre Hand schmerzend, doch er sagte nichts. „Ich glaube, sie beneiden einen Cyborg aus denselben Gründen ..."

„Der ist wenigstens einfacher zu verstehen – und schwerer zu imitieren." Er zuckte die Achseln. „Wir kümmern uns meistens nicht umeinander."

„Und wir müssen aufeinander warten, wir Unsterblichen. Es ist trotzdem eine wundervolle Stadt, und mir ist es egal, was die Bewohner denken."

Während er dasaß, spielten seine Finger mit dem breiten metallenen Armreif, und er lauschte ihrer Stimme, die zwischen dem Zischen heißen Wassers vernehmbar war. Sie wusch die schmutzigen Blicke ab ... Er las den dritten Abschnitt der Seite abwesend zum achten Mal durch. Das Singen hörte auf.

„Maris, hast du ..."

Er sah auf und erblickte ihren schlanken, glänzenden und nackten Körper unter der Tür. „Brandy! Hergott noch mal, du bist nicht zwischen den Planeten – möchtest du denn der ganzen verdammten Straße alles zeigen?"

„Aber ich habe doch immer ..." Peinlich berührt von der plötzlichen Erkenntnis ihrer eigenen Nacktheit, floh sie ins Bad zurück.

Er blieb sitzen und sah zu den vom Sonnenlicht überfluteten

Fenstern und war sich dabei vollkommen der Tatsache bewußt, daß keiner da war, der sie sehen konnte. Langsam erlosch das Feuer, sein Atem ging ruhiger.

Sie kam langsam und schüchtern wieder zurück, in züchtiges Blausilber gehüllt, und ließ sich auf die Kante eines Sessels sinken. „Ich denke einfach nie daran." Ihre Stimme klang sehr dünn.

„Schon gut." Er sah beschämt an ihr vorbei. „Tut mir leid, daß ich dich angeschrien habe. Was wolltest du wissen?"

„Spielt keine Rolle mehr." Sie zog heftig an ihrem Haar. „Au! Verdammt!" Als sie seinen Blick auf sich ruhen spürte, zwang sie sich zu einem Lächeln. „Äh, weißt du, ich bin ganz froh, daß wir Mima auf Treone an Bord genommen haben, denn jetzt bin ich nicht mehr die kleine Schwester. Ich hatte es wirklich verdammt satt, so lange der Grünschnabel zu sein. Sie ..."

„Brandy?"

„Hm?"

„Warum werden keine Cyborgs als Besatzungsmitglieder zugelassen?"

Sie war überrascht. „Das ist Vorschrift."

Er schüttelte den Kopf. „Komm mir nicht mit Vorschriften. Sag mir einen Grund."

„Nun ..." Sie glättete ihre nassen Haarsträhnen mit den Fingern. „Man hat es versucht, und es hat eben nicht hingehauen. Wie bei den Männern – sie konnten den Weltraum nicht ertragen, brachen zusammen, ihr Hormonhaushalt geriet durcheinander. Und bei den Cyborgs sind die Spannungen zwischen natürlichen und künstlichen Körperteilen zu groß, auch sie brachen zusammen ... Am Anfang versuchte man es ja mit Cyborganik, um den Männern den Weltraum zu sichern, wie man auch versuchte, das Hormongleichgewicht zu ändern. Nichts funktionierte. Die physischen und psychischen Belastungen waren zu groß. Daher wurde letztlich eben die Vorschrift daraus: Keine Männer als Besatzungsmitglieder von Raumschiffen."

„Aber das war vor über tausend Jahren – inzwischen hat die Cyborganik Fortschritte gemacht. Ich bin gesünder und lebe länger als jede bekannte Person. Und ich bin kräftiger." Er beugte sich erwartungsvoll nach vorn.

„Und langsamer. Kraft brauchen wir nicht, wir haben künstliche Hilfsmittel. Außerdem wäre der Streß für einen Mann immer noch größer, und damit wäre es risikoreicher."

„Gibt es weibliche Cyborgs als Besatzungsmitglieder?“

„Nein.“

„Hat man es jemals wieder versucht?“

„Nein ...“

„Siehst du? Die Liga versperrt den Weltraum mit einem archaischen Schloß von Regeln und Vorschriften. Sie wollen niemand anderen dort draußen haben!“ Plötzlich wurde seine Stimme von Widerwillen geschüttelt.

„Vielleicht ... nicht.“ Ihre Finger öffneten und schlossen sich wiederholt über den schweren Sessellehnen, ihre Augen hatten die Farbe von kräuselndem Rauch. „Willst du uns daraus wirklich einen Vorwurf machen? Die Raumfahrt ist unser Leben, unsere Stärke. Wir müssen die anderen ausschließen, denn rings um uns her verändert sich alles, es gibt keine Kontinuität – wir haben nur uns. Darum haben wir unsere Vorschriften, darum ziehen wir uns gleich an, sehen gleich aus, handeln gleich. Etwas anderes bleibt uns nicht, wenn wir nicht den Verstand verlieren wollen. Wir müssen immer von allem getrennt leben.“ Sie zog ihr Haar nach vorne und zupfte nervös daran herum. „Und deswegen haben wir auch niemals zweimal denselben Liebhaber. Wir haben Notwendigkeiten zu befriedigen, aber wir können uns keine festen Bindungen leisten. Das bedeutet Gefahr und Instabilität ... Das verstehst du doch, nicht wahr, Maris, darum kann ich nicht ...“ Sie verstummte, ihre Augen brannten mit Sorge und – dahinter – mit Furcht.

Er lächelte. „Habe ich mich etwa beschwert?“

„Wolltest du denn nicht ...“ Sie hob den Kopf.

Er nickte langsam, spürte beginnenden Schmerz. „Doch, ich glaube schon.“ *Aber ich verändere mich nicht.* Er schloß plötzlich die Augen, bevor sie den Blick darin lesen konnte. *Aber darum geht es eigentlich gar nicht, oder?*

„Maris, soll ich denn nicht mehr hierherkommen?“

„Nein ... Nein ... Ich verstehe, schon recht. Ich mag deine Gesellschaft.“ Er streckte sich kopfschüttelnd. „Aber lege wenigstens ein Handtuch um, ja? Ich bin schließlich auch nur ein Mensch.“

„Ich verspreche ... daß ich in Zukunft die Augen offenhalten werde.“

Er dachte an die Zukunft, die bei Einbruch der Dämmerung beginnen würde, wenn das Schiff wieder startete, und sagte nichts.

Er taumelte fluchend vom Schlafzimmer zur Tür und fand sie dort strahlend und völlig unerwartet. „Überraschung!“ Sie lachte und umarmte ihn, wobei sie sein halb übergezogenes Hemd wieder abstreifte.

„Mein Gott ... He!“ Er zog sie ins Innere und schlug die Tür zu. „Möchtest du etwa, daß ich wegen Erregung öffentlichen Ärgernisses verhaftet werde?“ Er wandte sich um und richtete heruntergerutschte Hosen und sein Hemd wieder, während sie kichernd hinter ihm stand.

Er sah sie wieder schlaftrunken an und konnte es offensichtlich kaum glauben. „Du bist früher dran ... fast zwei Wochen?“

„Ich weiß. Und ich konnte es kaum erwarten, dich zu überraschen. Das ist mir doch gelungen, oder?“ Sie rollte mit den Augen. „Ich hörte dich zur Tür schlurfen.“

Sie saß zusammengekauert auf seiner altersschwachen Couch und blinzelte zum Fenster hinaus, während er seine Sandalen zuschnürte. „Früher hattest du soviel Platz. Aber die Häuser haben noch nicht dein ganzes Tal zugedeckt, oder?“ Ihre Stimme klang bedauernd.

„Noch nicht. Und wenn das je geschieht, dann werde ich nicht bleiben und es mit ansehen ... Wie war die Reise dieses Mal?“

„Herrlich ... ich kann mir gar nicht mehr vorstellen, jemals etwas anderes zu tun. Man kann alles hundertmal ansehen und sieht sich doch niemals satt daran ...

> Durch dein kristallenes Auge,
> Mactav, erblicke ich den Mitternachtsstern,
> Der sein Innerstes nach außen kehrt ...

Stell dir nur vor! Meine Gedichte ... ich habe den Zyklus während der Reise beendet ... und er wird auf Treone veröffentlicht werden. Dort fand man sehr nette Worte dafür.“

Er nickte verschmitzt. „Sie haben einen guten Geschmack. Offensichtlich hat sich auch dort einiges verändert.“

‚Eine voranschreitende Renaissance‘ – das bedeutet, sie haben sich dort im letzten Jahrzehnt ganz *außerordentlich* aufs Künstlerische verlegt. Ihre Schwänze sind wirklich toll ...“ Sie schüttelte erinnernd den Kopf. „Einer von ihnen hat mir von dem Verleger erzählt.“

„Hast du ihm deine Gedichte gezeigt?" Er versuchte, nicht zu ...

„Großer Gott, nein, wo denkst du hin! Er hat mir von *seinen* erzählt, und da dachte ich mir, was habe ich schon zu verlieren?"

„Wann werde ich ein Exemplar bekommen?"

„Ich weiß nicht." Sie verzog enttäuscht das Gesicht. „Vielleicht bekomme ich selbst nie eines, nach fünfundzwanzig Jahren werden sie vergriffen sein. ‚Kunst ist langwierig und die Zeit vergänglich' ... Longfellow wußte es auch schon. Aber ich habe dir Kopien von den Gedichten gemacht. Und ich habe dir wieder ein paar Bücher mitgebracht. Hier ist eines, das du unbedingt lesen solltest – es hat Ntaka vor einigen Jahren verdrängt. Ich halte es für nicht so wichtig, aber wer sind wir schon, daß ... Warum lachst du?"

„Was ist nur aus dem rotznäsigen Kind geworden?"

„Was?" Sie rümpfte die Nase.

„Wie alt bist du jetzt?"

„Vierundzwanzig. Oh ..." Sie schien sich zu freuen.

„Madame Poetin, möchten Sie mit mir essen gehen?"

„Oh, *Essen,* natürlich!" Sie vollführte einen Luftsprung, hielt sich an ihm fest, beruhigte sich dann aber wieder. „Gehen wir zum ‚Guten Essen'?"

„Das hat kurz nach deiner Abreise zugemacht."

„Oh ... dabei war die Musik so wild. Nun, wie wär's dann mit dem Meeresfrüchtelokal, das mit dem Fischnamen ...?"

Doch er schüttelte wieder den Kopf. „Der Besitzer ist gestorben. Es sind fünfundzwanzig Jahre vergangen."

„Verdammt, niemals können wir uns auf etwas verlassen!" Sie seufzte. „Warum kann ich uns eigentlich nichts machen? *Ich* bin immer noch hier, und mir würde es Spaß machen."

In dieser Nacht wie auch in den darauffolgenden Nächten sah er sie in der Bar bei Partys mit viel Gekicher und Gelächter, oder aber mit einem Schwanz weggehen. Einmal winkte sie ihm zu; da zerbrach er ein bruchsicheres Glas mit einer Hand. Verwirrt und zornig kickte er es unter die Theke.

Aber an drei Nächten in den zwei Wochen kam sie früher heim. Dieses Mal stellte er ihr absichtlich keine Fragen. Und sie war dankbar, ihm keine Lügen auftischen zu müssen, und sie schlief auf seiner Couch, um gemeinsame Nachmittage mit ihm zu verbringen ...

Sie schritten langsam über den kühlen Sand des Ufers zum Raumschiff. Maris sah zum Meer, wo frostige Finger an Land griffen, sich wieder zurückzogen, wieder herausgriffen. „Du gehst morgen wieder, was?"

Brandy nickte. „Hmhm."

Er seufzte.

„Maris, wenn ..."

„Was?"

„Ach, nichts." Sie wischte Sand von ihrem Stiefel.

Er betrachtete immer noch das Greifen und Zurückweichen des Meeres ...

„Hast du noch nie ein Schiff sehen wollen? Ich meine von innen." Sie öffnete die Tür des Gleiters, ihr Körper schien seltsam angespannt.

Er folgte ihr. „Doch."

„Möchtest du gern meines sehen? Die *Wer hat sie?"*

„Ich dachte, das sei verboten."

„‚Kein wacher Mann soll den Fuß in ein Schiff der Raumfahrerliga setzen.' Das ist eine Vorschrift ... aber sie basiert auf einem Aberglauben, der schon mindestens tausend Jahre alt ist – ‚Männer auf einem Schiff bedeuten Unglück.' Und das ist dumm. Deine Anwesenheit an Bord wird uns kein Unglück bringen."

Er schien unentschlossen zu sein.

„Ich möchte gerne, daß du unser Leben kennenlernst, Maris, so wie ich deines kennengelernt habe. Daran ist nichts Schlimmes. Und außerdem ..." – sie zuckte die Achseln – „ ... wird es keiner erfahren, weil niemand an Bord ist."

Er begegnete einem verschwörerischen Lächeln und gab sich beste Mühe, es zu erwidern. „Wenn du willst, will ich auch."

Sie stiegen ein. Der Gleiter stieg lautlos empor. Piräus tauchte hinter dem Horizont auf, die Abendsonne wurde golden von den Fensterscheiben reflektiert.

„Ich wünschte, es würde sich nicht so rasch verändern ... Oh! Dort ist schon wieder ein neues Gebäude. Ein Wolkenkratzer!"

Er überblickte die Bucht. „Gerade fertiggestellt – vielleicht wird Neu Piräus doch noch groß werden, dank der Oro-Minengesellschaft. Nach all den Jahren, in denen es kaum Veränderungen gab, ist das hier jetzt fast ein wenig erschreckend."

„Auch nach drei Jahren ... oder fünfundzwanzig?“ Sie deutete hinab. „Dort unten, Maris – das ist unsere Luftschleuse.“

Das Landeboot setzte auf der Wasseroberfläche neben der hoch aufragenden transparenten Hülle der WHS-709 auf.

Maris sah auf und zurück. „Es ist viel größer, als ich immer gedacht habe.“

„Das Leergewicht beträgt zwanzigtausend Tonnen.“ Brandy hielt sich an einer Leiter fest. „Wir werden hier raufgehen müssen, okay?“ Sie sah ihn an.

„Klar. Wird langsam gehen, aber warum nicht?“

Sie schlüpften durch die Schleuse hinein und gingen durch spärlich erleuchtete Korridore und weiträumige Vorratshallen.

„Ist das ganze Schiff transparent?“ Er berührte eine Wand, Plastik auf Plastik. „Wie könnt ihr da ein Privatleben haben?“

„Warum flüsterst du?“

„Ich flüst ... *ich flüstere nicht*. Warum flüsterst du?“

„Pssst. Weil es so *still* ist.“ Sie blieb stehen, Stolz zeigte sich in ihrem Gesicht. „Das ganze Schiff kann so wie jetzt transparent sein, ist aber normalerweise nicht so. Wände und Hülle sind polarisiert, man kann sie auch verdunkeln. Aber das hier sind hauptsächlich Frachträume, aus denen besteht fast das ganze Schiff. Die Stasiskubikel für die Passagiere sind hier oben. Hier ist ein Lift. Wir werden dem Kontrollraum einen Besuch abstatten.“

„Brandy!“ Ein rotgekleidetes Mädchen mit einem Klemmbrett trat ihnen aufgebracht entgegen, als sie aus dem Lift kamen. „Brandy, was, zum Teufel, soll das heißen ... Oh, du bist es, Soldat? Großer Gott, ich dachte schon, sie hätte einen Mann mit an Bord gebracht.“

Maris zuckte zusammen. „Hallo, Nilgiri.“

Brandy war sehr bleich geworden. „Wir kamen gerade her, um nach der Mactav zu sehen. Sie ist in letzter Zeit immer so ... äh, niedergeschlagen. Ich dachte, wir könnten ihr vielleicht vorlesen ... Was triebst du denn hier?“ Dann kam noch ein geflüstertes: *„Miststück!“*

„Ich ... ich sehe gerade nach der Mactav. Harkane hat mich geschickt.“ Nilgiri betrachtete die Konsolen hinter sich, dann, plötzlich verlegen, wieder Maris. „Äh, da ich ja nun schon mal hier bin, braucht ihr euch ja nicht mehr darum zu kümmern. Ich werde hinuntergehen und ihr etwas Musik vorspielen. Warum, äh ... zeigst du Soldat nicht ein wenig vom Schiff ...?" Ihr rundes Gesicht wurde rot wie ein Apfel. „Tschüs!" Sie schlüpfte an ihnen vorbei in den Lift und verschwand.

„*Verdammt,* manchmal kann sie so ein Arsch sein."

„Sie hat es nicht so gemeint."

„Oh, ich hätte ..."

„Du hättest gar nichts anderes tun sollen. Es *hat* ihr schließlich leid getan. Und wenigstens übertreten wir keine Vorschriften."

„Gott, Maris, wie erträgst du das nur? Das muß dir doch andauernd passieren. Tut es dir nicht leid?"

„Klar tut es mir leid. Wem nicht? Aber ich habe es einfach satt, mich darüber aufzuregen ... Und außerdem ..." – er sah zu der geschlossenen Tür – „... außerdem hätte ein Allerweltskerl als Wirt überhaupt keine Chance. Komm, zeig mir das Schiff."

Sie spielte mit ihren Fingern, schließlich nahm sie ihn bei der Hand. „Hier entlang. Der Kontrollraum ist dort vorne." Sie zog ihn auf die taghell erleuchtete Kuppel zu. Er sah ein handgemaltes Schild über der Tür: *NieMANNsland.* „Von hier aus programmieren wir unsere Computer. Das hier ist der FSSWL-Antrieb, der zuerst von Ursula, einer früheren Raumfahrerein, erfunden wurde, die ..."

„Was hat das mit einer Fessel zu tun?"

„Was?"

„Aber es heißt doch Fessel-Antrieb, jede Raumfahrerin sagt das.

„Oh, nicht 'Fessel',sondern FSSWL, das bedeutet Fast So Schnell Wie Licht. Das ist alles. So nennen wir ihn, obwohl er natürlich auch noch einen technischen Namen hat."

„Hm." Er schien etwas enttäuscht. „Ich glaube, ich bin zu sehr daran gewöhnt ..." Doch als er ihr entzücktes Lächeln sah, wurde er wieder neugierig. „Ich ... nehme an, es ist anders als Antigravitation?" Er hatte schon siebzig Jahre vor ihrer Geburt die Prinzipien der Raumfahrttechnologie gelernt.

„Sehr viel anders." Plötzlich kicherte sie. „‚Fessel' und ‚Ageh' ... *hmmm* Wir verwenden die AG-Einheit nur noch zum Anfliegen und Verlassen von Sonnensystemen. Sie funktioniert wie die in den Landungsbooten: Sie schleudert uns vom Planeten und dann auch vom ganzen System weg, bis wir genug Geschwindigkeit haben, um auf FSSWL umschalten zu können. Mit der AG kann man nur Bruchteile der Lichtgeschwindigkeit erreichen, aber das genügt schon, um interstellare Gase und Staub zu konzentrieren. Die führt unser Kraftnetz den Antriebseinheiten zu, wo sie zur Energiegewinnung konvertiert werden, was wiederum die Geschwindigkeit erhöht, und das steigert die Effektivität der Anlage – bis wir uns fast so schnell wie das Licht bewegen.

Wir verwenden AG nur, um uns vor den Folgen der Beschleunigung zu schützen, und nach den Bremsmanövern, damit wir sicher in den Hafen kommen. Start und Landung erfordern den Großteil der Reisezeit – je weiter draußen im All man ist, desto weniger Rückkopplung bekommt man von der Masse eines Systems und desto geriner ist die Veränderung der Geschwindigkeit. Es ist herrlich ... Man kann die AG-Kraftfelder durch die Schiffshülle sehen ... sie sehen aus wie wabernde Regenbogen ...

Und man ist isoliert ...“ – sie lehnte sich gegen eine stumme Konsole und drückte ein paar Knöpfe, woraufhin es finster im Raum wurde - „... in völliger Nacht ... und zwischen den Sternen.“ Dann erschienen Sterne wie in der Dunkelheit einer Planetariumsvorführung, Flammenspeere erhellten ihr wie auch sein Gesicht. „Wie gefallen dir unsere Sterne?“

„Sind wir hier drinnen?“

Zu den Lichtpünktchen gesellten sich vier blaue Streifen. „Hier ... im Raum, in dieser Ecke des Quadrangel. Das hier ist unsere in Quadrangel unterteilte Navigationskarte – siehst du den hellen Fleck hier unten? Das sind die Plejaden. Patris ... Sanalareta ... Treone ... und wieder Oro. Die anderen Linien bezeichnen ebenfalls Routen, aber die kann man jetzt nicht sehen. Und nun komm mit ... Wir öffnen mit einem Energiestoß unsere FSSWL-Netze im Raum ...“

Er folgte ihrer Stimme in die Nacht, wo flackernde Netze interstellare Gase und Staubteilchen einfingen, die mit unendlicher Energie brannten, transformierendes und transformiertes Potential. Mit dem Wissen von tausend Jahren stürzte ein Schiff der Liga durch die grenzenlose Leere und navigierte in der sich ständig wandelnden Endlosigkeit, den sterilen Winden des Weltraums trotzend. Sterne schimmerten wie Schnee auf der geschwungenen Hülle, spitze, eisige Lichtfinger verblaßten vor ihm zu unsichtbaren spektralen Blautönen, wurden rot, als er nach hinten sah. Die Zeit dehnte sich kaum wahrnehmbar, die Geschwindigkeit nahm zu und damit auch die Energie. Zur rechten Seite ihres Pfades sah er einen silbrig schimmernden Nebel vorüberziehen ... die Plejaden, eine endlose Bank brennenden Nebels, der von glühenden Inseln im Innern erhellt wurde. Schimmernde Nebelranken krümmten sich über Hunderte von Milliarden Kilometern nach außen, die Netze machten reiche Ernte und führten das Schiff zum Rand der Wolke.

Der Nebel hüllte ihn mit klingenden Halos farbigen Lichtes ein und kreiste ihn mit seiner Helligkeit ein, als die Netze wieder einwärts zum Schiff fielen, brennend vor Energie, um den fragilen Nukleus vor dem lautlosen Wahnsinn ihrer Passage zu bewahren. Nun nahm die Beschleunigung um das Hundertfache zu, um ihn herum tendierte die Dopplerverschiebung zu Scharlach- und Blutrot, langsam verwob sich die zähe Helligkeit zu Parabeln schimmernden Rauches, die vorauswippten, bis die ganze flammende Masse von Wolken und Sternen schließlich hinweggezogen zu werden schien und zu blauweißem Nichts schrumpfte.

Und dann stürzte das Schiff plötzlich wieder in die Leere, ein in einem Gummiball eingeschlossenes Universum von gleißender Helligkeit erstreckte sich vor ihm und wich immer weiter vor ihm zurück, einem glühenden Punkt in der Dunkelheit entgegen. Die geschrumpften Netze durchkämmten das beinahe absolute Vakuum und wurden doch gefüllt, ihre Geschwindigkeit näherte sich 0.999 *c* ... und blieb konstant, während die Umwandlung von Materie in Energie im Schiff zum Erliegen kam ... um nach geraumer Zeit erneut mit silbernem Flackern einzusetzen. Langsam endete die Zeitbeugung, und das Universum verlor seine Fremdartigkeit. Aber ein Stern wuchs unablässig vor ihnen; die Sonne von Patris.

Über der Stadt in den Wolken auf Patris ging eine blutrote Sonne auf, neun Monate und sieben Lichtjahre von Oro entfernt ... Und wieder blieben Patris und auch der strahlende Freihafen von Salareta hinter ihnen zurück. Sie flogen durch eine gaslose Wüste auf Treone zu, um über die kahle Ausdehnung eines halben Jahrtausends nach Leben und Geborgenheit zu greifen ... Und wieder ...

Maris fand sich unter feurigen Sternen auf einem Schiff in der Bucht von Neu-Piräus wieder. Und erkannte, daß sie mit dem Sprechen aufgehört hatte. Er strich sich mit den Händen durch die kupferfarbenen Locken seines Haares, seine Augen strahlten wie die eines Kindes. „Du hast mir gar nicht gesagt, daß du in deiner Freizeit zauberst."

Er hörte sie leise lachen. „Danke. Aber die eigentliche Zauberin ist Mactav, ihre Spezialeffekte sind phantastisch. Sie kann dir den gesamten bewohnten Teil der Galaxis zeigen, mit allen Handelswegen – sieht aus wie ein Spinnennetz in der Luft." Es wurde wieder hell. „Mactav – dort drüben ist ihre Bank – kümmert sich um den größten Teil der Navigation, der Lebenserhaltung und solche Dinge. Manchmal erweckt es den Anschein, daß unsere Reisen uns alles bedeuten. Aber in Wirklichkeit ist es Mactav, die uns alles bedeutet."

„Wer oder was ist Mactav?" Maris schaute in einen dunklen Schirm, sah etwas Bernsteinfarbenes dahinter und wandte sich wieder ab.

„Du bist ihr nie begegnet, ebensowenig wie wir – aber du starrst ihr mitten ins Gesicht." Brandy stand an seiner Seite. „Sie scheint Giri unten zuzuhören ... Okay, okay! Eine Mactav-Einheit ist das Gehirn, das Nervensystem des Schiffes, sie versorgt alle lebenswichtigen Funktionen, berechnet und justiert. Wir müssen nur die Fragen stellen – und manchmal nicht mal das! Die Erinnerungen gehören einer echten Raumfahrerin, sie wurden in den Kreis eingespeichert ... jemand, der starb oder in den Ruhestand versetzt wurde, aber trotzdem weitermachen wollte. Ein menschliches System ist weiser, flexibler und viel billiger als alle Maschinen, die jemals hergestellt wurden."

„Dann ist eure Mactav eine Art Cyborg."

Sie lächelte. „In gewissem Sinne ..."

„Und trotzdem verbieten die Vorschriften der Liga Cyborgs an Bord eines Schiffes ..."

Sie sah ihn verärgert an.

Er zuckte die Schultern. „Tut mir leid. War dumm von mir ... Was ist das Rote dort unten?"

„Oh, das ist unser ‚Magen' – die FSSWL-Einheit, wo ..." Sie lächelte. „Wo wir Sternenstaub in Energie verzaubern. Das ist das einzige, was niemals transparent ist, das Rote sind die Schilde."

„Wie funktioniert das?"

„Das weiß ich nicht. Ich kann es bedienen, aber ich verstehe es nicht – ich bin nur eine Fünfeinhalb-Technikerin. Wäre ich eine Sechs, dann könnte ich es dir sagen." Sie betrachtete ihn mit schief gehaltenem Kopf. „Aha! Endlich habe ich dich beeindruckt!"

Er lachte. „Bist gar nicht so dumm, wie du aussiehst." Er hatte die Prüfung zum Sechs-Techniker schon vor einem halben Jahrhundert aus Langeweile gemacht.

„Das war doch hoffentlich nicht ernst gemeint!"

„Aber nein." Er folgte ihr über den hellen, transparenten Fußboden und sah hindurch. „Als würde man auf Wasser wandeln ... warum ist alles transparent?"

Sie lächelte durch ihn hindurch zum Himmel. „Weil draußen alles so wunderschön ist."

Sie fuhren einige Stockwerke tiefer in eine andere Halle. Er hörte leise Musik.

„Hier ist meine Kabine ..."

Plötzlich verwandelte sich die Musik in schmerzenden, ohrenbetäubenden Lärm, über den hinweg Schreie zu hören waren.

„Großer Gott!" Und damit war Brandy von seiner Seite verschwunden. Sie hastete den Korridor hinab und durch eine flakkernde Wand.

Er fand sie starr vor Entsetzen in der Kabine. Gegenüber erbrach die Wand blendende Farbwogen über einer kreischenden Ansammlung kristallener Orgelpfeifen. Nilgiri kauerte mit an den Bauch gepreßten Händen hysterisch schreiend am Boden des Zimmers. „Hör auf, Mactav! Hör auf! Hör auf!"

Er berührte Brandys Schulter. Sie sah auf und nahm ihn am Arm. Gemeinsam zogen sie die wimmernde Nilgiri nach draußen.

„Nilgiri! Nilgiri, was ist geschehen?" schrie Brandy sie an.

„Mactav, Mactav!"

„Warum?"

„Sie brachte einen ... Stromstoß durch, sie ist verrückt geworden ... sie glaubt ... Oh, hör doch endlich *auf,* Mactav!" Nilgiri klammerte sich schluchzend an sie.

Maris ging in den Raum zurück. Er hatte die Hände gegen die Ohren gepreßt. „Wie schaltet man es ab?"

„Maris, warte!"

„*Wie,* Brandy?"

„Es steht unter Strom. Nicht berühren!"

„Wie?"

„Links, drei Schalter ... Maris, nicht ... Mactav, hör auf damit. Hör endlich ..."

Er hörte ihren Schrei, als er die Hand senkte, er zögerte, doch der Lärm war ohrenbetäubend. Funken stoben, als er die Schalter der Orgel einen nach dem anderen umlegte.

„... auf, auf, auf, auf!“ Ihre Stimme hallte durch stumme Korridore. Nilgiri glitt am Türrahmen hinunter und blieb schluchzend am Boden sitzen.

„Maris, alles in Ordnung?“

Er hörte sie gedämpft, wie durch Watte. Er entfernte sich benommen vor Erleichterung wieder von der Orgel, nickte und kam durchs Zimmer.

„*Mann*“, hallte hallte hallte eine sanfte, hohle Stimme. „Was tust du hier?“

Er wandte sich um. Am anderen Ende des Zimmers befand sich ebenfalls ein künstliches Auge, das bernsteinfarben glomm.

„Branduin, du hast ihn ins Schiff gebracht. Wie konntest du das tun? Es ist verboten.“

„O Gott.“ Nilgiri begann entsetzt aufzuheulen. Brandy kniete sich nieder und betrachtete Nilgiris verbrannte Hand. Er sah, daß sich ihr Gesicht vor Zorn verhärtete. „Mactav, wie konntest du nur!“

„Brandy.“ Er schüttelte den Kopf und holte ängstlich Atem. „Mactav ... ich bin kein Mann. Du irrst dich.“

„Maris, nein ...“

Er runzelte die Stirn. „Ich bin hunderteinundvierzig Jahre alt ... mein halber Körper ist synthetisch. Ich bin kaum menschlicher als du. Das kannst du überprüfen.“ Er hielt die Hände empor.

„In dem Glied, auf das es ankommt, bist du immer noch ein Mann.“

Ein Lächeln umspielte seine Lippen. „Danke.“

„Männer sind böse, Männer vernichten ...“

„Sie, Maris“, flüsterte Brandy. „Männer haben sie vernichtet.“

Sein Lächeln verblaßte. „Damit haben wir noch etwas gemeinsam.“ Sein künstlicher Arm preßte seinen Magen.

Das goldene Auge betrachtete ihn. „Cyborg.“

Er ging seufzend zur Tür. Brandy stand ebenfalls auf. Nilgiri kauerte stumm aufblickend zu ihren Füßen.

„Nilgiri.“ Die Stimme war voller Schmerz. Sie drehten sich um. „Wie kann ich mir nur je verzeihen, was ich getan habe? Das werde ich nie können, und ich werde auch niemals mehr so etwas tun ... niemals. Bitte komm mit zur Krankenstation, ich möchte dir helfen.“

Nilgiri erhob sich langsam mit Brandys Hilfe. „Schon gut. Schon gut, Mactav. Ich gehe jetzt runter."

„Mädchen, sollen wir ...?"

Nilgiri schüttelte mit verschränkten Armen den Kopf. „Nein, Brandy, schon recht. Sie ist wieder in Ordnung. Und ich bin es auch ... glaube ich jedenfalls." Doch ihr Lächeln wirkte unsicher. „Au ..." Sie ging den Korridor hinab zum Lift.

„Branduin, Maris, ich möchte mich auch bei euch entschuldigen. Normalerweise bin ich nicht so ..." Die Bernsteinfarbe des Auges verblaßte.

„Ist sie weg?"

Brandy nickte.

„Das war der erste bigotte Computer, der mir je begegnet ist."

Und dann erinnerte sie sich. „Deine *Hand?"*

Er streckte sie ihr lächelnd hin. „Nichts passiert, siehst du? Sie ist nichtleitend."

Sie zitterte. Hände liebkosten die Hand, die nicht fühlen konnte. „Normalerweise ist Mactav wirklich nicht so, weißt du. Aber in letzter Zeit stimmt etwas nicht, sie wird manchmal launisch. Wir müssen nach ihr sehen lassen, wenn wir wieder auf Sanalarete landen."

„Ist das denn nicht gefährlich?"

„Ich glaube nicht, wohl kaum. Sie hat eben ganz einfach besondere Probleme. Sie ist da drinnen, weil sie keine andere Wahl hatte. Eine kriegerische Zivilstation vernichtete ihr Schiff. Sie war sehr jung, und mehr ist nicht von ihr übriggeblieben."

„Eine hohe Technologie." Er verzog das Gesicht, Erinnerungen leuchteten in seinen Augen auf.

„Es tat ihnen furchtbar leid, und sie haben auch ihr Bestes versucht."

„Was geschah mit ihnen?"

„Wir stellten den Kontakt ein – das ist Vorschrift Nummer eins. Wir müssen uns selbst schützen."

Er wandte sich nickend ab. „Wird man je wieder dorthin zurückkehren?"

„Weiß ich nicht. Eines Tages vielleicht." Sie lehnte sich gegen den Türrahmen. „Deswegen haßt Mactav die Männer. Männer und Krieg – und dazu dann noch das alte Tabu ... Ich nehme an, ihre Erinnerungsunterdrücker funktionierten einfach nicht stark genug."

Nilgiri tauchte wieder neben ihnen auf. „Schon besser." Ihre Hände waren hellrosa. „Wieder zu allen Schandtaten bereit!"

„Wie verhält sich Mactav?"

„Superliebenswürdig. Ich glaube, sie ist immer noch ganz aus dem Häuschen."

Plötzlich flammte an der Decke und den Wänden Licht auf. Maris sah auf. „Verdammt, draußen wird's schon dunkel. Ich glaube, ich gehe jetzt besser. Ich muß bald öffnen. Eine letzte Nacht in der Stadt?" Nilgiri nickte grinsend. Er sah, daß Brandy zögerte.

„Vielleicht sollte ich heute nacht lieber bei Mactav bleiben, falls sie sich immer noch Vorwürfe macht. Sie muß morgen zum Start bereit sein." Die Schuld zauberte Entschlossenheit auf ihr Gesicht.

„Nun ... ich könnte bleiben, wenn du meinst ..." Nilgiri schaute unglücklich drein.

„Nein. Es ist meine Schuld, daß es so gekommen ist. Ich werde es tun. Außerdem habe ich einen phantastischen Tag hinter mir – ich bin sowieso zu müde, um es heute nacht noch mal richtig machen zu können. Geh nur. Danke, Maris! Ich wünschte mir, es wäre nicht so rasch vorbei." Sie wandte ihm den Rücken zu und flocht ihr Haar in einzelne Strähnen. Quecksilber glitzerte.

„Das Vergnügen war ganz meinerseits." Der Schmerz der Trennung löste sich in Wärme auf. „Ich kann mich an kein schöneres erinnern – und kein erfreulicheres ..." Er verzog das Gesicht.

Sie griff lächelnd nach seiner Hand. Nilgiri blickte von einem zum anderen. „Wir sehen uns in der Schleuse."

Nilgiri begab sich hinunter zum Landungsboot. Maris sah auf der obersten Stufe noch einmal auf und betrachtete Brandys Gesicht. Sein Gesicht, über das lose Haarsträhnen hingen, trug einen merkwürdigen Ausdruck. „Auf Wiedersehen, Maris."

„Auf Wiedersehen, Brandy."

„Das waren kurze zwei Wochen, weißt du das?"

„Ich weiß."

„Mir gefällt es auf Neu Piräus besser als sonstwo – ich weiß auch nicht, woran das liegt."

„Ich hoffe, diese Welt wird sich bei deiner Rückkehr nicht zu sehr verändert haben."

„Ich auch. Sehen wir uns in drei Jahren wieder?"

„In fünfundzwanzig."

„Oh, ja ... wenn es lustig ist, vergeht die Zeit immer am schnellsten ...“ Was beinahe stimmte, aber auch wieder nicht. Sie ließ ein Lächeln erblühen.

„Schreib wieder, während du weg bist. Ich meine Gedichte.“ Er kletterte langsam hinab.

„Das werde ich ... He, meine ganzen Habseligkeiten sind noch bei ...“

„Ich werde sie Nilgiri mitgeben.“ Er nahm hinter den Kontrollen Platz. Im dem Gleiter wurde es hell, er stieg in die Höhe. Er winkte, Nilgiri ebenfalls. Er sah, daß sie zurückwinkte und beobachtete sie anschließend so lange im Spiegel, bis er nur noch die *Wer hat sie- 709* sehen konnte, eine schimmernde Perle. Und er spürte die Kluft, die sich zwischen ihren Leben auftat, breiter als die Entfernung, unüberwindbarer als die Zeit.

„Jetzt hast du alles gesehen. Wie gefällt es dir?“

Spätnachmittag, erster Tag, vierter Besuch, fünfundsiebzigstes Jahr ... er rechnete in Gedanken genau nach. Brandy schaute in die Küche. „Alles ist ... anders.“

„Ich weiß. Es ist einfach noch zu neu. Mir fehlen die alten Holzmöbel. Sie fielen fast schon zusammen, aber mir fehlen sie trotzdem. Manchmal wache ich morgens auf und weiß nicht, wo ich bin. Aber ich habe mein Tal verloren.“

Sie sah ihn an und überraschte ihn mit ihrem Elend. „Oh ... aber wenigstens werden sie dich hier draußen nicht so rasch einholen.“

„Aber wir können auch nicht mehr zusammen heimgehen.“

„Nein.“ Sie wandte sich wieder ab. „Sind ... sind alle Möbel eingebaut?“

„Hm. Sie sollen so lange wie das Haus halten.“

„Und was ist, wenn du sie einmal satt hast?“

Er lachte. „Solange es funktioniert, ist es mir gleich, wie etwas aussieht. Aber eines gefällt mir sehr.“ Er preßte eine Platte an der Wand und sah auf. „Das Dach ist polarisiert. Wie dein Schiff. Nachts kann man die Sterne bewundern.“

„Oh!“ Sie sah auf, und er sah, wie ihr Verstand durch Wolken und Himmelsblau zu den Sternen eilte. „Wie schön! Das habe ich bisher noch nirgends gesehen.“

Die Idee war ihm selbst gekommen, als er an sie gedacht hatte. Er lächelte.

„Scheint sich hier draußen ja wirklich was zu tun, wenn schon solche Sachen gebaut werden.“ Sie probierte die Kissen eines Sessels aus. „Hmmm ...“

„Sie sind bereits bei zweieinhalb angelangt, und mittlerweile werden, abgesehen vom Schürfen, noch ein paar andere Dinge getätigt. Die Innenseite holt auf, wenn sie uns das alles ohne Verluste bescheren können. Vielleicht erlebe ich auch noch den Tag, an dem wir Rohstoffe importieren, anstatt selbst die Dreckarbeiten zu tun. Wenn bis dahin von Oro noch etwas übrig ist ...“

„Würdest du dann auch noch bleiben?“

„Ich weiß nicht.“ Er sah sie an. „Kommt drauf an. Aber erzähl mir doch von deiner Reise.“ Er streckte sich auf der an Ketten befestigten Wandsitzgruppe aus. „Du weißt schon alles, was es bei mir Neues gibt: ein Haus.“ Er wartete darauf, daß der Stolz hinter ihren Augen zu brennen begann.

Doch sie blinzelten nur und behielten die Farbe des Nebels. „Tja ... gute und schlechte Nachrichten, würde ich sagen.“

„Zum Beispiel?“ Plötzlich war ihm kalt.

„Zuerst die guten Nachrichten ...“ – ihr Lächeln erwärmte ihn wieder – „... ich werde dieses Mal fast einen Montat hierbleiben. Wir werden mehr Zeit für ... für uns haben, wenn du möchtest.“

„Wie hast du das denn geschafft?“ Er richtete sich auf.

„Ich habe noch mehr gute Nachrichten. Ich habe die Gelegenheit, auf einem anderen Schiff anzuheuern – ich könnte aus diesem Quadrangel herauskommen und Dinge sehen, die ich noch niemals zuvor gesehen habe, neue Welten ...“

„Und die schlechte Nachricht bezieht sich auf die Dauer deiner Abwesenheit.“

„Ja.“

„Wie viele Jahre?“

„Es handelt sich um eine ausgedehnte Reise, um Handelskontakte zu knüpfen. Wenn wir Glück haben, werden wir in etwa fünfunddreißig Jahren wieder in der stellaren Nachbarschaft sein ... fünfunddreißig *tau*-Jahre – mehr als zweihundert hier. Wenn wir weniger Glück haben, werden wir überhaupt nicht mehr zurückkehren.“

„Ich verstehe.“ Er starrte ohne zu blinzeln zu Boden, die Hände hatte er zwischen den Knien gefaltet. „Schon gut, das ist eine einzigartige Gelegenheit, ganz besonders für deine Poesie. Ich beneide dich. Aber du wirst mir fehlen.“

„Ich weiß." Er sah, daß sie sich auf die Lippen biß. „Aber wir können viel Zeit miteinander verbringen, wir werden bis zu meiner Abreise jede Menge davon haben. Und dann habe ich dir noch etwas mitgebracht, damit du mich nicht vergißt." Sie kam durch den Raum auf ihn zu.

Es war ein Stern, der von einem Künstler, der das Feuer gut kannte, in eine Filigranarbeit aus Silber gebannt worden war. Im Innern des Medaillons zeigte sie ihm ihr lachendes, freudestrahlendes Gesicht.

„Das habe ich auf Treone gefunden ... dort findet wirklich eine Renaissance statt. Mir gefiel dieses Holo, und ich dachte, ich könnte ..."

Er beugte sich über Silber zum Silber ihres Haares hinüber, küßte sie auf den Mund und spürte ihr Zittern, als er sich wieder zurückzog. Er hob die Kette und legte sie sich um den Hals. „Ich habe auch etwas für dich."

Er stand auf und kam mit einem schmalen Büchlein wieder zurück, dessen Einband die Farbe von Rotwein hatte, das er ihr in die Hände legte.

„Meine Gedichte!"

Er nickte. Seine Finger betasteten den Stern an seiner Kehle. „Ich konnte zwei Ausgaben davon bekommen – was nicht leicht war. Sie sind mittlerweile gut bekannt, alle Raumfahrerinnen haben sie bei sich. Sie zeigen sie zwar, wollen sie aber nicht hergeben. Du wirst wahrscheinlich auf mehr Welten bekannt sein, als du jemals sehen wirst."

„Oh, ich habe nicht mal davon gehört ..." Plötzlich lachte sie. „Mein Ruhm hinkte mir hinterher. Aber bei der nächsten Reise ..." Sie sah weg. „Nein. Ich werde diese Route nicht mehr bereisen."

„Aber du wirst viel Neues sehen, das du zu neuen Gedichten verarbeiten kannst." Er bemühte sich, die Verkrampftheit seiner Stimme zu lockern.

„Ja ... Oh ja, ich weiß ..."

„Ein Monat ist eine lange Zeit."

Plötzliche Geräusche ließen sie aufblicken. Dicke Regentropfen prasselten auf die Scheibe und verschmierten Staub über das Flachdach.

„Regen! Kein Nebel. Die Regenzeit hat begonnen." Sie sahen zu, wie der Himmel über ihnen ausgelöscht wurde. Er verdunkelte sich und brach unter donnernden elektrischen Entladungen wieder auf. Der Regen fiel immer dichter, das ganze Dach schien bereits zu schwimmen. Er führte sie zu einem Fenster. Über dem sanft gewellten Land schien ein Vorhang aus Wasser zu liegen, der die staubtrockenen Kehlen der Täler näßte und das Land mitsamt dem trockenen Buschwerk erneuerte. „Ich frage mich jedesmal, wann es endlich passieren wird und vor allem ob, aber es tritt jedesmal ein." Er sah sie an, erwartete Quecksilber, sah aber nur dicke Tränen. Sie weinte still in sich hinein und betrachtete den Regen.

In den darauffolgenden zwei Wochen erlebten sie gemeinsam den Regen und die kühle Luft, die ihm folgte. Und abends ging sie aus, während er hinter der Theke stand, denn es war die letzte Gelegenheit, mit der Mannschaft der *Wer hat sie* zu feiern. Doch er fand sie jeden Morgen schlafend bei sich, und jeden Nachmittag verbrachte sie mit ihm. Sie erkundeten gemeinsam die Winkelgäßchen der veränderten, aber immer noch schäbigen Unterstadt, oder aber sie verbrachten ihre Zeit bei dem lärmenden Fischervolk in den Docks. Er nahm sie mit zu Makerrah, den er bereits als netzeknüpfenden Jungen gekannt hatte, als nach Fischertracht gekleideten Schwanz, der den Raumfahrerinnen im ‚Zinnsoldaten' den Hof gemacht hatte, als erwachsenen Matrosen und Fischer. Er kannte ihn seit fast vierzig Jahren. Makerrah, der nun langsam und behäbig in seinen Bewegungen wurde wie ein hölzernes Boot, während er der Himmelsmatrosin stolz seinen Kahn zeigte. Danach aßen sie Fisch und unterhielten sich über Netze.

„Diese Welt wird alt." Brandy war bei Einbruch der Dämmerung mit ihm zur Bar gekommen.

Maris lächelte. „Aber die Nacht ist noch jung." Er verspürte gleichzeitig Freude und Neid.

„Schon, schon ..." Bleiches Haar fiel in Kaskaden herab, als sie den Kopf schüttelte. „Aber, weißt du, wenn ... wenn ich wieder nur fünfundzwanzig Jahre unterwegs wäre, dann würde ich dieser Straße wahrscheinlich überhaupt keine Beachtung schenken. Der ‚Zinnsoldat' ist wirklich das einzige, das sich nicht verändert." Sie saß an der Achatbar und hatte nachdenklich den Kopf in die Hände gestützt.

Er schenkte Drinks ein. „Es ist schön, etwas Konstantes im Leben zu haben."

„Ich weiß. Wir wissen das ebenfalls zu schätzen, wahrscheinlich mehr als jeder andere.“ Sie betrachtete den halbdunklen Raum. „Hier kommen alle wirklich zuerst her, und hier verbringen sie die meiste Zeit ... und das Wissen, daß sie das *können,* bedeutet ihnen unheimlich viel. Denn du wirst hiersein, jung und real, und wirst dich an sie erinnern.“ Ein plötzlicher Hunger verschleierte ihren Blick.

„Das beruht auf Gegenseitigkeit.“ Er sah auf.

„Auch das weiß ich ... Aber was ich dich schon immer einmal fragen wollte – warum nennst du die Bar ‚Zinnsoldat‘? Ich meine, ‚Soldat‘ könnte ich ja noch einsehen, aber warum ‚Zinn‘?“

„Kleiner privater Scherz. Stammt aus einem Märchenbuch, das ich gelesen habe, *Andersens Märchen ...*“ – er blickte sie verlegen an – „... denn alles andere hatte ich bereits gelesen. Darin fand ich eine Geschichte über einen Spielzeugladen, über einen Zinnsoldaten mit einem Bein, der jahrelang im Regal stand ... Er verliebte sich in eine Spielzeugballerina, die aber nur das Tanzen liebte, niemals ihn. Am Ende fiel sie ins Feuer, und er sprang hinterher – sie verbrannte herzlos zu Staub, während er zu einem herzförmigen Klumpen schmolz ...“ Er lachte vorsichtig, als er ihr Gesicht sah. „Eine Fußnote besagte, daß die Geschichte manchmal ein glückliches Ende hat. Das würde ich gerne glauben.“

Sie nickte hoffnungsvoll. „Ich auch ... Woher stammt deine Steintheke? Sie ist so wunderschön wie die nebulösen Tiefen der Plejaden.“

„Warum all die Fragen?“

„Ich bewundere alles. Ich liebe diesen Ort schon jahrelang und habe nie einen Ton gesagt. Manchmal liebt man irgendwelche Dinge, ohne es zu wissen, weil man sie als gegeben nimmt. Aber das ist falsch – deshalb will ich es jetzt wissen.“ Sie strich mit einer Hand über den polierten Stein.

Er fuhr ebenfalls die Muster der Theke nach. „Das ist versteinertes Holz – eine Pflanze, die im Stein konserviert wurde, Mineralien ersetzten ihre Struktur. Ich habe es in der Wüste gefunden.“

„Wüste?“

„Östlich der Berge. Ich habe ein ganzes Tal gefunden, das randvoll damit war. Es ist ein unglaublicher Ort, die Wüste.“

„Ich habe noch nie eine gesehen. Nur davon gehört – kahl und tödlich. Das macht mir Angst.“

„Während du doch selbst andauernd die größte Wüste durchquerst? Die zwischen den Sternen."

„Aber dort ist es nicht kahl und öde!"

„Hier auch nicht. Es ist jetzt Winter. Ich kann dir die Bäume zeigen, wenn du möchtest." Er grinste. „Wenn du dich traust."

Sie zog die Brauen in die Höhe. „Klar traue ich mich! Wir können schon morgen gehen. Ich mach uns was zu essen für unterwegs."

„Aber wir werden in aller Frühe aufbrechen müssen. Und wenn du wieder bis in die Puppen die Stadt unsicher machen möchtest ..."

„Oh, das ist schon okay. Ich werde eine Pille nehmen."

„He ..."

Sie pfiff durch die Zähne. „Oh ... ich habe eine gefunden, die ich vertrage. Ich habe sie die ganze Zeit in den anderen Häfen benutzt."

„Aber warum bist du dann ..."

„Weil ich gern bei dir bin. Ich habe gebeichtet, jetzt weißt du es, ein aufrichtiges Bekenntnis. Bist du verrückt?"

Überraschende Freude zeigte sich in seinem Gesicht. „Wohl kaum ... Ich muß zugeben, ich hatte mich schon gefragt, was ..."

„*Sol*-dat!" Er sah weg, jemand winkte ihm zu. „Mehr Wein, bitte!" Er hob eine Hand.

„Brandy, komm doch, hier ist eine Party ..."

Sie winkte. „Morgen, in aller Frühe?" Ihre Augen suchten in seinem Gesicht.

„Ah-hm. Bis ..."

„Später." Sie schlüpfte hinaus und war verschwunden.

Der Gleiter erhob sich stumm in den frühmorgendlichen Himmel. Brandy saß neben ihm und blinzelte durch den Widerschein hinab, während Neu Piräus in der grasgrünen Bucht immer kleiner wurde. „Siehst du, wie die Stadt hinter dem Horizont verschwindet und man nur noch Land und Meer und keine Anzeichen einer Veränderung mehr sieht? So ist es auch, wenn das Schiff startet, aber dann passiert es so rasch, daß man gar keine Zeit hat, sich richtig daran zu erfreuen." Sie sah ihn mit glänzenden Augen an. „Wir reisen von Welt zu Welt, aber eigentlich sehen wir sie nie richtig, weil wir immerzu hochschauen müssen. Es ist schön, heute einmal hinabblicken zu dürfen."

Sie stiegen höher hügelwärts, bis die zerklüftete olivrote Meeresküste verschwand und von grün-schwarzen, grauen und schließlich blenden weißen Flächen abgelöst wurde.

„Ist das dort unten wirklich Schnee?“ Sie zupfte ihn am Ärmel und deutete hinab.

Er nickte. „Ein wenig.“

„Seit ich Calicho verlassen habe, habe ich nur noch ein einziges Mal Schnee gesehen, das war im Winter auf Treone. Wir haben uns in Pelze und Kapuzen eingemummt, obwohl das eigentlich gar nicht nötig war, und mit den Schwänzen Schneeballschlachten gemacht ... Aber auf unserer Insel, auf Calicho, war es die meiste Zeit über kalt – wir lebten weit im Norden und bauten eine spezielle Getreidesorte an ... und wir Kinder hatten haarige Horntiere, auf denen wir reiten konnten ...“ Gefesselt von ihrer Erinnerung lehnte sie sich an ihn, während er versuchte, sich an Glatte zu erinnern. Aus schneebedeckten Hängen wurden blendend weiße Klippen, die aus dem Meer ragten.

Sie hatten das Massiv überwunden, die zerklüfteten Felsnadeln wurden flacher und verwandelten sich schließlich in Hänge mit überdimensionalem Geröll. Vor ihnen breitete sich die endlose Ausdehnung der gelblichen Einsamkeit aus. „Wie lange geht das so?“

„Endlos ... Diese Wüste vielleicht nicht, aber diese mündet in eine andere, die wieder in eine andere mündet, und so weiter – der ganze Planet ist eine Wüste, heiß oder kalt. Er trocknet bereits seit Äonen aus, die Sonne brennt so heiß herunter, was die meiste Zeit des Jahres der Fall ist. Das Meer bei Neu Piräus ist die einzige größere Wassermasse, die noch übriggeblieben ist, und der Pegelstand ist seit meiner Anwesenheit hier auch schon wieder einen Zentimeter gefallen. Die Küste ist das einzige bewohnbare Gebiet, und nicht einmal hier sind viele Städte.“

„Dann wird Oro sich ja niemals sehr verändern können.“

„Nur so viel, daß es schmerzt. Siehst du den Staub? Siebzig Kilometer nördlich wird über Tage geschürft. Und das ist noch eine kleine Zeche.“

Er flog südlich über das erodierte Antlitz des Landes, über gewundene Täler aufgefalteter Felsen, über Sedimente, die von den gnadenlosen Händen tektonischer Kräfte geformt worden waren. Oder er flog über einsame und verlassene Ebenen woller tückischer Treibsandtümpel.

Schließlich landeten sie unter einer Ausbuchtung roter und grüner, von Fresken überzogener Felsen. Das ausgedehnte, grobe Bett aus Sand und Abschlämmungen war bleich unter dem kalten Atem des Nachmittags und knirschte beim Gehen unter ihren Füßen. Nachdem er seine Lederjacke angezogen hatte, zeigte Maris ihr das Kaleidoskop der Zeitalter, das schutzlos dem kalten Wind ausgeliefert war, der über die Hügel strich, auf denen sie kletterten und dem Wind entgegenschrien. Sie nahm die Versteinerungen verwundert in die Hände, ihr Haar wehte wie ein silbernes Banner um ihr Gesicht. Er verstaute ihre wenigen Auserwählten sorgfältig in seinen Taschen. „Ist dir denn nicht kalt?“ Er nahm sie bei der Hand.

„Nein, mein Anzug versorgt mich. Woher weißt du das nur alles, Maris?“

Er führte sie kopfschüttelnd wieder hinunter. „Hier gibt es mehr, als ich mir je vorstellen kann. Ich habe nur ein Band über Schürfen und Geologie in der Bibliothek gefunden. Aber gerade deswegen wurde es viel wichtiger für mich, hierherzukommen, wo man alle Schichten des Planeten offen sehen kann, einen Zyklus nach dem anderen. Wenn man bedenkt, wieviel Zeit das erforderte, die Lebensgeschichte eines ganzen Planeten – das hilft mir, die Perspektive zu wahren, ich fühle mich hier immer jung.“

„Wir glauben, wir würden Welten kennen, aber das stimmt nicht, wir sehen nur Menschen, Veränderungen und Kleinigkeiten. Dabei vergessen wir die mit dem Universum untrennbar verbundene größere Kontinuität. Es könnte auch unsere Perspektive verändern.“ Geröll rasselte und rollte davon. Sie hielt ihn an der Hand fest, als sein Fuß ausglitt. Er sah sie zerknirscht an, und sie mußte lachen. „Du mußt mich hier wirklich nicht führen, Maris. Daheim auf Calicho war ich so gewandt wie eine Bergziege, das habe ich noch nicht ganz vergessen.“

Er ließ indigniert ihre Hand sinken. „Dann führe du mich.“

Sie führte ihn lachend zum Fuß des Hügels.

Unten geleitete er sie zu den Bäumen. Sie kletterten im sandigen Seitental über Findlinge und Geröll, umrundeten eine Biegung, und dann sahen sie sie, in statischer Glorie erstarrt. Er hörte, wie sie tief einatmete. „Oh, Maris ...“ In Licht und Farben gebadet, wandelte sie zwischen ihnen, während sie sich einmal mehr über die geduldige Kunstfertigkeit der Erde wunderte. Sie sah Amethyst und Achat, Kristall und die Formen von Holz, hexagonale Muster, die offen dalagen und prachtvolle Motive und geheimnisvolle Nebeltiefen zur Schau stellten. Sie kniete zwischen abgebrochenen Splittern nieder und hielt einige verschieden gefärbte gegen das Sonnenlicht.

Er nahm auf einem umgefallenen Stamm Platz und hob Achatperlen auf. „Das sind sozusagen meine speziellen Freunde. Wir reisen in seltsam ähnlichen Körpern gemeinsam durch die Zeit ...“ Er betrachtete sie mit vernarrtem Stolz. „Aber sie reisen anmutiger.“

Sie legte ihre farbigen Splitter auf den Boden. „Nein ... glaube ich nicht. Sie hatten keine andere Wahl.“

Er senkte den Kopf und ließ Perlen in den Sand fallen.

„Machen wir doch hier unser Picknick.“

Sie säuberten ein angemessenes Umfeld, breiteten eine Decke aus und hielten zwischen den Bäumen ein Picknick ab. Die Sonne wärmte sie in ihrer windgeschützten Höhlung, er machte ein Kissen aus seiner Jacke, worauf sie sich Kopf an Kopf niederlegten und den wolkenlosen blaugrünen Himmel betrachteten.

„Du verstehst dich wirklich darauf, ein vorzügliches Essen zusammenzustellen.“

„Danke. Das war doch das wenigste ...“ – ihre Hand streichelte seinen Arm, er schloß leise die Finger seiner Hand – „... was ich tun konnte, um an deinen Geheimnissen teilhaben zu dürfen, um zu lernen, daß die Wüste nicht öde ist, sondern unermeßlich, zeitlos und voller Geheimnisse. Aber ohne Leben?“

„Nein, Leben gibt es nicht mehr. Es gibt kein Wasser, nichts kann hier leben. Nur noch am Meer kann Leben existieren, nur dort sind Dinge, es sei denn, es handelt sich um Dinge, die wir mitgebracht haben. Von jenseits unseres eigenen leblosen Wüstenmeeres.“

„‚Und mögen wir auch noch so weit im Lande sein, unsere Seelen sehen das unsterbliche Meer, das uns hierher gebracht hat.‘“ Sie streckte ihre Hand dem Himmel entgegen.

„Wordsworth. Das ist der einzige Text von ihm, der mir gefallen hat.“

Sie lagen stumm in der Wärme nebeneinander. Ein Achatstückchen brach los und rollte zu Boden. Sie horchten auf.

„Maris ...“

„Hmm?“

„Bist du dir darüber im klaren, daß wir einander nun bereits seit einem Dreivierteljahrhundert kennen?“

„Ja ...“

„Ich glaube, ich habe dich fast eingeholt. Ich bin jetzt siebenundzwanzig. Ich werde dich bald überrunden. Aber nun wirst du es wenigstens nicht mehr miterleben müssen.“ Ihre Finger spielten mit den rostfarbenen Locken seines Haares.

„Es würde sich niemals zeigen. Du wirst immer schön bleiben.“

„Maris ... lieber Maris.“

Er spürte ihre Hand auf dem weichen Stoff seines Hemdes, sie strich zärtlich an seinem Körper hinab. Er richtete sich zornig auf und entfernte sich von ihr, die Hälfte seines Gesichts war gerötet. „Verdammt ...!“

Sie griff betroffen nach seinem Ärmel. „Nein, nein ...“ Ihre Augen suchten nach seinem Gesicht, grau, kummervoll. „Nein, Maris ... Ich ... ich will dich.“ Sie öffnete ihren Anzug, zog den blausilbernen Stoff von ihren Schultern und kniete sich vor ihm hin. „Ich will dich.“

Ihr Haar fiel bis zu ihrer Taille herab, es hatte die Farbe von warmem Honig. Sie ergriff zärtlich seine Hand. Er beugte sich langsam nach vorn und entblößte ihre Brüste und ihr klopfendes Herz. Ihre weiche Haut entzündete seine Nerven zu lodernden Flammen. Er zog sie zu sich und küßte sie lange und verlangend auf die Lippen, preßte sie gegen sein eigenes Herz, das wie wild pochte, und zerzauste ihr dichtes Haar. „O Gott, Brandy ...“

„Ich liebe dich, Maris ... Ich glaube, ich habe dich immer geliebt.“ Sie klammerte sich kalt und zitternd im Sonnenlicht gegen ihn. „Und es wäre falsch, dich jetzt zu verlassen, ohne es dir zu sagen.“

Da erst erkannte er, daß er vor Furcht zitterte, eine Furcht, die auf eine Art und Weise mit ihrer Liebe verbunden war, die er nie begreifen konnte. Doch er zog sie, ohne sich weiter über die Zukunft den Kopf zu zerbrechen, an sich und beendete ihr Zittern mit seiner Freude.

Am Abend saß sie ihm an der Bar gegenüber und trank Bandy, ihre Gestalt war von blauem Licht umhüllt. Ihre Gesichter waren von Wonne und Wein gerötet.

„Vor einigen Jahren gelang es mir, neuen Brandy zu bekommen, Brandy ... Er wird mir also nicht ausgehen. Und wenn wir nicht alles leer bekommen, kannst du den Rest mitnehmen.“ Er stellte eine staubige, rötliche Flasche behutsam auf den Tisch.

„Du könntest ihn aufbewahren, falls ich alt wie deine Großmutter zurückkehre und etwas Wärme brauche ...“ Sie drehte ihr Glas langsam und betrachtete die rötliche Flüssigkeit. „Glaubst du, meine Gedichte haben inzwischen die Heimat erreicht? Wird Ntaka jetzt irgendwo in der Innenseite sitzen und *mich* lesen?“

„Bis dahin wird die Außenseite zur Innenseite geworden sein ... Außerdem ist Ntaka bereits tot ... schon lange tot.“

„Oh. Kann schon sein.“ Sie blies die Wangen auf, ihr Gesicht wurde düster, ihre Augen feucht. „Verdammt, wenn nur ... wenn nur ...“

„Branduin, du hast dich heute abend noch gar nicht zu uns gesellt. Dabei ist es unser letzter Abend.“ Harkané tauchte neben ihr auf, ihr hageres, dunkles Gesicht war von einer wolkigen Masse blauweißen Haares eingerahmt. Sie setzte sich mit ihrem Drink her.

„Ich komme gleich.“ Umflorte Augen sahen auf und wieder weg.

„Ah, die Trauer des Auseinandergehens betrübt dich? Ich weiß.“ Harkané nickte. „Wir waren so lange zusammen. Es ist schwer, seine Familie zu verlieren.“ Sie betrachtete Maris. „Und ein guter Wirt muß sich mit jedermanns Sorgen befassen, was, Soldat? Und dabei seine eigenen begraben. Oh ... wir hätten gerne noch etwas zu trinken ...“

Er verstand den Wink und trat taktvoll beiseite. Durch langjährige Erfahrung wurde er taub und blind, während er Wein einschenkte.

„Brandy, du bist so unglücklich – möchtest du denn diese andere Reise nicht antreten?“

„Doch ...! Aber ...“

„Also doch nicht. So ist das immer, wenn man vor eine Entscheidung gestellt wird. Manchmal treffen wir die richtige Entscheidung, und alles geht gut, obwohl wir uns fürchten. Und manchmal ist es auch die falsche Entscheidung, und wir gehen ebenfalls weiter, denn wir haben Angst, wieder umzukehren. Hast du deine Meinung geändert?“

„Aber ich kann doch nicht ...“

„Warum denn nicht? Wir werden eine Nachricht hinterlassen. Sie werden einfach ihre zweite Kandidatin nehmen.“

„Ist es wirklich so einfach?“

„Nein ... nicht ganz. Aber wir können es tun, wenn du bei uns bleiben willst."

Die Stille dehnte sich. Maris schickte ein Tablett los und begann Gläser zu spülen.

„Aber ich *sollte* es tun."

„Brandy. Wenn du nur aus der Verpflichtung heraus handelst, dann möchte ich dir etwas sagen: Ich möchte mich zur Ruhe setzen. Eigentlich wollte ich meinen Dienst auf Sanalareta beenden, aber wenn ich das tue, wird Mactav eine neue Beste Freundin brauchen. Sie wird alt und zänkisch, genau wie ich. In den vergangenen Jahren hat ihr Verhalten die Belastungen aufgezeigt, denen sie unterworfen ist. Sie braucht jemanden, der sie versteht. Ich wollte eigentlich dich bitten, denn ich glaube, du verstehst sie am besten. Ich war allerdings der Ansicht, du würdest dir diese andere Reise noch sehnlicher wünschen. Wenn nicht, dann möchte ich dich hiermit bitten, die neue Beste Freundin der *Wer hat sie* zu werden."

„Aber Harkané, du bist noch nicht alt ..."

„Ich bin sechsundachtzig. Ich bin einfach zu alt für dieses unstete Leben. Ich werde eine Mactav werden. Ich hatte Glück und habe bereits ein Angebot vorliegen."

„Dann ... ja ... ich möchte bleiben. Ich akzeptiere die Position."

Maris sah unwillkürlich auf und sah ihr Gesicht, das vor Erleichterung und Freude strahlte. „Brandy ...?"

„Maris, ich werde nicht gehen!"

„Ich weiß!" Er gesellte sich lachend zu ihnen.

„Soldat!" Er sah auf, Dunkel traf auf Dunkel. Harkanés Augen sahen unter die Oberfläche. „Dies wird das letzte Mal sein, daß ich dich sehe, denn ich ziehe mich zurück. Du warst all die Jahre sehr gut zu mir und hast mir geholfen, jung zu bleiben. Du bist sehr freundlich zu uns allen ... Und nun werde ich es dir zum Abschied vergelten." Sie nahm seine Hand und legte sie über die Brandys. Ringe blitzten auf der Theke. „Ich gebe sie dir zurück. Brandy, komm bald zu uns, wir wollen feiern." Sie erhob sich lächelnd und ging durch den überfüllten Raum davon.

Sie umklammerten ihre Hände gegenseitig fest auf der Theke.

Brandy schloß die Augen. „Gott, ich bin so glücklich!"

„Ich auch."

„Aber meine Gedichte ..."

„Erinnerst du dich, was du mir einmal gesagt hast: ‚Hundertfach man alles sehen kann und sieht doch nie genug‘?“

Ein quecksilbernes Lächeln belohnte ihn. „Und das stimmt. Oh, Maris, das ist meine letzte Nacht! Und die muß ich mit ihnen verbringen und feiern.“

„Ich weiß. Ich glaube, ich kann dich niemals für immer haben. Aber das macht nichts.“ Er grinste. „Alles in Ordnung. Was sind schon fünfundzwanzig Jahre, verglichen mit zweihundert?“

„Es werden nur drei sein.“

„Nein, fünfundzwanzig, aber so lange werde schon ich warten können ...“

Und er wartete fünfundzwanzig weitere Jahre und sah jedesmal erwartungsvoll von der Bar auf, wenn neue Stimmen und Gelächter in der Bar erklangen.

„Soldat! Soldat, du bist immer noch ...“

„Du hast uns vielleicht gefehlt ...“

„... zwei ganze Wochen für ...“

„... würde am liebsten einen ganzen *Sack* davon kaufen ...“

Die Mannschaft der *DOM-428* drängte sich um ihn, ihre Finger stellten fest, daß er real war, ihre Lippen hauchten Küsse auf eine Wange, die nicht fühlen konnte, auf eine weitere, die durchaus fühlen konnte, lange, lose Haare glitten über die Theke aus Achat. Er umarmte vier gleichzeitig. „Aralea! Vlasa! Elsah! Was hast du bloß mit deinen Haaren angestellt? Und Lingshan! Mein Gott, ihr seid schön wie immer. Cathe ...“ Seine Erinnerungsspeicher vergaßen niemals eines der frisch gescheuerten Gesichter, nicht einmal nach siebenunddreißig Jahren. Ihre Augen glänzten, während er sie begrüßte, ihre Hände hinterließen liebevolle Fingerabdrücke auf der Achatbar.

„... hast immer noch deine Steintheke. Ich bin so froh, daß du sie nicht verkaufst ...“

„Und was ist an *dir* neu?“ keuchte Elsah, woraufhin ein ekstatisches Gelächter um ihn herum laut wurde.

Er riß die Arme hoch, schüttelte den Kopf und lachte ebenfalls. „... etwa *taub* werden? Die erste Runde geht auf Kosten des Hauses, aber immer schön der Reihe nach, ja?“

Elsah strich Strähnen hüftlangen, grüngefärbten Haares aus ihren grünen Augen. „Tut mir leid, Soldat, aber wir *alle* haben uns das wieder und wieder vorgesagt. Und außerdem haben wir dich seit vier Jahren nicht mehr gesehen!“ Ihr Gürtel warf blaugrüne Funken über ihren grünen Fluganzug.

„Vier Jahre? Kam mir wie siebenunddreißig vor.“ Und sie lachten wieder anerkennend, denn es stimmte. „Herzlich willkommen im ‚Zinnsoldaten‘. Mit welchen Freuden kann ich dienen?“

„Mit deinen natürlich, Süßer“, sagte die schwarzhaarige Brigit blinzelnd.

Sein Lächeln klang ein wenig nervös, doch er blinzelte zurück. „Nur die Getränke auf Kosten des Hauses, du Lose!“ Sein Lächeln wurde breiter und offener.

Noch mehr Kichern.

„Ach, welch ein Jammer!“ schmollte Brigit. Sie trug ein Diadem um den Hals, das wie die Milchstraße funkelte. „Na, dann werde ich wohl mit einem Olivenbier vorlieb nehmen müssen, ganz wie in alten Zeiten.“

„Bring gleich zwei.“

„Will jemand einen Krug?“

„Klar, warum nicht?“

„Komm, setz dich eine Weile zu uns, Soldat. Wir haben dir eine Menge zu erzählen!“

Er stellte den klobigen Krug unter den Zapfhahn und drückte ihn nieder, während sie sich entfernten. Er sah zu, wie die bernsteinfarbene Flüssigkeit ins Glas schäumte.

„He, Alta! Perfektes Timing! Wie läuft es auf der *Alten Extra Sexy-115*?“

„Oh, ganz gut. Was ist mit Chrysalis – hat es sich sehr verändert?“

Schaum ergoß sich über seine Hände, er drehte den Hahn wieder zu, leckte sich die Finger und wischte sie an seiner Schürze ab.

„Ist ganz schön wild geworden. Du solltest mal sehen, was man dort inzwischen für Kleider trägt! Du würdest es nicht glauben ...“

Er stellte den nassen Krug auf die Bar und verteilte achteckige Bierdeckel auf dem Tablett.

„Aralea, hast du schon gehört, was mit der ...“

Er hob den Bierkrug zum Tablett.

„... *Wer hat sie-709* passiert ist?“

Der Krug zitterte.

„Ihre Mactav hatte bei der Landung auf Sanalareta einen Nervenzusammenbruch. Branduin kam ums Leben, die Dichterin, diejenige, die ..."

Splitter und Schaum explodierten auf der Achatbar und ergossen sich klirrend und spritzend auf den Boden.

Verblüffte, verständnislose Gesichter wandten sich Soldat zu, dessen Hände sich vergeblich in einer Pfütze rötlichen Schaumes bewegten. Er wischte alles auf den Boden, wobei er wie ein Kind aussah, das man bei etwas Verbotenem ertappt hat. „Tut ... tut mir leid."

„Ach, Soldat, jetzt hast du alles verschüttet!"

„Hast du einen Lappen? Wir helfen dir bei Aufwischen ... he, du blutest ja ...?" Brigit und Ling-shan legten Trümmer des Kruges auf die Theke.

Soldat schüttelte den Kopf und wickelte ein Handtuch um seine blutende Hand. „Nein ... nein, danke, laßt doch. Ich werde einen neuen Krug holen ... Spielt keine Rolle. Nur weiter!" Sie sahen ihn an. „Ich werde dir einen Krug bringen lassen, danke." Er lächelte.

Sie gingen. Er hörte auf zu lächeln. *Füll den Krug*. Er füllte mit zitternden, schmerzenden Händen einen neuen Krug. *Mach sauber, verdammt!* Er wischte die Theke ab, während der Fußboden die Flüssigkeit absorbierte und Glasplitter unter der Theke verschwanden. Als die Achatplatte wieder getrocknet war, sah er die weiße Blume, die der Aufprall hinterlassen hatte. Haarfeine Linien erstreckten sich etwa eine Handbreit von ihr weg. Er fuhr sie mit einem ausgestreckten Finger nach, wobei er leise zählte: *Sie liebte mich, sie liebte mich nicht, sie liebte mich ...*

„Zwei Cepheiden und einen Wein, Soldat!"

„Soldat, wenn du fertig bist, mußt du dir unbedingt anhören, was wir auf Chrysalis erlebt haben!"

Er nickte, schenkte ein, blinzelte schwer. *Gottverdammter Rauch hier drinnen ... zum Teufel mit allem!* Elsah ging mit einem Jungen in knallengen grünen Hosen und einer Sternkartentätowierung auf der Brust hinaus. Er starrte sie an, bis von ihnen nur noch ein fluoreszierender Schleier zu sehen war, während er sich daran erinnerte, daß auch Brandy zu häufig so hinausgegangen war ...

„He, *Sol*-dat, was treibst du denn?"

Er blinzelte sich in die Wirklichkeit zurück.

„Willst du dich zu uns setzen?"

Er ging durch den Raum zu einem der massiven Tische und der restlichen Mannschaft der *Dirty Old Man-428.*

„Was macht deine Hand?" Vlasa strich mit einem dunklen Ringfinger darüber.

„Tut nur weh, wenn ich lache."

„Du bist vielleicht ein komischer Kauz!" Ling-shans Lächeln erlosch. „Oh, Soldat, warum siehst du so betrübt aus?"

„Ich habe meine Theke beschädigt."

„Ohhh ... nichts als schlechte Nachrichten heute nacht. Bring ihn doch mal jemand zum Lachen, so kann es ja nicht ewig weitergehen!"

„Erzähl ihm den Witz, den du auf Chrysalis gehört hast ..."

„... von dem Jungen mit dem Katzenauge im Nabel? Oh, nun, da war mal ein ..."

Seine Finger glitten widerstrebend an seinem Flickenhemd empor und lösten die Kette des gefesselten Sterns unterhalb seiner Kehle. Seine Hand umklammerte die Filigranarbeit, doch er verspürte nur einen dumpfen Druck. Schmerz durchbohrte ihn anderswo.

„... ‚Oh, den Wildfang haben sie auch mit abgefeuert!'"

Er sah auf in brüllendes Gelächter.

„Das war ein Tech-Eins-Witz", erklärte Ling-shan helfend.

„Oh ... ich verstehe." Er lachte blindlings los.

„Soldat, wir haben Bilder von unserem Schwarzen Loch aufgenommen!" Vlasa zupfte an seinem Arm. „Zwar aus respektabler Entfernung, aber es ist bizarr genug ..."

„Hologramme ..." warf jemand dazwischen.

„Und du solltest mal die enormen Effekte sehen!" sagte Brigit. „Wenn man direkt reinsieht, dann meint man, die Augen werden einem ..."

„Soldat, noch 'ne Runde, bitte!"

„Entschuldigt mich." Er stieß seinen Stuhl zurück. „Vielleicht später?" Und er dachte: *Mein Gott, nimmt denn diese Nacht überhaupt kein Ende mehr?*

Endlich verriegelte seine Hand das Schloß der Tavernentür, seine geflochtenen Sandalen erzeugten schlurfende Geräusche auf der Straße. Dort begegneten ihm zwei schlanke Gestalten, von denen eine ganz in Meeresblau gekleidet war. Rotes Haar flammte auf.

Er erkannte Marena, die fröhlich mit einem schmucken, lachenden Schwanz dahinschritt. Sie hatten ihre Hände gegenseitig in der Potasche des anderen verstaut und gingen hügelaufwärts, während er sich auf den von Zeit und Nebel schlüpfrig gemachten Kopfsteinpflastersteinen nach unten bewegte. Er war in sich zusammengesunken. Feuchte Schlieren des Meeresnebels wanden sich durch die Straßen und verwandelten die Straßenlaternen in finstere Engel unter fluoreszierenden Heiligenscheinen. Tropfen formten sich in seinem Haar, während er dahinging. Seine Schritte schlurften leise, das Gelächter verhallte nach und nach und ließ ihn mit der Erinnerung allein.

In der Morgendämmerung überraschte ihn die Hand, die sich auf seine Schulter legte.

„Soldat, bist du's?"

Soldat starrte zornig in ein graues Gesicht.

„Alles klar? Was machste denn hier zur Dämmerstunde, Kumpel?"

Er erkannte den alten Makerrah, den Fischer, erst nach einer Weile. Es amüsierte den alten Mann neuerdings, ihn „Kumpel" zu nennen.

„Nichts, nichts." Er trat von der Reling zurück. Die Sonne ging hinter den Bergen auf, die Ausläufer des Nebels glommen in der Farbe des Feuers und wurden weggebrannt. Es würde ein heißer Tag werden. „Leb wohl, alter Mann." Er entfernte sich langsam.

„Sicher, daß alles in Ordnung is'?"

Wieder allein, setzte er sich und ließ einen Fuß baumeln, während er den Sog des Wassers unter der Pier spürte. *In Ordnung ...?* Wann war jemals alles in Ordnung gewesen? Er versuchte, sich an die Zeit bevor er sie gekannt hatte zu erinnern, konnte aber keine Antwort finden.

Auch auf seiner eigenen Welt, auf Glatte, hatte es niemals eine Antwort für ihn gegeben. Er war nirgendwo zu Hause gewesen. Glatte mit seiner Vier-Komma-fünf-Technologie und dem neofeudalistischen Gesellschaftssystem, wo die Konkurrenz um diese Technologie immer wieder die Begründung für Kriege lieferte. Sein Leben lang hatte er sein Volk mordend und gemordet gesehen, gefesselt von seinem sinnlosen, blinden Aberglauben. Er hatte es gehaßt, aber er hatte sich nicht von den bitteren Fesseln befreien können, die ihn seinem eigenen Untergang entgegengeführt hatten. Mittlerweile waren nur noch Fragmente dieses früheren Lebens übriggeblieben, die sich auch nach zwei Jahrhunderten noch an der Tatsache seiner Andersartigkeit festklammerten. Er erinnerte sich an den Geschmack neu gefallenen Schnees ... und an den Geschmack von Blut. Und dann kam die Erinnerung daran, wie es war, neunzehn Jahre alt zu sein und den Krieg zu hassen, der einen zum Krüppel gemacht hat ... und sich plötzlich zur Hälfte mit Prothesen gespickt wiederzufinden, die fehlenden Glieder immer noch schmerzend ... und dann die Stimme des Stiefvaters, der mit einem Tonfall, der nicht direkt Stolz beinhaltete, erklärte, du seiest nun endlich zum Mann geworden ... Soldat hielt, ohne es zu bemerken, den Atem an. Seine Name war Maris, der dem Krieg Geweihte, und als er endlich den Grund hierfür verstanden hatte, hatte er Glatte für immer verlassen.

Er gab sein ganzes Geld jener habgierigen Raumfahrerin und wurde in Stasis zwischen den Sternen transportiert wie ein Gepäckstück. Als er erwachte, befand er sich auf Oro, Tech Eins-Komma-fünf, keine Kriege und fast keine Bevölkerung. Und dann fand er heraus, daß er für den Rest der Menschheit nicht mehr unbedingt menschlich war. Doch er war sechsundneunzig Jahre allein auf Oro geblieben, in denen er nur um fünf Jahre gealtert war. Sechsundneunzig Jahre. Eine Ansammlung weißer, in einen Hügel gebetteter Gebäude – das unveränderliche Neu Piräus. Eine Ansammlung weißer Gesichter im trüben Laternenlicht – Muster eines neuen Lebens. Ein Muster, das sich endlos wiederholte. Sein Lächeln hieß endlos mit der Geduld der Verdammten willkommen, hieß all die alten/neuen Gesichter willkommen, die ihn zwar brauchten, aber niemals wollten, während er sie alle brauchte und wollte. Und dann war sie nach Oro gekommen, und das Muster war nach sechsundneunzig Jahren aufgebrochen worden. Der verdammte Zinnsoldat hatte sich verliebt – obwohl er es eigentlich besser hätte wissen sollen – in eine Ballerina, die zwischen den Sternen getanzt hatte.

Er preßte sein Gesicht gegen das Geländer, um den Schmerz zu dämpfen. *Großer Gott, es ist immer noch da, und ich dachte, alles wäre Plastik. Verdammt, verdammt ...* Und er bemühte sich, nicht an weitere dreimal fünfundzwanzig Jahre desselben Musters zu denken, an jedermanns Nächte, denen ein kalter, ernüchternder

Morgen folgte, in denen er ihr Gesicht suchte. Einundneunzigtausendeinhundert Tage, um den Schmerz eines wiedergekehrten Lebens mit sich herumzuschleppen, bis sie wiederkommen würde und dann ...

„Siehst du? Das ist unser Schiff, das dritte in der Reihe."

Soldat hörte unwillkürlich zu. Eine lavendelfarben gekleidete Raumfahrerin stand mit ihrem Schwanz an einer Biegung des Docks und deutete über die Bucht hinaus.

„Können wir es uns nicht ansehen?" Blaues Glas glitzerte auf dem Rücken des Jungen, als er sich vornüber beugte.

„Wo denkst du hin! Männer werden an Bord der Schiffe nicht geduldet. Das verstößt gegen die Vorschriften. Und überhaupt – ich bleibe viel lieber hier." Sie zog ihn an sich und in eine Ecke. Amethyst und Opal tauchten ihren Nacken in Licht, ihre Hände wanderten, sie küßten sich.

Soldat stand langsam auf und ließ sie ungestört allein. Die Sonne kletterte dem Morgen entgegen, während er weiterging, und das Panorama von Neu Piräus waberte vor Hitze. Sein Blick glitt zu dem vierzigstöckigen Skelett der Universalbank, die sich im Bau befand, dann zu den Warenhäusern, den Docks, zu seiner verschwindenden uralten Unterstadt. Er konnte über das Kreischen der Möwen hinweg das hungrige Heulen schwerer Maschinen hören, die im Magen einer im Umbruch befindlichen Welt rumorten. *Zu triumphieren über Tod und Zufall, und auch über dich, o Zeit.*

„Aber ich ertrage das nicht." Seine Hand klammerte sich um Holz. „Ich stand sechsundneunzig Jahre auf dem Regal und ertrug es." Die Seevögel verspotteten ihn gehässig ... *Nun, nun,* schrien sie in das graugrüne Zwielicht ... Der Wind strich wie kalte Finger der Trauer in die Öffnungen seines Hemdes. *Ich war sechsundneunzig Jahre tot, bis sie kam.*

Er hatte vier Stunden lang am Geländer die Schiffe in der Bucht betrachtet, und während dieser Zeit war ein weiteres Schiff wie eine Träne der Sonne gelandet. Nun, da der Tag zu Ende ging, wurden sie alle hell und formten eine Kette auf dem Wasser. Als er sich endlich wieder abwandte und künstliche Sterne auf der Mauer der Nacht betrachtete, war er steif und ungelenk vom langen Stehen.

Immer noch in Gedanken an die Vergangenheit verstrickt,

schlurfte er durch die alten Gäßchen, wo die altvertrauten Muster einer neuen Nacht nur vage zu ihm durchdrangen. Seine Augen konnten nichts Vertrautes mehr erblicken. Bis er jene vom Zahn der Zeit angenagte Tür erreichte, die massive Lehmziegelwand unter der Neonschrift. Wie stets in den letzten zweihundert Jahren fand er das Türschloß mit geübtem Griff. DER ZINNSOLDAT... der eine Ballerina liebte. Seine Faust schlug gegen das Schloß. *Nein – diese Bar bleibt heute nacht geschlossen.*

Die Tür öffnete sich bei seiner Berührung. Soldat betrat sein stummes Haus. Dann blieb er stehen, lauschte dem hohlen Murmeln der einsamen Nacht und sah sich allein mit dem Rest seines Lebens konfrontiert.

Er schritt im Sternenlicht durch die Räume und berührte dabei nichts, bis er vor der Schlafzimmertür stand. Er öffnete sie, der kalte Griff brannte in seiner Hand. Und dort sah er sie. Sie lag schlafend unter dem Silbertuch der Plejaden. Er schloß die Tür langsam, öffnete sie erneut und schaltete das Licht ein.

Sie richtete sich blinzelnd auf und rieb sich mit den Fäusten die Augen. Ihr Haar fiel äschern und golden bis zur Hüfte herab. Sie trug ein langes, weiches Gewand mit Blumen, das in Blau-, Grün- und Erdtönen gehalten war. „Maris? Ich hab' dich gar nicht kommen hören. Ich muß eingeschlafen sein."

Er eilte durch das Zimmer, sank vor dem Bett auf die Knie, liebkoste sie und bedeckte ihr Gesicht mit Küssen. „Sie sagten, du wärst tot ... ich dachte den ganzen Tag ..."

„Bin ich auch." Ihre Stimme klang matt, ihre Augen waren vor Müdigkeit dunkel umrandet.

„Nein."

„Doch. In ihren Augen schon. Ich bin keine Raumfahrerin mehr. Das ist so gut wie ‚tot' zu sein. Man verliert das Leben ... Mactav verlor den Verstand. Ich hätte nie gedacht, daß wir den Hafen erreichen würden. Ich wurde bei dem Unfall schwer verletzt." Ihre Finger zeichneten Kreise in die Luft, zogen ...

„Aber mit dir ist alles in Ordnung."

Sie schüttelte den Kopf. „Nein." Sie hielt ihm die nach oben gekehrten Handflächen hin. Er nahm sie und schob seine Finger zwischen ihre, Fleisch an Fleisch, warm und angenehm. „Das ist Plastik, Maris."

Er drehte die Hand um und streichelte sie, fuhr den Konturen der langen Finger nach. „Das kann doch nicht sein ...“

„Alles gefühllos. Ich spüre dich kaum. Sie sagten mir, ich könnte Hunderte von Jahren alt werden.“ Sie ballte die Hand zur Faust. „Ich bin immer noch eine Frau, aber sie haben mir verboten, jemals wieder ins All zu gehen! Ich kann kein Mannschaftsmitglied mehr sein und auch keine Mactav. Nur Ballast. Und ... ich kann nicht einmal behaupten, daß das unfair ist ...“ Heiße Tränen brannten auf ihrem Gesicht. „Ich wußte nicht, was ich jetzt tun sollte, ich wußte nicht einmal, ob ... ich überhaupt herkommen sollte. Wenn du noch eine Ballerina möchtest, die im Feuer gewesen ist ...“

„Das hast du dir gemerkt?“ Er hielt sie eng an sich geschmiegt und ließ ihren Kopf an seiner Schulter ruhen, um zu verbergen, daß auch sein eigenes Gesicht feucht geworden war.

Ein Schmerzenslaut stieg in ihrer Kehle auf, sie klammerte sich fest an ihn. „Oh, Maris ... Hilf mir! Bitte, hilf mir, hilf mir ...“

Er wiegte sie sanft und stumm, bis schließlich ihr Schluchzen nachließ. So hatte er vor hundert Jahren einen heimwehkranken Teenager gewiegt.

„Wie werde ich nur leben können ... jahrhundertelang auf einer Welt und immer die Erinnerung vor Augen? Wie kannst du das nur ertragen?“

„Indem ich erkenne, was wirklich zählt ... Welten sind auch nicht gerade klein. Wir könnten zu anderen Welten gehen, wenn du möchtest – wir könnten die Heimat besuchen. Es wird dich überraschen, was man in zweihundert Jahren zusammensparen kann.“ Er küßte ihre geschwollenen Augen, ihre geröteten Wangen, ihre Lippen. „Und vielleicht verändern sich die Vorschriften im Lauf der Zeit.“

Sie schüttelte ihren vom Verlust gezeichneten Kopf. „Oh, mein Maris, mein weiser Geliebter – liebe mich, binde mich an die Erde.“

Er nahm ihre künstliche Hand, küßte sanft Handfläche und Finger. *Und mach es gut* ... Und mit dem Wissen, daß es nicht einfach sein würde, löschte er das Licht.

Nachwort

Der Zinnsoldat war die erste Geschichte, an der ich ernsthaft gearbeitet habe. Bis zum Jahr 1973 hatte ich lediglich hier und da ein kleines Stück, den Teil einer Geschichte, verfaßt, Dinge, die ich ohne wirkliches Interesse an der Sache immer wieder beiseite legte, ohne eine Vorstellung davon zu haben, was ich mit ihnen anstellen sollte. Und an eine Veröffentlichung dachte ich schon gar nicht. Doch mein Mann Vernor (der ebenfalls Science Fiction-Autor ist) ermutigte mich, mich ernsthaft dem Schreiben zu widmen – und das war das Ergebnis.

Obwohl es meine erste Geschichte war, scheint es doch diejenige zu sein, die meinen Lesern am besten gefiel. (Vielleicht ende ich eines Tages auch wie Isaac Asimov, der sich andauernd darüber beschwert, daß den Lesern nach all den Jahren immer noch seine erste Geschichte am besten gefällt – alles, was danach kam, wurde als schlechter empfunden.) Aber diese Geschichte ist auch eine meiner persönlichen Lieblingsgeschichten. Ein Schriftsteller hat die Möglichkeit, Gott zu spielen, wenn er an einer Geschichte arbeitet, er hat die alleinige Macht über die erschaffene Welt und alle Lebewesen, die darin hausen – zum Guten wie zum Schlechten. Dabei existiert eine Art von allwissender Objektivität dem Geschriebenen gegenüber, denn man hat ja immer die völlige Kontrolle über das (imaginäre) Universum. Wenn aber eine Geschichte dann erst einmal im Druck vorliegt und erschienen ist, dann wird sie für mich mehr zu einer Geschichte, die jemand anderes geschrieben hat, ich verliere meine Objektivität und reagiere emotionell anders, als hätte ich sie nie zuvor gesehen. Als Resultat dessen sind einige meiner Geschichten wesentlich schlechter ausgefallen als die Art von Literatur, der ich normalerweise den Vorzug gebe, und ich habe wenig Lust, sie nochmals zu Gesicht zu bekommen. Bei der vorliegenden Geschichte allerdings verspüre ich keinerlei Bedauern, wenn ich sie heute wieder betrachte. Wenn ich keine Geschichte mehr schreibe, die den Leuten besser gefällt, würde ich auch nicht allzu sehr enttäuscht sein.

Auch dieses ist eine Geschichte, die ihren Ursprung in einem

Lied hat – in diesem Fall in einem Lied namens *Brandy* –, das von einer Frau handelt, die darauf wartet, daß ihr Mann vom Meer zurückkehrt, immer wissend und akzeptierend, daß für ihn zuerst das Meer kommt, dann sie selbst. Ich hatte Vernor gegenüber geäußert, daß eine ähnliche Geschichte, die im Weltraum angesiedelt sein müßte, ein unvergleichliches Potential zur Schilderung der Schönheiten des Weltenraums haben müßte. Er machte nun den Vorschlag, daß es die Frau sein müßte, die ins All fliegt, während der Mann zurückbleibt ... Von diesem Punkt an entwickelte sich die Geschichte weiter, bis ich an einem bestimmten Punkt die Ähnlichkeiten zwischen meiner im Entstehen begriffenen Geschichte und dem Märchen *Der standhafte Zinnsoldat* von Hans Christian Andersen bemerkte. Da ich einen anthropologischen Hintergrund habe und schon immer von Mythologien (und Märchen und Sagen sind häufig abgeleitete Formen der Mythologie) fasziniert war, versuchte ich, die symbolischen Aspekte von Andersens Geschichte im Rahmen meiner eigenen unterzubringen.

Kürzlich wurde mir dann bekannt, daß auch George R. R. Martin eine Geschichte geschrieben hat, die von dem Lied *Brandy* inspiriert wurde und ebenfalls von einer Frau handelt, die ins All fliegt, während der Mann zurückbleibt. Sehr zu unserer gegenseitigen Erleichterung blieb es aber bei diesen Gemeinsamkeiten, und die beiden Geschichten weisen grundlegende Unterschiede auf. Was vielleicht einmal mehr die dreitausend Jahre alte Behauptung untermauert, daß es nichts Neues unter der Sonne gibt. Aber es gibt eben immer neue Wege, die Dinge zu *betrachten,* und immer neue Sonnen ... Und das ist meiner Meinung nach die Essenz der Science Fiction.